国家社科基金
GUOJIA SHEKE JIJIN HOUQI ZIZHU XIANGMU
后期资助项目

U0366094

孙犁小说
表达机制研究

The Study on the Discourse Mechanism of
Sun Li's Novels

李华秀 著

上海交通大学出版社
SHANGHAI JIAO TONG UNIVERSITY PRESS

内容提要

本书提出了一个新的批评方法，即"表达机制批评法"。表达机制批评法通过梳理作品元素，考察元素关系、元素加工手段等方式，有效深入作品内部，发掘作品独特品格。本书用表达机制批评法，考察了不同时期、不同类型、不同民族文艺作品，找到了存在于文艺作品中的精神密码。本书用表达机制批评法，考察了孙犁的抗战小说、后抗战小说《碑》《钟》《"藏"》，两部中篇小说《村歌》《铁木前传》，一部长篇小说《风云初记》以及短篇小说集《芸斋小说》，发现了蕴藏其中的孙犁文艺理论。本书适合相关专业人士阅读。

图书在版编目（CIP）数据

孙犁小说表达机制研究／李华秀著. —上海：上
海交通大学出版社，2022.11
 ISBN 978－7－313－27341－3

Ⅰ.①孙… Ⅱ.①李… Ⅲ.①孙犁（1913－2002）—
小说研究 Ⅳ.①I207.42

中国版本图书馆 CIP 数据核字（2022）第 156565 号

孙犁小说表达机制研究
SUNLI XIAOSHUO BIAODA JIZHI YANJIU

著　　者：李华秀
出版发行：上海交通大学出版社　　　　　　　　地　　址：上海市番禺路 951 号
邮政编码：200030　　　　　　　　　　　　　　电　　话：021－64071208
印　　制：上海景条印刷有限公司　　　　　　　经　　销：全国新华书店
开　　本：710 mm×1000 mm　1/16　　　　　　印　　张：16
字　　数：276 千字
版　　次：2022 年 11 月第 1 版　　　　　　　　印　　次：2022 年 11 月第 1 次印刷
书　　号：ISBN 978－7－313－27341－3
定　　价：78.00 元

国家社科基金后期资助项目
出版说明

后期资助项目是国家社科基金设立的一类重要项目,旨在鼓励广大社科研究者潜心治学,支持基础研究多出优秀成果。它是经过严格评审,从接近完成的科研成果中遴选立项的。为扩大后期资助项目的影响,更好地推动学术发展,促进成果转化,全国哲学社会科学工作办公室按照"统一设计、统一标识、统一版式、形成系列"的总体要求,组织出版国家社科基金后期资助项目成果。

全国哲学社会科学工作办公室

要力勇拟象油画《英气》

（40 cm×50 cm，布面油画，2013 年）

要力勇拟象油画《同人》

（210 cm×195 cm，布面油画，2013—2019 年）

要力勇拟象油画《柔·静·远》

（40 cm×50 cm，布面油画，2013 年）

要力勇拟象油画《线·面·形·象》

（40 cm×50 cm，布面油画，2013 年）

要力勇拟象油画《观》

（40 cm×50 cm，布面油画，2013 年）

要力勇拟象油画《祖先》

（80 cm×125 cm，布面油画，2013 年）

要力勇拟象油画《蓝》

（190 cm×97 cm，布面油画，2013—2015 年）

要力勇拟象油画《菱姑》

（40 cm×50 cm，布面油画，2013 年）

要力勇拟象油画《我们的史诗》

（40 cm×50 cm，布面油画，2016 年）

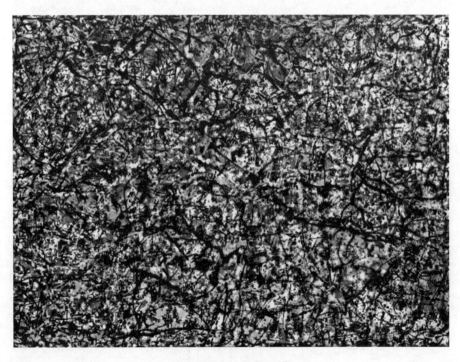

要力勇拟象油画《至赜》

（210 cm×155 cm，布面油画，2013—2019 年）

要力勇拟象油画《劳谦》

（40 cm×50 cm，布面油画，2013—2016 年）

要力勇拟象油画《感》

（40 cm×50 cm，布面油画，2013—2017 年）

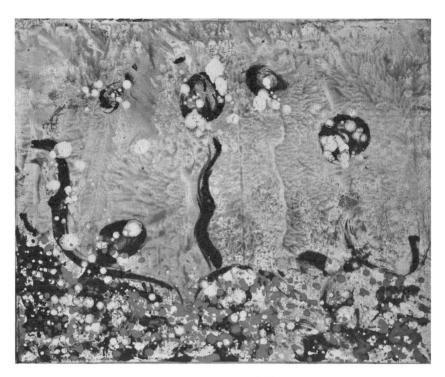

要力勇拟象油画《坤》

（40 cm×50 cm，布面油画，2013—2016 年）

要力勇拟象油画《忙》

（40 cm×50 cm，布面油画，2013—2020 年）

要力勇拟象油画《行者》

（40 cm×50 cm，布面油画，2013—2020 年）

要力勇拟象油画《玄舞》

（40 cm×50 cm，布面油画，2013—2020 年）

要力勇拟象油画《旅》

（40 cm×50 cm，布面油画，2013—2016 年）

要力勇拟象油画《易》

（40 cm×50 cm，布面油画，2013—2020 年）

目　　录

绪　论

　　孙犁的小说有一个动态系统——小说主题和叙事模式随社会发展而变化：抗战小说的叙事模式是"拟家结构"[①]，土改小说的叙事模式是"聚散结构"[②]，《芸斋小说》的叙事模式是"碎片化结构"[③]。在不同的时空里，孙犁选择不同叙事结构以浓缩时代精神，既真实又个性化。但在动态系统之外，孙犁小说还有一个稳定系统，这一稳定系统将孙犁小说与鲁迅小说和中国古典小说"焊接"在一起，使中国现当代文学与中国传统文学有了内在统一性。孙犁小说的稳定系统是指存在于孙犁小说中的人文指数总和[④]，是文艺家孙犁的本质力量所在，是孙犁根据一定目的从现实生活中选取元素（人、事、物、时间、空间），又对元素加工、改造和组织而形成的内在有机性[⑤]。

　　孙犁根据不同时期的社会现实，选取不同类型和数量的社会元素，按照自己的"文学理想"，对社会元素进行净化、美化、浓缩、重叠、分层等处理；再精心运思，巧妙组合，形成了一种独特的美学特质：古典与现代精神兼备；说理、抒情、叙事兼备；诗性、故事性、绘画性、哲理性兼备。这种

---

①　李华秀：《从群体突围到个体救赎：时空转换与孙犁小说叙事的嬗变》，中国社会科学出版社，2019年，第49页。

②　李华秀：《从群体突围到个体救赎：时空转换与孙犁小说叙事的嬗变》，第10页。

③　李华秀：《从群体突围到个体救赎：时空转换与孙犁小说叙事的嬗变》，第202页。

④　这里的"人文指数总和"指作者的创作目的、情感类型、怀揣的一种"理"（事理、情理、道理等）、艺术观念、思维能力、人格魅力等的总和。

⑤　这里的"有机性"指文艺作品中各元素（人、事、物、时间、空间）之间的相互说明、衬托关系。这种关系在作品中形成一种"活性"，这种活性就是有机性。如《老胡的事》中，树叶子、破棉袄、缺条腿的桌子就形成了一种有机性，它们在小说中具有超语言的力量，将被叙述的生存状态进行了"展示"。而被叙人物小梅的精神面貌又与上述元素相加，形成了第二层"有机性"，潜含着一种"理"、一种"情"，将民族性格中可嘉许的部分"藏"在其中。文艺作品的这种有机性，只有通过"表达机制"分析法可以看到。因为"表达机制"分析法是通过元素入手的一种分析方法，当元素关系具有一种有机性时，文艺作品的意蕴就会愈加丰富，随着解读者阅历的增加而不断增值，这是判断一部作品艺术价值的重要依据，也是经典文本之所以经典的根源。

美学特质是孙犁继承中国古典小说、中国民间文学、"五四"之后的中国现代小说，以及西方小说等多种传统而形成的。面对这种美学特质的小说，用西方批评法或中国古典批评法介入，总有一部分美学特征难以发掘，无法解释。为解决这一问题，本书从"各元素有机结合"的层面入手，解释孙犁小说美学特质产生的根源，而"各元素有机结合"所形成的那样一种状态，就是表达机制。

第一节　表达机制作为批评方法

21 世纪以来的文学批评教材近三十种，体例不同，但涉及批评方法时，多以西方批评法为主：社会批评、意识形态批评、精神分析批评、形式主义批评、结构主义批评、读者接受批评等。这些批评方法能解决文艺作品的某一部分问题，不能解决全部问题。比如，文艺家对社会问题的思考如何转换成一部文艺作品？面对同一社会现实，不同作家写出不同作品的原理是什么？不同民族的文艺作品面貌不同，但使用社会批评和意识形态批评时为什么得出相似甚至相同的结论？对西方文艺批评方法有效性的怀疑，促使笔者思考介入孙犁小说的新方法。这一新方法就是表达机制。

一、什么是表达机制

为了说明什么是表达机制，我们需先了解文艺作品的生成过程，再反向思考如何将一部文艺作品拆解，并在拆解过程中，了解文艺家组织作品的特征、手段、思维方式等。

任何一部文艺作品都是文艺家为了一定目的从生活中选取元素，改造元素，组织元素而形成的有机整体。离开了人、事、物、时间、空间这些基本元素，文艺家无法进行创作。故而，五大基本元素是所有文艺作品的共同基质。但不同文艺作品中，元素的量是不同的，有的作品元素多，有的作品元素少，元素数量多，组织元素的手段必须多，元素数量少，组织元素的手段必然少。而组织元素手段的多少与一部文艺作品的审美价值有很大关系。

此外，现实中的生活元素无法直接进入作品，需要文艺家进行加工和改造，不同文艺家有不同的加工改造方式，使文艺作品呈现出不同面貌、不同风格。

元素的量、元素存在的状态、组织元素的方式，以及元素与现实生活的关系,共同作用,构成了一部作品的内在肌理,而这就是文艺作品的表达机制。

不同的宇宙观、世界观、哲学观,不同的语言,不同的思维方式决定着不同的表达机制。

人们之所以将欧洲和美国统称为"西方",将其文艺作品统称为"西方文艺",是因为美国和欧洲有共同的文化传统:共同的宇宙观、思维方式、印欧语系等,其文艺作品也有共同的表达机制。中国的宇宙观、价值观、思维方式、语言等,均不同于西方,因而,中国文艺的表达机制与西方文艺表达机制不同。

西方文艺属摹仿表达机制[①],早在古希腊时期就有了定论。柏拉图、亚里士多德等均有论述;中国文艺的拟象表达机制[②],早在《易经》中就已形成。无论中西文艺作品,风格不断变化,但其表达机制相对稳定。比如,毕加索的立体主义绘画,风格独特,画中女人[③]被"切割"得零零碎碎,但读者还是能从三幅不同画作中看出那是三个不同女人,也就是说,毕加索风格怪异的绘画依然属于西方摹仿表达机制范畴,是西方摹仿表达机制的现

---

① 埃里希·奥尔巴赫说:"本书论述的是用文学描述对真实进行诠释或'摹仿'……它本来是柏拉图在《理想国》第十卷中提出的问题,他把摹仿放在真理之后第三位,我又联想到但丁提出的在喜剧中表现真正现实的要求。然而,在研究欧洲文学中对于人类活动的不断变化着的诠释方式的过程中,我的兴趣范围变得越来越小,越来越精细,从而逐渐形成了一条我想尽力遵循的主导思想。"奥尔巴赫之所以交叉使用"现实主义"与"摹仿"两个概念,是因为现实主义是一种理念,而摹仿是一种手法,二者确实存在内涵上的交叉。本文所说的摹仿表达机制,侧重文学产生的一种手法。西方从柏拉图、亚里士多德时期就已经对文艺作品产生的方法进行了概括,那就是"摹仿",而埃里希·奥尔巴赫在《摹仿论》中通过对欧洲两千多年的文艺作品的分析进一步确定了,欧洲文学的生成机制是摹仿。在第一章《奥德修斯的伤疤》中,奥尔巴赫认为:"荷马文体最感人、更地道的大概是下面几个问题:所描述的事件的每一部分都摸得着,看得见,可以具体地想象出各种情况发生的时间和地点。"对于众多事件的描述也一样交代的十分清楚:"各个事件的环节之间联系得十分清楚;使用大量连词、副词、小品词和其他句法修辞手段意义明确,层次分明地将人、物和事件区分开来,同时又将它们置于一种不间断而通畅的联系之中;如同各个事件本身一样,它们之间的联系,它们在时间、地点、原因、目的、结果、比较、让步、对照以及有条件的限定上,都表达得十分完备,这样一来,所有事件都呈现出一种连续不断的、有节奏的动态过程,任何地方都不会留下断简残篇或不明不白的表达方式,任何地方都不会有疏漏和裂缝,不会有可以继续深究的地方。"这种清晰地再现叙述对象的方法正是"摹仿"。作品中的事、物、人与现实中的事、物、人之间的关系最大限度地接近。"再现"一词是从阅读感受角度对类似作品的定性,而"摹仿"是从生成机制角度对类似作品的界定。(见〔德〕埃里希·奥尔巴赫:《摹仿论》,吴麟绶、周新建、高艳婷译,商务印书馆,2018 年)

② 拟象表达机制是笔者提出的概念。此概念的产生过程比较复杂,虽未发表论文,但也是在分析了大量绘画作品、文学作品、影视作品之后总结出的概念。

③ 见毕加索《坐着的女人》《梦》《朵拉和小猫》等作品。

代变体。中国 21 世纪出现的要力勇拟象油画①，与中国传统文人画大不相同，材质、风格发生了很大变化，但它与中国文人画一样，都是艺术家运用媒材自由表达的结果。因而可以说，要力勇拟象油画是中国拟象表达机制的现代变体。从这个意义讲，一个民族的文艺史，是表达机制发展演变史。西方文艺发展史是西方摹仿表达机制的发展变化史，所以，勒内·韦勒克在《文学理论》中说："库提乌斯（E. R. Curtius）的《欧洲文学和拉丁中世纪》（1984 年）以惊人渊博的学识从整个西方传统中找出其共同的习俗和惯例，奥尔巴赫（E. Auerbach）的《论模仿》（1946 年）是一部从荷马到乔伊斯的现实主义史，对其间各个不同作家作品中的文体风格做了敏锐的分析。这些学术上的成就冲破了已经确立的民族主义的樊笼，令人信服地证明：西方文化是一个统一体，它继承了古典文化与中世纪基督教义丰富的遗产。"②风格不同的西方文艺具有内在统一性，而这内在统一性就是奥尔巴赫（E. Auerbach）在《论模仿》中所证明的"摹仿"表达机制。

中国文艺发展史也是中国表达机制发展变化史，其发展变化史与思想观念变迁紧密相连，考察起来较为复杂（后详）。

总之，表达机制是文艺作品中各元素有机结合的方式，它既不是实体性存在，又不是可以预想的现成方案，而是批评家在"解剖"文本过程中分析、提炼、归纳出来的。从这个意义讲，表达机制是一种批评方法。

二、什么是表达机制批评法

作为批评方法，表达机制是对文艺作品生成过程的反向思考，是按照文艺作品生成路径的原路返回——从文艺作品中寻找元素并进行归类；考察作者对元素加工改造的方式和程度；考察作者组织元素的运思模式；考察元素与现实的关系等。因为真正的文艺作品总是文艺家对现实问题思考的结果，但任何现实元素未经加工都无法进入作品。文艺家如何改造元素，改造到什么程度都受其文艺观念影响，也受其表达目的、思维方式、宇宙观、哲学观等影响。因而，只要认真考察文艺作品中各元素的存

---

① 拟象油画是要力勇先生专为笔者解决作文教学过程中教师对学生干预过度，乃至于使学生思维方式越来越像老师这一问题时创作的教学用油画，目的是启发学生的独立思考和想象，拓展学生的思维空间，增强学生思维的个性化。拟象油画的最大特点是"拟象"的变动不居性，变动不居的拟象刺激观者"建构"属于自己的象。让"观者"不断建构，是拟象油画具有的教育功能之一。

② 〔美〕勒内·韦勒克、奥斯汀·沃伦：《文学理论》，刘象愚等译，江苏教育出版社，2005年，第 45 页。

在状况,就可推断文艺家的创作目的、情感类型、文艺观念、要解决的现实问题等。所以表达机制批评法也是一种文本解剖法。文艺家解剖文本的过程与医生解剖人体的过程相似。必先了解人体结构、人体各器官的组织方式,人体脉络的运行方式,之后才能一层一层切分。表达机制分析法也需要先了解文艺作品的组织法则、生成路径、各元素之间的关系等,然后才能逆向运思,将组成有机体的元素提取出来进行归类,在这一过程中,考察元素关系,注意它们彼此作用的方式等。比如,鲁迅小说《伤逝》中的元素见表绪-1。

表绪-1　鲁迅《伤逝》元素表

元素类型	元素名称
人	子君、涓生、子君的胞叔、父亲、那鲶鱼须的老东西、小东西、房东(小官)、官夫人、不到周岁的女孩、乡下女工
事	涓生在会馆向子君灌输男女平等思想;涓生向子君求爱;一起寻住所;子君与家人决裂;与子君未婚同居;与小官太太暗斗;涓生失业;子君宰杀小油鸡,涓生扔掉阿随;涓生回避子君躲到图书馆;涓生告诉子君不再爱她;子君的父亲接走子君;涓生得知子君死讯;涓生搬回会馆。
物	一张雪莱半身像、两盆小草花、阿随、小油鸡
时间	一年前、交际了半年、去年的暮春、不过三星期、不一月、费去五星期
空间	会馆、吉兆胡同、图书馆

通过提炼元素可更细腻地梳理《伤逝》丰富而复杂的内蕴。先考察表格第一行。这几个人物颇有意味,首先是子君的胞叔和父亲,他们代表封建家族势力;其次是“小东西”和“鲶鱼须的老东西”,他们代表陈旧的社会势力;而房东(小官)和官太太则代表传统的家庭,也是子君想达到的理想生活模式。涓生本也算是个小官,子君想努力经营起一个小家庭,其理想状态就是房东一家的生活模式,所以她才与官太太暗斗。但因子君与涓生只是同居关系,没有正式结婚,为当时的社会所不容,涓生与子君同居半年就被局里开除,失去经济来源,子君的梦想破灭,对涓生也不再体贴,两人的爱情走到尽头。

考察表格第二行。通过这些事件,会发现一个隐秘的逻辑,就是涓生向子君灌输了男女平等的思想,痛斥旧伦理,要求子君“打破旧习惯”,导致子君说出了那句"我是我自己的,他们谁也没有干涉我的权利!"①的豪言壮语。涓生是整个事件的策划者,当时的子君"两眼里弥漫着稚气的好奇的光泽"②。

考察表格第三行。"一张铜板的雪莱半身像",让我们联想到新文化运动,联想到西方文化从各个方面传播到中国,对青年学生产生的影响。子君与涓生未婚同居,也就找到了根源——受西方自由主义、浪漫主义的影响。而"两盆小草花"与"小油鸡""阿随"的出现告诉我们,子君和涓生趣味不同,涓生喜欢花花草草,子君喜欢小动物。这恐怕是他们分手的一个深层原因。

考察表格第四行。小说提供的几个时间概念,告诉读者涓生和子君的行为非常草率,彼此并不了解的情况下,进入同居生活,激情过去,发现沟通困难,只好分手。这意味着子君是个单纯的姑娘,把爱情想得过于美好,把艺术中的生活与现实生活混为一谈。

考察表格第五行。小说提供了三个空间:会馆、吉兆胡同、图书馆。会馆是个嘈杂空间,有很多干扰因素存在;吉兆胡同相对安宁,只有房东一家,人口也单纯。如果二人住在会馆,势必受到各方干扰,最后的结局便可在别人身上找原因;在吉兆胡同这种相对简单的环境里,两人迅速分手,只能从自身找原因。图书馆是涓生逃避子君的空间。

考察完表格中的元素,再来考察鲁迅处理元素的方式。鲁迅首先采用了抽象概括的方式处理社会问题,让"鲶鱼须的老东西"和"小东西"代替社会上的落后元素,之后就略去了人们对子君和涓生未婚同居行为的议论纷纷、指责、嘲弄。对涓生的处理也是抽象化和概念化的。涓生能用流行的各种新概念忽悠子君那样单纯的女孩,至于他在哪里上班,用的也是"局里",什么"局"不清楚,他是否能干、性格怎样、家庭背景如何,都是模糊的。其次采用了拟象化方式处理子君这个形象。子君被分为三段,同居前、同居中、同居后。同居前的子君没有详细介绍,只通过重复那句"我是我自己的,他们谁也没有干涉我的权利!"的豪言壮语留给我们一个勇敢、不怕世俗偏见、敢于"打破旧习惯"的虚像,这个子君是概念化的;同居中的子君交代得非常清晰,她像一个真正的小媳妇一样张罗着涓生的一日三餐和家中的日常生活,购买小鸡、小狗,俨然已把自己当作涓生的合法妻子,还准备像房东太太那样,找个帮工;同居结束,子君被父亲接走,回到家后发生了什么,子君为

① 鲁迅:《伤逝》,载《鲁迅全集　第二卷》,人民文学出版社,2005 年,第 115 页。
② 鲁迅:《伤逝》,载《鲁迅全集　第二卷》,第 114 页。

什么自杀,交代简单、模糊。这样的子君,与现实中活生生的人物不同,是被作者掐头去尾处理过的。作者根据需要有选择地让读者了解部分信息,其目的是让读者知道子君是一个传统女孩,不是能够说出"我是我自己的,他们谁也没有干涉我的权利!"的思想解放者。如此,就出现了两个子君,一个是说豪言壮语,走在时代前列,尝试性解放的子君,一个是传统的小女人式的子君。子君这一人物也就变成了一个观念象①。子君不是一个具象人物,而是一个拟象人物。

要理解拟象人物的特征,可参照要力勇的拟象油画《英气》。《英气》是礼赞中国古代男性英武、刚毅气质和胸怀韬略的油画作品。作者提取古代男性的精神气质,用色彩表现,再利用多种手法"组织"色彩,使它们成为有机整体,但这一有机整体并不是确定的"象",而是一种变动不居的"拟象",不同读者看到不同形象,之所以如此,是因为不同读者心中有不同的知识储备,会发现不同的层级的内涵。这是拟象手法的最大特征。《伤逝》中的子君也具有类似特征。所以,《伤逝》的表达机制不是摹仿的,而是拟象化的②。

考察了作者处理元素的手段后,还可考察作者组织元素的方法。鲁迅将空间与不同人物组合,形成意义模块,再将几个意义模块组合,形成既简单又复杂的文本。表面看,每个意义模块都是简单明了的,但组合在一起,深藏着作者要表达的思想。第一个意义模块由"会馆"和"小东西""鲶鱼须的老东西"等构成,代表社会上的杂音,窥视者和议论者;第二个意义模块由吉兆胡同与房东、房东太太、女帮工等组成,构成传统社会方式的模板;第三个意义模块由图书馆和涓生构成,代表对责任的逃避。在第一个意义模块里,总有人监督着涓生的行为,让涓生很不自在;在第二个意义模块里,涓生开始享受性爱,他只用了三个星期就"读遍了她的身体,她的灵魂"③,然后就觉得"隔膜"。遇到问题后,涓生开始躲避子君,逃到了第三个意义模块里。

分析《伤逝》的过程中,我们关注作品中的五大元素、作者处理元素的手段、组织的元素方式、表达目的等几个方面,相较于西方文艺理论将文艺作

---

① 这是笔者提出的概念,意思是某类形象(人、物)是作者为表达某种观念而创作的,虽有现实中人、物的影子,但不完全等同于现实中的人或物。

② "拟象化"是中国文艺中常用的手段,先抽象概括形成观念,再为观念创造新象。王夫之在《尚书引义·洪范一》(中华书局,1962年,第88页)中谈论过这一独特思维模式,他称这种思维模式为"象数相倚,象生数,数亦生象"。"象生数,则即象固可为数矣;数生象,则反数固可以拟象矣。"

③ 鲁迅:《伤逝》,载《鲁迅全集　第二卷》,第117页。

品分为作家、作品、世界、欣赏四大元素,然后一个元素一个元素分析的批评模式,更接近文艺本质和审美本质①。

三、表达机制批评法的流程

表达机制批评法是一种综合、多维考察文艺作品的方法,需三个步骤。

第一步:从作品中寻找作者所使用的元素,列出元素表。无论哪一类作品,都需通过这些基本元素进行表达,离开这些基本元素,文艺作品难以形成。但在不同类型的作品中,元素存在的形态不同,需要仔细分辨。比如在《诗经·小雅·采薇》中,时间元素与物元素结合在一起,在《山海经》中,时间元素与地理方位结合在一起。有些文艺作品篇幅庞大,元素众多,比如,长篇小说《红楼梦》中的人物元素、《三国演义》中的事件元素、《西游记》中的空间元素等。梳理元素时需要格外耐心、细心。作品中某一类型的元素多,某一类型的元素少,本身就值得格外关注。在一些篇幅较小的作品中,也会出现元素不全的情况,如《世说新语》有很多一两句话的小节,只有人元素、事件元素,缺失时间、空间等重要元素。面对这种情况就需要考:这些小节是否可以独立? 是否只是组成大章的小部件? 总之,分析作品元素,不仅需要注意元素名称,还需要注意整部作品元素的布局、不同类型元素的数量。不同作品中,元素的种类和数量不同,审美价值也不同。比如《诗经·鲁颂·駉》四个小节,物元素马不仅数量多,类型也多,但没有人元素和时间元素(见表绪-2)。而《诗经·小雅·采薇》,则有人、事、物、空间、时间五大类元素,每一类又有很多种,物的元素有植物、动物、器具等;人的元素有玁狁、君子、小人等;事的元素有采薇、戍、归聘、一月三捷、雨雪霏霏、行道迟迟等;时间元素有薇亦作止、薇亦柔止、薇亦刚止、杨柳依依、雨雪霏霏等;空间元素有靡室靡家、我戍未定、行道迟迟等。元素数量多、类型多,关系就复杂,内蕴的"理"就更深、更广,更接近"万古之情",审美价值也更高。从文艺家本质力量的角度思考,元素众多意味着文艺家胸怀、境界、思维复杂程度等更具超越性,文艺家的本质力量更大。(见表绪-2)

---

① 〔美〕M·H·艾布拉姆斯在《镜与灯:浪漫主义文论及批评传统》(郦稚牛、张照进、童庆生译,北京大学出版社,1989 年,第 6 页)中说:"尽管任何像样的理论多少都考虑到了所有这四个要素,然而我们将看到,几乎所有的理论都只明显地倾向于一个要素。就是说,批评家往往只是根据其中一个要素,就生发出他用来界定、划分和剖析艺术作品的主要范畴,生发出借以评判作品价值的主要标准。"

表绪-2　《诗经·小雅·采薇》与《诗经·鲁颂·駉》的元素比较表

元素类型	《采薇》元素名称	《駉》元素名称
人	君子、小人、玁狁、我	
事	采薇、归聘、戍、一月三捷	以车彭彭、以车伾伾、以车绎绎、以车祛祛
物	薇、常、路、戎车、四牡、象弭鱼服	牡马、车
时间	薇亦作止、薇亦柔止、薇亦刚止	
空间	（靡）室（靡）家、（行）道（迟迟道）	在坰之野

元素梳理和考察是表达机制分析法最关键的一步，也是最基础的一步，是为之后的分析和判断打基础的一步。当然，熟练之后也可以不必以图表的方式呈现，但分析者心中要有元素概念。

第二步：画出元素关系图。在分别考察各元素之后，需要考察元素关系。如人与人之间的关系、人与空间之间的关系、空间与空间之间的关系等等。元素越多，元素关系越重要。分析者可根据自己的兴趣点选择一组关系进行分析，也可以根据元素在作品中的重要程度决定分析某一组关系，并图示化作品的元素关系，以此说明文艺作品的内部结构、文艺家的运思模式、文艺作品的智力层次、美学风格等。比如，《诗经·小雅·采薇》的元素关系图（见图绪-1）和《诗经·鲁颂·駉》的元素关系图（见图绪-2）。

通过图绪-1和图绪-2，我们可以看到《诗经·小雅·采薇》的元素关系相较于《诗经·鲁颂·駉》的元素关系更为复杂和精致，它呈现出一种自转、公转相结合的宇宙模式，给人一种天人合一感。《駉》的元素关系像军事演习，是简单的列队模式，有气势，但结构简单。所以两首诗的审美价值不同，风格不同，《采薇》感情复杂，且有"理"蕴含其中，是理、事、情完美结合的典范之作；《駉》则以抒情为主，有炫耀武力的用意。

在图示化元素关系时，也能展示分析者的智力结构和思维水平，这是表达机制批评方法对接受者的考察。

第三步：考察文艺家对元素的加工手段，提炼表达机制。现实生活中的元素无法直接进入作品，需要文艺家对其进行加工和改造。而文艺家将元素加工成什么样子又与他的宇宙观、哲学观、思维方式、表达目的等有关。中国古代文艺家习惯将元素神化、幻化、妖化、魔化；西方传统文艺家，则习

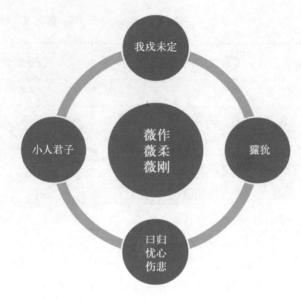

图绪-1　《诗经·小雅·采薇》的元素关系图

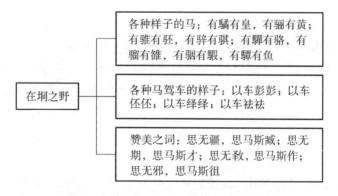

图绪-2　《诗经·鲁颂·驷》的元素关系图

惯将元素典型化、逼真化处理;而中国现当代文艺家习惯将现实元素抽象化、观念化、概括化、简化……不同文艺家在加工改造元素时又有微妙区别。文艺家对元素加工、改造的手段决定了文艺作品表达机制特征。西方文艺家将元素典型化、逼真化的处理模式是摹仿表达机制常用的手段;中国文艺家将元素神化、幻化、妖化、魔化、抽象化、观念化、概括化、简化等处理模式,是拟象表达机制常用的手段。比如,《红楼梦》第一回给贾宝玉和林黛玉设计一个前世情缘,又将女娲石变成"通灵宝玉",与贾宝玉一起出生,是一种"幻化"手法;《水浒传》第一回为梁山一百零八条好汉设计了一种前世因果,是一种"妖化"方式。但丁《神曲》创造了一个地狱,虚构了一个地狱空间,但地狱中的人物,有真实姓名,很多还是大家熟悉的历史名人,这是一种

"逼真化"的处理方式。也有些文艺家在一部作品中可能既使用"逼真化""典型化"的处理方式，又使用"幻化"的方式。如此，在分析文艺作品表达机制时，便需要灵活掌握。再者，随着历史的发展演变，各民族文艺作品的广泛传播，使得文艺家们不断学习借鉴其他民族处理元素的方式，这就出现了传统表达机制的各种变体，需要批评者小心辨识，谨慎处理。比如，西方现代文艺作品出现了很多新的风格和流派，似乎偏离了西方传统的摹仿表达机制，但因只是对客观元素的变形、切割、碎片重组，依然还属于西方摹仿表达机制范畴，准确表达可算是摹仿、变形或摹仿、切割，因为文艺作品中的元素与现实生活中的元素关系密切。就像某种物体经解剖变成了碎片，但大家还是能分辨出这些碎片是什么物体的碎片。

也就是说，判断文艺作品表达机制，除了考察文艺家改造元素的手法外，不要忽视元素与现实生活之间的距离。逼真化、近距离，是摹仿表达机制，碎片化、近距离，也是摹仿表达机制。所谓近距离是指，现实中的某物，到了文艺作品中还是某物。这一点在绘画中比较容易辨识，毕加索的画是这一方面的典型代表。还有一种情况则相反，表面看作品中的元素与现实中的元素很接近，都有相同的名字，但仔细考察会发现，作品中的某元素不是客观世界里的某一元素，而是客观世界中某一类元素的代表，甚至是更多元素的代表。中国现当代小说中有此类现象，如阿 Q 就不是一个农民的典型，而是很多人的集合。因而，阿 Q 不是摹仿得来的，是抽象、概括、观念化处理的结果。

目前我们见到的文艺作品基本分属两个表达机制的序列：摹仿表达机制序列和拟象表达机制序列。前者本着一个对象去创作，尽量做到"真实"化、"客观"化，给接受者一种确有其事的感觉；后者则有意识地将元素加工改造成不确定、变动不居的状态，以增加理解难度，使接受者进行再创作。

摹仿表达机制有助于把握客观对象，记录生活中的重要事情；拟象表达机制具有扩充思维、提升思维复杂度的功能。在摹仿表达机制和拟象表达机制两大序列中，常出现各种各样的变体，这就需要批评者认真分析作品，根据文艺家对元素的加工改造方式和程度，以及组织元素的方式、作品中元素与现实生活客体之间的距离提炼归纳作品的表达机制。

四、案例

我们以《聊斋志异·锦瑟》和《神曲·地狱篇》为例，考察两部作品的表达机制。《聊斋志异·锦瑟》通过人间、地府、天上三大空间组织元素，使用的是空间逻辑。但丁《神曲·地狱篇》也有地狱这一异质空间，但由于但丁思考的是哲学问题,使用的是象征手法,地狱中的布局对应的是现实中的善恶,与《锦瑟》中的地狱概念完全不同。《锦瑟》中的地狱是组织元素的一种手段,与天上和人间构成逻辑关系,而《神曲·地狱篇》中的地狱是但丁信仰中的实体性存在,是"真实"的,不是手段,而是目的,所以"《地狱篇》身处苦难中的灵魂,有的是刚去世的恶徒,有的则尚在人世,都是现实中的人物,故事讲述者往往就是故事中主角的亲属"①。也就是说,虽然作者设计了一个地狱,但其中的人物依然"摹仿"现实中的人物,作者没有改变元素的性质和现实关系,"具有现实主义精神"②,依然属于"摹仿"表达机制。但《锦瑟》中,无论锦瑟还是王生,都不是恶人,反而生活在人间的王生妻和富商是恶的代表,如此,地狱在《锦瑟》和《神曲》中的意味也就大不相同了。《锦瑟》中的地狱是蒲松龄用来组织事件、完成说理的手段和方法,王生和锦瑟可入地狱,也可离开地狱,全凭意愿。锦瑟具有神性和神力,可帮助王生,但王生若无意愿,也不能强行被拉进地狱或逼出地狱。《锦瑟》中,地狱不是惩罚的手段,只是一个"空间",与天上、人间具有同等功能,服务于作者的表达意愿。也就是说,蒲松龄为了抒情和说理,对元素进行了改造——虚化、神化、鬼化、仙化,使人、神、鬼三界合一,所诉情、理都是对书生的肯定。因而我们将《锦瑟》的表达机制称为"拟象表达机制"③。因为王生可人、可鬼,难以界定,是一个变动不居的表意"符号";锦瑟虽在地狱,但可通神,并可与王生回到俗世,也是一个难以界定神性、鬼性、人性的存在,是一个变动不居的"符号"。王生、锦瑟都是作者为表达而独创的观念象,不是生活中的真实存在,不指向现实世界,仅仅属于蒲松龄创造的艺术世界。

再以鲁迅的《聪明人和傻子和奴才》为例。在这一文本中,鲁迅为了表达他对社会问题的看法,经过了对现实问题的抽象思考和观念凝聚,之后创造了文本中的各元素——聪明人、傻子、奴才、主人,然后将他们组织进文本,在文本中,鲁迅调度四大元素的过程就像下棋,或像皮影艺术家操控皮影,一会儿让"奴才"与"聪明人"聊天,一会儿让"奴才"与"傻子"聊天。总之,这篇文章中的元素,是鲁迅为一定表达目的创造出来的。"聪明人""傻子"和"奴才"都不是现实生活中存在的具体某人,而是一类人的集合。用

① 苏晖、邱紫华:《但丁的美学和诗学思想》,《西南师范大学学报(人文社会科学版)》2004年第2期。
② 苏晖、邱紫华:《但丁的美学和诗学思想》,《西南师范大学学报(人文社会科学版)》2004年第2期。
③ "拟象表达机制"是中国文艺独具的表达机制,其特点是:先有思想,为表达思想而创造一种象。《聊斋》中的狐仙,《西游记》中的孙悟空、猪八戒都属于这类情况。这与西方摹仿客观对象的文艺完全不同。

绘画思维思考,"聪明人""傻子""奴才"不是具象表达,不是摹仿,也不是抽象化表达,因为"抽象"是一种观念化和符号化的行为,把一个活生生的人变成一幅画,本身就是抽象行为。但"聪明人""傻子""奴才"是经历了抽象后的再组合,是一个观念"集合",这种思维模式,超越了简单的"抽象",增加了"组合"过程,因而,"聪明人""傻子""奴才"是一种"观念象",用绘画语言表达出来就是"拟象",在这样的"拟象"里,有你的影子、我的影子、他的影子。甚至在每一个"拟象"里分别有你的影子、我的影子、他的影子。

"拟象"思维是经过抽象、计算、组合的思维模式,它超越某一事件的意义和价值,具有普遍意义和价值。因而,鲁迅这篇文章的表达机制属于拟象表达机制。

第二节 表达机制批评法的作用

表达机制批评法容易操作,且能发挥独特作用:发现文艺家的创作目的;辨析文艺作品的情感类型;洞悉文艺作品中深藏的哲理;还能发现文艺作品失败或成功的根源。

一、发现文艺家的创作目的

无论中国还是西方,文艺家在从事文艺活动时总有一定的目的,文艺家只要有了目的,就可从纷繁复杂的生活中选择符合表达目的的元素。鲁迅笔下的农民多数都有问题①,那是鲁迅想通过"暴露问题""引起疗救的注意",如果中国农民都是英雄好汉,都是圣人君子,鲁迅也许就不写小说了。巴金笔下的人物也有问题,比如《家》中的觉新,《寒夜》中的汪文宣等,都十分懦弱,但巴金笔下的人物与鲁迅笔下的人物的问题不同,多数是封建伦理制度对正常人性压制造成的。孙犁笔下的人物一个个都精神饱满、充满向上的精神力量,原因在于孙犁既"要改造旧的世界",又要"创造新的世界"②。可见,不同的创作目的,让作家在同样的生活世界中选择不同的元素——不同的人、事、物、空间、时间等,不同元素汇聚成不同意义群,一个文艺家与另一个文艺家也就区别开了。比如,鲁迅的《伤逝》、巴金的《寒夜》、孙犁的《嘱咐》这三篇小说都写一对夫妻,但鲁迅《伤逝》的创作目的是思考

---

① 《阿Q正传》中的阿Q是一个问题人物,打架、赌博、调戏妇女、偷窃……《故乡》中的杨二嫂、闰土也都有自己的问题,贪小便宜,胆小怕事,畏惧权贵;《社戏》中六一公公对城里人诮媚;《祝福》中祥林嫂愚昧、婆家人残忍;《离婚》中爱姑刁蛮、粗俗。

② 孙犁:《文艺学习》,载《孙犁文集5》,百花文艺出版社,2013年,第86页。

娜拉出走后会怎样,巴金《寒夜》则在反思中国家庭伦理问题,尤其是婆媳关系问题;孙犁《嘱咐》是在建设新的家庭伦理,树立新的夫妻伦理形象。有些文艺家的作品从技巧、形式角度分析,看不出什么问题,但总让人感觉不舒服,当用表达机制法分析时才会发现作者的创作目的出了问题。比如电影《我不是潘金莲》从电影技巧角度考察,觉得有很多手法上的创新,但看完总感觉不舒服,把电影中的人、事、物、空间、时间这些元素一一列出来,再列出元素关系表,就会发现这部电影存在的问题。(见表绪-3、图绪-3)

表绪-3　《我不是潘金莲》元素表

元素类型	元素名称
人	李雪莲、秦玉河、王公道、董宪法、荀正义、史为民、蔡富邦
事	李雪莲找领导要求帮忙离婚;李雪莲为离婚上访;领导求李雪莲不要上访
物	老母鸡、棉花
时间	大早、人民代表大会期间
空间	乡村、法院、化肥厂、县政府、市政府、北京

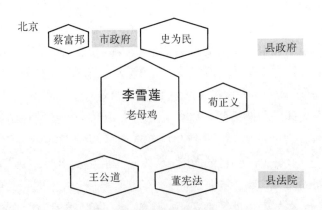

图绪-3　《我不是潘金莲》元素关系图

　　考察表格可发现,李雪莲与各位领导之间的关系荒诞,甚至荒谬;基本事件也站不住,既不合法,又不合逻辑,显得特别无厘头,难缠。

　　再考察作品的元素关系。通过作品的元素关系图,可发现李雪莲的核心地位,各级领导围着李雪莲转。如果李雪莲有合理诉求还可以理解,但李雪莲的诉求既违法，又有悖于常理，然而，各级领导却束手无策。电影之所以还有人观看，完全是技巧和演员在撑着。除了方言俗语以及各种亲戚称谓这一噱头给人的滑稽感外，找不到创作者的表达目的。在小说中，人物形象不够立体，还有一点讽刺味道，电影因演员的造型、体态、服装、拍摄视角，使李雪莲显得很高大，降低了小说的讽刺味道，剩下的只是炫技和无聊信息的不断重复。

刘勰在《文心雕龙·体兴》中说："辞为肤根，志实骨髓。"①"志"的核心内涵是指文艺家的志向、目的等。在刘勰看来，语言、技巧都应服务于文艺家的正确目的。没有目的，或目的不明确、不正确，再多的技巧，再华丽的语言都没什么价值。鲁迅说："说到'为什么'做小说罢，我……以为必须是'为人生'，而且要改良这人生。……所以我的取材，多采自病态社会的不幸的人们中，意思是在揭出病苦，引起疗救的注意……"②巴金说："我写作一不是为了谋生，二不是为了出名……我写作是为着同敌人战斗。……我的敌人是什么呢？我说过：'一切旧的传统观念，一切阻止社会进步和人性发展的不合理制度，一切摧残爱的努力，它们都是我最大的敌人。'"③

　　那些没有原则地主张"我愿意写什么就写什么"过度的任意行为是错误的。因为文学到底不能离开现实生活，就像作家不能离开人类社会一样，是绝对的事实。如果文学事业没有个统一的方向，对于文学事业本身也是绝大的损害，那结果会使作者们萎缩了观察现实的能力，缩小了他们体验现实的范围，不去对现实作广泛的研究。兴之所至，玩起个人的小爱好，脱离现实，变成个人中心主义。

　　文学如果远离革命政治滋养着的人民和他们的生活，便什么也没有了。④

可见，成功的文艺家都有明确的文艺创作目的，有为民族的，有为民众的，这是他们成功的秘诀。没有目的，或以名利为目的，会降低作品格调，文艺作品也就与艺术无缘了。

---

① （南朝梁）刘勰：《文心雕龙浅释》，向长清释，吉林人民出版社，1984 年，第 265 页。
② 鲁迅：《我怎么做起小说来》，载《鲁迅全集　第四卷》，第 526 页。
③ 巴金：《探索集·我和文学》，人民文学出版社，1980 年，第 146 页。
④ 孙犁：《文艺学习》，载《孙犁文集 5》，第 88 页。

二、辨析文艺作品的情感类型

表达机制分析法,可通过考察文艺家加工、改造元素的方式,了解文艺家蕴藏于作品的情感类型。如以妖化、魔化表达一种情感,以仙化、神化、幻化表达一种情感,以美化表达一种情感,以丑化表达一种情感。

在中国古典文艺作品中,妖化、魔化、仙化、幻化手法比较明显,如人变成狐,或者孙悟空变成白骨精、牛魔王等。但在中国现当代文艺作品中,仙化、神化、魔化的方式变得不容易辨别了,需要通过将文艺作品中的元素与所处时代现实中的元素进行对比,方可发现。当然,在接收了西方现实主义思想之后,中国很多文艺作品中的元素越来越贴近现实,但因表意需求,文艺家也会适当地将作品中的元素进行升华处理,使其具有更多超能力。若用西方理论中的"真实"标准去判断,会感觉不够真实。但用表达机制批评法考察,那是文艺家加工现实元素的一种手段。

中国文艺始终是文艺家"言志""抒情""明理"的结果,文艺家的情感类型决定其作品格调,也决定其作品的审美价值来源。孙犁在《文学和生活的路》中说:"一部作品,艺术的成就,不是一个技巧问题。"①如果艺术的成就不是技巧问题,那就应该是格调问题。而作品的格调与艺术家的胸襟抱负直接相关,所以孙犁在《作家与道德》中说:"个人的愤世嫉俗,是一种狭隘的感情。"②"人在写作之时,不要只想到自己,也应该想到别人,想到大多数人,想到时代。因为个人的幸与不幸,总和时代有关。同时,也和多数人的处境有关。多想到时代,多想到旁人,可以使作家的眼界和心界放得宽广。"③孙犁的小说之所以给人一种荡气回肠的感觉,就是因为作品中有时代,有民族,有人民。万古之性情是中国古代有成就的文艺家追求的目标。在中国文艺家眼里,文章乃"情性之风标"④。"情",亦是"文之经","经正而纬成"⑤。"经正"与"万古之性情"和孙犁所说的"想到大多数人,想到时代……心界放得宽广"具有相同的意指。中国文学史的情感类型有:宇宙万古情、民族家国情、家族情、个人情等。

无论中西,那些打动我们的作品,常常是那些高格调的情感类型,是浩然之气,是万古之性情。当代文艺家追求技巧、手法者多,追求浩然之气、万

---

① 孙犁:《文学和生活的路》,载《孙犁文集5》,第558－559页。
② 孙犁:《作家与道德》,载《孙犁文集6》,第442页。
③ 孙犁:《作家与道德》,载《孙犁文集6》,第442页。
④ (南朝梁)萧子显:《南齐书》,中华书局,1972年,第492页。
⑤ (南朝梁)刘勰:《文心雕龙浅释》,向长青释,第288页。

古之性情的越来越少,这是当代文艺缺少精品的一个主要原因。

三、洞悉文艺作品中的深刻哲理

文艺作品作为一个有机整体,无论言志、抒情,都必包含"理",无"理","志"空疏而无着落,"情"飘荡而难动人。《说文解字》这样解释"理":"理,治玉也。"①段玉裁注:

> 郑人谓玉之未理者为璞,是理为剖析也。玉虽至坚,而治之得其鰓理以成器不难,谓之理。凡天下一事一物,必推其情至于无憾而后即安,是之谓天理,是之谓善治。此引申之义也。戴先生《孟子字义疏证》曰:理者,察之而几微,必区与别之名也,是故谓之分理。在物之质曰肌理,曰腠理,曰文理。得其分则有条而不紊,谓之条理。郑注《乐记》曰:理者,分也。许叔重曰:知分理之可相别异也。古人之言天理,何谓也? 曰:理也者,情之不爽失也。未有情不得而理得者也。天理云者,言乎自然之分理也。自然之分理,以我之情絜人之情,而无不得其平是也。②

段玉裁强调了情和理的关系:"曰理也者,情之不爽失也。未有情不得而理得者也。天理云者,言乎自然之分理也。自然之分理,以我之情絜人之情,而无不得其平是也。"可见,中国的"理"乃是万事万物所包含的内在规律。情有情理,物有物理,文有文理。中国文艺家在追求情感表达时,并没有忘记"理"的存在。所以朱熹在《大学章句序》中说:"及其十有五年,则自天子之元子、众子,以至公、卿、大夫、元士之适子,与凡民之俊秀,皆入大学,而教之以穷理、正心、修己、治人之道。"③"穷理"是"大学"教育的基本手段和方法。《诗经》作为中国最早的诗歌总集,也是重要的学习材料,《论语·学而》:"子曰:'《诗》三百,一言以蔽之,曰:思无邪。'"④所谓"一言以蔽之"就是概括、归纳,是穷理的一种方式。"程子曰:'思无邪者,诚也。范氏曰:学者必务知要,知要则能守约,守约则足以尽博矣。'"⑤"知要"就是要通过分析、抽象、概括把握核心、本质。学习《诗》三百并把握总体特征,便是儒家训练弟子明理、知要的手段和方法。

① (汉)许慎撰,(清)段玉裁注:《说文解字注》,上海古籍出版社,1982 年,第 15 页。
② (汉)许慎撰,(清)段玉裁注:《说文解字注》,第 15-16 页。
③ (宋)朱熹集注:《四书集注·大学章句序》,岳麓书社,1985 年,第 1 页。
④ (宋)朱熹集注:《四书集注·论语》,第 77 页。
⑤ (宋)朱熹集注:《四书集注·论语》,第 77 页。

《诗经》是不同地域的不同作者对不同事情所思所感而创作的诗篇,篇篇皆"诚",皆作者对现实中人、事、物的所思所感,对善的人、事、物的真诚歌颂,对恶的人、事、物的尽情鞭挞,但都表达"微婉"①,使人沉思"穷理"。《论语·八佾》中,子夏问诗:"'巧笑倩兮,美目盼兮,素以为绚兮。'何谓也?"孔子回答:"绘事后素。"子夏由此推断:"礼后乎?"从"巧笑倩兮,美目盼兮,素以为绚兮"到"礼后乎"是一段非常复杂的"穷理"路径。《论语》没有记载孔子和子夏的分析、推理、论证过程,孔子直接向子夏陈述结论,子夏也直接向老师提供结论。这意味着,分析、推理、论证过程需要沉思默想,不必"说"出来,有了结论才需要说出来。

《孟子·万章》中,孟子与万章、咸丘蒙进行的也是一种"穷理"活动。万章和咸丘蒙在阅读时,只看到事情的表面,看不到文字背后更深层的"理",孟子帮他们发现包含在诗中的"理"。可见,"穷理"是儒家教育的重要内容之一。这意味着中国文艺作品中有"理",在阅读时不能只看文字表面,要通过分析、推理、想象去"穷理"。反过来,对文艺创作的要求也一样,必须将"理"蕴藏在文中,所以,陆机《文赋》有"要辞达而理举"的要求,"辞"必须服务于"理"。

文艺作品中的理,不是浮在表面的,需要通过分析、归纳、总结出来。表达机制的第一步梳理元素、列元素表,是最直接的分析工具,也是最透彻的分析工具;分析元素关系和艺术家处理元素的方法是分析的深入;对文艺家组织元素方式的考察是再次深入。经过若干步骤层层深入的分析,文艺作品的情理、事理、哲理就都浮现出来了。比如,《世说新语·德行第一》中,有很多小节只言片语,梳理其元素,只有一两种,因而不能算完整作品,与其他节组合才能成为作品,一旦关注"组合",并梳理组合在一起的元素,不但能发现作品中的"理",还能发现《世说新语》的独特表达机制。它通过记录当时最有德行人物的行为,演示儒家信奉的忠孝节义、仁信智礼。具体方式是选取人物行为片段,客观叙述,是极简模式;将不同类型的德行组织在一起,形成与标题相呼应的文本,是"拼贴"手段。标题是点睛,也是点题。

中国文艺重"志""情""理"等主体性表达,为了"言志""抒情""明理",艺术家可改变现实中的人、事、物,亦可创造新的表达元素,不必拘泥元素的"客观""真实"。客观、真实的元素具有唯一属性,难以表达复杂、深刻的情与理,难以反映时代精神,也不能代表群体的精神诉求。文艺应反映民族的、时代的精神诉求。恩格斯在给《城市姑娘》作者玛格丽特·哈克奈斯的

① (宋)朱熹集注:《四书集注·论语》,第77页。

信中所谈及的问题就涉及元素的"真"与时代精神"真"的关系。恩格斯说："在《城市姑娘》里,工人阶级是以消极群众的形象出现的,他们无力自助,甚至没有试图做出自助的努力……这种描写在1800年前后或1810年前后,即在圣西门和罗伯特·欧文时代是恰如其分的,那么,在1877年,在一个有幸参加了战斗无产阶级的大部分斗争差不多50年之久的人看来,就不可能是恰如其分的了。"①恩格斯在这里对文艺家提出的要求是:了解时代,思考时代提出的问题,让元素的"真"与文艺作品中蕴含的"理"统一起来。而在元素的"真"和"理"的"真"的关系上,恩格斯更重视"理"真。这与中国文艺传统中重情真、理真是一致的。

第三节　表达机制批评法的普适性

表达机制作为一种批评方法,是一种整体、综合批评法,这种整体批评法,是孙犁期待的批评。孙犁说:

曾经有一个时期,有些评论家在一些人的作品里,发现了所谓"独具风格""诗情画意""抒情诗""风景画",甚至"女人头上的珠花"。我读了这些评论,有时感到很是茫然。按说,什么作家都是有他自己的风格的,这里所谓"独具风格",究竟是些什么内容? 有些评论,不是从作品的全部内容和它的全部感染力量着眼,不是从作品反映的现实,所表现的时代精神,以及人民在某一时期的思想感情着眼,而仅仅从作品的某些章节和文字着眼,使得一些读者在阅读这些作品的时候,就只是去"捕捉"美丽的字句,诗意的情调。在他们开始写作的时候就不知不觉地受到影响。

不妨打这样一个比喻:有一只鸟,凌空飞翔或是在森林里啼叫,这可以说是美的,也可以说富有诗情画意。但这种飞翔和啼叫,是和鸟的全部生活史相关联的,是和整个大自然相关联的。这也许关联着清空丽日,也许关联着风暴迅雷。如果我们把这些联系都给它割断,把这只鸟"捕捉"了来,窒其生机,割除内脏,填以茅草,当作一个标本,放在漂亮的玻璃匣子里,仍然说这就是那只鸟的"美",这就是它的"诗情画意"。这就失之千里。②

① 〔德〕恩格斯:《致玛格丽特·哈克奈斯》,载《马克思恩格斯文集10　书信选编》,中共中央马克思恩格斯列宁斯大林著作编译局编译,人民出版社,2009年,第570页。

② 孙犁:《作画》,载《孙犁文集6》,第83页。

孙犁认为局部批评是"窒其生机"的批评,其结果是"失之千里"。表达机制作为整体批评法,适合对中国文艺作品、西方文艺作品进行分析,也适合对不同时代文艺作品进行分析。因为任何时代、任何民族的文艺作品都与现实生活紧密相关,需通过人、事、物、时间、空间等基本元素反映生活,表达思想感情。只是文艺家会因哲学观、宇宙观、思维方式、文艺观念等不同,对元素采取或摹仿、或拟象化(虚化、幻化、重叠化……)的加工方式。因而,通过梳理元素,分析元素关系,元素加工手段,组织元素方法对作品进行解剖的表达机制批评法适用于不同民族、不同类型、不同时代的作品分析,具有普适性。现从时代、民族、艺术门类三方面谈表达机制批评法的普适性。

一、表达机制批评法的跨时代性

表达机制批评法是从文艺作品生成角度思考问题,并认为文艺作品是艺术家从现实中提取元素,加工、改造元素,组织元素而形成的有机整体。只要人类属性不变,文艺属性不变,文艺、人类、世界的关系不变,文艺作品就总是"艺术家从现实中提取元素,加工、改造元素,组织元素而形成的有机整体"。表达机制批评法就不受古老语言的影响,可梳理古典作品中的元素,考察古代作家对元素加工改造的方法,组织元素的思维模式,获取审美价值的来源。以中国古代《诗经·小雅·采薇》和当代诗人余秀华《麦子黄了》两首诗为例,运用表达机制分析法,可得知两首诗的审美价值大小及原因所在。我们先将两首诗中的元素梳理出来,列表比较(见表绪-4),再将两首诗的元素关系图画出来,进行对比。

表绪-4 《诗经·小雅·采薇》与《麦子黄了》的元素对比表

元素类型	《采薇》元素名称	《麦子黄了》元素名称
人	君子、小人、獫狁、我	父亲
事	采薇、归聘、戍、一月三捷	我看见父亲背着月亮抽烟
物	薇、常、路、戎车、四牡、象弭鱼服	麦子、麻雀、月亮
时间	薇亦作止、薇亦柔止、薇亦刚止	深夜、麦子黄了
空间	(靡)室(靡)家、(行)道(迟迟)	家门口、横店、江汉平原

从元素数量讲,《采薇》的元素多于《麦子黄了》;从元素质量讲,《采薇》的元素关涉国家大事,而《麦子黄了》是一己、一时、一事的小我之情。与

《麦子黄了》相比,《采薇》的作者视野广阔,阅历丰富,胸怀博大,思维复杂。

再对比元素结构图(图绪-1与图绪-4)。图绪-1是一个循环的圆形结构,将时间和空间纳入思考范围,图绪-4是直线结构,由眼前事物想到相关事物。《采薇》作者思考的问题比较复杂,站位高,代表一个群体表达,思维方式经过了多重转换和组合,抒情委婉、含蓄,有家国情、民族情,也有思乡情和对战争的厌倦,是多种情感的复杂结合。《麦子黄了》基本站在个人角度,只对眼前事物进行描摹,思维结构相对简单,诗人的着力点在语言的反常化,即用空间元素"横店""汉江平原"代替物元素"麦子",产生了一种陌生化效果。无论内容、艺术手法、思维水平,《采薇》的作者远高于《麦子黄了》的作者。

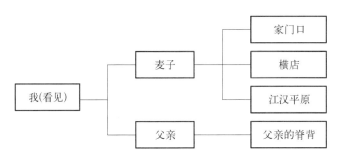

图绪-4　《麦子黄了》的元素结构图

二、表达机制批评法的跨民族性

表达机制批评法通过提取作品元素,考察艺术家对元素的加工改造手段和组织模式,了解作品的审美价值来源,不受民族语言影响。不同民族的语言经翻译转换成另外一种民族的语言时,都会因词语无法一一对应,出现"语义增值"①和"语义贬值"②现象。用形式/内容二分模式分别考察翻译过的作品,会出现审美价值的误判,会认为"增值"了的译文好于本民族作品,"贬值"了的译文次于本民族作品。这就无法深刻理解另一民族文艺的审美价值及其产生的根源。比如,英文版《诗经》因语言隔膜、语词不对等、

---

① 汉语不仅一字多义,还有很多成语、典故,一部英语或法语作品被翻译成汉语时,无法避免地要使用多义字、成语、典故等,这样就会使一部汉译著作的信息量增大,与原作相比增值了。

② 汉字是音、形、义三位一体的文字,每一个文字都具有多义特征,文字的具体内涵需要结合上下文去理解,还需要结合社会环境去理解。如"关关雎鸠,在河之洲。窈窕淑女,君子好逑。"除了诗歌的意义之外,还有诗歌的音乐美,这种音乐美与诗歌的格律、韵脚、节奏等都有关系。中国读者阅读这首诗,享受其独特的音乐美,想象诗歌提供的意境,以及关于窈窕淑女,君子好逑所表达的场面,内涵十分丰富。如果将其翻译成英文,无论音译还是意译,诗歌原来的音乐美都会被破坏。那么,中国诗歌被翻译成英文,意蕴、审美价值会降低,英译版的《诗经》与原版《诗经》比则贬值了。

语法差别等原因,没有《诗经》意蕴深刻,审美价值高。若西方人仅通过阅读英文版《诗经》了解中国古代文学,难以对中国文学做出正确的价值判断和审美判断。因为,汉字是音、形、意三位一体的文字,英语是拼音文字,一个汉字能表达的意义,需很多英文单词才能解释清楚,一首审美价值极高的中国古典诗词,翻译成英文,字数变多了,意义变少了,诗歌原有的形式美丧失殆尽。形式和内容在翻译过程双双缩减,用西方的形式/内容二分模式考察,很难得到正确结论。

　　元素批评法聚焦于作品元素,而元素,尤其是核心元素,在翻译过程中受到的影响较小。人、事、物、时间、空间五大元素,无论使用哪种语言,元素数量不能减少,质量不能改变,加工元素的手段、组织元素的方式也不能改变。因而,分析作品时,只要梳理出核心元素,考察重要元素关系、加工元素的手段、组织元素的方法,作品的审美价值、思维水平、情感类型等均可得到呈现,对作品的最终判断不会受太大影响。兹以日本的《竹取物语》和鲁迅的《奔月》为例,比较分析不同民族文艺的思维模式和特征。先将《竹取物语》和《奔月》中的元素挑选出来列表对比(见表绪-5),再将元素关系图画出来进行对比(见图绪-5、图绪-6)。

表绪-5　《竹取物语》与《奔月》的元素对比表

元素类型	《竹取物语》的元素名称	《奔月》的元素名称
人	竹取翁、赫映姬、石作皇子、车持皇子、阿倍御主人、大伴御行、石上麻吕、皇帝、天人	嫦娥、羿、女乙、女辛、女庚、逢蒙、老太太、王升
事	竹取翁发现赫映姬、五大皇子为娶赫映姬弄虚作假、皇帝想招赫映姬进宫、赫映姬奔月……	羿打猎、回家后向嫦娥道歉、羿与老太太争执、逢蒙暗杀羿、嫦娥奔月、羿射月
物	如来佛的石钵、玉树、火鼠皮袍、宝珠、子安贝、天羽衣、不死之药、云车	乌鸦炸酱面、马、箭、脱毛的豹皮、一匹麻雀、金丹、黑母鸡、射日弓、葱、炊饼、辣酱、网兜
时间	古代	古代　现代
空间	竹林、竹取翁家、富士山	羿和嫦娥的家宅、高粱田、茂密的树林

　　虽然《奔月》不如《竹取物语》长,但其元素数量比《竹取物语》多。在物元素中,《奔月》不仅有古代元素,还有现代元素,将故事时间从远古一直绵

延到现代。

　　再比较两部作品的元素关系图(见图绪-5和图绪-6),二者的思维结构存在巨大差异。《竹取物语》中,"赫映姬"是中心,赫映姬两侧的元素关系呈现出不一样的结构模式。左边元素组成的关系图,像一个飞升结构①,与中国神话的思维接近,也与《奔月》接近。赫映姬右边元素组成的关系图,则像一个执行任务结构②,与西方神话思维接近。赫映姬将两个完全不同的结构"卯榫"③在一起,就像一个装置艺术。从思维模式角度讲,日本神话《竹取物语》具有中西两种思维模式,左边是中国神话模式,右边是西方神话

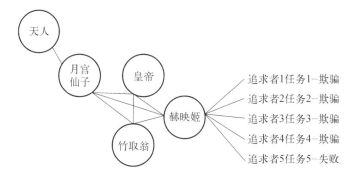

图绪-5　《竹取物语》元素关系图

模式。从表达机制角度讲,《竹取物语》也由两种表达机制组合而成:摹仿表达机制、拟象表达机制。赫映姬是一个拟象,赫映姬与天界的关系属于拟象表达机制,赫映姬考验求婚者的细节是现实生活中相似情节的投射,有摹仿表达机制的痕迹。

　　《奔月》对神进行了人化处理,将神话传说中的羿和嫦娥降格为凡人,让他们为凡人的吃饭问题烦恼,故事

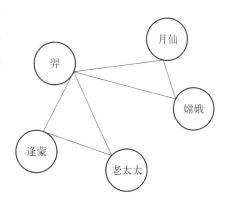

图绪-6　《奔月》元素关系图

---

① 飞升结构指由人与神组成的结构,神在天界,人在人间,当人间元素与天界元素建立起关系时,组成的就是一个飞升结构:要么人飞升到天界,要么神降临人间后再回到天界。中国古代作品中有很多从人间飞升到天界的故事结构,如哪吒的故事、八仙的故事、嫦娥的故事等。

② 执行任务结构是指某人完成任务得到某种奖励的一种特定故事结构。西方很多传统故事具有这种特征,比如俄狄浦斯的故事、奥德赛的故事等。

③ 用"卯榫"不用"连接"想说明《竹取物语》是由两个部件组成的,作品缺乏中国作品的有机性。两大部件由赫映姬这个既人又神的拟象"卯榫"在一起,表面十分紧密,但仍然可以拆解。

结束时,嫦娥飞升到天界,重新具有了神性,这样,羿和嫦娥分别具有两种身份,变成拟象人物,因而,《奔月》属于中国传统拟象表达机制。

三、表达机制批评法的跨艺术门类性

如果艺术品是"艺术家从现实中提取元素,加工、改造元素,组织元素而形成的有机整体",那么无论文学艺术、绘画艺术还是影视艺术,应该都可以通过提取作品中的元素,梳理元素关系,发现文艺家对元素加工、改造程度、方法,以及组织元素的思维模式,发现其审美价值及其来源。我们以梵高《吃土豆的人》和毕加索《坐着的女人》两幅油画为例进行分析。首先将两幅作品中的元素列表对比(见表绪-6),再将两幅作品的元素关系图画出来进行比较(见图绪-7、图绪-8)。

表绪-6　梵高《吃土豆的人》和毕加索《坐着的女人》元素表

元素类型	《吃土豆的人》元素名称	《坐着的女人》元素名称
人	农民一家	一名中产阶级女性
物	土豆、灯光、窗栅栏、屋顶生的木棍、餐桌、木椅	椅子、毛衣、帽子
事	吃晚餐	坐着(被观摩)
时间	傍晚	上午
空间	农家	铺着木地板的房间

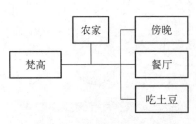

图绪-7　《吃土豆的人》
元素关系图

若仔细考察加工元素的手段,梵高和毕加索的情感类型已鲜明表现出来,梵高关注到了农民生活中的众多元素,在描绘这些元素时,让我们感觉到梵高对农民的深切同情和赞赏。毕加索则沉浸在个人情感中,他看到的是女人、女人的着装,对女人着装的处理十分细腻。

画出元素关系图后,可看到毕加索和梵高组织元素的思维运作模式不同,毕加索的思维运作过程比梵高的思维运作复杂得多。梵高有对艺术的热爱,有对农民的尊敬,但梵高只如实再现生活,是摹仿,而毕加索却对现实元素进行了多重转换,将元素碎片化后再组合,叠加,反复归置。尽管如此,我们依然可看到毕加索作

图绪-8　《坐着的女人》元素关系图

品中的元素与现实之间的密切关系,因而依然属于摹仿表达机制,是摹仿、碎片化、反复叠加的运作思维模式。

　　总之,表达机制分析法是一种从文艺生成角度逆向、全方位考察文艺作品审美价值及其来源的批评方法,符合文艺生成的基本规律,因而具有普适性。

第四节　表达机制批评法的多重价值和意义

　　表达机制批评法是在长期教学实践和文艺创作实践中提炼出来的,又在教学实践和创作实践中反复验证,具有一定科学性,其价值和意义是多方面的。

一、文化方面的价值和意义

　　文化是多层次的存在,但其核心表征是文艺:诗歌、小说、影视剧、戏剧、绘画等,通过文艺作品可以了解一个民族的精神状况。20世纪,中国青年通过绘画、小说、电影等文艺作品对西方文化有了深入而广泛了解;西方也通过中国绘画、文学作品、电影等了解了中国文化。文艺作品(文学、绘画、影视等)中的民族精神,并非浮在作品表面,让人一目了然,常常隐在作品元素及其关系中,需认真分析才能准确把握。如前面分析《竹取物语》时,从其元素关系图可了解日本民族的思维方式具有中西混合特征,文化上具有"拼装""组装"的特征。

文艺家加工、改造元素时,有的完成民族精神塑造,有的解构、破坏民族精神形象。这需普及一种解读文艺作品的方法,使人在接受文艺作品时,养成分析习惯,辨识隐藏在作品中的情感、思想、思维运作模式等。这有利于客观看待不同民族的文艺作品,有利于了解不同文艺作品中的不同民族精神。20 世纪以来,我国研究中西文化差异的著作很多,研究者从不同角度入手,试图解释中西文化差异的产生根源,但随着研究的深入,原来发现的差异又被取消了,那说明研究者的研究方法并不合适。比如,梁漱溟认为:"宗教问题实为中西文化的分水岭。"①冯友兰认为中西哲学的不同在于分析方法不同,中国的分析方法是"负的方法",西方是"正的方法","负的方法,试图消除区别,告诉我们它的对象不是什么;正的方法,则试图做出区别,告诉我们它的对象是什么。对于中国人来说,传入佛家的负的方法,并无关紧要,因为道家早已有负的方法,当然佛家的确加强了它。可是,正的方法的传入,就真正是极其重要的大事了。它给予中国人一个新的思想方法,使其整个思想为之一变"②。张世英认为,中西之间的区别在于宇宙观不同,中国近代,向西方学习的主要是"西方近代哲学的主客思维方式及其与之相联系的主体性哲学"③,"中国传统的天人合一思想,其重要特征之一,就是不重视主体与客体、我与非我的区分,不重视主体对客体的认识和支配作用,因而也不重视主客关系式的认识论与方法论"④。王树人则认为中西文化最大差异是思维方式,中国的思维方式是"象思维",西方的思维方式是"概念思维",他说:"19 世纪末至 20 世纪初,中国陷入民族危亡的严重危机。在救亡中,中国以西方为师,首先使中国教育制度实现了几乎全盘西化的改革。……在开启逻辑概念思维这扇理性之窗时,却把中国'象思维'这扇悟性之窗关闭了"⑤。

但随着研究深化,大家发现的差异又逐步消解了,张世英说:"中西哲学史各自都兼有'天人合一'式与'主客二分'式的思想,不过西方哲学史上较长时期占主导地位的旧传统是'主体—客体式',中国哲学史上长期占主导地位的思想是'天人合一'式。"⑥冯友兰也说:"正的方法与负的方法并不是

---

① 梁漱溟:《中国文化要义》,上海人民出版社,2011 年,第 50 页。
② 冯友兰:《中国哲学简史》,涂又光译,北京大学出版社,1996 年,第 282 - 283 页。
③ 张世英:《哲学导论》,北京大学出版社,2002 年,第 402 页。
④ 张世英:《哲学导论》,第 402 页。
⑤ 王树人:《文化观转型与"象思维"之失》,《杭州师范大学学报(社会科学版)》2008 年第 3 期,第 6 - 9 页。
⑥ 张世英:《哲学导论》,第 5 页。

矛盾的,倒是相辅相成的。一个完全的形而上学系统,应当始于正的方法,而终于负的方法。如果它不终于负的方法,它就不能达到哲学的最后顶点。但是如果它不始于正的方法,它就缺少作为哲学的实质的清晰思想。"①王树人在深入研究中国人独特的"象思维"时发现,"'象思维'的本原地位不仅表现为概念思维是在'象思维'基础上发展起来的,而且还表现为即使在概念思维发展的成熟阶段,例如形式逻辑、数理逻辑、辩证逻辑、模糊逻辑等诸多体系建立以后,它们本身的运用与发展仍然是以'象思维'为基础的"②,因为"象思维具有普遍性。人类向来都是用象思维进行哲学思考"③。开始时发现的"差异",深入下去,发现的是"相同"。相同不是不好,而是解释不了一目了然的不同产生的根源。比如,中西方绘画存在一目了然的不同,为什么?是思维方式原因还是别的原因?

之所以出现这种现象,是因为大家是通过哲学、理论入手对比研究中西文化差异的,没有通过文艺入手进行对比研究。通过文艺研究中西方文化差异的,用的方式是西方方法,不是普适性方法,这容易否定西方以外各民族文艺的审美价值。

作为普适性的批评法,表达机制分析法让我们发现中西文艺一目了然的不同的深刻根源,且能解释一个民族之所以如此的原因。比如,古希腊艺术为什么会有"许多真人大小的单个裸体男人像"④,这与古希腊的基本精神有关,"他们把人类视为自然界最高等的生物——在外形上最接近完美"⑤,"这种对人的看法催生了个体重要性的新概念。古希腊人重视人的潜能和成就,这些成就能推进民主的进程,推动艺术中的写实人物形象达到完美。"⑥如果我们再考察最早的古希腊历史《希罗多德历史》,还会发现,古希腊民族崇尚的精神是抢掠和征战。因为这部最古老的历史记载的先民的功业是抢掠财富、地盘、美女等。再考察荷马史诗《伊利亚特》和《奥德赛》也会发现相似内容——征战和抢掠。也就是说古希腊的民族精神崇尚个人主义的功业,这与他们的奥林匹克运动会所表现的精神如出一辙,而这一切都表现在他们的艺术中——雕塑——"真人大小的单个裸体男人像"。古希腊雕塑作为最完美的艺术是如何产生的呢?按照柏拉图和亚里士多德的说

① 冯友兰:《中国哲学简史》,涂又光译,第295页。
② 王树人、喻柏林:《论"象"与"象思维"》,《中国社会科学》1998年第4期,第38－48页。
③ 胡伟希:《原象:形而上学思维如何可能》,《社会科学》2009年第8期,第115－128页。
④ 〔美〕帕特里克·弗兰克:《艺术形式》,俞鹰、张妗娣译,中国人民大学出版社,2016年,第359页。
⑤ 〔美〕帕特里克·弗兰克:《艺术形式》,俞鹰、张妗娣译,第358页。
⑥ 〔美〕帕特里克·弗兰克:《艺术形式》,俞鹰、张妗娣译,第358页。

法就是"摹仿",这已众所周知。也就是说,古希腊艺术的表达机制是摹仿,"被摹仿的人物或优于我们,或劣于我们,或同我们一样。"①摹仿作为古希腊艺术的表达机制与古希腊人的宇宙观、价值观、思维方式紧密相连。古希腊艺术和哲学在西方世界产生着深远影响,最重要的影响"与其说是哲学的主题不如说是哲学的取向和重点。他们哲学的重点是实践的,而其取向则是以个体为中心的"②,哲学的个体主义取向产生了艺术的摹仿论,因而,西方艺术以"摹仿表达机制"为基础。

沿着这个思路致思,中国文化必然存在与其民族精神相一致的独特表达机制,因为中国古代有自己的宇宙观、价值观、伦理观,其艺术观也必然与其宇宙观、价值观、伦理观相协调,这一切也必然会在中国古代文艺作品中体现出来。这是表达机制批评法的文化意义。它让我们深刻理解中西文艺的差异,深刻理解中西文化差异产生的根源,也让我们更好地理解中国文化的独特品格及其根源。比如,中国神话《山海经》,中国典籍《尚书》《春秋》《易经》等,都有着与西方文艺不一样的表达机制(后详)。

二、理论方面的价值和意义

表达机制是一种整体、综合批评法;是对文艺作品生成过程的逆向考察,符合文艺运行基本规律,具有一定的科学性。这与西方传统的批评方式,或考察社会环境,或考察作者,或考察文本,或考察接受者的阶段性、"局部"批评,区别开来。阶段性的、局部的批评虽然给人细腻、透彻的感觉,但因总是对文艺作品某一部分展开深度批评,其结果仍然是"窒其生机""失之千里",不能整体把握文艺作品特征,也就不算是准确的。对文艺的认识永远处于虽不断深入,但无法接近本质。西方自柏拉图以来,"不断地试图给艺术下定义"③,最终也未形成一个终极性的、令大家满意的艺术定义。

表达机制批评法,通过梳理作品元素,深入作品内部;通过分析元素关系、元素加工手段、组织方式,解决了西方关于美本质和艺术本质问题的迷惑。在表达机制视域中,文艺是文艺作品的集合,没有作品无所谓文艺。而文艺作品是文艺家从现实中选取元素,加工、改造元素,组织元素形成的精

---

① 〔古希腊〕亚里士多德:《论诗》,载《亚里士多德全集 第九卷》,崔延强译,中国人民大学出版社,1994年,第643页。
② 〔美〕撒穆尔·依诺克·斯通普夫、詹姆斯·菲泽:《西方哲学史》,匡宏、邓晓芒等译,世界图书出版公司北京公司,2009年,第90页。
③ 〔美〕沃特伯格著:《什么是艺术》,李奉栖、张云、胥全文、吴瑜译,重庆大学出版社,2011年,第9页。

神产品;文艺家选取元素依据表达目的,表达目的与文艺家早已形成的各种观念有关;文艺家的思想越复杂,需要的现实元素越多,组织元素就需要更复杂的思维运作模式;元素加工、改造后的样子,则与艺术家的思维方式和艺术观念相关。文艺家的各种观念、思维运作方式、加工元素的手段都是艺术家本质力量的表现。

只要人类的存在方式不变,文艺作品就永远是人类与现实生活关系的桥梁,因而通过文艺作品可看到人类的生存状态、思维能力、精神品质等。作为具有普适性的批评方法,表达机制将不同民族、不同时代、不同类型的文艺作品纳入整体考虑,使中西文艺有了共同的衡量标准:艺术家思想的深度、广度,感情的复杂度、多元度,表达手法的复杂度、创新度、各元素结合的有机程度等。复杂度和有机度既是文艺家本质力量的显现,也是文艺作品审美价值的来源。

三、小说史的价值和意义

20 世纪中叶有人认为,新文化运动后,中国文化出现了断裂①。当我们用形式/内容二分模式考察中国小说史时,不得不承认中国古典小说和中国现当代小说不是一种文化形态里的小说,中国文化断裂之说似乎有了依据。但经验告诉我们,文化是一个民族的根,文化断裂,也就是根断裂了,只要我们依然健康地存在和发展着,就说明文化之根没有断裂,这意味着我们用来考察小说史的方法存在问题。

当我们从表达机制视角考察中国小说史时,发现中国古典小说以拟象表达机制为主,中国现当代小说中仍然存在拟象表达机制。比如鲁迅和孙犁的作品。但鲁迅和孙犁一方面继承中国文化传统,一方面借鉴西方文化传统,对中国古代拟象表达机制进行了现代转型,使小说面貌焕然一新,没有深入作品的工具,很难发现鲁迅小说、孙犁小说中的表达机制与中国古典文艺表达机制所具有的传承关系。

由于中国文化与西方文化差异较大,鲁迅一代很难一次性完成中国传统拟象表达机制的现代转型,所以,我们在鲁迅小说中还能看到《补天》《起死》那样玄幻的思维模式。《补天》将空间进行了拟象化处理,天地难分,混沌未开,女娲神的位置难分难辨;《起死》对时间进行了拟象化处理,将过去、

---

① 关于文化断裂的相关观点参见李庆的《"文化断层"之我见》(《复旦学报(社会科学版)》1988 年第 5 期)和高起祥的《不能否定"五四"新文化运动的方向——"民族文化断裂"说质疑》(《前线》1986 年第 5 期)。

现在、未来,生死,处理成混沌一片的状态。但鲁迅在小说中引入大量现代元素,使故事时长倍增,信息量成倍扩容,并将古代中国和现代中国混在一起,不进行元素考察,很难发现其独特性。实际上,这种选取元素、加工元素的方式是鲁迅有意识地将中国传统拟象表达机制与现代生活建立联系的方式,他希望后人有所觉察,并延续下去。但这种将古老的、人神不分的拟象带入现代文学的做法,与现代文学追求的"科学"精神和"现实"精神存在龃龉。这是鲁迅难以摆脱的时代局限。

孙犁是抗日根据地时期成长起来的作家,他接受了马克思主义思想和现实主义创作论,还经历了抗日战争的硝烟,真切地与广大人民群众生活在一起,真正了解了中国广大农民的思想感情、精神面貌、生活方式等,为他解决中国古代拟象表达机制存在的人神不分提供了有利条件,可以在鲁迅一代完成的对中国传统拟象表达机制现代转型的基础上再进一步,完全抛却神、鬼、妖、魔等玄幻元素,拉近中国文学与现实的距离,表现出更科学、更现代的一面。

也就是说,中国历史上的新文学革命,是中国拟象表达机制的第一次现代转型;抗日战争时期,中国拟象表达机制进行了第二次现代转型。鲁迅小说和孙犁小说分别是两次现代转型的典范之作。中国小说史可以视为中国拟象表达机制转型史,中国小说自古至今,血脉相通,没有出现断裂。

四、社会价值和意义

社会越发达,人的闲暇时间越多,接触文艺作品的机会越频繁,评价文艺作品的标准也就越重要。如果没有与本民族文艺作品相适应的文艺评价标准,很难形成稳定的民族心理结构,人们容易被少数集团操控,或逐新,或逐怪,或逐利,不但不认识美,还会因长期形成的怪诞口味而驱逐美的作品。

美的作品是智力、道德、高格调的统一,驱逐美的作品,就等于在驱逐智力、道德、高格调,长此以往,会形成不和谐的社会心理:缺少理性分析,缺少公共道德,缺少高风亮节……

表达机制批评法,通过梳理元素进入作品的方法容易操作;通过考察元素关系了解作品结构和表达意图,是沿着作品肌理剖析作品,一旦掌握,较容易深度把握作品;考察组织元素方式的过程,虽稍复杂,但也不难理解,容易普及,这一过程有利于培养理性分析能力。总之,表达机制分析法,让更多人掌握了解剖文艺作品的方法和能力,有助于形成较为理性的社会风气,从而有助于形成较为稳定的社会精神结构。

五、教育方面的价值和意义

朱熹在《大学章句序》中说:"及其十有五年,则自天子之元子众子,以至公卿大夫元士之适子,与凡民之俊秀,皆入大学,而教之以穷理正心修己治人之道。"①"穷理"是中国传统教育的重要环节,也是其重要目标。现代教育是西式教育,西式教育与中国传统教育有较大区别。西方哲学家苏格拉底说:"如果一切事物都处在变动之中,无物常住……那么我们也不能合理地说有知识。因为这样一来知识就不能继续是知识,除非它能始终常住和存在。但若知识的性质发生变化,在变化发生时它们就不是知识,如果变迁一直在进行,那么就一直没有知识……如果……真理就像赫拉克利特及其追随者,还有许多人所说的那样,是一个难以决定的问题,那么没有一个聪明人会把自己置于名称的力量之下,或者去接受教育。"②追求确定性、标准化,是西方现代教育的特征。这种教育短期内会取得令人满意的效果,但长期来看,并不利于精神生产力的培养和提高。只有将中国传统教育的"穷理"模式与西方传统教育求确定性、标准化的模式相结合,才能培养出思维复杂、精神生产能力和创新能力较强的新型人才。表达机制分析法,一方面"穷理",另一方面要得到一篇作品中的元素结构图,这一过程有效融合了中西两种传统教育优势:既不为追求确定知识而放弃"穷理"的思维过程,又不仅仅为"穷理"而穷理,还要将"穷理"过程转变为确定的结构图,转变为概念或术语(形式、理式);分析过程中,学生须广泛联系,不断归纳、提炼、综合、概括,有时还需设身处地,转换视角,将自己转换成一个旁观者,去思考作者的目的、作者的情感类型、作者要讲的"理"。这种有步骤的分析方法,容易被学生掌握,这就解决了穷理过程中的方法论问题。容易被学生掌握的方法,才真正有助于学生思维能力的提升,解决现代教育中难以解决的思维能力培养问题。

---

① (宋)朱熹集注:《四书集注·大学章句序》,第1页。
② 〔古希腊〕柏拉图:《克拉底鲁篇》,载《柏拉图全集　第二卷》,王晓朝译,人民出版社,2003年,第133页。

第一章　中国小说的表达机制及其发展演变

张少康说:"中国古代有极其丰富的文学和艺术遗产,具有自己独特的文艺美学的民族传统……有着与西方不同的东方艺术特色,有自己的特殊的创作方法、表现技巧和审美传统。"①但我们一直没有给中国古代"独特的文艺美学""独特的创作方法、表现技巧和审美传统"一个合适称谓。汉学家浦安迪在《中国叙事学》中也说:"我在研究中发现,这四部经典作品,其实孕育了一种在中国叙事史上独一无二的美学模范。而这种迟至明末才告成熟的美学模范,又凝聚为一种特殊的叙事文体。不幸的是,这一特殊文体的定义在中国文学批评史上向来乏人界定、殊难把握,甚至于缺少一个固定的名称。"②给中国文学经典中存在的独特审美范式一个固定名称不仅是理论研究的需要,也是现实需要。只要这种独特美学范式没有固定名称,现实中的中国文艺尤其是绘画作品就很难进入市场流通,中国文化也就很难在世界范围内产生广泛而深远的影响(因为概念思维是西方人的交流习惯,没有合适概念,交流会受到局限。仅冠以"独特"之名是不能够被人理解的)。本书从表达机制角度思考中国小说的"特殊创作方法和表现技巧",旨在解释中国叙事史上独一无二美学范式的形成原理。

第一节　中国表达惯例与中国小说表达机制

中国小说对应西方的"novel"和"roman"。"(novel)衍生于意大利语中的novella,后者的本义是指'小巧新颖的东西',后来用于既指一种文类——

---

① 张少康:《中国古代文艺美学的民族传统(代导论)》,载张少康主编《中国文学理论批评史资料选注》,北京大学出版社,2005年,第1页。
② 浦安迪:《中国叙事学》,北京大学出版社,1996年,第23-24页。所谓四部经典作品,指中国古代经典小说《金瓶梅》《西游记》《水浒传》《三国演义》。

短小的故事(如《十日谈》中的那些故事),也指'新闻','新闻'意味着一种新的叙述文字,所叙述的是不久前发生的事实。英语中的 novel 可以指'新的''年轻的''新鲜的'(new,young,fresh),这些含义也影响了作为文本的 novel 的含义。"①而英语单词"roman"则是指具有传奇色彩的长篇小说,一种虚构文体②。无论"novel""roman"还是"story",都无法对应中国"小说"的内涵。这是不同语言在文化交流过程中因词汇无法一一对应造成的信息差。中国文字常有一字多义的情况,西方文字翻译成汉语时,会不自觉出现"语义增值",至少中国的"小说"概念与英文中的"novel""roman""story""fiction"相比就是一个语义增值概念;相反,汉语在翻译成英语时会出现"语义贬值",比如《诗经·关雎》翻译成英文后变成了 Cooing and Wooing③,不但诗的韵味没有了,审美价值也降低了。中国文化有一种独特的表达系统,这种表达系统可以将复杂的意义浓缩在一个词所代表的符号中,如《红楼梦》中贾宝玉佩戴的通灵宝玉就是一个重要文化符号,存在多种意涵④;贾政、贾琏、宝玉都排行老二也具有特别重要的意涵,前者用了中国文化表达系统中的"物表达",后者用了"数表达"。只有理解中国文化的独特表达系统,才能解读好中国文艺作品。本书从中国古代典籍中抽取以下六种表达惯例供大家参考:物表达、色形表达、数表达、人表达、关系表达、诗语表达等。这些独特的中国表达惯例,在各类文艺作品中发挥浓缩、深化艺术家观念的作用,因而阅读中国文艺作品需了解中国表达惯例。

一、物表达

所谓物表达指用"物"代替言语传递信息。中国古代的礼器、祭器基本都是物语,不同的礼器代表不同的语义,如玉玦代表诀别,玉环代表归还,玉如意代表称心满意等。中国物语运用十分广泛,读懂物语也成为中国文人的必修课。《左传》记载:

> 大子帅师,公衣之偏衣,佩之金玦。狐突御戎,先友为右,梁余子养

---

① 龚翰熊主编:《欧洲小说史》,四川大学出版社,1997 年,第 1-2 页。
② 龚翰熊主编:《欧洲小说史》,第 2 页。
③ 许渊冲译:《诗经·汉英对照》,五洲传播出版社,2012 年,目录第 7 页。
④ 贾宝玉戴着的灵通宝玉是一块真玉,宝玉甫一出生就戴着它,宝玉失去它就会犯病,灵魂出窍,如此宝玉也就与现实生活中真实的人物区别开来,这是其一;玉上的字迹是由一僧一道刻上的,这块玉与道家联系在一起,是道家的文化符号,这是其二;宝玉是人,玉是物,人与物不可分离,联系中国传统文化中玉与君子的关系,宝玉与谦谦君子形象联系在一起,而君子乃是儒家概念,玉的物语也属于儒家文化,这是其三。

御罕夷,先丹木为右。羊舌大夫为尉。先友曰:"衣身之偏,握兵之要,在此行也,子其勉之。偏躬无慝,兵要远灾,亲以无灾,又何患焉!"狐突叹曰:"时,事之征也;衣,身之章也;佩,衷之旗也。故敬其事,则命以始;服其身,则衣之纯;服其衷,则佩之度。今命以时卒,闷其事也;衣之尨服,远其躬也;佩以金玦,弃其衷也。服以远之,时以闷之;尨,凉;冬,杀;金,寒;玦,离,胡可恃也?虽欲勉之,狄可尽乎?"梁余子养曰:"帅师者受命于庙,受脤于社,有常服矣。不获而尨,命可知也。死而不孝,不如逃之。"罕夷曰:"尨奇无常,金玦不复,虽复何为,君有心矣。"先丹木曰:"是服也,狂夫阻之。曰'尽敌而反',敌可尽乎!虽尽敌,犹有内谗,不如违之。"狐突欲行。羊舌大夫曰:"不可。违命不孝,弃事不忠。虽知其寒,恶不可取,子其死之。①"

　　晋献公要求太子申生穿戴得异于常人,表达了他的厌弃之意,而诸位大臣也通过太子申生的穿戴,判断出晋献公的真实意图。一方运用物语表达感情,另一方通过解读物语了解对方的真实用意。这样的表达在中国文化中比比皆是。《左传》另载:

　　　　夏四月,取郜大鼎于宋。戊申,纳于大庙。非礼也。臧哀伯谏曰:"君人者,将昭德塞违,以临照百官,犹惧或失之,故昭令德以示子孙。是以清庙茅屋,大路越席,大羹不致,粢食不凿,昭其俭也。衮、冕、黻、珽,带、裳、幅、舄,衡、统、纮、綖,昭其度也。藻、率、鞞、鞛,鞶、厉、游、缨,昭其数也。火、龙、黼、黻,昭其文也。五色比象,昭其物也。钖、鸾、和、铃,昭其声也。三辰旂旗,昭其明也。夫德,俭而有度,登降有数。文、物以纪之,声、明以发之,以临照百官,百官于是乎戒惧,而不敢易纪律。②"

　　这里又是一套物表达,以此昭示天下。这样的物表达,理解起来何其复杂,濡染这种文化的中国文人,怎么可能忍受简单直接的表达?孔子对中国古典文化十分热爱,对中国的物表达十分熟悉。他对子贡说:"女,器也……瑚琏也。"③什么意思?子贡只有懂得物表达才能明白。《诗经》几乎篇篇都从"物"说起,中国文人作画,将梅、兰、竹、菊称为四君子,同样在使用物表

---

① 郭丹、程小青、李彬源译注:《左传》上册,中华书局,2012 年,第 309 - 310 页。
② 郭丹、程小青、李彬源译注:《左传》上册,第 103 页。
③ (宋)朱熹集注:《四书集注·论语》,第 101 页。

达。《文心雕龙·物色》："物色之动,心亦摇焉。"①概括出了中国文艺作品中的心物同构关系。也就是说,中国文化是一套复杂的体系,文学艺术从属于这套复杂体系,其表情达意必然隐晦、婉转、包蕴深厚,这些都是不自觉的文化现象,不用有意为之。《西游记》中孙悟空手里的金箍棒、猪八戒背的九齿钉耙,无一不是物表达;《红楼梦》中的物表达更是丰富,一个荷包、一方帕子、一绺头发、一支簪子都具有物表达的特征;《三国演义》中的英雄为什么使用不一样的兵器,每一种兵器都具有物表达的色彩,是作者借来显示人物性格的一种方式,最典型的物表达是诸葛孔明手中的羽扇,具有多种功能。孙犁的小说也十分善于运用物表达,劈柴、口琴、布袜子、红枣、棉袄、挂面、树叶、针头线脑、茬子……十分丰富,《鸡缸》则将物表达运用到了极致。读懂小说中的"物表达",才能明白作者的深意。

二、色形表达

色形表达,指运用颜色和形状代替语言表达自己的想法——人物的性格、自己的喜怒哀乐、自己对人生的思考等。刘勰在《文心雕龙》中说:"立文之道,其理有三:一曰形文,五色是也;二曰声文,五音是也;三曰情文,五性是也。五色杂而成黼黻,五音比而成韶夏,五情发而为辞章,神理之数也。"②形—色、声—音、情—性,彼此错综交叉,是理解中国文艺的一条通道。在中国绘画作品中,黑白两色既是颜色,又是哲学——是隐忍、空无、禁欲等一系列观念的综合表达,再加上形语——山、水、云、雾等,其所蕴含的哲学思想就更丰富了。

中国表达很早就有了成系统的形色语言。《考工记》记载:

> 画缋之事,杂五色。东方谓之青,南方谓之赤,西方谓之白,北方谓之黑,天谓之玄,地谓之黄。青与白相次也,赤与黑相次也,玄与黄相次也。青与赤谓之文,赤与白谓之章,白与黑谓之黼,黑与青谓之黻,五采备谓之绣。土以黄,其象方,天时变,火以圆,山以章,水以龙,鸟兽蛇。杂四时五色之位以章之,谓之巧。凡画缋之事,后素功。③

色、形、意结合在一起,交错形成独特的思想内涵,这样的表达无声胜有声。

---

① （南朝梁）刘勰:《文心雕龙浅释》,向长清释,第392页。
② （南朝梁）刘勰:《文心雕龙浅释》,向长清释,第286页。
③ 闻人军译注:《考工记译注》,上海古籍出版社,2008年,第68页。

《左传》也有关于色形表意的记载："冬，王使周公阅来聘，飨有昌歜、白黑、形盐。辞曰：'国君，文足昭也，武可畏也，则有备物之飨，以象其德。荐五味，羞嘉谷，盐虎形，以献其功。吾何以堪之？'"①《吕氏春秋》也有很多关于颜色的记载和说明，将季节与服饰的颜色、车马的颜色等联系在一起："是月也，命妇官染采，黼黻文章，必以法故，无或差忒，黑黄苍赤，莫不质良，勿敢伪诈，以给郊庙祭祀之服，以为旗章，以别贵贱等级之度。"②

色形表达深入生活的方方面面，乃至人们习以为常，熟视无睹，这就是文化的养成。在中国传统小说中，运用色形语言进行表达也是自然而然的事，是中国小说区别于西方小说的重要特点。《红楼梦》中女子众多，作家灵活运用色形语言，将人物的性格、感情，作者的想法表达出来。比如，介绍贾氏三姐妹时有形有色："第一个肌肤微丰，合中身材，腮凝新荔，鼻腻鹅脂，温柔沉默，观之可亲。第二个削肩细腰，长挑身材，鸭蛋脸面，俊眼修眉，顾盼神飞，文彩精华，见之忘俗。第三个身量未足，形容尚小。"③在对人物形色的介绍里，暗含作者的态度。接着介绍王熙凤，王熙凤出来得晚，衣着头面也极铺张：

> 彩绣辉煌，恍若神妃仙子：头上戴着金丝八宝攒珠髻，绾着朝阳五凤挂珠钗；项上戴着赤金盘螭璎珞圈；裙边系着豆绿宫绦，双衡比目玫瑰佩；身上穿着缕金百蝶穿花大红洋缎窄裉袄，外罩五彩刻丝石青银鼠褂；下着翡翠撒花洋绉裙。一双丹凤三角眼，两弯柳叶吊梢眉，身量苗条，体格风骚，粉面含春威不露，丹唇未启笑先闻。④

这一大段文字将物表达、色形表达融于一体，读者"品""嚼"一下，会发现作者的态度已寓其中。当代影视剧对中国传统色形语言运用非常多，在《宸汐缘》《三生三世》《哪吒》等片中，不同色彩具有不同的哲学意味——白色与天族有关，代表善、公正、秩序等；黑色与魔族有关，代表欲望、邪恶、失序等；粉色则代表浪漫、天然、休闲、自然等。

三、数表达

数表达，是指使用数字表达作者的观念和想法。数字在中国文化中具

---

① 郭丹、程小青、李彬源译注：《左传》上册，第 544 页。
② 陆玖译注：《吕氏春秋》上，中华书局，2011 年，第 158 页。
③ （清）曹雪芹、高鹗：《红楼梦》，人民文学出版社，1982 年，第 39 页。
④ （清）曹雪芹、高鹗：《红楼梦》，第 40-41 页。

有哲学意味。在《易经》中阴爻用六称之,阳爻用九称之,六代表阴柔、卑、小等概念,九代表阳刚、尊、大等概念。数在中国,与礼器结合在一起,有尊卑贵贱之别。中国诗歌也有数字上的规定,七绝、五绝、七律、五律等。中国的数概念和西方的数概念相似,但理解不同,西方的数来自客体世界,但得到数之后,客体就被抛开,由客体世界的具象走向数的抽象,然后走向观念世界。中国文化则不同,既能从客体世界抽象出数,又清晰地把握数与客体世界的关系,形成了由客体世界的具体事物而数,和由数而反向思考客体世界的两条思维路径。这也是中国文化在与西方文化沟通时经常发生龃龉的原因,西方文化沿着一个方向不断向前,中国文化始终双向发展。所以鲁迅说有"反复"①和"羼杂"②。王夫之在《尚书引义》中对中国文化的双向思维模式进行了总结,他说:

> 天下无数外之象,无象外之数。既有象,则得以一之、二之而数之矣。既有数,则得以奇之、偶之而像之矣。是故象数相倚,象生数,数亦生象。象生数,有象而数之以为数;数生象,有数而遂成乎其为象。象生数者,天使之有是体,而人得纪之也。如目固有两以成象,而人得数之一二;指固有五以成象,而人得数之以五。数生象者,人备乎其数,而体乃以成也。如天子诸侯降杀以两,而尊卑之象成,族序以九,而亲疏等杀之象成。易先象而后数,畴先数而后象。《易》,变也,变无心而成化,天也;天垂象以示人,而人得以数测之也。畴,事也,事有为而作,则人也;人备数以合天,而天之象以合也。故畴者先数而后象也。夫既先数而后象,则固先用而后体,先人事而后天道,《易》可筮而畴不可占。③

这段文字解释了中国古人的两种思维模式,第一种是抽象思维,将现实世界的具体事物变成数(概念、表象),实际上也可以理解为思想观念。从这个角度讲,抽象思维是人类最普遍的致思模式,不分种族,都会从客观世界抽象出概念(数)来。但第二种致思模式可能是中国文化独有的,那就是由数而象的拟象思维模式。

九峰之言曰:"后之作者,或即象而为数,或反数而拟象,牵合附会,

---

① "新的来了好久之后而旧的又回复过来,即是反复。"(《鲁迅全集　第九卷》,第311页)
② "新的来了好久之后而旧的并不废去,即是羼杂。"(《鲁迅全集　第九卷》,第311页)
③ (清)王夫之:《尚书引义·洪范一》,第88页。

自然之数益晦蚀焉。"夫九峰抑知自然相因之理乎？象生数，则即象固可为数矣；数生象，则反数固可以拟象矣。象之垂也，孤立，则可数之以一；并行，固可数之以二，象何不可以为数？数之列也，有一，则特立无偶之象成；有二，则并峙而不相下之象成，数何不可以拟象？《洞极》之于《洛书》，《潜虚》之于《河图》，毋亦象、数之未有当，而岂不能废一以专用之为咎乎？九峰不知象数相因、天人异用之理，其于畴也，未之曙者多矣。①

也就是说，中国传统文化的两种致思模式是并存的，一是由客观世界而数的抽象思维模式，二是由数而象的拟象思维模式。这就形成了"象—数—象"的双向致思方式。这种双向致思模式正是中国文化独特品格所在，也是中国文艺拟象表达机制形成的原因。中国画和西方画之所以那么不同，是因为中国画经历了由象而数之后又经历了由数而拟象。中国画只能用中国哲学观念理解，用西方的科学技术观念无法理解。所以"数"在中国文化中具有独特的表达功能。清代文学家廖燕就此说过这样的话：

　　《易》为术数之书，岂不然欤？《系辞》云："大衍之数五十，其用四十有九。"又曰："河出《图》，洛出《书》，圣人则之。"盖《河图》《洛书》中宫皆五数，上下两旁参差配合成十数，"则之"云者，言则其五数与十数，以画八卦而作《易》也。八卦不外阴阳，阴爻用六，阳爻用九，五增一数而为六，十减一数而为九，八八六十四卦，皆以五数十数增减而为言，故曰五十以学《易》，岂非以五十之数为全部《易经》之所从出也哉？虽然，五与十又有辨。天数五，地数五，二五合而为十，则十者五之积也，非五之外又有十也。天地之数皆生于五成于十，而极于百千万亿，然莫不从五算起，今之乘除法是已，又何独疑于《易》耶？②

　　《吕氏春秋》记载："故一也者制令，两也者从听。先圣择两法一，是以知万物之情。故能以一听政者，乐君臣，和远近，说黔首，合宗亲；能以一治其身者，免于灾，终其寿，全其天；能以一治其国者，奸邪去，贤者至，成大化；能以一治天下者，寒暑适，风雨时，为圣人。故知一则明，明两则狂。"③清代著名画家石涛将自己的绘画理论总结为"一画论"，可见数字在中国文化中

---

① （清）王夫之：《尚书引义·洪范一》，第 88－89 页。
② （清）廖燕：《五十以学〈易〉辩》，载《廖燕全集》上，上海古籍出版社，2005 年，第 29－30 页。
③ 陆玖译注：《吕氏春秋》上，第 135 页。

所具有的表意功能。

　　中国小说对数字的运用也很普遍,《三国演义》有很多涉及数字三的地方:第一回有"宴桃园豪杰三结义",第五回有"破关兵三英战吕布",第十二回有"陶恭祖三让徐州",第十七回有"曹孟德会合三将"……《红楼梦》的数表达比较含蓄,比如贾宝玉和王熙凤是贾府最受宠的两个人,都排行老二,贾宝玉被称为二爷,王熙凤被称为二奶奶;贾政也是家里的老二;"二"在《易经》中属于阴性,这意味着《红楼梦》描写的是一个阴性世界。理解了数表达,中国小说中的深层哲学内涵才更容易理解。

四、人表达

　　人表达,指运用人物表达自己的思想观念。人表达与现代小说中的人物不同,现代小说中的人物作为主人公,常常是小说世界的核心,作者需要为他们"设计"各种情节,安排其命运。而"人表达"则是作者借某人的言行举止或故事,表达自己的崇尚、观念,类似于论说文中的论据。中国古代哲学著作在完成说理时,常借用古代历史人物的故事。《庄子》《韩非子》《孟子》等都有此范例。中国古代小说有很多借用名人言谈举止完成说理的篇目,如,《世说新语·德行》;中国古代小说家也常从古代典籍中搜集古代人物某一方面的事迹,按类编排,以完成说理,如,冯梦龙《情史》就按类编排古代典籍中的爱情故事,"故事虽多……编者对其做了细致的分门别类,共分二十四类"①,以此表达作者对情的认识和理解。以他人之事说理,成为中国表达的一种惯例。而中国明清小说中也有"人表达"意识,作者通过设计某类人物,加入某种观念,以增加小说的思想容量。"人表达"中的人物具有功能性,他们的命运不是作者关注的重点,但他们的存在具有重要表意功能,去掉这些人物,小说依然完整,但小说思想含量缺了质素,就像食物缺少某种营养。《红楼梦》有两个典型的"人表达"案例:一是刘姥姥,二是焦大。这两个人物在小说中发挥了特殊表意功能。去掉他们,不影响小说的整体性,但意蕴却因此减少。刘姥姥在小说中的功能是将大观园里的生活与民间生活打通,刘姥姥代表民间视角,进入大观园,负责向外传递大观园内的奢靡豪华,以及小姐太太们高雅的言行举止。对于大观园内的贵族小姐们来说,刘姥姥的出场是给她们上的重要一课,告诉她们真实的生活是怎样的。焦大也是一个发挥表意功能的人物,在小说中负责揭丑,揭完了丑,就可以不出现了。揭开贾府的丑行,对整篇小说具有重要作用,此后,贾府的

---

① （明）冯梦龙:《情史》,岳麓书社,2020 年,前言第 3 页。

遮羞布没了,贾府的男人们更加肆无忌惮,贾府的衰败加快了速度。《红楼梦》很多小人物有出场,有结局,有一个相对完整的命运,如晴雯、袭人、尤二姐、尤三姐等。焦大轰轰烈烈地闹了一场就不再出现,刘姥姥虽然出场若干次,但其最后命运也不是作者关注的重点。可见,刘姥姥和焦大与小说中的其他人物是不同的,他们具有特殊的表意功能,是作者的一枚重要棋子,适当时候使用一下,关键时候出场一次,非常灵活。

五、关系表达

关系表达,是指一种通过固定组合形成意义团块的表达方式。“关系”在中国文化中具有十分重要的作用,中国的“礼”就是一种关系哲学,人、事、物一旦形成特定关系,他们就具有了连带表意作用,发挥以点带面、以少胜多的表达功能。中国古典哲学名著《易经》是利用关系表达的典范之作。《易经》中的每幅卦画都是一组关系,将天、地、人三者组合为一个有机整体,阐释者需将天、地、人等信息一并思考,才能解释卦画内蕴的思想。

关系表达是一种形式极简、内容极复杂的表达方式,是中国重“和”思想的文化表现。中国的伦理制度是处理各方面关系的法则,其追求的最高标准是“和”,“和”是关系的最佳状态。《国语》载:

> 夫和实生物,同则不继。以他平他谓之和,故能丰长而物归之;若以同裨同,尽乃弃矣,故先王以土与金木水火杂,以成百物。是以和五味以调口,刚四支以卫体,和六律以聪耳,正七体以役心,平八索以成人,建九纪以立纯德,合十数以训百体。出千品,具万方,计亿事,材兆物,收经入,行姟极。故王者居九畡之田,收经入以食兆民,周训而能用之,和乐如一。夫如是,和之至也。于是乎先王聘后于异性,求财于有方,择臣取谏工,而讲以多物,务和同也。声一无听,色一无文,味一无果,物一不讲。①

“和”不但是伦理的最高标准,也是美学的最高标准。而“和”需要处理各种关系,使其达到平衡状态。尚“和”思想对中国小说产生了深远影响,因而中国小说中的“关系表达”颇为普遍。《三国演义》中,刘备、关羽、张飞是一组重要关系,他们从小说开始就形成稳定组合,他们分开,意味着“和”的局面结

---

① 陈桐生译注:《国语》,中华书局,2013 年,第 573 页。

束,事情向坏的方向发展。《西游记》也是一个关系表达模式,师徒四人组成一个意义团块,面对同一事情的不同态度显示了"关系表达"的丰富意涵。

"关系表达"是一种最简约的表达方式,能起到见一想二、想三的功效,在《三国演义》中,看见刘备会想到关羽、张飞,看到关羽也会想到张飞、刘备……这种连带思考启动的是人的复杂思维,也是宇宙性或生态性。宇宙性和生态性,其实就是连带性——一个生物的消失,会连带出现一系列问题。因而,我们认为中国文化是生态文化,是最有利于人类长治久安的文化。西方文化是具体的、有清晰边界的文化,类似于具象画,每个对象都是独立的个体,表面上看,似乎很重视个体价值和意义,但因忽视了 A 的生存需要 B、C、D……B 的生存也需要 A、C、D……反而将每一个体变成孤立存在,变成另一个体的他者、敌对者、竞争者。从整个人类视角考察,这种以自我为中心的文化,带给世界的是不断的掠夺、杀戮、战争……站在人类视角,西方文化不利于人类和平发展,中国文化作为生态文化,有利于各民族和平相处。马克思将人视为"类存在物",中国文化是最适合"类"存在的文化,是符合人类长远利益的文化。

六、诗语表达

诗语是一种形象语言,使用隐喻,一词多义,注意形式感。相对于逻辑性的论说式表达,诗语表达有美感,能显示人的才华。中国文化中的诗语表达比较普遍,中国的成语和中国的古典诗词在现代汉语中已变成一种特定的"诗语表达"模式。《吕氏春秋》载:"辞多类非而是,多类是而非。是非之经,不可不分。此圣人之所慎也。然则何以慎?缘物之情及人之情以为所闻,则得之矣。"①这里的"辞"指的是诗语表达模式。《孟子》中也有关于诗语表达的论述:"咸丘蒙曰:'舜之不臣尧,则吾既得闻命矣。《诗》云:"普天之下,莫非王土;率土之滨,莫非王臣。"而舜既为天子矣,敢问瞽瞍之非臣,如何?'曰:'是诗也,非是之谓也,劳于王事而不得养父母也,曰"此莫非王事,我独贤劳也"。故说《诗》者,不以文害辞,不以辞害志,以意逆志,是为得之。如以辞而已矣,《云汉》之诗曰"周余黎民,靡有孑遗",信斯言也,是周无遗民也。'"②咸丘蒙按字面意思理解诗语,是无法正确把握其内涵的。诗语表达讲究留白,不穷尽意义,为读者留下巨大"建构"空间,这就要求读者在阅读过程中有"穷理"习惯,不要仅从字面理解。中国小说中的诗语表

---

① 陆玖译注:《吕氏春秋》下,第 850 页。
② 金良年:《孟子译注》,上海古籍出版社,1995 年,第 199 页。

达很丰富,题目是诗语表达,内文中也有诗语表达。如《红楼梦》每一回的标题都是诗语,内文中的对联、诗、赋也很多,这些都是诗语表达。中国古典小说有在叙事中夹杂诗、词、赋、对联的传统,呈现出"众体兼备"之特征。

以上诸种表达在中国小说中运用广泛,形成了中国小说"独一无二的美学模范"——非线性、非叙事、缀段式、拟象化……西方人若想真正读懂中国小说,不仅需要研究小说,还需研究中国的《易经》《礼》《乐》《春秋》《吕氏春秋》《尚书》等一系列影响中国人至深的文化经典,只研究小说是不够的。对于中国人来说,这些复杂的语言形式俯拾即是,在日常生活中经常遇到,无需解释都能明白。受西方影响的新一代也许不像老一代那样熟悉中国表达惯例,但只要他们感兴趣,想了解并不难,不然现在的玄幻剧也就不可能出现了。玄幻剧,实际上是用现代手段完成的中国表达,也是典型的拟象表达机制,具有丰富的变动不居的阐释空间和深刻的哲学意味。

第二节　中国文人与中国小说表达机制

中国小说的独特表达机制与中国文人的个性不无关系。先秦两汉时,人们通过阅读某人文章了解其才华,韩非子之于秦王,东方朔之于汉武帝均如是。唐代也有此传统,宋人赵彦卫在《云麓漫钞》中说:"唐之举人,先借当世显人,以姓名达之主司,然后以所业投献,逾数日又投,谓之温卷,如《幽怪录》《传奇》等皆是也。盖此等文备众体,可以见史才、诗笔、议论。至进士,则多以诗为贽,今有唐诗数百种行于世者是也。"①文人借各种文体表达思想、展示才华,影响了中国文艺发展的走向,出现了类似于"文备众体"的文艺作品。"文备众体"是指一个文本中有诗笔、史笔、议论,三者不可能简单堆砌,必须形成有机整体,这就形成了一种独特的文体模式。可见,中国小说的拟象特征,也是特定社会环境培养起来的文人作风及独特行文习惯造成的。有人对唐传奇作者进行统计,对其身份进行分析,说:"唐传奇的作者有姓名的共 29 人,其中进士及第和各种制科登第的有……17 人;担任过史官和翰林的有……6 人,柳珵生平不详,而出身史学世家……"②也就是说,至唐代,中国的小说都是高水平文人所作。即便是宋代话本——一种讲给大众听的故事底本,也多文人所作,萧欣桥在《宋元明话本小说选》前言里就说:"当时还有一些专门替'说话'人记录、编写话本的文人。这些人还有

---

① （宋）赵彦卫：《云麓漫钞》卷八,古典文学出版社,1957 年,第 111 页。
② 徐翠仙：《论唐传奇的文化艺术品位》,《山西师大学报（社会科学版）》2015 年第 2 期。

自己的组织——书会,书会是专门编撰话本和剧本的文化团体。"①可见,中国的白话小说也多由文人所作。中国文人长期浸淫于经典,不但有自己的哲学思想,还形成了自己独特的美学旨趣、思考习惯和说理偏好,这些都会在他们的小说中保存下来。

一、中国文人的美学旨趣与中国小说表达机制

中国文人所受的教育是六艺,按照《汉书·艺文志》记载,六艺包括《易》《书》《诗》《礼》《乐》《春秋》。六艺中的每一部经典都是复杂的中国式思维,《易》作为六经之首,将中国古人双向致思的思维模式表现得十分充分;《尚书》《诗经》《礼记》也体现了中国式复杂思维和多重转换的表达惯例——物表达、数表达、空间化等;春秋发明了一种独特的史笔:一种极简、极抽象的写实策略;《论语》是一部儒家经典,只言片语中蕴藏着极深刻的伦理思想和哲学思想。

中国文人所受的教育,决定了由文人参与的中国小说的表达机制的复杂性——一种将史笔、诗笔、议论融于一体的独特表达机制。而这种表达机制所产生的阅读效果具有无限阐释空间、永久艺术魅力和多向、多维、多层的思想意蕴。

中国文人不是普通读书人,是有较高文学造诣和美学旨趣的人,他们常有入仕为官的经历,或有入仕为官的梦想,具有多方面的能力。他们写小说,一方面表达思想感情,另一方面展示才华。"众体兼备"的中国小说,较适合中国文人显才露能,所以,中国小说家即便面对现实问题,表达时也要经过多重转换,将作品与现实拉开距离,将现实问题"神化""玄化""幻化"之后再行表达,这样既增强文本的可读性,又将作者思维的复杂性、创新性、灵活性表现了出来,同时可在文本中蕴含多重哲理。如,蒲松龄的《促织》,本是关于生存问题的思考,故事情节有很多现实依据,但作者又增加了"变形"细节和拟象手法:让儿子变成蟋蟀,蟋蟀超越物象,变成了拟象。如此手法,使小说的美学趣味发生变化,变得玄幻,将民间文化与官方文化同时融入小说,增加了小说的信息含量和思想含量。

二、中国文人的思考习惯与中国小说表达机制

中国文人善奇思妙想,善打腹稿,苏轼说:"画竹必先得成竹于胸中。"②

---

① 萧欣桥选注:《宋元明话本小说选》,江西人民出版社,1980年,第7-8页。
② （宋）苏轼:《东坡画论》,王其和校注,山东画报出版社,2012年,第13页。

这种打腹稿的习惯进一步强化了中国文人的主体性,使他们形成了不断内化,过滤客观世界众多信息,逐步浓缩多方面思考,从而形成艺术创作动力的文艺创作模式。刘勰说:"文之思也,其神远矣。故寂然凝虑,思接千载;悄焉动容,视通万里。"①中国文人的"神""思"是在长期内化客观世界的过程中练就的,其功能可"思接千载""视通万里",这一点也在中国很多小说中有所显现,其特点就是长时段的叙事,一篇故事就能将中国历史贯通,《红楼梦》如此,《故事新编》亦如此,都做到了"思接千载"。

"成竹在胸""思接千载"均指中国文人写作之前已有十分成熟的想法。写作前已有成熟想法与过去文艺理论中批判的"概念化"不是一个意思。"概念化是以抽象的概念代替生动的形象塑造,往往表现为图解某些政策条文。"②而中国古代文人思想观念的形成,都经过长期大量社会实践,形成了非表达不可的独特思想感情,乃至于不吐不快。以"成竹在胸"为例,一个长期生活在竹林的人,虽与竹长期相处,若不长期思考,也不会抽象出竹的形式,不一定能做到"成竹在胸"。成竹在胸是长期且反复思考的结果,是将竹的不同形态与具体的人、事联系思考的结果。清代画家石涛说:"夫画,天下变通之大法也,山川形势之精英也,古今造物之陶冶也,阴阳气度之流行也,借笔墨以写天地万物而陶咏乎我也。"③石涛要求作画前必须了解"天下变通之大法,山川形势之精英",这是何等高超的要求? 没有大量实践活动,没有长期的观察思考如何做到? 所以,中国能画、能写的人不少,成"家"的人不多,就在于只有少数善于"思考"之人,完成了"由象而数"的抽象运思过程,并形成了成熟的观念形态。更多的人只在技术层面或画或写,缺少哲学高度和深度。

哲学的高度和深度,是中国文艺的核心和灵魂,否则很难被认可。所以,从事文艺创作是一件苦差事。中国古代的著名文艺家:画家、诗人、小说家、散文大家,都有过主动或被动的游历过程,他们走遍千山万水,经历过种种磨难和困苦,对中国社会有深入了解。司马迁写《史记》之前几乎遍游中国;苏轼、杜甫、李白等著名诗人,半生游历,经历了种种不公、屈辱、贫困、饥饿,之后才有不吐不快的丰富感情;孔子,虽不是文艺家,也曾"周游列国"。这是他们了解社会和生活的机缘,也是其创作的机缘。一旦"成竹在胸""思接千载",晓得了"天下变通之大法",其创作才可随手拈来。可见,

---

① (南朝梁)刘勰:《文心雕龙浅释》,向长青释,第252页。
② 王德勇、罗伯良、周冶权、张东焱合编:《文艺理论概念浅释》,廊坊师专中文系,1982年,第73页。
③ (明)石涛:《苦瓜和尚画语录》,吴丹青注解,中州古籍出版社,2013年,第117页。

中国文艺的创作过程是一个复杂的思考过程和多重转换的"表达"过程。

三、中国文人的说理偏好与中国小说表达机制

中国小说最早被划归到诸子中,与儒、道、阴阳、法、名、墨、纵横、杂、农在一起,被排在第十位①,因而被认为是九流之末。若细分析,那些被视为"小"的"说",居然与儒、道、法、名、墨排在一起,不在"九流之末",还想怎样? 所以反过来想,中国小说之地位并非被轻视。"虽小道,必有可观者焉"②也是对小说这种文体特征的一种"肯定"。这意味着,儒家、道家的哲学著作负责讲"治国平天下"的大道,即"穷理正心修己治人之道"③;小说讲的是"小道",是"治国平天下"之外的"齐家""修身"之道。大道与国家天下有关,小道与个人有关,所以孔子才说:"虽小道,必有可观者焉。"

小说既然与"道"有关,也就与说理有关。所以,才有"主在娱心,而杂以劝惩"④,甚至"以为小说非含有教训,便不足道"⑤的观念。鲁迅说唐代传奇虽"究在文采与意想",但"亦或托讽喻以纾牢愁,谈祸福以寓惩劝"⑥。之后的中国小说一直没有摆脱"说理"传统。刘鹗在《老残游记》里借书中人物黄子龙的口说:"《西游记》是部传道的书,满纸寓言。"⑦金圣叹认为《水浒》也暗含作者的说理意图,他说:

> 施耐庵传宋江,而题其书曰《水浒》……若夫耐庵所云《水浒》也者,王土之滨则有"水",又在水外则曰"浒",远之也。远之也者,天下之凶物,天下之所共击也;天下之恶物,天下之所共弃也。若使忠义而在《水浒》,忠义为天下之凶物、恶物乎哉? ……彼一百八人而得幸免于宋朝者,恶知不将有若干百千万人思得复试于后世乎? 耐庵有忧之,于是奋笔作传,题曰《水浒》。意若以为之一百八人,即得逃于及身之诛戮,而必不得逃于身后之放逐者,君子之志也。而又妄以忠义予之,是则将为戒者而反将为劝耶!⑧

---

① 顾实:《汉书艺文志讲疏》,广文书局有限公司,1995 年,目录第 1 页。
② 顾实:《汉书艺文志讲疏》,第 172 页。
③ (宋)朱熹:《四书集注·大学章句序》,第 1 页。
④ 鲁迅:《中国小说史略》,载《鲁迅全集　第九卷》,第 120 页。
⑤ 鲁迅:《中国小说史略》,载《鲁迅全集　第九卷》,第 329 页。
⑥ 鲁迅:《中国小说史略》,载《鲁迅全集　第九卷》,第 73 页。
⑦ (清)刘鹗:《老残游记》,中华书局,2013 年,第 67 页。
⑧ (明)金圣叹:《〈第五才子书〉序二》,载于民主编《中国美学史资料选编》,复旦大学出版社,2008 年,第 408 页。

纪晓岚在《阅微草堂笔记》中也"借狐鬼的话,以攻击社会"①。鲁迅说:"他生在乾隆间法纪最严的时代,竟敢借文章以攻击社会上不通的礼法、荒谬的习俗,以当时的眼光看去,真算得很有魄力的一个人。"②

了解中国小说是以说理为目的的特殊文体后,也就可以理解中国小说为什么是一种"独一无二的美学模范"了。中国小说叙事的目的不在叙事,而在说理,这样就很难用西方叙事学理论解读中国小说了。

第三节　中国文化与中国小说表达机制

中国文化的源头是河图、洛书,中国的天文、数学、医学、音乐、绘画、文字、哲学……都可推到河图、洛书。而河图、洛书是一种空间化的数字方阵。从河图到洛书再到后来的两仪、四象、八卦,呈现出一种复杂的思维发展演变过程。

如果说河图是祖先对宇宙万物的一种抽象成果,将宇宙万物抽象成"数",将数按照一定规律进行布局,那洛书就是中国祖先在河图基础上再次抽象、计算的成果,旨在寻找数的规律,并通过计算重新排列,使数与数之间有了"和"的概念,而"和"是一种关系概念。洛书里的"和"是从各个角度都相等的"和",这在上古时期是一种伟大的思维活动,体现了空间意识和平等意识。河图、洛书太早,没留下祖先姓名,由洛书而八卦,历史上记载的是伏羲氏。

伏羲氏在洛书基础上寻找规律,再次抽象出两个数:一和二,也可以叫奇数和偶数,或可说是两种属性,阴性和阳性,用符号表示就是阴爻和阳爻。从洛书到两爻是一种更伟大的抽象,不仅将客观世界里的事物进行抽象,还将人类社会考虑进去。伏羲氏抽象出的两个概念,既是数概念,又是符号概念、物质属性概念,其意义已经具有拟象特征:有象形性,但不确定,不是唯一的象和形,而是一种将杂多统一的特殊的象和形,它来自抽象思维活动,但又增加了计算、归纳、想象等思维活动。当伏羲氏将阴阳两爻进行组合,得出四象,再得出八卦时,这一思维活动就不仅是抽象思维活动,而又有了拟象思维活动的性质。比如,四象被称为:太阳、太阴、少阳、少阴,这就超越了数字,变成一种暗示,携带的意义多元而复杂,当由四象再组成八卦乾、坤、坎、离、艮、巽、震、兑时,每一卦携带的意义再次复杂,每一个符号都变成

① 鲁迅:《中国小说的历史变迁》,载《鲁迅全集　第九卷》,第 344 页。
② 鲁迅:《中国小说的历史变迁》,载《鲁迅全集　第九卷》,第 344 页。

了与宇宙万物和人类社会相互牵连的综合意义团块。由八卦变成六十四卦，最终发展为一部复杂哲学著作《周易》，中国文化的拟象性已经形成，其思维的垂直立体空间逻辑①特征也已形成。中国天人合一的生态文化观，就渗透在中国最早的文化典籍里，中国思维的空间属性，将天地万物与人一并纳入，组合成垂直立体空间逻辑，变成了可视的符号，像一个证据一样储存在文化宝库中，对后世产生深远而复杂的影响。

河图、洛书是"中国文明的神性和自然起源。它作为神赐的圣典，具有为后世一切经典立法的意义"②。正是这种神秘而复杂的文化根源，奠定了中国文艺的独特表达机制——拟象表达机制。拟象表达机制反过来又缔造了中国文艺的独特美学品格：尚和而智、尚简而复杂、尚空间的垂直立体变化。

一、尚和而智

中国哲学、美学、伦理学都将"和"作为标准，在洛书里我们也能看到"和"的意识、"和"的表现形式。《尚书·尧典》记载尧帝对乐官夔提出的要求是八音克谐，无相夺伦，神人以和：

> 帝曰：夔！命汝典乐，教胄子。直而温，宽而栗，刚而无虐，简而无傲。诗言志，歌永言，声依永，律和声。八音克谐，无相夺伦，神人以和。③

"神人以和"是中国艺术的最高标准。《左传·襄公二十九年》季札在鲁国听乐，听到《颂》时，认为这是美的极致，其判断标准就是"和"，他说：

> 至矣哉！直而不倨，曲而不屈，迩而不逼，远而不携，迁而不淫，复而不厌，哀而不愁，乐而不荒，用而不匮，广而不宣，施而不费，取而不贪，处而不底，行而不流。五声和，八风平。节有度，守有序，盛德之所同也。④

---

① 空间逻辑是指通过空间思考问题，并通过空间组织事物的一种思维特征。中国《易经》中的卦画将天，地人组织在一起，且是垂直立体的空间思维特征，上面两爻为天，下面两爻为地，中间两爻为人，这就是一种垂直立体的空间逻辑思维。只有理解了垂直立体的空间逻辑思维，才能更好地理解中国文艺的独特美学范式。
② 刘纲纪：《中国古典阐释学的"河图洛书"模式》，《哲学研究》2018 年第 3 期，第 44－51 页。
③ 王世舜、王翠叶译注：《尚书》，中华书局，2012 年，第 28 页。
④ 郭丹、程小青、李彬源译注：《左传》中册，第 1470 页。

音乐的最高标准是"和",行为的最高标准也是"和"。《礼记·中庸》有:"喜怒哀乐之未发,谓之中;发而中节,谓之和。中也者,天下之大本也;和也者,天下之达道也。致中和,天地位焉,万物育焉。"①在中国文化里,只有"致中和"才能使"天地位,万物育"。在中国古人看来,只有"和",世界上的各元素才能相互生发,持续发展。

但"和"不是"同","和"作为标准,需要一种复杂的智力活动才能达到。《左传·昭公二十年》中,齐侯与晏子谈"和"与"同"的区别,晏子说:"和如羹焉,水、火、醯、醢、盐、梅,以烹鱼肉,燀之以薪,宰夫和之,齐之以味,济其不及,以泄其过。君子食之,以平其心。君臣亦然。"②也就是说,"和"是对多种元素的调配,没有调配就没有和,没有众多不同元素就不需要调配。而对众多元素调配,需要了解各自的属性,以及要达到的目的。可见"和"对智力活动有较高要求。在洛书中,有一种公平、均衡的"和",体现了一种复杂的协调、分配能力,展示了中国古人的智慧。

艺术达到"和"的至美境界,需要的也是一种极其复杂的智力活动。《庄子·天运》记载黄帝和北门成谈论音乐《咸池》,黄帝说:

> 吾奏之以人,征之以天,行之以礼义,建之以太清。夫至乐者,先应之以人事,顺之以天理,行之以五德,应之以自然,然后调理四时,太和万物。四时迭起,万物循生;一盛一衰,文武伦经;一清一浊,阴阳调和,流光其声;蛰虫始作,吾惊之以雷霆。其卒无尾,其始无首;一死一生,一偾一起;所常无穷,而一不可待。汝故惧也。

> 吾又奏之以阴阳之和,烛之以日月之明。其声能短能长,能柔能刚;变化齐一,不主故常;在谷满谷,在坑满坑;涂郄守神,以物为量。其声挥绰,其名高明。是故鬼神守其幽,日月星辰行其纪。吾止之于有穷,流之于无止。予欲虑之而不能知也,望之而不能见也,逐之而不能及也;傥然立于四虚之道,倚于槁梧而吟。目知穷乎所欲见,力屈乎所欲逐,吾既不及已矣!形充空虚,乃至委蛇。汝委蛇,故怠。

> 吾又奏之以无怠之声,调之以自然之命。故若混逐丛生,林乐而无形;布挥而不曳,幽昏而无声。动于无方,居于窈冥;或谓之死,或谓之生,或谓之实,或谓之荣;行流散徙,不主常声。世疑之,稽于圣人。圣也者,达于情而遂于命也。天机不张而五官皆备,此之谓天乐,无言而

---

① 胡平生、张萌译注:《礼记》下,中华书局,2017年,第1007-1008页。

② 郭丹、程小青、李彬源译注:《左传》下册,第1902页。

心悦。故有炎氏为之颂曰:"听之不闻其声,视之不见其形,充满天地,苞裹六极。"汝欲听之而无接焉,而故惑也。

乐也者,始于惧,惧故崇;吾又次之以怠,怠故遁;卒之于惑,惑故愚;愚故道,道可载而与之俱也。①

《咸池》之所以美,是因为"太和万物"。但如何做到的呢? 作者将人事、天理、五德、自然等众多元素都考虑进去,将它们的变化和规律考虑进去,之后才能做到,总之是一个非常复杂的思维运作过程。因而,中国的至美是"和",而抵达"和"的境界,需要高级智力活动,而中国的高级智力活动需将天、地、人、神以及万事万物的变化规律一并考虑进去。也就是说,在追求"和"的境界时,"智"已伴随其中。

二、尚简而复杂

简是一种高度抽象,也是一种复杂综合。比如,阴阳二爻就是极简符号,一条线即可代表万千事物,已是简的极致。但这里的"简"不等于简单,"简"到极致反而走向了复杂,这是一种辩证思维。当古人用两根线条组合,表达宇宙运行规律时,得到的卦是复杂的极致。这些卦,不仅代表人类社会和自然界的各种现象,还代表了变化——规律性的变化。用这条原理去考察中国文艺,能发现中国文艺博大精深的奥妙。比如,中国书法就是一种极简的表达方式:仅用一种颜色、一支笔、一张纸,艺术家就能创作出万千变化的艺术世界,他们用深浅、轻重、干湿等方法,可以抒情、明志,甚至说理,但这需要知音才能读解。中国诗歌可用二十个字完成复杂表达:"垂緌饮清露,流响出疏桐。居高声自远,非是借秋风。"表面写蝉,其实明志。物的相关知识和人的性格、追求,跃然纸上。中国文艺作品很少用一句话表达一个意思,多用一句话表达数个意思,这就为读解带来不少困难。中国哲学更是如此,《周易》的极简和极复杂不必说,《论语》《道德经》《庄子》等,均属极简和极复杂相统一的哲学文本,为后世提供了广阔的阐释空间,提供了思维不断升级的无限可能。中国古代的小说也是极简艺术,《世说新语》寥寥几笔,人物的性格、气质即跃然纸上,如《世说新语·德行》:"周子居常云:'吾时月不见黄叔度,则鄙吝之心已复生矣!'"②一句话,周子居的幽默、黄叔度的高洁,二人关系的亲密等均跃然纸上。作为

① (战国)庄子:《秋水》,载《庄子全译》,张耿光译注,第243-244页。
② (南朝宋)刘义庆:《世说新语》上,朱碧莲、沈海波译注,中华书局,2011年,第3页。

"小说",这种表达算是极简之典范。很多中国文言小说都具有这种特征——叙事简单,意蕴复杂。

三、尚空间的垂直立体变化

中国古代圣人用八卦演绎出六十四卦时,空间思维已发展到更为复杂的程度。六十四卦,由两个八卦上下组合而成,八卦的爻数是三,六十四卦的爻数是六。六爻分别代表天、地、人,天在上,地在下,人在中间顶天立地,成为卦的核心。人在天地之间,成为最自由的存在,可上天揽月,下洋捉鳖,中国人的思维张力在六十四卦结构中得到充分展现,也得到极大刺激。用这条原则考察中国文艺,会发现那些神、鬼、人恰好就是三界代表,它们在小说中的存在,十分符合先民的空间思维逻辑。这种垂直立体的空间逻辑思维与西方的线性逻辑思维有很大不同。如果说西方线性逻辑思维是一种深化认识对象的思维方式,其方法是由表及里、由外而内的话,中国垂直立体的空间逻辑思维则呈现出一种更加灵活、自由的思维张力——在文艺作品中,人与鬼、神等相互沟通,彼此交往。比如《聊斋志异》中的《锦瑟》:锦瑟是一个可沟通神鬼两界的特殊符号,当瑶台为锦瑟与王生主婚时,天、地、人、神、鬼已难以厘分。这种垂直立体的空间逻辑,正是中国文化生态性的一个说明。又如《西游记》,孙悟空是一个能将诸界黏合在一起的重要符号,猪八戒是一个从神界贬入凡间的符号,而唐僧是一个在凡间修行,欲入天界的符号。《红楼梦》中,贾宝玉戴着的那块"通灵宝玉"是天界之物,它和贾宝玉的结合既是天界和凡间的结合,也是历史和当下的结合。只不过,这种垂直立体的空间逻辑随着历史的演进而逐渐弱化,关于天界、神界、鬼魅界的信息越来越少,人间的信息越来越多,这也是时代发展的必然趋势。《红楼梦》第一回中,作者花费很多心思将笔墨由"大荒山无稽崖"转换到住在"葫芦庙"旁的甄士隐的梦中之"太虚幻境",又经"寄居"葫芦庙的贾雨村代入现实生活,曲曲折折,引出林黛玉父亲林如海,又曲曲折折,遇见与贾家有瓜葛的冷子兴,现实生活才一点点在平面空间展开。由此可见中国传统的垂直立体空间思维之根深蒂固。

第四节　中国小说的拟象表达机制

刘长林在《易象阴阳与复杂性》一文中说:"一切科学和哲学问题的提出与解决都是自觉的。可是,为什么不同地域、不同种族的人,面对同一个世界,在提出和解决问题的时候,会有不同的想法和做法呢?原因在于,不同地域、不同种族或民族的人，有着不同的潜在的心理趋向，而同一地域、同一种族或民族的人，他们的潜在的心理趋向则大体相同。"①就文艺作品而言，西方文艺作品与中国文艺作品截然不同，中西神话、中西绘画、中西小说、中西诗歌等差异巨大。而导致中西文艺作品截然不同的，笔者以为是表达机制，不同表达机制产生不同的文艺作品，而表达机制是各元素有机结合的方式或状态。西方文艺和中国文艺均有独特的表达机制。西方表达机制在西方古代经典中已被充分谈论过，如《柏拉图对话集》和亚里士多德的《诗学》等。中国表达机制在中国古代经典《周易》中也已被充分谈论过，只因中国文字的一字多义性，以及中国表达机制的复杂性，后代学人难以统一说辞，致使我们难以发现这一问题。

众所周知，中国哲学以认识"变化"、把握"变化"、顺应"变化"为重要内容。陈望衡说："'变化'是《易经》的灵魂。《易经》的基本立场就是认为世界上万事万物都是变化的、发展的。变化的原因在于对立面的两种力量的斗争。用《易传》的话来说就是'刚柔相摩，八卦相荡'，'山泽通气，雷风相薄，水火（不相射）'"②。与中国哲学相适应的中国文艺，必然会将"变化"作为追求目标。《西游记》中孙悟空的"变"，《聊斋志异·促织》中的"变"，《故事新编·起死》中的"变"，要力勇拟象油画的"变"……这些充满变化的"象"就是拟象，通过拟象进行表达的中国文艺表达机制称为"拟象表达机制"。

一、什么是拟象？

《说文解字》说："拟，度也。"③段玉裁注说："今所谓揣度也。"④因而，"拟象"有令人揣度的意思。虽然中国早有"拟象"一词，但我们在为自己独创的"油画"命名时，尚未发现中国的"拟象"概念，只因这种油画不同于西方的具象画和抽象画，无法归类，需要有一个新名称，就根据这种画的特征，命名为"象"，但"象"处于变动不居的状态，需要观者揣度和建构，便将其命名为"拟象油画"。当有人问"拟象油画"属于哪个序列——古典、现代，还是后现代时，我们才开始查阅资料，在这一过程中发现"拟象油画"与中国文化的深度契合。中国不但早有拟象之概念，甚至已总结出一套易象表达方

① 刘长林：《易象阴阳与复杂性》，《周易研究》2015 年第 5 期。
② 陈望衡：《简论易象的中国文化意义》，《船山学刊》1996 年第 1 期。
③ （汉）许慎撰，（清）段玉裁注：《说文解字注》，第 604 页。
④ （汉）许慎撰，（清）段玉裁注：《说文解字注》，第 604 页。

式①和原则。中国古代所说的"易象"与"拟象油画""拟象表达机制"的"拟象"具有很多方面的一致性。比如,《易经·系辞传下》曰:"《易》者,象也。象也者,像也。"②"象也者,像此者也。"③"像此者也"不是"是此者也"。拟象油画中的"象"就是"像此者也",而非"是此者也"。具象油画中的"象",应该"是此者也"。亚里士多德就说:"我们之所以乐于观看图画,就在于当我们进行观看时,我们试图认知并推断每种事物究竟是什么,如'这即是某某事物'。"④

"像此者也"与"是此者也"的最大区别还在于观者在观看过程中的态度——是"揣度"还是"接受"。"像此者也"有揣度之意,因为"像此"只是一种可能,还可以"像彼"。至少拟象油画给观者提供的观看经验,是同一幅画在不同的观者眼里是"像此"或"像彼"的多种可能,观者不断揣度,并不断"组织"和"建构"。拟象,之所以具有这样一种特征,是因为其运思过程不是简单的抽象、概括、推理、判断,而是先分析、抽象、概括,形成观念之后,再返回去将观念表达出来,为了使观念表达更接近其出处,需寻找合适物象,但任何单一物象都不可能代表观念形成过程中所经历的对复杂世界的抽象概括,只能创造一种新的变动不居的拟象,使之携带上观念形成时涉及的各种事物。所以,《易经·系辞传上》有:"夫象,圣人有以见天下之赜,而拟诸其形容,象其物宜,是故谓之象。圣人有以见天下之动,而观其会通,以行其典礼,系辞焉,以断其吉凶,是故谓之爻。极天下之赜者存乎卦,鼓天下之动者存乎辞,化而裁之存乎变,推而行之存乎通,神而明之存乎其人。默而成之,不言而信,存乎德行。"⑤也就是说中国的《易》"象"是圣人"穷尽""天下纷繁复杂事物"之后抽象、概括,而后又揣度各种事物的形、貌创造出来,并能代表天下纷繁复杂事物的象,即卦象。这样,卦象即易象,易象即变动不居之象,变动不居之象是需要读者揣度、建构之象,即"拟象"。由于"易"在中国文化中内涵太丰富,我们选择使用"拟象"一词,以强调中国文艺中"象"的变动不居之特征,以及令读者揣度、建构的特征。

二、什么是拟象表达机制?

如果拟象是变动不居之象,是需读者揣度、建构之象,那拟象表达机制

---

① 吴廷玉:《易象的表达方式及其美学意义》,《人文杂志》1992 年第 6 期。

② 金景芳、吕绍纲:《周易全解》,第 574 页。

③ 金景芳、吕绍纲:《周易全解》,第 571 页。

④ 〔古希腊〕亚里士多德:《论诗》,载《亚里士多德全集 第九卷》,崔延强译,第 645 页。

⑤ 金景芳、吕绍纲:《周易全解》,第 566 页。

就是以创造变动不居之象为特征的表达机制。在中国文艺中,文艺家经常将熟悉的人和事,进行玄化、幻化、神化、鬼化、魔化、仙化,使其具有变动不居的特征,留给读者极大的阐释空间。玄化、幻化、神化、鬼化、魔化、仙化就是拟象化。比如,《西游记》中的那些形象有的神化,有的鬼化,有的仙化,其空间处理则采取幻化、玄化的方式。

中国文艺的这些手法,与西方文艺的确定化、典型化、逼真化等处理手法完全不同:一个拉远了与现实的距离,一个则在强化与现实的密切关系。所以有人说:"易象并没有再现或塑造任何具体形象……因而不属于再现……","易象也不属于以概念为基本运码进行推理、判断的抽象表达方式","易象表达方式的无家可归,反映了我们关于人类思维方式及其成果的表达方式的认识是不全面的。这种不全面在美学上的后果,就是导致我们一直是牵强地解说中国古老的书法艺术……"①

如果将这样一种表达方式命名为拟象表达机制,"家"就出现了。所以,"拟象表达机制"就是中国文艺的家。只是因为许多人不断引进西方文艺和文艺理论,太过相信其科学性、准确性,毫不怀疑地接受,并将之视为放之四海而皆准的真理,以为世界文艺都必须是具象化或抽象化的表达,再无其他可能,这才忽视了中国文艺的独特性,造成中国文艺"无家可归"的错觉。

张少康说:"中国古代'诗言志'说的实质,就是把文艺看作是人的心灵的表现,这与西方古代把文艺看作是对现实的摹仿和再现,是很不同的。"②最大的不同是中国文艺具有鲜明的主体性特征,它允许文艺家创造性地使用来自现实的众多元素,就像《聊斋志异》中的狐,《西游记》中的孙猴子、猪八戒等,它们都是艺术家对现实元素进行物化、妖化、仙化处理的结果。对中国文艺来说,主体思想的复杂度、表达的灵活度,均高于现实元素的真实度、客观度。

西方文艺则往往将艺术家当作神的代言人或神的工具。苏格拉底就说过:"神灵附体或迷狂还有第三种形式,源于诗神。缪斯凭附于一颗温柔、贞洁的灵魂,激励它上升到眉飞色舞的境界,尤其流露在各种抒情诗中,赞颂无数古代的丰功伟绩,为后世垂训。若是没有这种缪斯的迷狂,无论谁去敲诗歌的大门,追求使他能成为一名好诗人的技艺,都是不可能的。与那些迷狂的诗人和诗歌相比,他和他神智清醒时的作品都黯然无光。"③

---

① 吴廷玉:《易象的表达方式及其美学意义》,《人文杂志》1992 年第 6 期。
② 张少康:《中国文学理论批评史》上,第 21 页。
③ 〔古希腊〕柏拉图:《斐德罗篇》,载《柏拉图对话集(第二卷)》,王晓朝译,人民出版社,2003 年,第 158 页。

现实主义作家巴尔扎克也说过类似的观点："不论艺术家的本领是来自对人所共有的能力的不断运用，还是来自畸变的头脑，天才总是一种人类痼疾，正如珍珠是蚌的一种病态；抑或他的一生担负着这样的使命，即传播……唯独刻在他头脑中的一篇文字、一种思想，众所周知，就连艺术家本人也解释不了自身才智的秘密。他在某些情势的逼迫下工作，而这些情势的形成则是一个谜。艺术家无法控制自己。"①

这种观念，一方面将艺术作品过分拔高，另一方面却将艺术家视为工具。将艺术品和艺术家区别对待，就如同将孩子与母亲分开一样，是不合情理的。因而，这种艺术观念容易对艺术家造成伤害②。

中国的文艺家为充分表达可自由创造元素，忽略其现实逻辑，但其作品必须自成一体，自成一个独立世界。用西方批评方法分析中国传统文艺，会出现解释不清的情况。如刘俐俐试图用西方叙事学分析唐传奇《周秦行纪》，但发现《周秦行纪》的故事结构并不符合"热奈特所说的'元故事事件和故事事件之间直接的因果关系'"。因为"'余'和诸位女鬼的故事与其他六个女鬼各自的故事，不是因果关系……"③但《周秦行纪》有自设的逻辑，自成一体，它是作者专门讽刺牛僧孺的作品④，属于拟象表达机制。叙事学是用来解释摹仿表达机制作品的分析工具，很难解释中国拟象表达机制的作品。拟象表达机制作品需用表达机制批评法解释。

三、拟象表达机制的种类

中国拟象表达机制是一个大家族，纵向考察，它从古代延伸至现在；横向考察，它从文学到绘画，到书法，到影视，呈现出一种旺盛的生命力。拟象表达机制在几千年的发展过程中出现诸多变体，要想掯出一条线索，需要像埃里希·奥尔巴赫写《摹仿论》时考察三千年西方文艺那样，考察几千年的中国文艺作品，还要跨界考察，这不是笔者可以胜任的庞大任务，在此，仅将中国小说的拟象表达机制作一简单介绍。

---

① 〔法〕巴尔扎克：《论艺术家》，载《巴尔扎克论文艺》，袁树仁等译，人民文学出版社，2003年，第6—7页。

② 这种观念会鼓励艺术家放纵自己的病态心理，或将自己视为不同于常人的特殊群体，长此以往会对艺术家的身心健康造成伤害。

③ 刘俐俐：《比较视野中的唐传奇叙事学分析——以韦瓘〈周秦行纪〉文本分析为中心》，《南开学报(哲学社会科学版)》2009年第1期。

④ 牛僧孺著有《玄怪录》一书，《周秦行纪》的作者用牛僧孺的笔法，以牛僧孺为主人公，将其与历史上不同朝代的皇后、皇妃编排在一起，目的是让他承担骂名。《周秦行纪》算是一篇骂人之作。

中国小说的拟象表达机制,按其存在状态可分为外部形态的拟象表达机制和内部形态的拟象表达机制;按照文艺家的创作目的则可分为拟情表达机制、拟理表达机制等。

（一）外部形态的拟象表达机制

外部形态的拟象表达机制是指由短小篇幅组合而成的小说丛集的表达机制,如《世说新语》《酉阳杂俎》《子不语》《玄怪录》等。中国小说存在大量由短小篇幅形成的丛集,在考察中国小说表达机制时,不能忽略这类小说的存在状态,更不能将它们从小说中剔除。

这类小说有很多共性:第一,它们是碎片化的,不是完整的;第二,它们常常是史料性的片段,归类成章,与作家自己创作的部分混杂在一起;第三,它们有非常客观、真实的一面,也有玄化、鬼化、神化、仙化的一面;第四,它们虽篇幅短小,篇目众多,但都以板块的模式组合,类似一种方阵,通过不同的方阵,可看到作者要表达的思想、情感之间的复杂关系;也就是说,这类小说的结构是有机的,只是其组织形式不是线性的、逻辑化的模式,而是方阵模式,类似于军演中由不同性质的兵种、武器组成的方阵,方阵和方阵之间有逻辑关联,方阵内部也有组织法则。因而,对中国这类小说应整体看待,对其进行整体考察。所谓整体考察,是指既要整体考察一部小说的内在结构,也要整体考察类似的中国小说。

当中国小说均以某种态势存在时,意味着中国此类小说的独立性,正在这层意义上,我们将其归入"外部形态的拟象表达机制"。也就是说,我们将中国古代艺术家如此组织小说的方式,视为一种表达手段,"组织"本身是一种表达行为,而"方阵化"是中国文艺的思维特征之一。为了更好地理解文学中"方阵化"的表达方式,可参照要力勇的拟象油画《同人》[1]。《同人》是由不同大小方块组成的油画。每个小方块都有很多拟象,代表一个独特空间,不同空间组合在一起,构成《同人》。单独剪下一个小方块,也独立成篇,但信息量有限,只有将不同小方块组合在一起,才能表达复杂的思想。

中国古代的河图、洛书也是空间化的符号,充满抽象化的数字和对数字的排列组合与计算,是一种方阵化结构。河图、洛书就是有机整体,每

---

① 《同人》是应中国新闻社河北分社社长鲁达的邀请,为2019年的"华文媒体200年"纪念活动创作的一幅大型油画。"同人"是《易经》第十三卦,卦辞是:"同人于野,亨。利涉大川,利君子贞。"这幅画采用的是中国传统文艺思维中的方阵结构,每一个小方块都是相对独立的状态,但又是整幅画作的一部分,独立的个体与整体根脉相连,表达了华文媒体与中华民族血脉相连的关系,也表达了作者对海外华文媒体的良好祝愿。

一数字符号就像一颗小珠子,其在河图、洛书中的作用,通过"关系"体现出来,如数字的排序、偶数、奇数,数字的和等。这种空间化的思维方式,对中国文化产生的影响十分深远,表现在小说方面就是通过大量微小叙事组成笔记小说——一种"方阵化组织"形式。笔记小说常常通过若干微小叙事形成中型叙事,而微小叙事一旦被集合为中型叙事,就具有"抒情"或"说理"的意义,不再是单纯的叙事。因而,中国笔记小说是用小叙事组成的"著作"。小叙事不能独立,小叙事组成的中型叙事也不能独立,他们都是整体的一部分,是整体有机组合的"器官"。只有整体阅读一部笔记小说,才能了解每一小叙事在里面发挥的作用。"笔记小说"是以"笔记"的形式谈论"小说"(小道)的特殊文体,是文艺家用来表达思想观念和情感的特殊方式。

称这样一种"组织"方式为外部形态的拟象表达机制,是因为这样"组织"小叙事的方式产生的抒情、说理效果是不确定的、不透明的,是需要读者"揣度""建构""挖掘"的,不同的读者因其阅历和思维水平以及价值观等差异,会从中得到不同的情和理。而这种可以产生不同"情"和"理"的文艺形态就是拟象形态,由于这种拟象形态是通过外部组织建立起来的,因而称之为外部拟象表达机制。

以《山海经》为例。《山海经》是中国最早的一部神话著作,但它不是西方那种串成珠链的模式,而是方阵模式,与中国最古老的河图、洛书以及《易经》有相似之处,都具有方阵化特征。《山海经》由《山经》《海经》组成,共十八卷。用西方标准看待《山海经》时,《山海经》多半会变成无内在逻辑的碎片,也就是没有被串起来的珠子。但如果将《山海经》视为一个外部形态的拟象表达机制时,《山海经》就成了一个有机整体,就不再是没有被串起来的珠子,而是用另外一种方法串起来的珠子,即一个空间逻辑结构,一个方阵化的组合模式。《山海经》=山经+海经=(南山经+西山经+北山经+东山经+中山经)+(海外南经+海外西经+海外北经+海外东经)+(海内南经+海内西经+海内北经+海内东经+大荒东经+大荒南经+大荒西经+大荒北经+海内经)。而在每一经内又有序列,《山经》中有不同山系,《海经》中有各国……作者"组织"元素的思路十分清晰,只是其逻辑不是时间的线性逻辑,而是空间化的方阵逻辑。如此,《山海经》也就变成了一个庞大的空间神话。如果将山视为人,各大山系也就构成了族谱——空间化的族谱,与西方神话的纵向谱系完全不同。这种空间族谱的思维特征,在藏族文化中十分常见。比如,梅里雪山每一个峰都有名字,群峰被视为一个家族,最高的峰是家长,是父亲,次高的峰是妻子,周围几个峰是儿子。在藏族文化中,每一座山、每一条河都有一个温暖的名字,山与山之间,山与河之间存在内在关联。也就是说,中国文化将整个宇宙视为有机整体,将空间和时间视为不可分割的统一体。中国神话《山海经》正是中国人这一宇宙观的综合体现。

我们再以干宝的《搜神记》为例。《搜神记》共二十卷:卷一"皆为晋代以前神仙术士及其神通变化的奇闻异事",卷二"主要记述汉晋时期巫人与术士降伏鬼魅、沟通人鬼的奇异事迹",卷三"是汉晋时期通易学、善卜筮,能为人预知吉凶、消灾去魅的方术之士",卷四"是与星宿河岳诸神有关的灵异故事",卷五"都与南京蒋山神有关",卷六"以编年体形式记述夏代以迄三国期间的各种妖孽怪异之事",卷七"记述与符瑞灾异有关的各类奇闻异事",卷八"记述与历代王朝兴替有关的符命谶纬之事",卷九"所记都是与瑞应灾异相关的故事",卷十"所记诸事都与梦的解析与占卜有关",卷十一"所录故事的主人公,便是那些具有卓绝之才识、至诚之情义的仁人义士、孝子贤妇",卷十二"所收录的都是因元气的变化感应而发生的种种奇异故事",卷十三"所记主要是具有灵性的奇异物产",卷十四"收录的故事内容比较复杂……阐述了人类对于生命规律的认识",卷十五"故事中的主人公,便是那些得以跨越生死界限,能够死而复生的传奇人物",卷十六"所收录的,便都是因鬼而起的故事",卷十七"所收录的就是发生在人与各种精怪之间的一些有趣的故事",卷十八讲述的是人类对精怪的处理方式,卷十九讲述的依然是降妖除怪的故事,但有很多喜剧故事以及古人高超的酿酒技术等,卷二十"收录都是因果报应故事"。①

《搜神记》今本共二十卷,每卷下有若干篇目,每一篇目都可看作一个小叙事:有的是历史叙事,有的是神话叙事,有的是奇闻异事,有的则具有科学性质。这种分类方式颇令人困惑,现代人可能会问:为什么不合成一部长篇?就像现在的玄幻剧,稍微加工一下,完全可以变成一个长篇叙事。但变成长篇叙事就得有主人公,所有信息需围绕主人公展开,一些与主人公性格、身份不符的材料就得舍弃。如果作者希望留给后代一个更完整的资料呢?那只能以目前这种分类方式组织材料。

也就是说,这种方阵式的结构分类储存了大量信息,为后代全面了解世界提供了更客观也更真实的结构方式。只要耐心地一点一点梳理,就会发现这是一部包含着宏大、绵长、广阔之宇宙观、伦理观、生命观的著作。读者若不认真梳理,便什么也得不到。这就是祖先留给我们的宝贵遗产——也包括对我们的极高要求,需要我们认真梳理,仔细辨别,反复研读以"穷理"。

---

① （东晋）干宝:《搜神记》,马银琴译注,中华书局,2012 年。

《史记》也是方阵式的结构模式,不是线性历史。作者从本纪、世家、列传、书、表等几个板块组织"历史"。

可见,中国的神话、笔记小说、《史记》采取的是相同结构模式——方阵式结构,与通过时间顺序组织文本的西方模式完全不同。西方较早的短篇小说集《十日谈》和阿拉伯短篇小说集《一千零一夜》都采取线性叙事方式。《十日谈》先交代故事发生的大背景——瘟疫肆虐,再交代故事发生的小背景——十个贵族青年男女一起到偏僻乡村躲避瘟疫,为了打发时间讲故事消遣,十天里每人每天讲一个故事,共十天。《一千零一夜》的结构与《十日谈》相似,也是先交代故事发生的大背景——两个兄弟在不同的国家当国王,后发现妻子背叛,双双离家出走,在外面遇到怪物和一个被怪物看管着的女人,两人被逼与女人发生关系,并得出结论:女人是看不住的,回去杀掉女人。之后每天娶一个新娘,杀一个新娘,直到遇到一对聪明的姐妹,姐妹二人为了改变命运,阻止国王杀戮,每天给国王讲有趣的故事……

当我们把以时间为线索组织故事的西方模式视为有效和唯一的文艺形态时,就不能理解中国神话、历史、笔记小说的存在形态了。

(二)内部形态的拟象表达机制

内部形态的拟象表达机制是指存在于文本内部的多重转化状态。由于作者有意识地多重转化,将文本与世界拉开了距离,使我们难以发现文艺家对世界问题的思考和回答。然而,所有文艺都是文艺家对世界问题思考和回答的结果,文本中必然留下蛛丝马迹,如此,不同读者在阅读同一文本时,会因自身条件发现不同层面的情理,一个文本也就有了无限阐释空间。文本需要读者揣度、建构的特征与西方"一千个读者眼中有一千个哈姆莱特"的理论不同,"一千个读者"产生的是"一千个哈姆莱特",但中国拟象化的小说不仅有"一千个哈姆莱特"的可能,还有从一部小说中看出不同的哲学或理论的可能。比如《易经》几乎是中国所有文化的根:文学、医学、科学、天文学、管理学等;一部《红楼梦》也一样,不同的读者从中发现的是完全不同的层面:哲学、建筑、药学、服装学、管理学等。之所以产生这种效果,是因为中国艺术思维是拟象思维,是"圣人有以见天下之赜","圣人有以见天下之动,而观其会通";之后"拟诸其形容,象其物宜"。"极天下之赜者存乎卦,鼓天下之动者存乎辞,化而裁之存乎变,推而行之存乎通,神而明之存乎其人。默而成之,不言而信,存乎德行。"[①]其内容的庞杂也就可想而知了,然而这些内容又是有机结合在一起的,彼此作用,读者也就可以根据自己的

---

① 金景芳、吕绍纲:《周易全解》,第 566 页。

精神需求而揣度、建构新的意义世界了。

中国文艺家为了表达复杂的世界观,不能采取"摹仿"的手段,因为摹仿做到了元素的真,即真人、真事、真物,但未必能讲述真理,因为真人、真事、真物都是局部存在的,而世界是复杂的,各种关系相互作用,文艺家要表达清楚自己关于世界问题的思考,就得创造"拟象",将他们关于现实问题的思考进行多重转换。中国文艺家常用的多重转换方法有:创造一些狐、鬼、仙、妖、魔的拟象,以表达作者的思想和感情;对现实生活进行提炼、概括,用极简叙事储存丰富的精神价值,留给读者更大阐释空间。

将人物鬼化、仙化、妖化、魔化之后,人物形象变成了"拟象",具有多种功能:变化多端,亦狐(蛇、龟)亦人,做人时有人的功能,转换为物时有物的功能,一个形象在两种身份之间变来变去,当形象变成物事,便可在不同空间自由穿梭。比如,孙悟空、猪八戒可上天,可腾空,也可入水,进入龙宫。这样,天上、地下、人间被"组织"在一起;不需要任何铺垫,拟象化的人就可自由灵活地在各大空间穿行。这样的小说给人的感觉是多层次、多维度、多方向的,读解有困难,然而又魅力十足,越分析,内涵越丰富。

用极简叙事储存大量信息也是一种内部拟象手法。这种拟象手法一方面强调其真实性,给人一种真有其事的感觉,但又故意增加其玄幻性,与现实生活相区别。如此,读者难断真假,阐释空间增大,意义增值,拟象效果也就产生了。比如,清代的纪昀在《阅微草堂笔记》开篇就说:"昼长无事,追录见闻,忆及即书,都无体例。小说稗官,知无关于著述;街谈巷议,或有益于劝惩。"①《阅微草堂笔记》"追录见闻",有如实记录的意思,目的是"或有益于劝惩"。但《阅微草堂笔记》中却有《狐语》《鬼嘲夫子》《鬼算》等小说。《狐语》所记有真实地点——沧州,真实人物——刘士玉孝廉。但事件却是"有书室为狐所据,白昼与人对语,掷瓦石击人,但不睹其形耳"②。如此,是真还是幻,很难区分。《鬼嘲夫子》也是这种风格,人物、人物关系给人以真实感,但事件走向扑朔迷离。故事讲一老学究夜行,遇到亡故的友人,二人聊天。已经成为冥吏的友人给老学究讲了一番夜晚读书人所住家宅上空的景象——"凡人白昼营营,性灵汩没。唯睡时一念不生,元神朗澈,胸中所读之书,字字皆吐光芒,自百窍而出,其光缥缈缤纷,烂如锦绣"。老学究问老友自己睡时"光芒当几许",鬼嗫嚅良久曰:"昨过君塾,君方昼寝。见君胸

---

① (清)纪昀:《阅微草堂笔记全译》上,汪贤度校点,邵海清等译,上海古籍出版社,2017年,第1页。

② (清)纪昀:《阅微草堂笔记全译》上,汪贤度校点,邵海清等译,第2页。

中高头讲章一部,墨卷五六百篇,经文七八十篇,策略三四十篇,字字化为黑烟,笼罩屋上。诸生诵读之声,如在浓云密雾中。实未见光芒,不敢妄语。"①这类故事的讽刺意味甚浓,真假也就不那么重要了。

《世说新语》属于"志人"小说,以时人的言行举止等为内容,多只言片语,即便是相对完整的篇目也很不重视细节的铺垫,重在交代结果。如记陈仲弓的两件事,第一件是:"陈仲弓为太丘长,时吏有诈称母病求假,事觉,收之,令吏杀焉。主簿请付狱考众奸,仲弓曰:'欺君不忠。病母不孝。不忠不孝,其罪莫大。考求众奸,岂复过此!'"②第二件是:"陈仲弓为太丘长,有劫贼杀财主,主者捕之。未至发所,道闻民有在草不起子者,回车往治之。主簿曰:'贼大,宜先按讨。'仲弓曰:'盗杀财主,何如骨肉相残?'"③这两件事,人物齐全,时间和地点具体,事件有因有果,但两个故事均缺少具体细节:几个人物的外形、性格,处理事情的具体过程、结果等都缺少细节。读者无法像读西方小说那样体验"看得见、摸得着"的具体感,也得不到相对完整的知识和经验,却可以了解人物的价值判断和作者的价值判断。

中国古代讲述现实生活的方式是一种极简模式,是通过选择符合作者观念的元素,集中同类元素完成表达的方法;这种表达方法需要作者有鲜明的价值观、道德观。这类文本的作者,不是为了认识对象,而是为了表达自己的价值观、行为观、道德观等。由于作者简化了细节,有意识将众多同类元素集中在一起形成意义,给读者留下很多空白,读者只有想象并补充才能理解文本,所以这种方式也属于拟象表达机制。极简叙事多元,没有固定主题。比如,主簿和陈仲弓的判断标准不同,但小说没有后续。如果继续叙述,主簿是否会参陈仲弓一本也未可知。拟象表达机制的妙处就在于其多元的奥义,留给读者巨大的阐释空间,令读者无限遐思,有启智作用。

中国叙事文本(神话、历史、小说)从外部结构的方阵模式,到内部表达的多重转化或极简叙事,都追求表达的完整和复杂,作者以自己的视角和理念整合事件,在表达过程中会考虑后世读者的整体感受——提供全维度信息——这就避免了对后世读者立场的强制性,但这种表达机制又暗含对后世读者的极高要求——认真、仔细、深入地研究文本。如此,中国叙事文本

---

① (清)纪昀:《阅微草堂笔记全译》上,汪贤度校点,邵海清等译,第3页。
② (南朝宋)刘义庆:《世说新语》(上),朱碧莲、沈海波译注,第164页。
③ (南朝宋)刘义庆:《世说新语》(上),朱碧莲、沈海波译注,第165页。

就产生了两个主体——作者主体和读者主体,文本就变成了一个跨时空的交流平台——两个主体通过文本进行深度、全面的交流。正是这种独特的表达机制,为中国文化留下一条难以隔断的血脉——中国人通过阅读中国古典作品,领会中国文化的核心要义。

（三）拟情表达机制与拟理表达机制

按照文艺家的创作目的考察文艺作品时,中国文艺作品有以抒情为目的的拟情表达机制和以说理为目的的拟理表达机制。由于中国小说"文备众体",常常兼有抒情和说理两种特征,当小说偏重抒情,又具有多元、多层的复杂情感时,其表达机制可判定为拟情表达机制;当小说侧重表达作者的思想或观念,且杂糅了多种思想观念时,可判定为拟理表达机制。拟情表达机制、拟理表达机制从属于拟象表达机制,是拟象表达机制的变体。但拟象表达机制有两层意思:一是中国文艺表达机制的总称,包括以上分析的几种情况(外部的拟象表达机制、内部的拟象表达机制、拟理表达机制、拟情表达机制等);二是与拟理表达机制、拟情表达机制并列的拟象表达机制,指那种通过创造拟象而完成表达的情况,在绘画作品中常见,在文学作品中则较少看到。

以要力勇的拟象油画为例。其作品有以抒情为目的的拟情表达机制,如《柔·静·远》。《柔·静·远》没有具体事物的形象,甚至没有象,画家用不同色彩,完成一种情感表达,具体什么情感并不确定,因为有冷色,有暖色,有柔柔的光。观看画作的不同部分,获得不同的情感体验,因而是拟情,不是确定的情感。有以说理为目的的拟理表达机制,如《线·面·形·象》。《线·面·形·象》与《柔·静·远》的画风完全不同。《线·面·形·象》是画家表达艺术观念的作品。画作层次感很强,在线条下面,有用色彩建构的形象,但这形象需要观者自己建构。观者建构成什么形象,取决于组织色块的能力。不同色块与不同色彩组合建构其不同形象。形象之上的线条,似乎是随意的,又似乎有规律。通过将线条与色块分离,画家让色彩摆脱了线条的羁绊,表达了对色彩表意能力的肯定和赞赏。有以创造拟象为目的的拟象表达机制,如《观》,三者统称拟象表达机制。《观》有一个比较明显的形象,但这形象的定义取决于观者的建构能力。有的人一眼看到一个小女孩的脸,有的人看到的是月亮。

三幅画作的区别不在于风格,而在于表达机制。它们都是作者使用色彩表达的结果。因目的不同,组织色彩的手法发生变化,形成了不同的艺术效果。可见,文艺家的目的,决定其加工元素、组织元素的手法,也就决定了文艺作品的表达机制。

第五节　中国拟象表达机制的现代转型

文化以一种复杂而有机的方式存在,文艺是文化的集中表现形式。在文艺中,各元素有机结合,相互作用,形成独特的表达机制,对人的思维产生深远影响。只要传统文艺在,一个民族的思维方式就不会改变;只要人的思维方式不改变,文艺表达机制也难彻底改变:这就使民族文化有了内在统一性。考察一个民族文化是否中断,不应看其表面,而应考察其文艺表达机制。埃里希·奥尔巴赫在《摹仿论》中考察了西方三千年来的文艺作品,包括各种风格和各种文体,结果发现,三千年来的西方文艺都属于"摹仿"表达机制。中国文艺也一样,从古至今,都是在拟象表达机制内的各种变化,这就是文化对人的影响。每个人都是文化塑造的结果,人也不断丰富着自己的文化。

一、中国拟象表达机制的发展

与西方摹仿表达机制相比,中国拟象表达机制有如下特征:其一,空间逻辑特征,即通过空间转换组织材料以完成表达;其二,重意义复杂度而不重故事新鲜度;其三,不在乎各文体间的区别,将诗、文、史、议论融于一体,形成"众体兼备"之特征。中国拟象表达机制的发展也体现在以上三个方面的变化。

（一）空间逻辑特征的发展演变

从河图、洛书到《易经》,中国文艺表现出鲜明的空间逻辑特征。这里的空间逻辑,是指通过空间模型组织思想和感情,完成意义建构的文化特征。

空间和时间不同,空间具有可感性、直观性,空间的存在具有多元素有机结合的特征。当人将空间抽象为概念表达出来时,其意义是复杂、多元的,因而具有拟象性。《易经》中的卦画,就是用空间逻辑组织在一起的意义单元,在卦画中,上面两爻代表天,下面两爻代表地,中间两爻代表人。卦画读解起来复杂,意义不断增值,就在于符号中有空间概念,天是空间,也代表时间和变化,因为时间是变化的。地代表空间,也代表万物、生长,而生长过程也有时间和变化。如此,读解一幅卦画的过程,变成了一次自我考察和建构的过程,考察自己对万事万物的理解和认识,考察自己的思考力,考察自己建构观念体系的能力。

中国文化的空间逻辑对中国文学的影响巨大而深远。《山海经》可视为空间神话;《史记》虽不是关于空间的历史,但其组织历史材料的模式,是空间化的本纪、世家、列传、书、表等模块结构;古代笔记小说同样具有鲜明的空间逻辑特征。明清之际的长篇章回小说,虽在组织形式上不再是空间模块的方阵化结构,变成了长篇叙事,但小说依然存在用"空间"组织元素的特征。《西游记》中的几个人物有来自天上的,有来自水中的,有来自人间的,他们组合起来去执行一个任务——上西天取经。而取经的过程依然是空间转换,从一个空间到另一个空间。在不同的空间里,有不同新元素出场——白骨精、牛魔王等,小说内容不断更新,篇幅有限,信息量无限,为后代读解提供了诸多可能。

长篇小说《红楼梦》已表现出浓郁的"现代"气息,但空间逻辑思维依然十分突出。只不过,《红楼梦》的作者已具有"现代"意识,对传统的空间逻辑思维进行了处理和改造,将"天—地—人"这种传统的垂直立体空间进行压缩,并转换成平面空间,使小说离现实世界的距离近了一步。小说第一回的主要任务是完成对传统"天—地—人"空间的压缩和转换,将天界信息凝练为一块"通灵宝玉",并将其带入人间,与贾宝玉合体。如此,"天—地—人"三大空间合并,这是《红楼梦》的第一层空间叙事;当小说转向贾府后,空间逻辑特征依然十分明显,比如,建大观园,将天下美女集中在一起,与贾府形成空间化的层级关系,这是小说的第二层空间叙事;宁国府和荣国府之间的对比又构成第三层空间叙事。这样,一个十分复杂的故事便在不同空间徐徐展开。众多人物在不同空间里上演悲欢离合的故事,带给读者的感觉十分复杂——女孩子们的仙气、刘姥姥以及婆子们的地气或俗气,形成带有空间气息的对比。

《水浒传》也同样具有空间叙事特征,第一回专门交代即将成为主要人物的一百多人的来历,"洪太尉误走妖魔"是将"地界"信息带到人间的一种方式。"地界"信息带入人间,与"天界"信息带入人间具有相同的叙事功能。

被称为天下第一奇书的《金瓶梅》不再有天界叙事,但依然有空间逻辑思维,张竹坡就曾提醒读者读书"必看其立架处"①,他认为空间在《金瓶梅》中具有非常重要的表意功能,他说:

> 如《金瓶梅》内,房屋花园以及使用人等,皆其立架处也。何则? 既要写他六房妻小,不得不派他六房居住。然全分开,既难使诸人连合;

---

① （清）张竹坡:《杂录小引》,载(明)兰陵笑笑生《金瓶梅》,吉林大学出版社,1994年,序第22页。

全合拢，又难使各人的事实入来，且何以见西门豪富？看他妙在将月、楼写在一处；娇儿在隐现之间——后文说挪厢房与大姐住，前又说大妗子见西门庆揭帘子进来，慌的往娇儿那边跑不迭，然则娇儿虽居厢房，却又紧连上房东间，或有门可通者也；雪娥在后院，近厨房；特特将金、瓶、梅三人，放在前边花园内，见得三人虽为侍妾，却似外室，名分不正，赘居其家，反不若李娇儿以娼家娶来，犹为名正言顺。则杀父夺妻之事，断断非千金买妾之目……①

这是中国批评家对中国空间逻辑思维的一种读解。这说明，中国传统文人擅以空间结构故事、组织人物，中国旧时读者也具有从"立架处"阅读的习惯。这是一种文化契约，作者、读者心领神会。

清朝末年，中国文人已接触过西方小说，了解西方小说的特点，开始借鉴西方小说的叙事方式。王德威说：晚清小说作者"大胆嘲弄经典著作，刻意谐仿外来文类"②。但由于文人的思想观念没有变化，小说表达机制难以发生根本改变，中西文学碰撞，反而将中国小说表达机制的诸多特点凸显出来。比如，中国小说的空间思维特征成为晚清长篇小说的"立架"方式，成为作者组织材料的主要手段，《老残游记》《儒林外史》《二十年目睹之怪现状》《绿野仙踪》等均表现出这一特点。小说主人公有时候也是叙事者，在小说中不断移动——由甲地到乙地，由乙地到丙地……特定空间和特定人物形成特定意义，凸显出作者的态度。《二十年目睹之怪现状》中，家乡与宗亲形成一个意义单元——宗亲之间的欺骗、欺诈，使家乡成为叙述者厌弃的地方，构成一个令人深思的意义层；南京则与友情、亲情联系在一起，友情近，亲情疏，这一空间和人物形成的意义十分复杂，通过叙述者弃亲情近友情的态度，凸显其价值取向；在移动空间轮船上，主人公的所见所闻就像空间本身一样充满变动属性——官亦贼，贼亦官③，构成一层隐喻……空间移动和转换频繁，且空间的转换没有因果逻辑，都由偶然原因导致，带给读者巨大冲击。比如，南京是一种氛围、状态，家乡突然变成另一种氛围和状态，读者会产生心理不适，对空间留下极深的印象，结论也就出来了。当主人公带母亲离开家乡时，读者在心理上是支持的，主人公卖掉祖宅和土地，读者有一种快感。似乎那个落后的家乡早该抛弃了。空间转换形成的

---

① （清）张竹坡：《杂录小引》，载（明）兰陵笑笑生《金瓶梅》，序第 22 页。
② 王德威：《想象中国的方法：历史·小说·叙事》，百花文艺出版社，2016 年，第 4 页。
③ （清）吴趼人：《二十年目睹之怪现状》第二回，中华书局，2013 年，第 7-8 页。

是一种无言的表达,只需把不同空间里人的种种行为叙述出来,潜在的说理就完成了,作者不必多言,读者就明白其观点。

《绿野仙踪》的空间转换更为离奇,主人公先在现实空间中开垦,通过读书获取功名,成功后才发现仕途危险,与自己原初的设想完全不同,充满了欺诈、腐败、陷害,十分绝望,心生逃离之意。主人公从生活空间成功逃离后,完成了一次空间跨越,读者跟随主人公来到一些既陌生又熟悉的空间——百花山,并和主人公一起历险——野外遇虎,山中遇到腐儒,又在废弃的庙中遇到吊死鬼和一位欲自杀的农民,在悬崖绝壁上遇到盗僧……之后遇到神仙,自己因此成为一个具有特殊才能的半神……小说除了主人公外,其他人物不断更换,给读者留下印象的是主人公在不同空间中的遭遇——每一处独特空间中,总有一独特人物——深山中的腐儒、绝壁上的盗僧、崖边的乞丐、一位真正的仙人……空间给人的印象比人物更生动,但这些奇怪的人和奇特的空间形成的独特意义颇费思量……比如,深山老林遇到猛虎,侥幸生存下来,辗转到一座乡村书院,书院里竟有那么迂腐的先生,粗陋、粗俗、心胸狭窄;走到另一个山村——范村,竟有扶贫济弱、一心向善的"仁义大盗"……空间和人组成了非常复杂的意义单元——在异形空间里存在异质化的人格,如天宁寺、石佛岩"在半山之中,离地有数丈之高。山腰里有一石堂,石堂旁边有一大孔,孔上缚着铁绳一条,直垂在底。铁绳所垂之处,俱有石窟,可挽绳踏窟而上"[①]。在这样独特空间中,有一个本是僧人,却行"贼盗"之事的异质化形象。

清末的中国文人虽接触了西方文化,但因思想观念没有改变,小说表达机制也无需改变。对中国文艺家来说,有了新的思想观念,才会产生表达机制的变革。因为中国文艺极具主体性,主体改变了,以主体表达为核心的文艺才会改变。

(二)重复杂度、不重新鲜度特征的发展演变

西方文艺的摹仿表达机制服务于认识价值,作者负责向读者提供新的人物、新的事件、新的环境、新的风俗……无新不成书。所以萨特说:

> 布斯纳和儒勒·凡尔纳总是不失时机地给人传授知识。他们在最关键的时刻中断故事,着重描写一棵毒草,一座土著人的居所。作为读者,我跳过这些专题技术性描写;作为作者,我的小说充斥了这类东西,我认为要向我的同代人灌输所有我不知道的东西:富埃吉人的风俗、

---

① （清）李百川:《绿野仙踪》,中国言实出版社,2002年,第39页。

　　非洲的植物、沙漠的气候。①

　　如果大家有印象的话，会回忆起自己关于西方的诸多知识来自小说，英国人的绅士风度、美国人对信用的重视、德国人的严谨、法国人的浪漫等。一个没有去过西方的人，脑子里储存着大量西方知识：巴黎圣母院、威尼斯河、伦敦的雾、美国西部牛仔等，这些知识鲜活而生动，因为他们多来自小说。西方的好小说负责向读者提供新鲜知识，也可称新元素——新的人、新的事、新的物等。

　　但中国文艺不介意材料的"旧"，很多小说蕴含大量历史材料，如《酉阳杂俎》《搜神记》《拾遗记》等；另外，《红楼梦》出现后，各种续写、仿写，"仅嘉庆年间的戏曲作品就有孔昭虔的《葬花》、红豆村樵的《红楼梦传奇》、万荣恩的《醒石缘》、荆石山民的《红楼梦散套》、朱凤森的《十二钗传奇》、谭光祜的《红楼梦曲》、严保庸的《红楼梦新曲》等"②"在大批'红楼'续作之后，模仿之作也相继问世，如李汝珍的《镜花缘》、文康的《儿女英雄传》及陈森的《品花宝鉴》、魏秀仁的《花月痕》、俞达的《青楼梦》等狭邪小说。"③；《三国演义》的成书过程也借用了以往的成就，"《三国演义》的成书过程，一方面是'俯仰史册'，以史料为创作素材；另一方面大量吸收了宋元讲史话本的成果，有丰厚的民间文学的创作积累"④。并非中国人不善创新，而是中国作家重"表达"，中国拟象表达机制重多重转换，重藏、隐、曲、婉，重草蛇灰线……这意味着，中国小说更重视作家"编制"旧材料而形成的新意。越是熟悉的材料，越能发现作家的新意。这有点像中国古代的"角儿"，大家都唱同一出戏，几代人唱同一出戏，正因如此，"角儿"与非角儿之间的区别才能显现出来。中国古代的戏迷有捧角儿的习惯，这一习惯，与中国小说用旧材料翻新显示文学家的独特创意之举有相同意义。

　　孙犁说："哲学思想是一切著作的基础，史学、文学均同。司马迁的哲学思想，很大成分是黄老，而班固则是儒家。"⑤这是对中国古典文艺的一种知音评价。正因有哲学，文艺家才不在乎材料本身，而在乎如何表达自己的哲学思想。同一事件，经过不同文艺家的加工，常会变成另外一种思想的载体。这是中国文艺与西方文艺最大的区别。中国文艺作品中的人、事、物，不过是文艺家用来表达思想的元素、载体、手段，不是目的。中国文艺家的

　　① 〔法〕让-保尔·萨特：《文字生涯》，沈志明译，人民文学出版社，1988 年，第 126 - 127 页。
　　② 齐裕焜主编：《中国古代小说演变史》，人民文学出版社，2015 年，第 415 页。
　　③ 齐裕焜主编：《中国古代小说演变史》，第 415 页。
　　④ 齐裕焜主编：《中国古代小说演变史》，第 183 页。
　　⑤ 孙犁：《读〈后汉书卷七十·班固传〉》，载《孙犁文集 8》，第 27 页。

目的,是表达自己的哲学思想。

中国古代文本中各类人物、事件被重复使用的很多,如孔子及其弟子的故事就被《吕氏春秋》《庄子》等使用过。中国古代诗歌善用典故,常将大家熟悉的人和事植入文本,使表达更便捷。唐沈既济的《枕中记》、明汤显祖的《邯郸记》、清蒲松龄的《续黄粱》是对同一故事的不同讲述,但《邯郸记》和《续黄粱》的批判锋芒更劲。

只有理解了中国文艺尚主体表达这一特征,才能理解中国文艺史上出现的诸多续写、重写、翻写的现象。这一翻写、续写、重写的传统,直到西方文化引入,也没完全止住。清末的小说家虽然接受了西方文化,并有意模仿西方文类,但仍然忘不掉那些中国传统故事,如《荡寇志》一边引入科幻元素,一边保留神、魔、妖、怪的传统元素,在《荡寇志》中,"所有的新旧兵器法术,都比不上陈希真的乾元宝镜。此镜照阴阳、摄元神,通古今,真是超级多功能妙用无穷"①。即便这一古镜,也不是作者发明的,《红楼梦》中就出现过这一宝镜。黄江钓叟的《月球殖民地小说》也"明显因袭了《镜花缘》的模式"②,曾朴的《孽海花》居然还保留着"转世投胎"③的叙事情节。

如果说西方小说家始终在寻找新的摹仿对象,旨在向读者提供新的知识——新的人物性格、新的建筑、新的植物、新的风尚、新的事件,那中国小说家始终在表达作者对人生、社会、生活等方方面面的新见解、新观念。如果中国小说家也使用"摹仿"的方法,即一种细腻再现现实的笔法,其目的是为了更好地"论证"自己的观点。总之,中国小说意不在叙事,而在"说理",叙事是手段,说理才是目的。刘鹗在《老残游记》里借书中人物黄子龙的口说:"《西游记》是部传道的书,满纸寓言。"④《老残游记》也是一部"传道"的书,有讽刺,有批判,有理想和愿望。

重思想表达的小说在清末发展到极致,几乎变成了政论性著作,如梁启超的《新中国未来记》、蔡元培的《新年梦》、陈天华的《狮子吼》等,均"有较强的政治倾向性"⑤。这种用小说表达政治主张的做法,与中国传统小说的定位是相符的,因为中国早期小说主要"指的是明理类著述"⑥。中国晚清时期的小说在"明理"这方面几乎达到顶峰,《儒林外史》《二十年目睹之怪

---

① 王德威:《想象中国的方法:历史·小说·叙事》,第49页。
② 王德威:《想象中国的方法:历史·小说·叙事》,第54页。
③ 王德威:《想象中国的方法:历史·小说·叙事》,第39页。
④ (清)刘鹗:《老残游记》,第67页。
⑤ 钱振纲:《清末民国小说史论》,河北人民出版社,2008年,第35页。
⑥ 王汝梅、张羽:《中国小说理论史》,浙江古籍出版社,2001年,第11页。

现状》《官场现形记》《文明小史》《老残游记》《孽海花》均具有明显的"批判"锋芒。《海上花列传》的作者也在开篇说："此书为劝诫而作。"①可见，中国小说以表达思想感情为目的，"叙事"是为作者的"思想"披一个喜闻乐见的"外套"而已。

（三）"众体兼备"的发展演变

西方小说是叙事的艺术，重叙事技巧，不喜欢羼杂议论、抒情。但中国小说重思想表达，经常将叙事、议论、抒情糅合在一起，只要能将自己的思想观点传播出去，让读者明白，作者不介意使用任何一种手段。所以，梁启超谈自己的小说《新中国未来记》时说：此篇"专为发表政见而作"，"似说部非说部，似稗史非稗史，似论著非论著，不知成何种文体……往往多载法律、章程、演说、论文等，连篇累牍，毫无趣味，知无以餍读者之望矣"。《老残游记》《二十年目睹之怪现状》等小说也大段议论政事，书中人物以各种方式谈论对社会和人性的看法。总之，小说呈现出一种文备众体的特征。

用西方小说观念考察中国小说，可能会产生一种错觉：中国小说发展到清末民初，无论在内容上还是形式上，都焕然一新；但用表达机制考察则发现，清末小说没有发生根本变化。因为当时文艺家并未接受新思想和新观念，其表达机制也难以发生新变。比如《荡寇志》《孽海花》等，依然存在人神混杂的叙事方式。即便在一种颇具现实主义风格的小说中，神仙救助模式也没有彻底改变，只不过神仙改变了样子，化为普通人，身份也变成了老友、大善人。《老残游记》《二十年目睹之怪现状》《绿野仙踪》等小说均有类似细节。这是一种遇到问题找不到解决方法的权宜之计。中国文人的观念到"五四"时期才有所改变，因而，中国小说的现代转型也在"五四"时期才真正开始。所以钱振纲认为"五四文学革命，是中国现代文学史的正式开端，也是中国现代小说的正式开端"②。此论合乎中国文艺的发展逻辑。

二、中国拟象表达机制的第一次现代转型

中国文艺是以文艺家为主体的文艺，文艺作品是文艺家表达思想感情的载体，不同思想感情的表达需使用不同元素，不同元素相互作用，形成新的有机整体。因而，只有当中国文艺家有了新的思想观念时，中国文艺的拟象表达机制才会出现转型；但要了解文艺家的思想观念，又要通过文艺作品去考察，有些时候，艺术家以为自己观念更新了，但其作品依然是传统套路。

---

① （清）韩邦庆：《海上花列传》，典耀整理，人民文学出版社，1982 年，例言第 1 页。

② 钱振纲：《清末民国小说史论》，第 47 页。

清末的很多小说给人面目一新的感觉,《二十年目睹之怪现状》《官场现形记》《海上花列传》《老残游记》等小说开始关注现实生活,少了传统的玄幻色彩。但用表达机制批评法考察,文艺家的整个精神系统没有更新,他们一方面对社会现象感到不满,另一方面采用古代的逻辑:期待,神仙救助,逃避。只不过,清末小说中的神仙变成了普通人——老友或大善人。但"五四"时期的小说中有了新元素——新的人、事、物、时间、空间;面对问题,小说人物也有了行动,不再等待神仙救助,也不期盼。最典型的是鲁迅小说中的一系列人物:祥林嫂、阿 Q、孔乙己……祥林嫂是一个没文化的人,但仍采取了行动,以自己力所能及的方式梦想改变命运;阿 Q 更不必说,简直是个行动派,该求婚则求婚,该打架就打架,该革命便革命,不停地行动,寻找改变命运的方法;孔乙己虽然只能偷,偷后被打,但也算一种行动……祥林嫂、阿 Q、孔乙己,这种被压在底层的人都开始行动,子君、涓生那样的年轻人更不必说……鲁迅笔下的人物虽然行动了,但结局全是失败,这是个意味深长的命题,也是文学和历史关系的命题。这说明,鲁迅小说如实记录了当时中国社会的精神状况——寻找出路,盲目行动——各种尝试、中西文化碰撞、新旧观念冲突……但结果都是失败。也正因其失败,才为下一阶段的文艺家留下了继续探索的经验、教训、方向和出口,中国文艺表达机制才需要第二次现代转型。中国文学的第二次现代转型任务是由抗战时期革命根据地的作家完成的,其典型代表是孙犁。我们以鲁迅、孙犁为代表,梳理中国拟象表达机制的两次现代转型。

鲁迅小说拟象表达机制的现代转型体现在如下几个方面:

第一,鲁迅小说有鲜明的说理倾向,但其思想是现代的、反思性的。说理倾向是中国小说的传统,在中国传统小说中,叙事不是目的而是手段,叙事目的是生动、全面地表达作者的思想、观念和感情。鲁迅的小说继承了中国传统小说的说理传统。整体考察鲁迅小说,可发现一条完整的思想脉络,也就是说,鲁迅的全部小说服务于其思想的表达。而鲁迅思考的不再是家族问题、皇权正统问题、善恶报应问题,而是中国文化存在哪些问题,并试图寻找解决问题的方法。《呐喊》中,鲁迅思考的是中国文化存在的弊端,他考察了中国社会不同阶层人物的生活,思考了他们身上的各种问题,但批判锋芒主要指向中国传统伦理制度;《彷徨》思考的是中西文化差异,以及西方文化对中国人的影响及结果,他思考了中西不同文化,考察了西方文化进入中国后对中国社会方方面面的影响——影响了中国的伦理秩序、中国人的生活方式;而在《故事新编》中,鲁迅重返中国传统文化,并对中国传统文化进行全面考察,试图寻找传统文化与社会问题之间的关系。通过表格可整体了解鲁迅作品思考的问题(详见表 1-1)。

表 1 - 1　鲁迅小说表达提要一览表

小说集	篇名	反映阶层	思考问题	主要事件	文化元素
《呐喊》（1918—1922）	狂人日记	小知识分子	家族伦理	吃与被吃	传统
	孔乙己	旧读书人	社会伦理	长衫与短衣	民间
	药	小市民	社会伦理	新党与旧众	革命
	明天	小市民、女性	女性的生存	独立与依附	女性
	一件小事	小市民	社会伦理	理与私	公民意识
	头发的故事	小知识分子	社会伦理	辫子的留与剪	首代留洋生
	风波	农民	社会伦理	倒退与停滞	复辟忧虑
	故乡	农民	社会伦理	南方与北方	弃旧迎新
	阿Q正传	农民	社会伦理	真假革命	假洋人、革命
	端午节	教员	社会伦理	薪水要不要	政府欠薪
	白光	旧读书人	传统考生	生存	祖宗的遗产
	兔和猫	家畜	动物伦理	干涉好不好	反抗造物
	鸭的喜剧	外国友人	朋友伦理	养鸭或蛙	听俄国人的
	社戏	平民与戏生	艺术伦理	戏好不好	日本人评戏
《彷徨》（1924—1925）	祝福	乡间妇女	文化问题	有无地狱	文化冲突
	在酒楼上	知识分子	主张与现实	新旧冲突	文化冲突
	幸福的家庭	知识分子	理想与现实	艺术与现实	西方人的影响
	肥皂	知识分子	中西文化	新旧冲突	英语的影响
	长明灯	乡绅	历史	冲突	长明灯
	示众	小市民	新时代的旧民	新词与旧俗	还是旧生活
	高老夫子	新读书人	读书与麻将	新校与旧习	时移俗易吗
	孤独者	新人魏连殳	博爱主义者	旧民与新人	洋教与新党
	伤逝	西式男女	未婚同居	旧俗与新行	西式爱情观

续表

小说集	篇名	反映阶层	思考问题	主要事件	文化元素
	弟兄	小官吏	兄弟伦理	西式与中式	西医胜中医
	离婚	农民与官吏	家庭伦理	拆灶与官司	上海、外洋
《故事 新编》 （1922— 1935）	补天	神	人种问题	男人与女神	创世、救世
	奔月	神	技能问题	夫与妻	师徒、环境
	理水	历史传说	治水与治国	能官与庸吏	学术、艺术
	采薇	历史传说	时代变化后	合作不合作	新文艺
	铸剑	民间传说	君子报仇	复仇与生存	反思"义"
	出关	古代哲学家	哲学与生活	儒与道	哲学的用处
	非攻	古代哲学家	精英之战	备战与不战	英雄的尴尬
	起死	古代哲学家	哲学的困境	活着与吃、穿	物质、经济

在鲁迅的小说中，西方文化对中国人产生的影响多是负面的：深受西方文化影响的子君孤独寂寞，死得不明不白；受西方影响的魏连殳更孤独，无论他怎么爱别人家的孩子，也无法得到回馈，死得也挺蹊跷；《幸福的家庭》中，主人公用西式思维写小说，终究无法完成，因为他构思的小说与其现实生活相差太远；《肥皂》中的四铭听不懂英语，没法与年轻一代交流，被骂作老傻瓜还得向儿子请教……将《呐喊》和《彷徨》比较，鲁迅经历了漫长而深刻的文化反思，对西方文化给中国社会造成的影响似乎并不满意，不然就不会有那么多年轻人死去了——子君、魏连殳、长明灯中的疯子……既然西方文化解决不了中国社会的各种问题，鲁迅遂返回中国文化寻找原因，这也是《故事新编》的写作目的。在《故事新编》中，鲁迅对整个中国文化进行了深度反思：人种问题（《补天》）、政治体制问题（《理水》）、伦理问题（《奔月》）、哲学问题（《出关》《起死》）、民风问题（《铸剑》）、历史问题（《采薇》）、战争哲学问题（《非攻》）。

《补天》讲述了女娲造人的过程，"伸手掬起带水的软泥来，同时又揉捏几回，便有一个和自己差不多的小东西在两手里"①。《理水》讲大禹治水的

————————

① 鲁迅：《补天》，载《鲁迅全集　第二卷》，第358页。

故事,作为高级官员,禹"走过自家的门口,看也不进来看一下"①,让妻子大为不满,因长期在外治水,禹"面貌黑瘦","满脚底都是栗子一般的老茧"②。《奔月》中的羿为了妻子嫦娥满意,起早贪黑,长途跋涉,毫无怨言,也算有情有义有责任感,但环境太恶劣,哪里都没有猎物,射箭技术再好也派不上用处,只能让嫦娥天天吃乌鸦炸酱面,他因此常常自责。《出关》《起死》思考中国哲学问题。《出关》讲述两大哲学家孔子和老子的见面与对话,以此彰显老子的智慧,之后讲关尹喜等官员对老子的追捧。《起死》讲庄子哲学所具有的起死回生的能力,他能将死去五百年已化为枯骨的人唤醒。《非攻》中墨翟主张"非战",但若真想阻止战争发生,必须在智力和科技手段上战胜对方。墨翟为阻止楚国攻打宋国,当着楚王的面与公输般利用模型展开了一场较量,"他们俩各各拿着木片,像下棋一般,开始斗起来了,攻的木片一进,守的就一架,这边一退,那边就一招。……只见这样的一进一退,一共有九回,大约是攻守各换了九种的花样。这之后,公输般就歇手了。……楚王和侍臣虽然莫名其妙,但看见公输般首先放下木片,脸上露出扫兴的神色,就知道他攻守两面,全都失败了"③。墨翟化解了一场战争。

就《故事新编》提供的几个文本来看,鲁迅对中国知识分子和官吏不大满意,比如《理水》中,禹为治水三过家门而不入时,他的下级官员却在走过场:"有两位中年的胖胖的大员出现,约略二十个穿虎皮的武士簇拥着,和迎接的人们一同到最高颠的石屋里去了……大员坐在石屋的中央,吃过面包,就开始考察。"④官员的考察就是坐在毫无危险的石屋里听取汇报。而负责汇报的人也睁着眼说瞎话:"灾情倒并不算重,粮食也还可敷衍……面包是每月会从半空中掉下来的;鱼也不缺,虽然未免有些泥土气,可是很肥,大人。至于那些下民,他们有的是榆叶和海苔,他们'饱食终日,无所用心'——就是并不劳心,原只要吃这些就够。我们也尝过了,味道倒并不坏,特别的很……"⑤对中国知识分子的不满在《理水》中也表达得很充分。比如,《理水》中的那些学者们,在禹忙着治水时,却玩考据,且通过考据证明:"其实并没有所谓禹,'禹'是一条虫,虫虫会治水吗?我看鲧也是没有的,'鲧'是一条鱼,鱼鱼会治水水水的吗?"⑥这样的知识分子所做的这样的学

---

① 鲁迅:《理水》,载《鲁迅全集　第二卷》,第395页。
② 鲁迅:《理水》,载《鲁迅全集　第二卷》,第395页。
③ 鲁迅:《非攻》,载《鲁迅全集　第二卷》,第476页。
④ 鲁迅:《理水》,载《鲁迅全集　第二卷》,第390页。
⑤ 鲁迅:《理水》,载《鲁迅全集　第二卷》,第390页。
⑥ 鲁迅:《理水》,载《鲁迅全集　第二卷》,第386页。

问,对"汤汤洪水方割,浩浩怀山襄陵"①的现实问题不但毫无益处,反而造成干扰。细细咀嚼,鲁迅将中国社会发展缓慢的主要问题推给了从事教育和管理的人,这是一个特别值得反思的问题。

鲁迅为什么将中国社会发展缓慢的问题推给这些人呢? 这涉及中国拟象表达机制的复杂性。比如,《出关》中老子与孔子的交流,几句话就把彼此看穿了,但关尹喜和小官员无法理解老子的思想,他们听老子的讲座,昏昏欲睡;《起死》中庄子拥有起死回生的大学问,却解决不了普通百姓的衣食问题。解决不了百姓衣食问题的学问,也就得不到社会重视。解决不了衣食问题的学问不一定没有价值,老百姓听不懂高深哲学,与老百姓的整体素质有关。只有当老百姓的整体素质提高,那些高深的学问才能发挥作用,而提高老百姓的素质,需要知识分子和管理人员发挥作用。

《起死》中的庄子拥有将死人变活的无边法力,难道没有给"汉子"提供解决衣食的方法吗? 显然不是。后来出现的"巡士"不能帮"汉子"暂时解决衣、食问题吗? 也不是。为什么"汉子"的吃饭穿衣成了《起死》的死结? 这是鲁迅的安排和设计,是鲁迅思考问题的方法,他想告诉我们:没有人将百姓的衣食问题当作自己的责任。百姓永远为衣食纠结,也就无心文化了。总体来说,鲁迅小说的思想是整体、系统而复杂的,且具有现代反思精神。

第二,鲁迅的小说仍有虚化、幻化手法,但使用的元素已具现代性。很多西方小说都有核心叙事——核心人物、核心事件,作者在小说中层层铺垫,使读者相信核心人物和核心事件的"真"。梅里美的小说《查理十一的幻觉》讲述查理十一曾"看"过古斯塔夫三世和四世的悲惨结局,作者为了让读者相信所叙事件的"真",在小说中层层铺垫,使另外两个见证人"布拉埃伯爵"和"包姆加腾医生"深夜留在宫中,陪着查理十一见证一场荒诞的地狱审判。在西方传统中,只有贵族、大夫的话值得信赖,仆人的话不值得信赖,因而,要将一场荒诞不经的见闻叙述成真实可信的,必须有既有地位又有科学知识的人在场。为了使这些人的在场具有合理性,作者让查理一世的皇后死去,还得让查理一世很爱这个并不漂亮的皇后,乃至难以入眠。铺垫好之后,那场荒诞的审判才可以发生,发生之后,查理一世还需记录自己的经历,并签字保证其真实性。这就是西方小说强大的叙事逻辑想要达到的目的——让读者相信元素(人、事、物)的真。只要你阅读,你就会沿着作者铺垫的逻辑链条进行思考,一步一步走进作者预设的逻辑陷阱——信以为真,觉得合情合理。

---

① 鲁迅:《理水》,载《鲁迅全集　第二卷》,第385页。

　　中国小说追求情真、理真，追求思想价值和意义，有时为了思想价值的最大化将元素虚化、幻化、仙化、鬼化、魔化，让读者不要简单相信表面上的人和事，要透过人和事去"穷理"。曹雪芹在《红楼梦》中借石头之口说："历来野史，皆蹈一辙，莫如我这不借此套者，反倒新奇别致，不过只取其事体情理罢了，又何必拘拘于朝代年纪哉！"①可见，《红楼梦》是关乎"事体情理"的。《红楼梦》第一回，曹雪芹说："此回中凡用'梦'用'幻'等字，是提醒阅者眼目，亦是此书立意本旨。"②鲁迅在《狂人日记》《阿Q正传》的开头也交代了小说的不真实性质。《狂人日记》称本书乃狂人生病时写的，作者觉得有趣，就奉献给读者了，这与《红楼梦》第一回交代故事来历有点像，这是一种"远化"处理，与西方小说的"近化"处理不同，"近化"就是作者或叙述者强调故事乃亲眼所见，目的是让你相信这是"真"的元素；"远化"则相反，是将作者摘出去，告诉你这件事的真假作者不确定，提供给你这个故事，是另有意图。《阿Q正传》与《狂人日记》又不同，采取"史笔"手法，类似于《史记》，但《史记》中可进入正传的都是大人物，出身可以考证，但《阿Q正传》一上来就交代阿Q的姓名、出生年月、籍贯，这些可证明其"真"的条件作者一概不知。阿Q这个人物被"虚化"③了，这与西方"实化"的处理方式也不同。"实化"处理是坐实一件事，就像梅里美所做的那样，一层一层铺垫，彼此见证，甚至还要签字，让这件事发生得合情合理，使你不得不信其真。"虚化"处理就是告诉你，这件事情我不了解，是别人说的，读者可不必相信，但作者为什么还要讲呢？为了表达思想观念。

　　《故事新编》的玄化、幻化手段更明显，一下子回归中国古代拟象表达机制了。但与中国古代小说不同的是，《故事新编》中有大量现代元素，《理水》中的"水利局同事""莎士比亚""关于禹爷的新闻"，《采薇》中的"文学概论"，《出关》中的"哲学""巡警""老作家"，《起死》中的"利己主义""局长""警笛"……融入现代元素之后，《故事新编》思考的问题变得更加复杂，既有对传统文化的思考，又有对当下现实问题的思考，传统文化对当下生活产生的影响也涵盖其中。

　　鲁迅一方面想引进西方小说的现实性，解决中国小说存在的虚化、幻化

---

①　曹雪芹、高鹗：《红楼梦》，第4-5页。

②　曹雪芹、高鹗：《红楼梦》，第1页。

③　每一个人物都是具体时空中的存在者，传记的主体应该有具体生卒年月，籍贯、姓氏、家族成员，当这些信息一概阙如时，传记主体也就不那么可靠了，但作者又要为其作传，又说对其相关信息一概不知，便是一种"虚化"手段，这一做法提醒读者注意所读文本并非传记，而是小说，是借人物表达观念的特殊方式而已。

问题,又想表达思想,让读者思考问题,这就出现了中西两种表达机制的结合。一方面讲述现实中的人和事,希望读者相信;另一方面又想把自己的思想表达清晰、全面、有深度,就将中国传统拟象表达机制唤醒了。两种表达机制交叉,表现出一种现代性。

第三,鲁迅小说仍有空间逻辑特征,但已"弱化"。在思维方式上,鲁迅小说没有强化西方传统的线性逻辑思维——遵照人物性格或事件发展逻辑层层铺垫出一条走向终点的轨迹,让读者相信其客观性和真实性;而是保持中国小说的空间思维特征——通过空间转换,完成不同观念的表达。以《阿Q正传》为例,阿Q生活在底层,身体留有残缺——癞头,居无定所,食难定餐,若使用摹仿表达机制,需沿着人物性格的发展摹仿下去——阿Q做的每一件事都为下一件事做铺垫,事和事之间具有内在逻辑。但《阿Q正传》中,阿Q做的事——赌博,与王胡打架,调戏小尼姑,向吴妈求婚等,都带有偶然性,有临时起意的色彩,小说提供的事件发生时间也是模糊概念:"假使有钱,他便去押宝……""有一年春天,他醉醺醺的在街上走,在墙根的日光下,看见王胡在那里赤着膊捉虱子……"阿Q做的事,似乎是每一个底层农民都会做的事。如此处理时间、事件和空间三大元素,将《阿Q正传》变成了阿Q那一类人的正传,而非阿Q一个人的传。阿Q的最终命运,也通过空间转换交代出来:阿Q因向吴妈求婚被赵家驱赶出来,并被迫签订了永不入赵府的协议,得罪了赵府的阿Q,回到土谷祠也遭驱逐,被赵府和土谷祠驱逐的阿Q,无一家敢雇佣,不得不进城。城是一个新的空间,也是阿Q的犯罪空间和死亡空间。

鲁迅另外一篇《示众》几乎可以看成空间传记,因为小说没有主人公,有的只是看客的衣角、背影、某个姿势。由衣角、背影、某个姿势组成的恰是一个空间。小说写完,一个空间也就栩栩如生地展现出来了。鲁迅为什么要为空间做传,这是一个值得思考的问题。

鲁迅小说有鲜明的空间思维特征,但与中国传统小说比,鲁迅小说中的空间"隐而不彰",不像《聊斋》那样天上、地下、山洞、画中、令人印象深刻。鲁迅小说中的空间思维之所以隐而不彰,与他有意引进西方现实主义创作思想有关。

第四,在创作方法上,鲁迅引进了现实主义创作原则,但只关注现实问题,并不摹仿现实元素。鲁迅了解中国传统文化的症结是远离现实,不关注现实民生,他所倡导的新文化运动,除了使用白话文外,还关注现实生活,关心民生问题。在具体创作过程中,鲁迅盯着现实,却不愿摹仿现实,这一点在他谈创作时表达得很清晰。

　　所写的事迹,大抵有一点见过或听到过的缘由,但绝不会用这事实,只是采取一端,加以改造,或生发开去,到足以几乎完全发表我的意思为止。人物的模特也一样,没有专用过一个人,往往嘴在浙江,脸在北京,衣服在山西,是一个拼凑起来的脚色。有人说,我的那一篇是在骂谁,某一篇又是骂谁,那是完全胡说的。①

　　这里所表达的是对摹仿表达机制的了解和不认同。摹仿表达机制是有所本的,总有一个具体对象可参考。这种参照具体对象完成的作品,显得真实、客观,但容易以点代面,以偏概全。在一个相对复杂的社会中,这种参照一个具体对象完成的作品极容易误导人,让人对现实生活做出误判。

　　鲁迅使用的是中国传统表达机制——拟象表达机制,其特点就是从不同空间提取不同元素进行加工,这种方法与《易经》中的"圣人有以见天下之赜,而拟诸其形容,象其物宜"是一致的。这是一种抽象、归纳、概括的创作方法,鲁迅称之为"拼凑",拼凑成的"象"就是"拟象","拟象"产生的效果,既有这个人的特点,又有那个人的特点,既有这一类人的特点,又有那一类人的特点,《阿 Q 正传》《示众》就是很好的例子,阿 Q 是一类人的传,示众中的看客也代表一个阶层、一个社会,是一个时代的缩影。

　　鲁迅非常了解中国表达机制和西方表达机制的不同,他说:

　　　　不过这样的写法,有一种困难,就是令人难以放下笔。一气写下去,这人物就逐渐活动起来,尽了他的任务。但倘有什么分心的事情来一打岔,放下来许久之后再来写,性格也许就变了样,情景也会和先前所预想的不同起来。……我想,如果专用一个人做骨干,就可以没有这弊病的,但自己没有试验过。②

　　"这样的写法"指的是中国拟象表达机制的创作方法。中国拟象表达机制的创作原理是先有思想,再为思想表达寻找或创造形象。这一过程起初是困难的,它需要作者对复杂生活进行提炼、归纳、概括;概括为一个观念、一个命题是容易的,但要为一个观念、命题寻找合适的形象就不那么容易了。不过,作者一旦创造出了合适形象,"一气写下去,这人物就逐渐活动起来,尽了他的任务"。鲁迅很多篇目中的形象都有被作者调度、安排的痕迹,

―――――――――

① 鲁迅:《我怎么做起小说来》,载《鲁迅全集　第四卷》,第 527 页。
② 鲁迅:《我怎么做起小说来》,载《鲁迅全集　第四卷》,第 527 页。

不是人物要做什么,而是作者按照自己的表达需要,安排人物去做什么。作者接收了更多新信息,思想观念发生变化,用来表达思想观念的人物也必须变化。在《阿Q正传》中,未庄的阿Q和进城的阿Q不是一个阿Q,但读者并未提出质疑。如果使用摹仿表达机制,出现两个阿Q,必会引起读者质疑。

总之,鲁迅借鉴了西方小说中的现实主义思想,并将中国传统表达机制与之结合,实现了中国传统文艺的现代转型,《呐喊》《彷徨》是其代表作。完成了《呐喊》《彷徨》后,鲁迅恋恋不舍地返回中国古典文化中去,并创作了《故事新编》。《故事新编》回到传统,却再次远离现实,中国文化中的神秘气息挥之不去,《铸剑》《起死》鬼气、神气缭绕,鲁迅对现实问题的思考因这鬼气、神气隐而难彰。这意味着,以文学的方式思考现实问题的中国传统拟象表达机制的现代转型任务尚未完成,需要继续努力。这就为孙犁留下一个历史任务:将中国传统表达机制与现实生活完美结合,并以文学的方式思考社会问题。

三、中国拟象表达机制的第二次现代转型

孙犁从事文艺工作的目的是"改造旧的世界,创造新的世界"①。整体考察孙犁的小说,他创造新世界的热情高于改造旧世界。原因在于,鲁迅一代完成了对旧世界的改造,孙犁继承鲁迅一代的文化成果,直接"创造新世界"。孙犁小说中的元素(人、事、物、时间、空间)给人焕然一新之感。孙犁小说既继承了中国小说的传统,又在鲁迅小说的基础上向前发展了一步,完成了中国传统小说的现代转型任务。

(一)孙犁小说继承了中国传统小说的说理传统

孙犁小说和鲁迅小说一脉相承,是鲁迅小说的接棒人,这表现在如下几个方面:第一,孙犁和鲁迅一样关注农民生活和精神面貌,但一改鲁迅小说中的"灰"和"丧"②,这与孙犁所处的时代有关,也与孙犁准确理解并把握了中国小说的基本生成原理有关。第二,和鲁迅小说一样,孙犁小说也整体上思考民族文化方方面面的问题,不同的是,鲁迅在批判和反思,孙犁则在鲁迅找出问题的基础上重建,重建一种新的伦理、新的道德、新的生活模式。

---

① 孙犁:《文艺学习》,载《孙犁文集5》,第86页。
② 鲁迅写农民的小说有《风波》《故乡》《阿Q正传》《祝福》《离婚》等,小说人物的精神面貌都不够明亮,按孙犁的说法就是"在先生的作品里,在封建主义的重压之下,妇女多是带着伤疤,男人多是背着重荷的。"(孙犁:《人民性和战斗性——纪念鲁迅先生逝世十三周年》,载《孙犁文集6》,第5页)

第三,和鲁迅一样,孙犁用小说进行思考,但不同的是,孙犁偏重思考文艺问题,而鲁迅偏重思考人性和民族性问题……这是因为孙犁所处的时代已解决了民族危机这个巨大精神压力,开启了建设中华人民共和国的伟大历史时期,新文艺、新文化建设成为重要内容。因而,孙犁小说的一个重要内容是文艺思想(后详)。

(二)孙犁小说继承并改造了中国小说的拟象手法

外部形态的拟象表达机制,即短小叙事集合而成的模式。短小叙事的集合,是为了完成思想表达。这一点被孙犁小说继承下来,其代表作是《芸斋小说》。但《芸斋小说》与传统的笔记小说并不完全相同,它的每篇"微叙事"都独立成篇,承载一个完整观念,若干"微叙事"组合在一起就是一部哲学著作,思想性很强。二是内部形态的拟象表达机制,即通过神化、仙化、鬼化、魔化等方式创造拟象,完成思想表达。鲁迅和孙犁改造的主要是这类拟象表达机制,目标是完成以小说方式思考中国社会问题的传统表达机制的现代转型。鲁迅一方面将现实生活中的问题引入小说,但在《呐喊》中他使用了"虚化""远化"的模式,将现实问题推远而不是拉近,比如《狂人日记》《阿Q正传》等。在《故事新编》中他将中国小说的玄幻性继承下来,创造了一种空间拟象《补天》①,一种时间拟象《起死》②。为了理解文学中的空间拟象和时间拟象,可参照要力勇拟象油画《祖先》和《蓝》。《祖先》根据鲁迅小说《补天》对女娲的摹塑而创造。鲁迅有意将天、地、山、海等空间元素混沌化,这种处理方式只能用拟象手法表达。画中的蓝色象征海,绿色象征大地,黄色象征泥土,白色象征光,黑色象征混沌而神秘的宇宙,将这些元素有机组织,形成了以女娲为核心,天地不分、山海难辨的艺术效果。《蓝》并非只有单纯的蓝色,它由无数色彩叠加、混合而成。很多色彩被覆盖,薄厚不一,加上画家笔法行走的节奏和力度变化,形成了一种独特的旋律。厚重的地方像是伸向了遥远的古代,明亮的部分又充满动感,那些丝丝缕缕的线条,像是远古留下的踪迹。与《补天》比,《蓝》就是混沌的时间的拟象,是古、今、生、死、过去、现在和未来的凝聚。那些借缝隙露出的彩色更像远古

① 《补天》的空间是混沌的,难分天地,这种情况无法用具象方式表达,只能用拟象化手段表达,因而是一种空间化拟象。

② 《起死》中,鲁迅将时间概念混沌化,让死去几百年的骷髅复活,这种情况有点像将一根长长的线条团起来,使本来不可能见面的头部和尾部产生交接。文学用一句话就可处理时间的拓扑结构,若用绘画处理这样的时间观念,无法使用具象化手段,也无法简单抽象,只能先抽象其精神,再用拟象化手法去表达。如要力勇的拟象油画《蓝》。在拟象油画中,时间是通过立体叠加形成的褴褛和沧桑感表达出来的。因此我们认为《起死》将时间拟象化了。

留下的美的遗迹。与《起死》要表达的时间观念十分接近。

鲁迅将中国经典拟象表达机制拉回现代文学的过程，颇有"反复"的意思，拉回来又倒回去了，但毕竟前进了一步，为后代奠定了基础。

孙犁继承了鲁迅表达思想观念的手法，但他不再使用古老的中国元素①，而是从现实中提取元素，将现实元素进行拟象化处理，如《村歌》中的双眉、《铁木前传》中的小满儿等。这些人物都是拟象人物，用生活中与人相关的元素——身份、面貌、服饰、性格、动作、行为等组合而成。《村歌》所反映的时代里，不可能出现"双眉"那样的人和事，但可以有，应该有。因孙犁使用的元素是读者熟悉、近身的事元素和物元素，他创造的拟象也就具有了现实性和现代性。唯一的问题，是读者认不出现代拟象与古代拟象的继承关系，需要认真分析并辨识。孙犁将中国拟象表达机制与现代生活相结合，完成了中国拟象表达机制的现代转型。

（三）孙犁小说继承了中国小说的空间逻辑特征

孙犁小说还继承了中国小说的空间逻辑特征，最典型的是长篇小说《风云初记》。在《风云初记》中，滹沱河作为重要空间元素在小说中发挥多方面的作用：组织结构功能、精神塑造功能、抒情功能等。以组织结构功能为例。在小说中，滹沱河分南北两岸，人也在南北两个村庄，南北两个村庄的人物性格与滹沱河的性格相照应。"五龙堂是紧靠滹沱河南岸的一个小村庄，河水从西南上滚滚流来，到了这个地方，突然曲敛一下，转了个死弯。五龙堂的居民，在河流转角的地方，打起高堤，钉上木桩，这是滹沱河有名的一段险堤。"而其对面就是子午镇，两个村庄"隔河相望"，子午镇却"不常泛水，村东村北都是好胶泥地，很多种成了水浇园子，一年两三季收成，和五龙堂的白沙碱地旱涝不收的情形，恰恰相反"。有性格的河，创造了有性格的村庄。而小说就在这两个村庄之间展开了。但两个村庄的人似乎并不受那条河的影响，来往很密切；可是又很受那条河的影响，两个村的人，性格大不相同。如此，这条河对人的影响也就变复杂了。河具有特殊的意蕴，作为一个重要元素，成为小说的有机组成部分。

孙犁其他小说中的空间元素也像滹沱河一样具有某种功能，比如荷花淀、芦苇荡、太行山等。空间元素在孙犁小说中与人相互呼应，有机结合，形成一种文化氛围，饱满而丰富。

---

① 只要使用古代元素，如孔子、女娲、后羿这些人物，或者使用补天、起死、复仇、非攻这些事件，或者使用剑、乾元宝镜这些物，就极容易退回古代。孙犁应该注意了这些问题，不再使用古代元素，但手法还是传统手法。辨别出手法和元素之间的区别，才能看出孙犁小说与鲁迅小说、中国古典小说的共同基因。

　　孙犁像鲁迅一样，了解摹仿表达机制和中国拟象表达机制的区别，也像鲁迅一样，拒绝西方摹仿的写实主义。不追求元素的真，而追求精神表达的真。因为现实是众多元素交织在一起的，单纯强调某一元素的真实性，会出现与大的时代背景和广阔生活环境相违背的情况，文艺家只有多方提取元素，深度加工元素，过滤和组织元素，才能概括时代精神，传递出特定时代真实的民族精神面貌。

　　孙犁最大的贡献就在于解决了元素的现实性与思想观念的切实性问题，通过提取现实元素，完成对复杂问题的思考和表达，保证了小说与现实生活的密切关系，也保证了小说与时代精神之间的密切关系。

　　经过两次现代转型，中国小说拟象表达机制与西方小说摹仿表达机制产生交互，不仔细揣摩，容易忽视二者的区别。学者如果忽视二者的区别，就会轻视中国小说的独特品格，看不到中国小说存在一条源远流长的承继关系，误以为现当代中国小说的根扎在西方文化的土壤，创作者跟在西方文化后面拾人牙慧的问题便得不到解决。表达机制批评法提供的批评模式，引导读者进入小说内部，发现"貌似"的小说有着不同表达机制，或能从根本上解决中国当代小说家的艺术生产创新问题。

第二章　孙犁对中国拟象表达机制的继承和改造

西方文艺发展史是摹仿表达机制变迁史,中国文艺发展史是拟象表达机制变迁史。西方摹仿表达机制变迁易发现,拟象表达机制变迁不易发现,原因在于,摹仿表达机制着重对元素(人、事、物)的摹仿,摹仿对象变化,或摹仿手段变化,都可从文艺作品中看到,比如,由具象而印象的变化,具象派绘画要求"画家一丝不苟地完成作品:军官制服的每一个纽扣都要……经过仔细地雕琢"①,而印象派绘画只"注重光与色的描绘,表现事物受光后的变化"②;抽象派绘画则"将自然的形态予以升华"③。由具象而印象而抽象,变化的是画家对客体对象的处理方式。

拟象表达机制的变迁,涉及文艺家思想观念的变迁,只有当文艺家的思想观念发生变化,才会为适应新思想、新观念而创造新的表达机制,但思想观念变化与否,需通过作品考察,且需用表达机制分析法介入。中国现代思想史的重大变化发生在"五四"时期,中国拟象表达机制在"五四"时期发生了第一次现代转型,鲁迅小说是其代表;抗战时期发生了第二次思想观念的变化④,中国拟象表达机制也在抗日根据地小说中出现了第二次现代转型,

---

① 〔美〕彼得·盖伊:《现代主义——从波德莱尔到贝克特之后》,译林出版社,2017年,第41页。

② 何政广:《欧美现代美术史》,湖南美术出版社,2005年,第15页。

③ 何政广:《欧美现代美术史》,第110页。

④ 毛泽东也说:"和我们合作的知识分子不但是抗日的,而且是有民主思想、倾向于民主的。没有民主思想,他们根本就不会来。而且在和我们合作的人中,大多数人的思想都变成了马列主义的思想,共产主义的思想,也就是说,大多数人变成了党员,他们的思想不但是抗日的、民主的,而且成了无产阶级的。"(见毛泽东:《文艺工作者要同工农兵相结合》,载中共中央文献研究室编《毛泽东文集　第二卷》,人民出版社,1993年,第425页)在《近代中国思想史略论》中,也有相关论述:"作为中国革命的结晶,毛泽东思想包含了许多先驱者的贡献:在阶级斗争学说中,我们可以隐约听到陈独秀的呼声;在整风运动中,我们可以朦胧地感受到李大钊道德主义的理想;在《实践论》和《矛盾论》中,我们可以找到瞿秋白'互辩法'的影子。当然所有这一切都并不足以影响毛泽东本人的独创性。"(见陈少明、单世联、张永义著《近代中国思想史略论》,广东人民出版社,1999年,第346页)孙犁也曾说:"放弃在政治上的修养,休想成为一个优秀的通讯员,一个真实的报告者,一个正(转下页)

孙犁小说即其代表。

第一节　孙犁对拟象表达机制的思考

孙犁晚年的《忆梅读〈易〉》,暗示大家注意小说中的《易》。如果注意到《易》,就会发现《易》有为文之道。《易》认为世界是复杂的、变动不居的,若想将复杂、变动不居的世界解释清楚,需三个步骤:第一步,"圣人有以见天下之赜",即发现世界的复杂;第二步,"圣人有以见天下之动,而观其会通,以行其典礼;系辞焉,以断其吉凶,是故谓之爻",即发现世界的变化性、不确定性、难以统一性,抽象出符号"爻",这是一种极简表达模式;第三步,"拟诸其形容,象其物宜,是故谓之象"。这是在谈创造"拟象",即变动不居之象、变化之象。孙犁虽未按以上三个步骤论说文艺创作,但在谈文艺创作的相关文章中,涉及以上三方面的问题:复杂性、极简性、变化性。

一、孙犁对"复杂性"的思考

在谈写作时,孙犁经常说到复杂。在给蒙古作家佳峻的信中,他说:"文学工作是很复杂的精神劳动。"①谈《聊斋志异》时,他说:"作者能用最简练的文字,表达人物最复杂的心理。不失其真,不失其情。读者并不觉得他忽略了什么,反而觉得他扩充了什么。使人看到生活的精华和情感的奥秘。在描述中间,使读者直面事物,而忘记作者的技巧;只注意事物的发展变化,绝不考虑作者的情节构思。这才可以叫作出神入化。"②这里涉及极简和极复杂之间的关系,还注意变化,颇合乎《易》道。

在《文学和生活的路》中,他说:"我们的生活,所谓的人生,很复杂,充满了矛盾和斗争。现在我们经常说真善美和假的、邪恶的东西的斗争。我们搞创作,应该从生活里面看到这种斗争,体会到这种斗争。"③他要求搞创作的人,应该从生活里面"看到"和"体会到"人生的"复杂"性、"矛盾"性,体会到了,自然需要表达出来,而"复杂""矛盾"如何表达? 它是过程化、关系化的存在。在谈内容和形式的关系时,孙犁说:"复杂的内容必要灵活的

（接上页）确的分析者估计者。……辩证唯物论是人类哲学上的最宝贵辉煌的收获,是一切宇宙观中最正确最先进的一种宇宙观,是世界一切英勇前进青年应当探求接受的。"(见孙犁:《论通讯员及通讯写作诸问题》,载《孙犁文集 5》,第 22 页)

① 孙犁:《谈作家的立命修身之道——给蒙古族作家佳峻的信》,载《孙犁文集 8》,第 261 页。
② 孙犁:《读〈沈下贤集〉》,载《孙犁文集 7》,第 310－311 页。
③ 孙犁:《文学和生活的路——同〈文艺报〉记者谈话》,载《孙犁文集 5》,第 567 页。

形式,才使作品不陷于呆板寂寞。而作品之所以能生活下去,却是因为内容生气十足的缘故。"①"复杂的内容"可以理解,"灵活的形式"是怎样一种形式?

在《接受遗产问题(提要)》中孙犁说:"中国人民在反帝反封建的任务上,生活不再像过去那样简单,已经是复杂的,而且正经历着绝对的转变。因此,文学的民族形式自有其革命的而非改良的特点。"②孙犁提醒大家"生活不再像过去那样简单,已经是复杂的",言外之意是,这样的生活不能用简单的形式表现,简单的形式就是摹仿的形式、只记录一人、一事的形式。

在《文艺学习》中,他说:"创造一个完整的形象,是一件复杂的工作。知道了这个事物本身还不够,还要知道它本身以外的许多东西。这就是为什么创造了一个成功的人的形象,也算作创造了社会的时代的形象的道理。"③让一个"人物形象"代表"社会的时代的形象",不在人物身上融入大量信息怎么实现? 在一个人物身上,融入大量信息,这个人物就变成拟象人物了。

孙犁对生活复杂性的认识与《易经》一致。世界是复杂的,文艺创作必是复杂的精神劳动,表达复杂精神劳动的方法一定不是摹仿或再现,这是孙犁小说走向拟象表达机制的理论基础。

二、孙犁对极简表达方式的思考

在表达方式上,孙犁追求极简、极概括的方式,这与《易经》高度抽象的做法一致。在《文艺学习》中,他说:"有概括能力的人,对人物事件的描写,是简单的但是确定的。"④"简单"和"确定"中包含着文艺家的高度自信,这其中包含着文艺家对现实生活的深度思考,且有独立的世界观、价值观、文艺观为支撑。

孙犁在《写作指南》中说:"文艺是用经济的手法、通俗的语言,透过典型人物,利用生动的故事,将复杂的现实表现出来,给人以形象的传染的说服力量。"⑤这里将简单和复杂联系在一起了。"经济的手法"是一种怎样的手法? 一定不是将每一现实元素仔细描摹的手法。将"经济的手法"与"复杂的现实"联系在一起,需要文艺家发挥主体作用,按照一定标准处

---

① 孙犁:《现实主义文学论》,载《孙犁文集5》,第242页。
② 孙犁:《接受遗产问题(提要)》,载《孙犁文集5》,第270页。
③ 孙犁:《文艺学习》,载《孙犁文集5》,第107页。
④ 孙犁:《文艺学习》,载《孙犁文集5》,第173页。
⑤ 孙犁:《写作指南》,载《孙犁文集5》,第352页。

理现实元素,或简化、或净化、或美化、或反复叠加……经过复杂的内化、加工处理过程,文本中的人物才能代表整个时代、整个社会。谈到《聊斋志异》时,他说:要"重视语言的艺术效果……叙事对话,简洁漂亮,哲理与形象交织,光彩照人。"①语言要简洁,要有哲理性,要光彩照人,做到这一点非常不易,所以他赞叹道:"写作是可以把不同时间不同情景下的体验,近于奇妙地结合起来,成为一个新的生活感觉,简直是一种创造了。"②将"不同时间不同情景下的体验""奇妙地结合起来"的手法不是摹仿,应该是拟象手法。

　　从以上片段,可看出孙犁对《易经》为文之道的深入思考和活用。中国文艺观认为,只有极简方式,才能表达极复杂内容。极简与极简组合成的拟象,具有承载复杂内容的功能。那种对某一形象事无巨细的描摹,可以突出对象,但会忽略与之关联的其他事物,这是一个艺术悖论,拟象表达机制很好地解决了这个问题。为更好理解文学中用极简手法表达极复杂思想感情的效果,可参照要力勇的拟象油画《菱姑》。

　　菱姑是孙犁长篇叙事诗《白洋淀之曲》中的人物。在《白洋淀之曲》中,菱姑的丈夫水生牺牲后,菱姑参加游击队,拿起水生的枪练习射击,要为水生报仇。菱姑变得坚强,有了阳刚性。若把菱姑画成女战士或女游击队员,诗歌中的意蕴就淡了。创作这幅《菱姑》时,画家提取元素:水乡、荷花、游击队员,用色彩表现,再用激情手法进行加工,使中间的红色变成了有力量的旋转动作,像舞者在舞蹈。这就与孙犁几次写的水生嫂划着冰床子飞一样的感觉吻合了。这幅《菱姑》表达的是抗战时期女游击队员的整体精神面貌,不是某个具体的女人,其意蕴比一个具象化人物复杂得多,审美价值也更高。

三、孙犁对"变化"的思考

　　除了极复杂、极简之外,孙犁还关注"变化"这一要素。在《文艺学习》中,他要求人们注意:"我们所处的这个时代的精神,时代的行动,确是波浪汹涌的。而且它'波及'一切东西,无微不至。这精神和行动,便是战斗和民主。大浪潮冲击着一切,刷洗着一切,浮动了一些事物,也沉没了一些事物。它影响到社会上的一切人,连山上寺院里的尼姑道士在内,它变化人的一切生活,吃饭睡觉大小便在内。大浪潮先鼓动着人。因为人是这个时代精神

---

① 孙犁:《关于〈聊斋志异〉》,载《孙犁文集 5》,第 218 - 219 页。
② 孙犁:《怎样体验生活》,载《孙犁文集 5》,第 336 页。

和行动的执行者和表现者。它波动着这些人的生活,五光十色。这便是我们的新现实。"①时代精神"波动着"一切,这种"波动"需要反映出来,但如何反映,是一个非常复杂的问题。比如,你盯着某一具体人物的生活,仔细描摹他生活的全部,可能发现,他变化不大,还是老样子。就像风吹山石,盯着山石,看不到风的吹动,日积月累才会发现山石在风的作用下发生的变化。只能通过选取元素的方法,实现对"变化"的表达。孙犁小说中的农民形象,是孙犁将时代精神融入后塑造出来的,表现了时代波动带给他们的影响。常有人说孙犁小说有浪漫主义手法。实际上,浪漫主义手法②与拟象手法有很大区别,在缺乏拟象表达机制这一概念时,只能将这种与描摹现实不一样的手法用浪漫主义称呼。孙犁提醒人们,一个新时代的来临会波及一切人和事,改变一切人和事,文艺家必须注意"人和人的关系的改变"③"社会风俗习惯的改变,伦理道德观念的改变"④"新环境、新景物"⑤"新语言"⑥等各种情况,他要求文艺家"表现人民从多年个人的要求和习惯转变成集体主义的要求和习惯的生活过程……表现孩子。表现新的家庭关系,新的道德。表现这个时代生和死的意义……用活的故事,人物和心理,生活和环境表现出来"⑦。"转变""活的故事"都是对"变化"的强调。并且提醒文艺家注意方方面面,这里既有对"复杂"的理解和把握,又有对"变化"的理解和把握。这与中国传统哲学保持了高度一致性。

中国传统哲学,认为永恒不变的真理是变化,世界上的一切都在变化,只有认识变化,把握变化,利用变化,才能战胜一切不可战胜的力量。中国文艺中的孙悟空、杨戬,就是表达变化的形象。而孙犁也特别喜欢这些形

---

① 孙犁:《文艺学习》,载《孙犁文集5》,第192页。

② 安·兰德在《浪漫主义宣言》中说:"浪漫主义是基于人具有意志力这条原则的艺术类别。"(第107页)但实际上,最早的浪漫主义是指"基于情感为第一性的美学学派"(第113页)。在创作方法上,浪漫主义和自然主义都强调情节的逻辑性,不同之处在于,自然主义强调对现实元素的纯粹摹仿和再现,而浪漫主义则强调整合,希望艺术家赋予人物一个目标,使其行为具有合理性。但从表达机制视角考察,浪漫主义依然属于摹仿表达机制,只是更侧重摹仿人的内在精神或情感的外在表现。与拟象手法相比,浪漫主义作品中的元素还是相对确定、明确的,具有客观性,而拟象化了元素与现实生活的关系更复杂多维,解释空间更大。(〔美〕安·兰德:《浪漫主义宣言》,郑齐译,重庆出版社,2016年)

③ 孙犁:《文艺学习》,载《孙犁文集5》,第193页。

④ 孙犁:《文艺学习》,载《孙犁文集5》,第194页。

⑤ 孙犁:《文艺学习》,载《孙犁文集5》,第195页。

⑥ 孙犁:《文艺学习》,载《孙犁文集5》,第195页。

⑦ 孙犁:《文艺学习》,载《孙犁文集5》,第187页。

象。他说:"《西游记》的作者写了猴、猪等怪,完全以写人的笔法出之,因此,猴、猪都具备了完整的人格。写唐僧亦如此,所以唐僧颇具人性。《聊斋志异》写狐鬼,成功之道亦在此点。凡是小说,起步于人生,遂成典型,起步于天上,人物反如纸扎泥塑,生气全无。"①可见,孙犁对"变化"的象——"拟象"是有偏好的。在孙犁看来,孙悟空、猪八戒、狐鬼并非脱离现实的幻象,都与现实紧密相连,是"真实"的形象。若用《西游记》《聊斋志异》的手法,但不再使用猪、猴怪,而是保留现实中人的样子,如此产生的形象还是拟象,但与生活的距离近了,所反映的问题更具现实意义。但孙犁没有拟象概念,不可能这么清晰地表达出自己创作方法上的特征,但以上论述,内涵拟象手法。

孙犁特别重视中国的民族传统,1982 年他重新学习《讲话》,并认为"今天学习《讲话》,学习重点,我以为还是解决深入生活和民族传统两大问题。……这里所说的民族传统,当然不只是指的文艺的民族形式。而更重要的,是指民族的历史传统,民族的道德伦理观念,以及目前被忽视的民族尊严和民族自信。"②毛泽东在延安文艺座谈会上的讲话精神,是强调文艺工作者应与工农兵相结合,他说:"所以我们召集了三次座谈会……其目的就是要解决刚才讲的相结合的问题,即文学家、艺术家、文艺工作者和我们党的干部相结合,和工人农民相结合,以及和军队官兵相结合的问题。"③孙犁将《讲话》精神归结为"深入生活和民族传统两大问题"是一种更深入解读。因为工、农、兵是民族大多数,文艺工作者与工农兵结合的命题,已暗含着民族传统,这是毋庸置疑的。所以孙犁才强调"作家必须与自己的民族的命运,紧紧联系在一起。他要表现的,包括民族的兴衰、成败,优点和弱点,苦难和欢乐。包括民族的生活样式,民族的道德风尚"④。当我们将孙犁对"复杂""极简""变化"的强调与他所说的"传统"联系在一起时,他所说的传统就指向中国拟象表达机制,因为这是中国文艺的真正传统⑤。

---

① 孙犁:《耕堂读书记(二)》,载《孙犁文集 7》,第 254 页。
② 孙犁:《两个问题》,载《孙犁文集 6》,第 266－267 页。
③ 毛泽东:《文艺工作者要同工农兵相结合》,载中共中央文献研究室编《毛泽东文集　第二卷》,第 425 页。
④ 孙犁:《谈作家的立命修身之道——给蒙古族作家佳峻的信》,载《孙犁文集 8》,第 261 页。
⑤ 如果没有拟象、拟象化、拟象表达机制这些概念,我们很难发现孙犁文艺思想中所包含的对民族传统创作方法的继承和发展。当然新概念不是生硬提出来的,而是从中国文艺作品中提炼出来的。然而,如果没有概念意识,即便遇到中国文艺作品中的新情况,也会套用已有概念,而很多已有概念与西方文论有扯不断的关系,很难将中国文艺的独特气质表达清楚。这是笔者在写作过程中经常思考的问题,在指导学生的过程中,笔者也经常强调:遇到新情况要思考新概念。虽然不容易,但需要有这种意识和勇气。

第二节　孙犁小说的目的性考察

杨联芬说：孙犁"向来被作为主流文学中'正宗'的一派作家看待的。然而孙犁的精神形态与小说的艺术特质，却与主流政治所要求的革命文学多少有些貌合神离"①，"孙犁的短篇小说，不注重故事和情节，大都给人'琐记''速写'的感觉"②。但用"貌合神离"概括孙犁小说与革命文学之间的关系似不太恰当。孙犁小说的内在精神与抗日根据地文学血肉相连，但小说的"面貌"与"五四"以来的大多数小说"神合貌离"。

客观地说，孙犁很多小说不像"小说"（"novel"或"roman"），如《一天的工作》特像通讯，而成名作《荷花淀》的副标题就是《白洋淀纪事》，加上《纪念》《新安游记》《战地回忆》等，给人的感觉确实不符合人们给小说下的定义："一种叙事性的文学体裁，通过人物的塑造和情节、环境的描述来概括地表现社会生活。"③孙犁小说的叙事性不强，抒情性强，所以人们常说孙犁小说是诗。长篇小说《风云初记》也不符合长篇小说的定义——谁是主人公？前半部分的主要人物，在小说后半部分几乎不再出现，后半部分活跃的人物在前半部分出场很晚。没有核心人物、核心事件，一会儿"破路"，一会"拆城"，一会儿"慰问"，一会儿"行军"……与我们读过的长篇小说有很大不同。中篇小说《村歌》令很多人不满，双眉这个女孩子飘进飘出，身份瞬息万变；《铁木前传》令人困惑的地方更多，小满儿结婚了，住姐姐家不合常理，理直气壮地和九儿争抢六儿，更不合情理，姐姐村里的人，让小满儿开会，也不合乎现实世界里的规矩。细究孙犁安排小说人物、处理人物之间关系的目的，发现其诉求极为丰富：反映时代精神，塑造新农民形象，思考文艺理论……以《村歌》为例，双眉是个年轻女孩，美丽动人，积极热情，喜欢演戏，贫农出身，曾做过妇救会主任，出身、政治立场都没问题，这样一个人物只是因为喜欢演戏、有点性格，就被免职、被骂做流氓、不许参加互助组，这是现实吗？如果是，理由是什么？漂亮有罪，个性有罪，抑或是能十有罪？女人漂亮不是罪，那小说中的双眉因漂亮获罪，是否有别一层意思？比如，文艺作品的艺术性、审美性在当时被视为小资情调，与双眉的遭遇具有同构关系。一旦将双眉的遭遇与文艺作品的艺术性建立联系，作品中的很多安排

---

① 杨联芬：《中国现代小说导论》，北京师范大学出版社，2010 年，第 256 页。
② 杨联芬：《中国现代小说导论》，第 259 页。
③ 中国社会科学院语言研究所词典编辑室编：《现代汉语词典　第 6 版》，商务印书馆，2014 年，第 1435 页。

就合乎逻辑了。小说不让双眉演戏,却让双眉组织落后群众成立互助组,对其进行考验;在工作需要的时候又让双眉去演出……这些安排与孙犁早期的文艺思想高度吻合。他认为,人不能因爱好而从事文艺创作,文艺创作是极其严肃的事情。双眉就是因爱好演戏而演戏的人,所以,小说才给双眉设计了种种磨难。

一部中篇小说,取材于现实,既要反映现实生活人物和时代精神,又要将自己的文艺思想、美学思想渗透其中,诉求是否丰富? 诉求一旦丰富,就与"五四"时期大多数小说区别开来。"五四"时期的小说多有明确的核心人物、核心事件,主题确定,比较容易理解。但孙犁小说却埋藏着很多意义的线头,一拎就出现一个意义链条,不细追究,会觉得这是一篇有趣的小说,与普通小说略有不同,但哪里不同,为什么不同,却难说清楚。

孙犁对文学的热爱始于中学时代,并执着一生。青年时期在北京打工,即便失业也不在乎,携《死魂灵》访友,游历名山。参加抗日工作后,曾被建议搞行政管理,也拒绝了,坚持从事文艺工作——编辑抗日诗歌集,讲授文艺理论。他一生从事编辑、教师、作家三类工作,三重身份都与文艺有关。这说明,孙犁不但懂文学,认真研究过文学,还极其热爱文学,且有自己明确的文学理想。那孙犁小说为什么与"五四"以来的多数小说不同,像散文,像诗,像通讯,像风景画,这意味着什么?

当我们纠结于孙犁小说像不像小说时,已经陷入西方主客二分的思维模式,把文学分为小说、诗歌、戏剧、散文等几种情况,然后一一下定义,再按定义要求,去写小说、诗歌、散文、戏剧……不然,就会说他写的小说不像小说,诗歌不像诗歌。如果没有模板,就没有像不像这个问题。之所以说这种思路是西方的,是因为中国传统小说从来都"众体兼备",小说中有诗、词、赋、对联。因而,思考孙犁小说,需排除主客二分的思维模式,不对孙犁小说进行形式/内容或貌/神的二分处理,也不考虑散文、通讯、诗歌这些文体概念,而是按照中国文学"诗言志"的总纲,考察孙犁为什么写小说,他在小说中言了什么志,这个"志"完成了没有,这样才能理解孙犁小说的根源所在。孙犁说:"鲁迅写小说的目的,是指出旧社会的病症,人民的苦痛,引起全国人民觉悟起来改造它,使祖国走向民主的科学的道路。"①这样的目的决定了鲁迅的价值选择——闰土、阿 Q、孔乙己——他们都带着伤疤,他们不复杂,但有价值。孙犁写小说的目的是什么? 了解了孙犁从事文艺创作的目的,才能更好理解孙犁小说这么写的原因。

---

① 孙犁:《少年鲁迅读本》,载《孙犁文集 8》,第 431 页。

一、目的一：创造"我们的史诗"

抗战初期,孙犁说:"今天应该把文学看作一种事业,中国人民的事业。"①这个事业就是"要把中国的一切新生力量,一切进步,一切光荣,一切胜利,写到我们的通讯里去,向全国人民夸耀,向全人类夸耀! 这样下去,就得到了我们的胜利,这样积累下去,就造成了我们的史诗"②。"向全人类夸耀"什么? 夸耀穷、弱、自私? 肯定不是,所以孙犁笔下的农民和鲁迅笔下的农民不同,不再是带着伤疤的人,而是光彩照人的邢兰、吴召儿、柳英华、水生们。当孙犁从事文艺的目的是创造"我们的史诗"时,这里的史诗肯定不是荷马史诗中的贵族史诗,而是中国农民的史诗,是人民的史诗。因为抗日战争是一场农民战争,也是一场人民战争。创造农民的史诗、人民的史诗,也就成了抗战时期文艺家的使命。

孙犁完成这个伟大事业了吗? 这得仔细考察孙犁小说,还得整体考察。因为"史诗"是用行动构成的,而行动需要转换空间,完成一部"农民史诗"需要无数农民,《一天的工作》里的农民儿童们,还有邢兰、杨卯、水生、水生嫂、柳英华、老头子、吴召儿、二梅、小梅……不同年龄段、不同性别、不同性格的农民组合在一起,构成一个农民群体,他们个个英姿飒爽,有勇气,机智,乐于奉献,勤劳、朴实……当作者有意识地对不同年龄段、不同性别、不同个性的农民进行抒写时,农民的史诗就完成了。孙犁抗战小说集合就是"我们的史诗"。要理解孙犁所说的"我们的史诗"的审美特征,可参照要力勇拟象油画《我们的史诗》③。《我们的史诗》是按照孙犁抗战小说的组织原则处理画面形成的一幅作品。画家通过不同色彩将画作区分为六大空间,但又不是截然区分,而是你中有我,我中有你,且在每一空间中都有生动的拟象人物活动,画作中间偏右部分,有相对高大而清晰的人物拟象,与其他

---

① 孙犁:《文艺学习——给〈冀中一日〉的作者们》,载《孙犁文集5》,第85页。
② 孙犁:《〈论通讯员及通讯写作诸问题〉校读后记》,载《孙犁文集5》,第66页。
③ 《荷马史诗》的典范是《伊利亚特》《奥德赛》——这是贵族的史诗。西方雕塑作品和具象绘画是视觉艺术的史诗,它们都是对英雄或神的歌颂。但孙犁所说的"我们的史诗"是农民史诗,无法用具象的方式表达。因为当时农民多不太高,具象表达不但远离史诗效果,还会产生相反的效果。但邢兰的精神状态是高亢、英勇、有牺牲精神和奉献精神的,这种精神与史诗相吻合,那就表现其精神状态,创作成《菱姑》那样的拟象油画。但一个邢兰构不成"我们的史诗",还需要其他人物如水生、柳英华、菱姑等一群人物出场才能构成"我们的史诗"。用绘画语言表达,就是要力勇拟象油画《我们的史诗》所展现的效果:有不同的色彩方阵,在每一方阵里又有更小的意义单位,它们彼此错落交织,形成一个有机整体,呈现出精神的一致性,那就是一股向上的力量和火一般的建设激情,持久而旺盛的生命力……

空间中的人物形成关联。画面以红色为主,但黄色、绿色也很突出,蓝色、白色也占一定比例,整幅画作情绪热烈、奔放,且十分和谐。这是用众多元素组织而成的画作,是集体合唱,不是独唱。因而是《我们的史诗》。

抗日战争胜利的时候,孙犁小说中的农民形象,不但性别、年龄分布均匀,而且个性、气质、精神面貌都考虑进去了,一个全新的农民形象(群像)塑造出来了,他们的功业是抗战、保家卫国、勤劳致富、互助互爱……也就是说,抗战胜利时,孙犁完成了"我们的史诗"的创作,这个"史诗"是由众多"微叙事"组成的,整体阅读孙犁抗战小说才能看出来。大家习惯一篇一篇地阅读,"我们的史诗"就被忽略了。

"我们的史诗"完成之后,孙犁小说一定会发生变化,因而我们看到了抗战胜利后孙犁的第一组作品《碑》《钟》《"藏"》,格调变得"沉郁顿挫"了。为什么抗战胜利了,小说格调反而变沉郁了呢?不了解孙犁小说的创作目的,无法解释这种现象。

二、目的二:"用人们习见的事物,来说明……哲学思想"

孙犁在谈鲁迅创作时说:"鲁迅对那个时代、社会、人的认识,可以说是他的一生的工作纲领。研究鲁迅一生的著作,小说、散文和杂感,这个线索是一直贯彻到底的。你用心去看一看,找不出一篇或一句话不符合这个工作任务。"[①]鲁迅是孙犁的一面镜子,站在鲁迅面前,孙犁照的是自己。所以,孙犁这句话既是说鲁迅一生的创作,又是说自己一生的创作。想知道孙犁在抗战胜利后的小说里思考了什么,就得深入思考"中国人民的事业"和文学之间的深刻关联。

在《文艺学习》中,孙犁表达过这样的观念:"一个人写东西的时候,他先确定要表现一个什么样的观念和思想,这便是那作品的基础和灵魂……"[②]将思想观念作为作品的基调和灵魂,符合中国传统文艺观。"初学写作,一定先把放在作品里的观念弄清楚,在你的头脑里弄成坚固明确的东西……"[③]在孙犁看来,没有成熟而牢固的思想观念难以创作,这是对中国文艺传统的继承。但孙犁还说:"只有了很好的当作作品的主题的观念,还不能保证那篇作品写得好。题材的选择配置的工作,关系非常重大……"[④]作者的思想观念和"题材的选择配置"是一种什么关系,这种表

---

① 孙犁:《文艺学习》,载《孙犁文集 5》,第 189 - 190 页。
② 孙犁:《文艺学习》,载《孙犁文集 5》,第 183 页。
③ 孙犁:《文艺学习》,载《孙犁文集 5》,第 183 页。
④ 孙犁:《文艺学习》,载《孙犁文集 5》,第 185 页。

述,听起来不复杂,但分析起来可就复杂了。首先,孙犁强调"观念"和"思想",并认为观念和思想是作品的灵魂,这与"诗言志"的文艺传统不谋而合;其次,孙犁强调"题材的选择配置",选择是主体性行为,它需以作者的观念为指导,如此作品中的人、事、物、时间、空间,这些基本元素也就具有了主体性,是作者从纷繁现实中拣选出来的,不是照着现实摹仿的。"配置"和"选择"是一套动作,你按照自己的观念选择了这些人、事、物、时间、空间,还需按照要表达的思想观念进行"配置",使其符合观念表达,这样,作品才具有有机性,难以拆分。这一创作过程,与摹仿现实人物或事件的过程大不相同。

以观念作为作品的灵魂,根据观念选择元素,配置元素,如何操作?《碑》《钟》《"藏"》《嘱咐》就是一组教学示范作品,即孙犁以小说的模式告诉大家,如何"把自己的感情糅在文章里"[1],如何"含蕴着作者的立场……这感情……是在文章的筋肉里"[2]。如果把文学当作中国人民的事业,孙犁一边谈论小说创作的基本原理,一边以小说作示范,其目的是提高中国文学的整体水平和质量,那才是将文学当作中国人民的事业来对待。仅自己写作是不够的。

孙犁晚年说过这样的话:"作为一个作家,每时每刻,都和国家的命运联系在一起,不管任何处境,他不能不和广大人民休戚相关。国家、人民的命运,就是作家的命运。"[3]将作家的命运与国家、人民的命运联系在一起,这是孙犁小说令人荡气回肠的深层原因。孙犁坚持"不以自己的偏爱写文章,不迁就世俗的喜好写文章,而以时代和社会的需要写文章"[4]的创作立场,这一立场决定了他文学作品的严肃性和理论价值。

孙犁始终围绕"国家、人民的命运"思考和表达,只因对文学情有独钟,就围绕文学问题思考和表达。

孙犁思考过文艺的民族传统问题。他说:"'五四'以后的散文,外来的影响,就更显著了。但影响是影响,其根基是不能动摇的。我们还是要写中国式的散文……中国散文,在接受外来影响以前,也是不断创新的。"[5]孙犁始终认为,民族性是文学的根基,可以借鉴其他民族的创作方法或风格,但不能丧失民族传统。他说:"在文艺上,应该以民族传统为主,但也不排斥外来的好东西……"[6]中国文艺的民族传统,重主体性表达,所以,孙犁一直强

---

① 孙犁:《连队通讯写作课本》,载《孙犁文集5》,第277页。
② 孙犁:《连队通讯写作课本》,载《孙犁文集5》,第280页。
③ 孙犁:《谈文学与理想》,载《孙犁文集7》,第169页。
④ 孙犁:《读作品记(一)》,载《孙犁文集6》,第88页。
⑤ 孙犁:《关于散文创作的答问》,载《孙犁文集6》,第276页。
⑥ 孙犁:《祝衡水〈农民文学〉创刊》,载《孙犁文集8》,第356页。

调：“作家必有一种思想，思想之形成，有时为继承传统，有时因生活际遇。际遇形成思想，思想又作用于生活，形成创作。此即所谓天人之际。”①“用人们习见的事物，来说明……哲学思想。……我以为是中国散文的非常重要的传统。”②

他思考过中西文艺的关系问题。孙犁知道西方文艺的优点，即“外来的好东西”是对现实生活的关注，用现实生活中大家熟知的元素表达思想，而不是用过于奇幻的元素表达。所以孙犁说：“推动历史，反映现实，作家有一份力量。”③他一方面学习西方的现实主义创作方法，一方面强调：“惟妙惟肖的写实手法，最为中国人民所喜闻乐见。”④

他思考过评价文艺作品的标准问题：“对于艺术，古今中外，总是把现实生活、民族传统、社会效果，作为评价取舍的标准。”⑤将现实生活和民族传统作为评价文学作品的重要标准，是孙犁文艺理论思想的一个特点。孙犁所说的民族传统“是指民族的历史传统，民族的道德伦理观念，以及目前被忽视的民族尊严和民族自信”⑥。

抗战胜利后，孙犁将继承民族文艺传统当作使命，而民族文艺传统的核心是“用人们习见的事物，来说明……哲学思想”，也就是主体性“表达”的传统。孙犁一边不厌其烦地说教，一边进行示范，因为这是一个新的社会，人们有了新的哲学思想，而表达新哲学思想的小说应该是新的。因为新，过去从来没有过，需要创作示范。因而，在孙犁的“后抗战”小说中，“哲学思想”开始出场。

如果说，孙犁抗战时期的小说以抒情为主，其农民史诗的格调是乐观、自信；孙犁的“后抗战”小说开始思考文艺理论问题，进入一种反思状态，其格调是“沉郁顿挫”。

三、目的三：用中国传统表达机制创作现代小说

当孙犁小说开始说理，文艺的基本问题凸显出来，文艺与生活的关系、文艺与政治的关系、文艺家的素质、文艺的新旧形式等都需要重新梳理和反思。孙犁思考这些问题时，有一个基本前提：继承民族传统。如此，继承民

---

① 孙犁：《读〈史记〉记（上）》，载《孙犁文集7》，第394页。
② 孙犁：《庄子》，载《孙犁文集7》，第238－239页。
③ 孙犁：《谈文学与理想》，载《孙犁文集7》，第170页。
④ 孙犁：《读作品记（一）》，载《孙犁文集6》，第90页。
⑤ 孙犁：《谈评论》，载《孙犁文集7》，第177页。
⑥ 孙犁：《两个问题》，载《孙犁文集6》，第266－267页。

族传统,创造新的生活,表达新的时代精神就变成了一个极其复杂,却极为重要,又极其紧迫的问题。这些问题必须以小说的方式传达,因为这不仅是理论问题,也是创作实践,是一个民族传统继承发扬的问题。于是,我们看到了这样的小说题目:《村歌》《风云初记》《铁木前传》。歌、记、传,一种回归传统的信号释放出来。

孙犁的文学创作,始终在自设的"中国人民的事业"这条道路上行进,不是在通常意义上的"小说创作"道路上行走。所以,如果我们仅将孙犁小说视为"小说",孙犁的伟大成就被遮蔽了。只有将孙犁小说视为思想表达工具,才能看到孙犁为中国文学事业所做的贡献。

明白了孙犁小说创作的大方向,再分阶段考察,孙犁小说的内在关联也就清晰了。因为孙犁小说的创作目的在大方向不变的情况下,一直随现实生活的变化而不断调整:苦难时,他选择光明元素;热闹了,他选择能使大家冷静下来的元素;平静时,他选择思考文艺问题、美学问题、生活方式问题。不同时期,孙犁思考不同问题。从其作品可看到,他始终有一颗赤子之心,不随波逐流,始终如一地按自己对文艺的理解表达。一个问题说清楚,思考下一个问题,写下一轮小说;自己面临的所有问题表达清楚了,就不再写小说。当行则行,当止则止,绝不为写小说而写小说,更不为名利而写小说。孙犁的小说,按表达意图可分若干阶段。(见表2-1)。

表2-1 孙犁小说与社会问题关系表

历史时期	篇名	反映问题	目的性
抗战时期	《一天的工作》《邢兰》《战士》	历史遗留问题和抗战依赖对象	"鼓励"民众抗战
抗战时期	《芦苇》《女人们》《懒马的故事》	妇女问题和妇女作用	指出现实中存在的问题
抗战时期	《走出以后》《老胡的事》《黄敏儿》《第一个洞》《山里的春天》	旧婆媳关系;妇女解放;留守儿童;农民战争;发展经济	提醒大家遇到问题时的正确处理方式
抗战时期	《琴和箫》《丈夫》	家庭伦理;革命伦理	对抗战时期两种不同选择及其后果的说明
抗战时期	《杀楼》《荷花淀》《村落战》《麦收》《芦花荡》	乡村伦理;新的农村风貌;农民的精神面貌	表彰、纪念在抗战中作出贡献的人们

历史时期	篇名	反映问题	目的性
抗战胜利	《碑》《钟》《"藏"》	新旧伦理;中国传统文艺表达机制	反思抗战中的各种问题,同时思考文艺表达方法与文艺思维问题
抗战胜利	《嘱咐》	旧家庭伦理的瓦解	总结战争对人们的影响
解放战争时期	《纪念》	军民关系	对抗战过程中与农民家庭结下的友情的怀念
解放战争时期、土地改革时期	《新安游记》《光荣》《种谷的人》《浇园》	复杂的农村社会;复杂的伦理	对战争进入新阶段后社会上出现的复杂关系的思考
进城后	《蒿儿梁》《采蒲台》《吴召儿》《山地回忆》《小胜儿》《看护》	中国女性的伟大精神;女性的贡献	回忆抗战生活,纪念在抗战中发挥巨大作用的女性
中华人民共和国成立后	《石猴儿》《正月》《女保管》《婚姻》	人性的贪婪;旧思想;旧社会关系的影响	反思人性
中华人民共和国成立后	《村歌》	新农村;极左领导;文艺问题	思考新文艺问题
中华人民共和国成立后	《风云初记》	道德、伦理、文化、传统、知识分子、女性	文艺生成机制问题新旧文艺关系问题
中华人民共和国成立后	《铁木前传》	新的生活方式	调和古今
"文化大革命"后	《芸斋小说》	人性、社会伦理、文学	调和古今

　　不同时期的孙犁小说思考不同问题,每个时期的问题,都与现实生活有关,小说旨在解决问题。自《碑》《钟》《"藏"》开始,孙犁的思想锋芒毕露,愈发深刻复杂且令人费解。不用表达机制批评法,很难发现隐藏在其小说内部的文艺理论思想。

第三节　孙犁处理现实问题的方式

处理现实问题的方式,是不同民族文艺的核心密码,与一个民族的宇宙观、哲学观、思维方式密切相关。中国古代文艺家会幻化现实问题,将现实推远;中国现代小说家借鉴了西方现实主义的方法,又与中国传统"表达"方式结合,创造出一套新的处理现实问题的方法。在孙犁小说中表现为:概括现实、提取元素、摹塑拟象。

一、抽象概括现实

中国哲学相信宇宙是变动不居的,并相信变化是可以认识的,有规律可循,且能表达对规律的认识,因而中国文艺不要求文艺家摹仿对象,要求文艺家"言志""抒情""明理"。中国文艺家在创作之前"搜尽奇峰打草稿","读万卷书,行万里路",都是为了认识世界的复杂性,思考复杂世界的规律,为文艺创作做准备。

中国文艺和现实生活的关系是复杂的,它们经过文艺家对现实问题综合、概括、提炼的"内化"过程和主体化过程,也是让现实元素带上艺术家体温的过程,这一过程是"酿造",不是简单的输入、输出,因而也是漫长的。中国古典文艺如此,中国现代文艺虽引进了西方摹仿表达机制,但很快又回归新的主体化表达阶段,鲁迅如此,孙犁亦如此。孙犁曾说:"现实主义不同于旧的写实主义,它不是影写现实,而是表现现实、概括现实,这其间充分地内容了积极性、展发性。"[1]

对中国文艺家来说,艺术的问题从来都不单纯是艺术的问题,而是人的价值观、思维水平、宇宙观等的综合表现。中国文艺家从事文艺创作,首先得明白为什么从事艺术,这个问题搞明白了,才涉及艺术技巧问题。以绘画为例,你"搜尽奇峰"后,画哪座峰?画峰的时候,要不要画山、水、树、鸟、云、草……草也不止一种,树也不止一种,鸟也不止一种……你如何选择?为什么这样选择?当艺术家有了成熟的思想观念,山水、花草、黄红蓝绿便可随心运化,所有颜色、所有工具都会围绕艺术家的精神世界形成意义。所以孙犁说:"凡是文艺,都要取材。环境有依据,人物也有依据。但一进入作品,即是已经加工过的,不再是原来的环境和人物了。"[2]作品中的环境和人物

---

[1]　孙犁:《现实主义文学论》,载《孙犁文集5》,第245页。
[2]　孙犁:《谈镜花水月》,载《孙犁文集7》,第227页。

是染上作家精神温度的环境和人物。也就是说,从现实生活到艺术作品,作家的精神观念在把关,合乎作家观念的进入作品,不合乎观念的无法进入。

二、提取生活元素

中国文艺拒绝摹仿,因而,中国艺术就需要艺术家加工、过滤、改造,然后表达;在表达过程中,艺术家的意图促使他选择"元素",艺术家的思维水平、思维能力、创新能力使他处理"元素"的方式与他人相区别;"元素"越多,携带的生活"汁液"越多,组织元素的过程越复杂;当杂多的元素经过复杂的组织过程形成一个有机整体时,艺术品就诞生了。元素和组织元素的手法复杂到一定程度时,艺术品的意蕴就变得多重而复杂,给人的感觉难以确定。如果是绘画作品,观者看到的就不是一个具象化的人物、风景、山水,而是一个由杂多的色彩经复杂组织形成的似山、似水、似树、似人、似家园、似人间、似仙境的视觉效果,这样的视觉效果就是拟象油画的效果。为了更好理解文学中"杂多统一"的艺术效果,可参照要力勇拟象油画《至赜》①。《至赜》色彩众多,线条交错,平面空间分布清晰,极像陆地和海洋之间的关系,但因线条过多,又漂浮在最上面,既切割了画面中的其他元素,又将不同元素勾连在一起,给人的感觉是难以理出边界的交融和混沌。

这种经抽象、提炼、加工生活世界的方式,就是拟象化的处理方式。拟象化处理现实生活的方式就是孙犁小说的方式,这与鲁迅拒绝一人一事的摹仿是一脉相承的。鲁迅的《祝福》《阿Q正传》《风波》等都是概括的现实,不是摹仿的现实。这种现实是经过作家提炼、概括、综合后的现实,因而孙犁强调文艺家要有"正确的宇宙观","正确地认识了世界、人类、自己"。"宇宙—人类—自己"的思考方式,显示出《易经》中"天—地—人""见天下之至赜"的思考方式。不但"见天下之赜",还要注意"积极性、展发性",之后才能再现"不曾知道的新生活环境"。孙犁这段话已经转了几道弯——由现实主义,转到了"预测未来"。这一点,也像《易经》的思路——由过去、现在预知未来。这已经不再是对文艺的要求了,几乎是对哲学的要求。所以,孙犁说中国传统的文艺是用习见的事物表达哲学。

---

① 《易经·系辞传》有"言天下之至赜而不可恶"的说法,实际是要求艺术家概括天下纷繁复杂之事物的基本规律,并表达之。孙犁所说的概括的现实主义,以及将"小故事""拼凑"起来的方法就是拟象表达机制的方法,也是《易经》要求的方法。这种方法在文学中不容易辨识,因而不容易被理解,用视觉艺术表达就一目了然了。这幅《至赜》就是对天下之纷繁复杂之事物的一种抽象概括后的计算和组织,它既有平面空间意义上的复杂交错,又有立体空间意义上的叠盖,只要观者认真观看,就会发现这里面的大千世界。

用习见的事物表达哲学,其方法就是提取元素。比如,《邢兰》中的现实元素很多,单邢兰的外貌就由若干元素组成:年龄与样貌不符,黄槁叶颜色的脸,痨症,没有神的眼睛,爱笑,爱唱……这些元素似乎在写邢兰,但又像写每一个受苦受难的中国农民;之后写邢兰所在村庄的环境,也由很多元素组成:一带山峰、一弯河滩、白杨、枣林、太阳慢慢垂下去、阴霾的天、西北风、一间向西开门的房子、一个鼠洞……由众多元素组合成的环境给人的感觉也是多意的——家园的诗意、生存环境的恶劣、生活艰难等;表现抗日战争也用了各种元素:邢兰替抗日军属耕种,去年冬天,敌人"扫荡"这一带,邢兰爬过三条高山,探到平阳街口,邢兰无条件参与抗日工作,鲜姜台附近有汉奸活动……小说中没有战斗,但有战争的紧张气氛。表现未来也借助元素法:邢兰发动组织了村合作社,组织了村里的代耕团,邢兰爬上一棵高大的榆树修理枝丫时,竟掏出一只耀眼的口琴吹奏,他吹奏的调子不是西洋的东西,也不是中国流行的曲调,而是他吹熟了的自成的曲调……当然,这还不是《邢兰》的全部,但关于现实生活的元素已经足够丰富了。你不能说小说中没有现实,每一个元素都是真实生活中的贝壳;你也不能说这就是邢兰的真实生活,因为邢兰很难做这么多事情。

三、摹塑拟象

孙犁之所以使用元素提取法,多半是因为没有令他满意的可以直接摹仿的现实,他只能自己选取元素去"摹塑"。将自己需要的元素捡回来集中在一起,按照自己的观念组织,以满足自己的表达需要——以文学的方式重塑中华民族精神。邢兰破衣烂衫,身材矮小,满脸病态,这是外在形貌元素,但邢兰精神饱满、乐观、不屈,不畏死亡,不惧敌人,不怕寒冷、贫穷、辛劳,这些精神元素是时代赋予的,也是中华民族该有的精神面貌。这些精神面貌不但在各类事件中经常出现,也在民间流传,只是不集中,不成型,需要文艺家将其加工成完整形象。邢兰就是这样加工完成的,是孙犁"摹塑"出来的。孙犁如果是个画家,他会创作出一个拟象化的邢兰①来,为了更好理解拟象化邢兰的审美效果,可参照要力勇拟象油画《劳谦》。《劳谦》给人的第一感觉是筚路蓝缕,除此之外还有坚强、顽强、坚毅,像是一对经过长途跋涉的长者,虽衣衫褴褛但谈兴正浓。用这种油画表达《邢兰》的意境,方能将邢兰的矮小病态和强大精神力量一并显现出来。用具象方法无法传达,用抽象方法也无法传达。

---

① 如果是具象化的邢兰,一个矮小、病态、早衰的形象是不符合孙犁小说中邢兰的精神面貌的;如果是个高大、英武的邢兰,也不符合孙犁要表达的观念。

"五四"以来的新文学对农民身上的各种问题进行了批判和讽刺,比如《阿Q正传》《祝福》《故乡》等。文学作品中的中国农民给人愚昧、无知、自私、狭隘的印象。但农民是中国社会的"大多数",若中国农民愚昧、无知、自私、狭隘,需要全民参与的抗日战争如何取得胜利? 因而抗日战争需要邢兰、水生、柳英华那样的农民,不是闰土、杨二嫂、阿Q、小D一类的农民。当时的现实中有邢兰吗? 虽然不能完全否定,但不会多,也不会像孙犁写得那么高大,因而,邢兰是"摹塑"的结果,是孙犁"概括的现实主义"的成果。读孙犁的抗战小说,总感到光明、温暖,感到希望和力量。孙犁用自己的爱国主义激情过滤了当时的现实生活,摹塑了新的农民形象。

"概括的现实主义"是孙犁对现实生活加工处理的原则,"元素提取"是孙犁创作时整合现实的基本方法,摹塑人物是孙犁塑造精神群像的手段。经过这样一个过程,最终的效果是意蕴丰富,内涵饱满,不同读者接收到不同视角和层面的信息、意蕴。因而,孙犁的抗战小说属于中国拟象表达机制。但因孙犁的抗战小说有浓厚的抒情意味,且其抒发的是多重、多元、多层的复杂情感,其表达机制可称为拟情表达机制;抗战胜利后,孙犁开始在小说中表达他对文艺问题的诸多思考,其表达机制可称为拟理表达机制。拟情表达机制和拟理表达机制都属于拟象表达机制,是拟象表达机制的变体。

第四节　对孙犁小说的整体考察

一、两种小说创作模式

从"表达机制"视角考察中国现当代小说,会发现两种创作模式:第一种,深入生活,到生活中寻找素材——人、事等,或题材——各种现实问题等的创作方法。这种创作方法与学界所说的现实主义创作方法吻合,创作过程基本是对生活原型的摹仿,虽有加工,但事件的发展逻辑、人物性格的发展逻辑与原型的生活基本吻合,整体考察这类作品,会发现每篇都独立,作品间缺乏内在关联。第二种,深度思考生活,形成自己的思想、感情,为表达思想、感情而写作。这样的作家也会到生活中去体验、观察,但他们会将不同人物身上的精神元素或气质提炼出来,赋予某一个人物,这样创作出来的小说具有现实的影子,但仔细分析会觉得不符合现实中具体人物的实际情况,有时候会觉得人物是分裂的——既有这个层次的特征,又有那个层次的特征,但整体阅读,又能产生深度共鸣。

两种创作模式都与现实保持一定关系,不从表达机制的视角考察,很难区分二者;从表达机制的视角考察,前一种属于摹仿表达机制,后一种属于拟象表达机制。摹仿表达机制在中国现当代小说中占比很大,拟象表达机制的小说占比相对小。

摹仿表达机制需要文艺家充满热情,像记者一样到生活中去发现独特人物或特殊事件,然后进行加工整理,一旦缺少独特人物或独特事件,创作就会枯竭,因而,作家需要不断深入生活,到生活中去寻找新的摹仿对象;拟象表达机制需要主体具有成熟而完整的思想,作家必须是思想家或理论家,他们的创作不为写小说而写小说,也不为生活中有独特人物或奇异事件而写小说,他们为表达思想感情或理论思考而写小说,一旦将思考过的问题表达完善,创作任务也就完成了,此后不需要再写小说。

鲁迅是个思想家,鲁迅的小说是思想家表达思想的载体;孙犁是文艺理论家,孙犁小说是表达文艺理论的载体。相较于摹仿表达机制的作家,拟象表达机制的作家产量不高,但思想价值、理论价值极高,其小说的共同点就是 $1+1+1+1+\cdots\cdots=$ "一"。即作家无论写多少篇小说,无论是短篇、中篇还是长篇,都服务于一个大的宗旨。鲁迅的小说服务于他对中华民族发展到 19 世纪末 20 世纪初,落后于世界先进国家原因的思考。鲁迅所处的时代,中华民族经历了各种失败:甲午战争失败、戊戌变法失败、辛亥革命失败……原因是什么? 问题出在哪里? 从文化到民族劣根性,再到生活方式和体制等,鲁迅在每一个层面都进行了认真考察,也找到了答案,只是这些答案需用独特的方法去梳理、挖掘才能发现。从《呐喊》到《彷徨》到《故事新编》,鲁迅一直在思考中国社会存在的问题:吃人的封建制度,愚昧的国民,无能的知识分子……怎么解决问题呢? 引进西方文化、思想、生活方式? 事实证明也都失败了,到底怎么办?《故事新编》中鲁迅返回中国传统文化,反复考察,得出结论:高雅难懂的中国传统文化与百姓的吃饭穿衣存在巨大差距,需要有人来填平。

二、孙犁小说的创作模式

孙犁小说思考的是中国文艺的现代转型问题,只是由于抗日战争爆发,他不得不将为抗战服务放在首位,所以他的抗战小说是一个独立的单元。孙犁的抗战小说有些像通讯,有摹仿表达机制的影子,但仍然与同时代小说家的小说不同。同时代小说家写农民,就是一个农民的典型,比如,康濯创作于 1946 年的《我的两家房东》①中的农民,就是农民典型,是当时当地农

---

① 康濯:《我的两家房东》,载王长华、崔志远主编,马云选编《河北新文学大系·小说卷·短篇小说集》,河北教育出版社,2013 年,第 186 页。

民生活的写照,不再有其他层次的内涵,比较单纯,而孙犁小说中的农民形象都有"盈余信息"①,比如邢兰,除了作为一个普通农民该有的特征外,还有盈余信息,也就是批评家所说的"女人头上的珠花",是美化的部分——没钱给孩子买裤子,却买了一只口琴,还能吹自己谱写的曲调,个子矮小,身体病弱,却能扛起一根大树,并能在一夜间翻越三座大山摸清敌情……这样的邢兰是无法用现实主义理论分析的,越分析越觉得不可思议,甚至会觉得"分裂",但读者阅读时并无不适感,反而很欢乐,有精神气,因为读者能感受这个人物的精神气质带来的希望,这是一个面向未来的人物,是超越其所处时代的人物,是孙犁用来表达根据地人民在共产党领导下该有的精神面貌的方法。当然,孙犁的抗战小说也并非一味歌颂,也有批评,比如《懒马》,批评的是农村好吃懒做的人,这类人自私自利,愚蠢且懒惰。《懒马》的创作方法更像通讯,一人一事一报道,符合摹仿表达机制的基本规律。但孙犁的多数抗战小说是超越摹仿表达机制的,如《吴召儿》《黄敏儿》等,既有现实生活的影子,又有丰富的盈余信息,属于立足现实、面向未来的人物塑造。

抗日战争胜利,孙犁小说的创作风格立马转型,写于 1946 年的《碑》《钟》《"藏"》虽然在题材上与抗战时期的小说相同,但整体面貌完全不同,一种压抑很久的说理冲动在这三篇小说中涌动。因而,笔者将这三篇小说作为一个独立单元考察;孙犁返城后,写作环境变好,不再有枪炮声,他也不再为物质生活发愁,遂开始用小说进行理论表达。文艺理论问题相当复杂,涉及作家为什么写作、写什么、如何写等问题,涉及中国古典文艺形式、西方文艺形式、中国现代以来的新形式、中国民间文艺形式等诸多问题。中华人民共和国成立之后,文艺家如何将几种文艺形式结合并创作出独特的、有生命力的新文艺形式呢,对这些问题的思考以小说的形式表达出来,其难度可想而知。这也是孙犁开始创作中长篇小说的原因之一。

由于一部小说类似于一篇论文,暗含着一个复杂的文艺理论问题,笔者只能将一部小说作为一个单元进行考察。《村歌》《风云初记》《铁木前传》三部小说思考的都是文艺理论问题,却是不同层面的问题,属于递进式思考:《村歌》思考与文艺家有关的理论问题,《风云初记》思考文艺与生活、文艺新旧形式关系的问题,《铁木前传》思考对通俗文艺形式的改造问题。这

---

① 这里的盈余是指溢出主题之外的意蕴。摹仿表达机制的作品,无论是小说还是绘画都有鲜明而确定的主题,读者也能捕捉住。但拟象表达机制的作品无论抒情还是说理都相对复杂,难以一言以蔽之地准确概括,无论读者用怎样的语言概括作品主题,都会有概括不进去的部分,这一部分就是"盈余"部分。孙犁小说研究史中总有争论,很难形成统一意见,就因为总有"盈余"。

三篇小说各自独立,思考的问题层层递进,表达难度不断增加。但三篇小说完成后,孙犁一直想完成的继承四种文艺形式(中国古典文艺形式、西方文艺形式、中国民间文艺形式、"五四"以来的现代文艺形式)并在此基础上形成中国独特的新文艺形式的任务并没有完成,这也是《铁木前传》留给读者深深感伤的原因之一①,或许也是孙犁生病的原因之一①,是孙犁晚年创作《芸斋小说》的原因之一②。

《芸斋小说》是孙犁晚年完成的一部短篇小说集,与之前的小说相比,风格发生了变化,有研究者认为晚年的孙犁是一个"新孙犁"③。但从表达机制角度考察,《芸斋小说》是孙犁一生思考的中国文艺问题的最后结论,是孙犁找到的中国古典文艺现代转型的方式。

"文化大革命"期间,孙犁不仅没有停止思考,还一直阅读古代典籍,并完成了大量读书笔记和书衣文录。这意味着孙犁一直处于思考和研究状态,一直在寻找中国古典文艺现代转型的方式。待孙犁思考成熟并找到解决中国古典文艺现代转型的方法时,《芸斋小说》也就瓜熟蒂落了。

《芸斋小说》在孙犁小说中的地位和作用与《故事新编》在鲁迅小说中的地位和作用极为相似,他们都是作者一生思考得出的结论;《芸斋小说》和《故事新编》都是对传统文艺的回归。这意味着孙犁和鲁迅都在尝试了新的、现代的创作方法之后,没有忘记中国传统文艺,并试图完成中国传统文艺的现代转型。

三、孙犁小说的整体安排

孙犁的小说基本可以分为两大类:一是为现实服务的小说,这包括抗战时期完成的小说和土地改革时期完成的小说;二是表达自己理论思考的小说,这包括写于1946年的《碑》《钟》《"藏"》和两个中篇《村歌》《铁木前传》及一部长篇《风云初记》。由于孙犁一直思考着中国古典文艺和中国现代文艺之间的关系问题,其抗战时期的小说虽然没有思考理论问题,但在创作方法上依然留有中国传统表达机制的痕迹。因而,我们从表达机制视角将孙犁小说分为抗战小说、后抗战小说、《村歌》《风云初记》《铁木前传》《芸斋小说》几个单元一一考察。

① 孙犁完成《铁木前传》后大病一场,遂开始养病,养病期间搜集了大量古典书。
② 《芸斋小说》是孙犁晚年的作品,这一作品与孙犁早期小说的风格不同,创作方法也不同,《芸斋小说》开始回归古典传统,这与鲁迅创作《故事新编》颇为相似。
③ 此观点参见闫庆生:《"新""老"孙犁的蜕变》,《陕西师范大学学报(哲学社会科学版)》2002年第6期。

第三章 孙犁抗战小说的
拟情表达机制

很多研究者发现孙犁抗战时期的小说中有抒情性。黄秋耘说孙犁同志的作品"简直是可以当作抒情诗来诵读,当作抒情乐曲来欣赏的"①;子午在谈《荷花淀》时说:"《荷花淀》的语言特别精炼和富于感情色彩,具有音乐的魅力。"②吴子敏在谈《嘱咐》时说:"读完这篇作品,我们一定都深深地感受到一股浓郁的抒情意味。"③凌焕新在谈《嘱咐》时也说:"读着他的作品,总有一股抒情味沁人心脾。"④冯健男则说:"浓厚的抒情味,这是孙犁的短篇小说的风格的又一特点。"⑤但对孙犁小说中情的性质却有不同说法,有研究者说:"孙犁之于当代文学的贡献是,他以不凡的文学创作实绩生成了属于他的革命抒情传统。"⑥但另有一些研究者,对孙犁小说作出的判断却不是"革命抒情",而是"边缘人""同路人""多余人"——他们认为孙犁小说表现出对当时的抗日战争敬而远之的态度。对于孙犁抗战小说的抒情性是肯定的,但对情感类型的判断是不一致的。有人认为孙犁小说"篇篇像女人头饰上的珠花,珠珠放光"⑦,另外则有人强烈反对:"孙犁小说,绝不是什么'风景画'和'女人头饰上的珠花'。它是战士悠扬而豪迈的心曲;它是时代斗争的写真。"⑧有人说孙犁小说"缺乏时代特色"⑨,"回避生活中的尖锐矛

---

① 黄秋耘:《介绍〈荷花淀〉》,载《孙犁作品评论集》,百花文艺出版社,1982年,第6页。
② 子午:《〈荷花淀〉的艺术特色》,载《孙犁作品评论集》,第13页。
③ 吴子敏:《白洋淀上抒情曲——孙犁的〈嘱咐〉》,载《孙犁作品评论集》,第17页。
④ 凌焕新:《含蓄细致 情真意深——谈〈嘱咐〉的人情美》,载《孙犁作品评论集》,第26页。
⑤ 冯健男:《孙犁的艺术(上)——〈白洋淀纪事〉》,载《孙犁作品评论集》,第73页。
⑥ 张莉:《孙犁、铁凝的文学传承与当代文学的发展》,《中国现代文学研究丛刊》2018年第11期。
⑦ 王林:《介绍孙犁的〈白洋淀纪事〉》,载刘金镛、房福贤编《孙犁研究专集》,江苏人民出版社,1983年,第355页。
⑧ 郑法清:《勤苦笔耕的丰硕成果——写在〈孙犁文集〉出版的时候》,载滕云、张学正、刘宗武编《孙犁作品评论续编》,百花文艺出版社,1999年,第127页。
⑨ 方纪:《一个有风格的作家——读孙犁同志的〈白洋淀纪事〉》,载《孙犁作品评论集》,第34页。

盾;有时只表现自己所感受到的一个较小的精神世界"①,另有人反对:"孙犁的作品,是时代的脉搏、人民的愿望和作家自己的心声,三而合一的艺术结晶"②"在他的作品里,中国人民的民族气概和崇高的爱国心、民族自尊心、自信心,就像长江大河一样奔腾而热烈"③……研究者争论激烈,但并非凭空杜撰或感情用事,他们判断的来源都是孙犁小说。如何解释这种现象呢? 当我们用表达机制批评法考察孙犁小说的情感类型时,会发现孙犁抗战小说的情感类型不是单一的,而是复杂多重的,有家国情怀、儿女情怀……不同情感类型交织,形成一种无法一眼看透的效果。读者因自身局限发现不同层面的情感特征,得到各不相同的情感体验,才会出现争执。要想理解孙犁小说中的拟情审美特征,可参照要力勇的拟象油画《感》。《感》是一幅典型的拟情油画,画面主体是温暖和谐的色彩交响,中间部分的造型在不同人看来是不同的拟象,有人看到两个人相拥在一起,有人看到一个人正在风雨兼程地行走,有人看到一个母亲抱着自己的孩子……由于作者表达的内容丰富:有爱情,有奋斗,有风雨兼程……看到什么取决于观者的心理状态和观看视角。体验的情感也就各不相同了。

第一节　拟情表达机制的基本原理

中国文艺的总体倾向和特征是拟象化,中国文艺的主要表达机制是拟象表达机制。在拟象表达机制范畴内,根据作者抒情、说理的不同目的,又有拟情表达机制、拟理表达机制等变体。

一、拟情表达机制需要的条件

拟情表达机制需要两个条件:感情复杂多元;表达手段含蓄委婉。如果感情单一明确,作者重复、夸张、强调,都不是拟情表达机制;表达过于清晰,读者一眼洞透,也不属于拟情表达机制。孙犁小说满足了以上两个条件:感情复杂多元,表达含蓄委婉。

复杂多元的感情,需要文艺家有远大的胸怀、高尚的境界和复杂的思维

① 方纪:《一个有风格的作家——读孙犁同志的〈白洋淀纪事〉》,载《孙犁作品评论集》,第57页。
② 顾传菁:《富有生命力的艺术——编辑〈孙犁文集〉的体会》,载滕云、张学正、刘宗武编《孙犁作品评论续编》,第132页。
③ 顾传菁:《富有生命力的艺术——编辑〈孙犁文集〉的体会》,载滕云、张学正、刘宗武编《孙犁作品评论续编》,第133页。

方式。孙犁就是这样一个作家。他在谈通讯员的政治修养时说过这样的话:"一个前途光明的通讯员,应该尽力把握这种方法与观点,把自己对于宇宙、社会、人生的观点,建筑于这种方法与观点之上。这种努力的结果,才能使你全面地看到各种现象,透视这种现象,你才能够真实地表现出它的基本内容及特点。"①这里所说的"这种方法与观点"是指"辩证唯物论",孙犁认为:"辩证唯物论是人类哲学上最宝贵辉煌的收获,是一切宇宙观中最正确最先进的一种。"②在这段话中,孙犁将宇宙、社会、人生三个层次与"自己"联系在一起,要求通讯员(实际也要求文艺家)将自己融入宇宙、社会、人生之中,只有这样才能"使你报告忠实,分析恰当,估计正确"③。孙犁在抗战时期的小说不但符合"报告忠实,分析恰当,估计正确"的标准,还超越了这个标准,将深厚浓郁的感情融入其中,使小说有了拟情效果。

一个不关心国家、民族,不关心他人生活的人,"一个不能把眼光离开自己的鞋子,只顾自己的早点的家伙,不能成为优秀的通讯员"④。那样的人不会产生复杂的情感,他们的情感常常是庸俗而平面化的,表现在作品中就会缺少厚度、深度和浓度。

二、拟情表达机制与文艺家立场

一个有宇宙感的文艺家,一个关心国家、民族,同情百姓的文艺家,他的感情为什么会复杂多元,这是一个辩证唯物主义的方法论问题。孙犁心中装着世界其他民族和国家,所以他介绍邢兰家乡鲜姜台时这样说:"这房子房基很高,那简直是在一个小山顶上。看四面,一带山峰,一湾河滩,白杨,枣林。下午,太阳慢慢地垂下去……"⑤孙犁在介绍小山村时并没有为它"贴金",只是客观介绍,有选择地介绍,在介绍时融入个人感情,有了感情,简单的介绍就有了诗意和美感。

人物塑造也一样,有没有将整个世界装在胸中也能看出来。孙犁小说中的农民,邢兰、水生、柳英华……则是另外一番景象,他们都抛家舍业参加游击队保家卫国,没人计较得失,柳英华的父亲和儿子被日本人用刺刀挑死,柳英华不许妻子哭,为什么?他知道哭没用,只能战斗。其他国家的读者从小说中了解到这样的中国农民会产生怎样的感情?一定是尊敬、佩服、

---

① 孙犁:《论通讯员及通讯写作诸问题》,载《孙犁文集5》,第23页。
② 孙犁:《论通讯员及通讯写作诸问题》,载《孙犁文集5》,第22页。
③ 孙犁:《论通讯员及通讯写作诸问题》,载《孙犁文集5》,第23页。
④ 孙犁:《论通讯员及通讯写作诸问题》,载《孙犁文集5》,第25页。
⑤ 孙犁:《邢兰》,载《孙犁文集1》,第14页。

感动。就像我们读《钢铁是怎样炼成的》《牛虻》等小说时，会佩服这样的人民，也佩服这样的民族。文艺作品一旦产生，传播的速度和范围难以估量，会遇到什么读者难以预测，所以，真正的文艺家必须如孙犁所说："在他生命里，应洋溢着正义感、对人类的热爱。"①

三、拟情表达机制与民族情结

文艺家也是普通人，也会面临对家乡、家人的思念。一个真正优秀的文艺家会处理好宇宙、国家、民族、家乡、家人等种种感情。也只有处理好这几种感情，文艺作品才会呈现出一种耐人寻味的意蕴，产生拟情审美效果。孙犁抗战小说的拟情审美特质正是建基于宇宙、国家、民族、家乡、家人等种种感情融合基础上的，是对多元、多层次感情的表达。战争的残酷血腥需要表达；人民生活的艰苦、贫困需要表达，但怎么表达？如实描摹残酷和苦难？那会加重人民的心理负担，让阅读小说的百姓感到压抑，甚至绝望。正因战争残酷，处于战争中的人民才需要鼓舞，需要一股战胜敌人、战胜困难的信念，但怎么表达这份鼓舞呢？

不能回避残酷的战争，不能回避贫穷和苦难，在这基础上还要带给民众信心、勇气、信念。这么复杂多维的表达需要文艺家具备复杂的思维运作机制，不能简单照搬生活，不然就会出现"报告者患着神经衰弱症，在血泊旁边惊叫、吓到，把自己的衰弱症传染给别人"②的问题，而这是有害的，这样的题材"用'素描'的手法作文章的总结，夜里是会做噩梦的"③。

为了不让读者做噩梦，文艺工作者需要对这样的题材进行多重转化处理，不能简单"素描"。既要反映现实，又要超越现实；既要写苦难，又不能只让人看到苦难……比如《山地回忆》。《山地回忆》中的妞儿和实际生活中遇到的农村妇女完全不是一回事，那位妇女故意找茬，开口骂人。这样的现实经历尽管真实，但不符合孙犁的表达目的，也不符合当时的时代精神，不能直接"再现"。孙犁便对其巧妙转换，将这一真实经历转换成读者喜闻乐见的《山地回忆》。他是如何转换的呢？就是提取元素：河边相遇，这一点如实保留，男女主人公在河边的对话如实保留，但对话内容适当修改，变成了女孩一边伶牙俐齿地嘲笑八路军战士，一边关心八路军战士，并邀请战士去她家洗脸。因为有现实基础，这个场景很逼真。元素一经提取，符合目的

① 孙犁：《论通讯员及通讯写作诸问题》，载《孙犁文集 5》，第 25 页。
② 孙犁：《报告文学的感情和意志》，载《孙犁文集 5》，第 295 页。
③ 孙犁：《报告文学的感情和意志》，载《孙犁文集 5》，第 297 页。

的留下,不符合的过滤掉或加工改造,这就做到了既真实又合目的。

一件真实却令人不愉快的经历转换成了《山地回忆》那样的经典作品。妞儿成为一个理想的农村女孩,其中蕴含着作者的诸多感情:对民族的爱、对家人的思念、对未来的期待、对抗战必胜的信念等。妞儿的勤劳、朴素、能干、机灵是真实的,妞儿给作者缝制布袜子的细节也符合当时根据地军民之间的真实感情;战士帮着妞儿的父亲贩卖红枣,为妞儿购买织布机有虚构的成分,但符合事理逻辑,妞儿的父亲参加国庆大典应该是作者加工改造的部分……这里包含作者对农民在抗战过程中给予八路军战士支持、帮助的一种感恩之情……

《山地回忆》以一件真实发生的事为基础,在其上进行了各种"加持",一件普通的生活小事,被作者"组织"成一篇宏大叙事,家国情、民族情、儿女情交错成篇,变成一篇感情丰富又复杂的拟情小说。

感情复杂,与隐含、曲折的表达手法互为表里,因为复杂的感情特别不容易用语言说清楚,只能暗示——使用"物表达"。"物表达"在中国传统文化中极其普遍。比如,《诗经》作为一种抒情艺术作品,经常使用这种表达方法,《葛覃》《卷耳》《樛木》《螽斯》中,葛覃、卷耳、樛木、螽斯都是物,这种物到底代表哪种感情,只有本民族的人心知肚明,但也不那么容易解释,具有复杂、模糊、不确定的特征,因而属于拟情表达机制。

四、拟情表达机制与文艺传统

中国绘画也有抒情特征,将情感表达得十分曲折委婉,很难一目了然。美国人高居翰研究周昉的《内人双陆图》时说:"这幅画描绘了各参与人在这种特殊景象内扮演的各种身份之外,什么也没告诉我们。比较起来,更像是画中人物在某个生活片刻里所表现的特质的提炼。除此以外,没有其他言外之意。画就是画面上我们看到的;没有寓言,也没有附加于其上,与题旨无关的东西——例如幽默、戏剧性、激情、感伤——这些在西洋人像画中是十分常见的。"[1]外国人看中国画,看不明白画中的情和意。一个特别讲究诗情画意的民族,怎么可能不将感情融入作品呢?但作者使用物表达、色形表达、数字表达时,非本民族的读者就读不懂了。我们自己看中国画时,也同样需要认真思考,不能一目了然地发现画家的感情到底是什么,如苏轼的《枯木怪石图》,你能看出它的怪异、不正常——石头不是石头,枯木也不全是枯木,似有言外之意,但到底是什么,很费思量。不过,只要略加思考,其情感也就洋溢出来了。这就是中国艺术——需要读者思考的艺术。

---

① 〔美〕高居翰:《图说中国绘画史》,李渝译,生活·读书·新知三联书店,2014年,第14页。

中国的诗、画是抒情艺术，很多中国小说也以抒情为主，比如《周秦行纪》就是在表达对当时宰相牛僧孺的不满；《聊斋志异》中的《阿宝》表达了对不遵守朋友道义的读书人的不满；《金瓶梅》被认为是"大哭地"；《红楼梦》也有曹雪芹的辛酸泪。孙犁的抗战小说继承了中国文艺的传统精髓，将情感表达得既荡气回肠又含蓄内敛，让读者深刻体验到了，却说不准到底是什么，只能凭自己的理解和个人偏好做出判断：或伤感、或思乡、或豪迈、或崇高。这也是中国拟情表达机制的价值和意义所在——既体现作者的主体性，又保留读者的主体性，作者和读者通过艺术达到"游"的状态——在艺术中自由徜徉，不受作者的干预，这一点非常值得肯定。

第二节　孙犁抗战小说的拟情特征

表达机制是文艺作品审美价值的重要来源。文艺作品的表达机制与文艺家从现实中选取的元素种类和数量有关。当文艺家从作品中选择少量元素，无论使用怎样的加工手段，组织元素的过程都不会复杂，作品的信息量和思想含量不会很多，审美价值也就不会很高。

当文艺家从现实中选取多种数量元素，组织元素的过程势必费尽心机，这样，元素本身携带信息，元素与元素的组合构成意蕴，大量元素呈现出多重组合关系，作品的信息量、思想含量会成倍增长，其审美价值会随之增长。

文艺家选择元素的数量与他的胸怀、境界、思维方式均有关系，文艺作品的审美价值也就与文艺家的胸怀、境界、思维方式关系密切。如此，考察文艺作品审美价值的方式变得特别重要。只考察文艺作品的一个维度就断定其审美价值的方法是不可取的。

一、复杂的情感类型

我们用表达机制批评法，考察孙犁的抗战小说，发现其元素众多，感情复杂。黄秋耘在《介绍〈荷花淀〉》一文中提了如下几种情感："对人民的热爱""对生活的深情和激情""一种亲如骨肉的战斗感情""一种长期在同甘苦、共患难的环境中培养起来的阶级感情""儿女情（夫妻情）""强烈的爱国主义感情"，这些感情类型交叉、夹杂在一起，形成"一曲情意醋畅的田园交响乐"。[①]　子午在《〈荷花淀〉的艺术特色》一文中着重分析了水生夫妇之间的感情，提了"惦念""别离""思念"等感情类型，但子午同时提及"夫妻别

---

①　黄秋耘：《介绍〈荷花淀〉》，载《孙犁作品评论集》，第 7-9 页。

离,敌我遭遇,打扫战场……三个片段的感情色调是完全不一样的"①,也就是说,子午更多关照了《荷花淀》关于水生夫妇的关系描写,即便如此,他也发现了三种完全不一样的感情色调。吴子敏在分析《嘱咐》时,提了如下情感类型:"亲情""忧伤""焦愁""欢愉"等,同时也提道:"他用巧妙的笔,既诉说了这些人物过去所受的磨难,又不让他们现在再为之忧伤","水生妻子多年的艰苦,是选择在团聚的欢愉气氛中写的"②,也就是说,作者善于将多种情感一起处理,相互掺杂,形成某种和声。凌焕新在《嘱咐》时提道:"夫妻相会的激情""妻子送夫回队的深情""怀乡之情""一股战斗的激情"等。吴子敏也发现,孙犁表达感情的方式是"怀乡之情与战斗激情是交织在一起的"③;张玉国谈《碑》时说:"忧痛、愤恨、悲慨的情绪在三位具有不同性格却都把人民战士视为亲人的一家人的内心流动……深厚的情感融入了忧愤悲慨的元素,使沉郁与忧愤结伴而行"④;崔志远在谈孙犁小说时说:"他的'情',并非像有些人一样,'咀嚼着身边小小的悲欢,把这小悲欢当作全世界';而是同人民的感情、民族的命运紧紧连在一起。"⑤

　　面对如此复杂的情感,孙犁小说的表达手法也必须复杂多元,否则就无法形成一个统一整体,无法"调和"成一个完整的艺术品。崔志远总结:

　　　　孙犁在文学作品审美结构的各层面上巧妙地处理了四组矛盾,然后进入哲学意味层。这四组矛盾的各层面又纵向联为两链:时代风云、写实、合理、历史折光为客体链;风俗人情、写意、合情、诗意表现为主体链。客体链以时代风云为基石,主体链以风俗人情为基石;两基石沿着自己的链条轨道步步深化,交融而出作品的哲学意味。据此,乡土文学作品可简释为时代风云、风俗人情和哲学意味的三角结构。形成这种稳固的金三角的作品,方为乡土文学的上乘。⑥

　　张莉则认为孙犁"将抒情传统中的情与志、情与辞进行了创造性转化。……达到了简单、质朴、美好等美学特征的极致统一"⑦。

---

①　子午:《〈荷花淀〉的艺术特色》,载《孙犁作品评论集》,第 12 页。
②　吴子敏:《白洋淀上抒情曲——孙犁的〈嘱咐〉》,载《孙犁作品评论集》,第 20 页。
③　吴子敏:《白洋淀上抒情曲——孙犁的〈嘱咐〉》,载《孙犁作品评论集》,第 28 页。
④　张玉国:《试谈孙犁小说〈碑〉的艺术风格》,《电影文学》2008 年第 7 期。
⑤　崔志远:《孙犁小说"荷花淀风韵"的审美结构特征》,《保定学院学报》2013 年第 3 期。
⑥　崔志远:《孙犁小说"荷花淀风韵"的审美结构特征》,《保定学院学报》2013 年第 3 期。
⑦　张莉:《孙犁、铁凝的文学传承与当代文学的发展》,《中国现代文学研究丛刊》2018 年第 11 期。

二、多重的情感层次

个人身世、家国情怀与战争一并思考。孙犁有一种生态文学观——将国家、民族、人民一并思考，使小说的基底具有一种相互关联的生态特征，牵一动万。他说："天才主要是有根，而根必植在土壤之中。对文学艺术来说，这种土壤，就是生活，与人民有关的，与国家民族有关的生活。"①将自己的身世和家国情怀一并思考，使孙犁小说的滋味格外浓厚甘醇，读者也就很难一言以蔽之地对其进行概括了。在《生辰自述》中他这样概括自己的性格和一生经历："常患失业，每叹途穷""同情苦弱，心忿不平""天地至大，历史悠长，中华典籍，丰美优良"，"战争年代，侧身行伍……屡遇危险，幸未死亡"。② 感情何等复杂？民族感情、家国感情、对他人的同情、自我身世的感叹，一言难尽。这是孙犁小说多重情感的来源。

爱国与爱家一并思考。少年孙犁就曾为家国情进行过思考，小说《孝吗？》中，17岁的孙犁面临的问题是："离开慈母去到战场，太不孝了！倘若不去指导一切，革命实在没有成功的希望了！两不相容的思想，在他的脑海里旋转。他只能呜呜咽咽地哭罢了。"主人公秋影不知道怎么解决这种冲突，孙犁当时也不清楚怎么处理，就采取了简单粗暴的方法——秋影的母亲去世了，秋影把母亲的死视为"倭奴的罪恶"，这样，秋影就可以按时"拿起手枪走到战场"。细分析孙犁的这种解决之道，虽说简单，但已经包含"重民族大义"的倾向。同年完成的独幕剧《顿足》也涉及两种以上的复杂情感：亲情和民族感情。这表达了孙犁少年时期的家国之思，"初学为文，意在人生，语言抒发，少年真情"③。

孙犁抗战小说中《丈夫》《荷花淀》《走出以后》《琴和箫》《杀楼》都涉及爱国与爱家的情感，但主人公毅然决然选择离家抗日。

情感中有理性。文学虽然是感性的，但它是理性思考的结果。抗日战争时期的作者如果忠实记录那些屈辱、灾难、流血和死亡，"事件在那里摊出血来给人民看，人民失去了父母、爱人或是孩子……"④虽然"印象是悲惨的，但文章是无力的"⑤。孙犁认为正确的做法应该是"经常准备自己丰盛的感情，养成善感的正义气质"⑥，"感情被理智控制着"⑦。在孙犁看来，文

---

① 孙犁：《谈才》，载《孙犁文集7》，第144页。
② 孙犁：《生辰自述》，载《孙犁文集7》，第6页。
③ 孙犁：《生辰自述》，载《孙犁文集7》，第6页。
④ 孙犁：《报告文学的感情和意志》，载《孙犁文集5》，第294页。
⑤ 孙犁：《报告文学的感情和意志》，载《孙犁文集5》，第295页。
⑥ 孙犁：《报告文学的感情和意志》，载《孙犁文集5》，第295页。
⑦ 孙犁：《报告文学的感情和意志》，载《孙犁文集5》，第295页。

艺家的感情非常重要,它是"文学的灵魂"①,但感情"不是歇斯底里",是"生根于真理的认识"②。孙犁的小说感情丰富,同时具有一种理性光芒,成为以感性元素表达理性思考的典范之作。

三、面向未来的崇高之情

与中国传统拟情表达机制的文艺作品相比,孙犁小说的拟情特征表现如下:

其一,孙犁抗战小说中的拟情更崇高、博大,也更具普遍性。中国《诗经》中的拟情从个体情感入手的较多,比如《北山》《采薇》等,从个体的怨情入手,虽也有更高层面的感情,但基调以个人的怨为主。但孙犁小说中的拟情是将对国家民族的爱、人民的爱、对未来的期待交融,给人一种崇高感、博大感。

其二,孙犁抗战小说中的拟情更具现代性。中国古典文学作品中的情虽有爱情、亲情的表达,但多愁苦、悲辛,而孙犁抗战小说中的情感更明亮、阳光、乐观。这样的情感是一种民族自信的表现,也是高瞻远瞩之后的一种现代情感——包含理性思考在内的一种情感,比如《邢兰》,主人公那么穷,那么矮小,身体也不健康,但他却有干劲,会在闲暇之余吹口琴,这种细节处理,表达了中国农民对抗战必胜的信心,也展示了中华民族的乐观性格,新的民族性格与旧的民族性格区别开来,有了明显进步。

其三,孙犁抗战小说的拟情,是一种面对未来、面向世界的情感。中国古典文学作品中的拟情总给人一种面向过去,或面向当下的怨情,而孙犁抗战小说中的情感则是对未来的抒情,是马克思所说的那种"不能从过去,而只能从未来汲取自己的诗情"③的类型。孙犁抗战小说中的农民都生活在极其困苦的环境中,《邢兰》《老胡的事》《红棉袄》《采蒲台》《蒿儿梁》《战地回忆》等均如此,但小说中的每一个人物,无论男人、女人,都没有那种幽怨、苦情,他们没有怨天尤人,也不羡慕别人的穿着和吃食——邢兰虽然很穷,但每次八路军战士邀请他一起吃饭的时候,他都躲开了;《老胡的事》中,铁匠一家劳作十分辛苦,但小梅和她的母亲却那么开心,小梅不仅辛苦劳作,还将树叶当宝贝捡回家去腌渍酸菜。《山地回忆》中的妞儿一家生活在山区,棉布稀缺,但妞儿还是给八路军战士缝制了一双布袜子。现实生活中的

---

① 孙犁:《报告文学的感情和意志》,载《孙犁文集 5》,第 295 页。
② 孙犁:《报告文学的感情和意志》,载《孙犁文集 5》,第 295 页。
③ 〔德〕马克思:《路易·波拿巴的雾月十八日》,载《马克思恩格斯文集 2 1848—1859 年》,中共中央马克思恩格斯列宁斯大林著作编译局编译,第 473 页。

农民不一定是这样的,但这不重要,重要的是他们有可能是这样的,也应该是这样的,只有当他们是这样一群人时,抗日战争才可能取得胜利。如果都像《懒马》中的马兰、《瓜》中的歪嘴媳妇那样,抗日战争如何胜利? 孙犁抗战小说中的那种复杂却乐观崇高的感情,是一个文学家慎重思考的结果,也是推理的结果——他不能总是写《懒马》《瓜》中的歪嘴、《光荣》中的小五、《丈夫》中的堂姐和堂姐夫,若如是,抗日战争的胜利就不可思议了。一个民族如果没有像吴召儿、红棉袄、邢兰那样的人民,这个民族如何能立足世界? 一个在世界上存在了几千年的民族,其人民必然应该是邢兰、吴召儿、小梅、二梅那样的——多苦都不怕,多穷都可以奉献自己的所有,多贫、多弱都能战斗,只有这样的民族才是不屈不挠的,才可以在世界列强一次一次挥舞屠刀的时候,在日寇"烧光、杀光、抢光"的时候活下去,并最终将敌人赶出中国。

孙犁抗战小说的拟情,是多种类型的感情、多重层次的感情与面向未来的崇高感情融合的感情,是被理性掌控的有节制的感情。

第三节　孙犁抗战小说的拟情表达手段

拟情不是感情模糊,而是一种特殊表达机制造成的审美效果。中国的抒情作品多有拟情特征,这与中国的文字有很大关系。汉字是一种音、形、意三位一体的文字,一字多音、多义的现象很普遍:乐、易、道、礼等都有很多层意思;这种文字背后的思维方式也是复杂的。如会出现"言不尽意"的情况,只能"立象以尽意""设卦以尽情伪"①。象和卦都是对文字的补充,是"超语言"表达方式。而所谓"超语言"表达方式就是拟象表达机制。比如,《易经》中的卦画,就是超语言的表达方式,阅读《易经》中的卦画,会产生各种观点、各种读解模式,这就是"超语言"的拟象表达机制的独特效果。当文艺作品使用"超语言"表达方式又以抒情为目的时,产生的是拟情表达机制。所以拟情表达机制与中国汉字的多音、多义特征和中国哲学对"超语言"表达方式的肯定均有关系。孙犁的抗战小说表达的是一种复杂情感,一种由家国情、民族情、思乡情综合在一起的情感状态。这种复杂情感需要的表达方式也是复杂的。中国古代表达复杂情感时"立象以尽意",所以,《聊斋志异》《西游记》《封神演义》"要弄些神话、狐鬼进行","为的是要使那故事动

---

① 金景芳、吕绍刚:《周易全解》,第566页。

人、动听"①。孙犁面对的是抗日战争时期的、全新的、现代的、进步的生活，即便是"立象以尽意"，也不能再使用"神话、狐鬼"，因而他说："现在流行在我们连队里的故事，或者是流行在民间的故事，已经没有那些荒诞的成分了"，"我们现在的故事，没有这些别扭了，因为战士同志们，用力量扫除了种种别扭事，在晋察冀边区开创了新生活"②，"人民爱这新生活，战士流过血汗，人民纪念这血汗，要编出这血汗的故事，这就是新故事，人民爱这新故事"，"这些新故事，不用加什么'荒诞'的花样，本身就是美丽的故事，有着大价值"③。所以孙犁抗战小说采取了新的方法讲述新的故事。

一、将"小故事""拼凑"起来

将"小故事""拼凑"起来，是孙犁总结的一种表达复杂感情的方式。这种方式也就是前面提到过的"元素提取法"。使用元素提取法，就是讲"小故事"。因而，孙犁小说中的小故事很多，一篇小说有很多"小故事"，比如《老胡的事》就是由众多"小故事"拼凑起来的——铁匠家的故事、老胡的故事、老胡妹妹的故事等。不同的小故事代表不同的经历、空间、环境、背景，将不同"小故事""拼凑"在一起，一篇小说就不单纯了，变成了丰富的音部。不同的人看到不同的小故事，得到的就是不同的印象，如此，一篇小说的阅读效果就产生了因读者而不同的"拟象"效果。如果是抒情，每一个故事都携带着不同的感情色彩，不同读者获得的也就是不同的感情体验，小说也就具有了"拟情"特征。

孙犁抗战小说的背景是复杂的。抗日战争时期，中国被划分为敌占区、国统区、抗日根据地、孤岛等几个完全不同的政治区域，小说若想客观反映当时中国社会的情况，需照顾各区域的基本情况，那就需要从不同区域里提取元素，对元素进行加工改造，然后组织为一个有机整体。这就是孙犁所说的"小故事""拼凑"法，也是元素提取法，各元素有机结合的状态就属于拟象表达机制。这种方法中的元素来自不同区域，组织元素的方法是复杂的，形成的意义单元是不透明的，这就需要读者不断"揣度"，如《老胡的事》就是由不同区域里的小故事组织在一起形成的有机整体，国统区的紧张气氛与抗日根据地内军民一家的和谐气氛都在其中。但作者似乎意不在故事，而在抒情，通过老胡表达各种感情：对小梅一家的尊敬、对妹妹的思念、对

---

① 孙犁：《连队通讯写作课本》，载《孙犁文集5》，第287页。
② 孙犁：《连队通讯写作课本》，载《孙犁文集5》，第287页。
③ 孙犁：《连队通讯写作课本》，载《孙犁文集5》，第287页。

未来的期待和向往、对抗战的热情等。小说中的牺牲情节,通过妹妹的故事代入,并一笔带过,未过多铺排,但细心的读者还是能感觉到敌占区和国统区的危险气氛,这样,《老胡的事》就具有了多重情感。基调是乐观、明亮的,但在乐观、明亮的背后,充满深刻的悲悯。妹妹战友的牺牲与作品基调形成对比,留给人极其深刻的印象,使人难以忘怀,读者看到老胡的妹妹会联想到牺牲的战友,看到小梅又会想到老胡的妹妹。如此,妹妹、小梅、妹妹的战友彼此呼应,却分别携带不同的感情色彩。小梅作为农民,是勤劳、乐观的,妹妹作为八路军战士和小梅一样大,英勇,不畏牺牲,妹妹的战友也是女性,已英勇就义。三个女性、三种生活状况、三种精神品质,组合在一起就成为中华民族的精神代表。这就是"小故事""拼凑"而成的艺术效果。

二、"多色叠加"的抒情方法

多色叠加的方法是我们从要力勇拟象油画中提炼出来的,由于色彩具有唤情性,每一种色彩象征一种感情,当感情复杂时,艺术家使用多色叠加的方法,让各种感情交织,给人一种既复杂又舒适的视觉张力,如要力勇的拟象油画《坤》。

《坤》是一幅关于女性的礼赞图,以暖色为主,多种红色和多种黄色叠加,产生一种融合感,你中有我,我中有你,有层次感,有渗透和包容感。但若只有暖色,画面就缺少了厚重感,因而,作者增加了冷色调,与暖色形成对比,暖更暖了,冷也不太冷,画面的意蕴就变得饱满、丰富。加上黑色线条给人的婀娜感,这幅《坤》就难以用一句话概括了。婀娜、优雅、温暖、大气、包容、和谐……用这样的画才能表达对女性的礼赞。因为女性的美是多层次的美。《老胡的事》中的女性,小梅、妹妹、妹妹的战友组合在一起达到的效果也是《坤》中的多层次效果:坚强、勇敢、不畏牺牲、吃苦耐劳、乐观、机智聪明等。

也就是说,孙犁小说也存在多色叠加的抒情方法。除了在一篇小说中使用多色叠加的方法表达感情外,也经常在不同的小说中通过增加某种色彩的方式,使小说与小说之间的情感略有区别,使整个抗战小说形成一种整体的多色叠加效果。一篇小说中突出某种色调,下一篇小说在前一篇基础上增加另外一种色调,而不是彻底改变色调,这样就形成了一种既有变化和发展,又延续前一阶段情感基调的艺术效果,使不同短篇成为某种结构里的构件,构件性质的短篇组合在一起形成整体,变成了"我们的史诗"。

孙犁写于 1939 年至 1942 年的小说是暗色调的,给人以紧张焦虑感。但也并非浓黑,而是红黑色调的,《一天的工作》和《邢兰》激情饱满,具有红、黄等暖色调的感觉,但其中反映出的穷困和紧张又将红、黄两种本该明亮而温暖的色彩冲淡了,并且是用黑色冲淡的,一种焦虑感藏匿其中。为了更好理解文学中色彩叠加的艺术效果,可参照要力勇的拟象油画《忙》。《忙》中的蓝色像河流,有清新舒适感,红色和黄色组成各种人物,有女人、儿童和成年男人,大家似乎都在忙碌。如果没有黑色,这幅画会很热闹,甚至很飘,很扎眼,有了黑色之后,画面一下子变重了,忙碌的人们似乎被追赶着,这就与孙犁小说《一天的工作》的气氛契合了。

孙犁写于 1943 年至 1945 年的抗日小说,色彩一下子明亮起来,仿佛连日阴雨突然放晴,明亮、通透、欢快。这个阶段的小说在话语层依然保持叙述、演示有节奏的交替,但故事层面发生了明显变化。小说内容复杂起来,色彩虽然变浅,带有亮色,但底色却是沉郁的暗红、暗黄等色调,在暗红、暗黄等色调的基础上,产生了黑色块和白色块。黑色块代表汉奸、鬼子,白色块则是百姓的机智、灵活、善良等品质的彰显。如果细分,每一篇的色调又有变化,《黄敏儿》加入翠绿色,因为黄敏儿作为少年,表现出机智、勇敢的特征,将一种希望带入小说;《第一个洞》加入玫红色,因为杨开泰和妻子的关系给人一种浪漫的感觉,温暖又很接地气;《芦花荡》中的老头子一个人对付了一群鬼子,这更像是在黑色的群山上飘扬的红色旗帜,在翠蓝的天空有朵朵白云,但整个大地依然处于冬季,隆冬紧缩,春意却憋不住地要冲破大地坚硬的泥土。总之,每一篇小说都在原来的基色上增加一种或两种新色,给人不一样的感觉。为了更好理解小说通过加入一抹亮色增加希望、信念所达到的艺术效果,可参照要力勇的拟象油画《行者》。

《行者》与《忙》的风格一致,但某些色彩浓郁了,如绿色。如果将绿色视为生命的颜色,这就是一种意蕴,意味着春天已经来临,大地早已复苏。虽然黑色代表的力量纵横交错,可绿色在黑色的覆盖下生机勃勃,正突破重重关卡释放自己。这便与抗战时期的气氛吻合了。绘画将孙犁小说处理元素的手法形象化地展示出来,为解读孙犁小说提供了参考。

三、多重转化的抒情策略

中国拟情表达机制很少直接抒情,多委婉表达。在诗歌里通过意象委婉表达,在小说中通过叙事的多重转换委婉表达。

孙犁的小说之所以需要多重转换,是因为现实和理想之间的巨大差距。《老胡的事》包含对牺牲的妹妹的战友的悲悼,对小梅一家贫穷、饥饿的同情、悲悯,对妹妹幼小年纪参与抗战的担忧。但小说却将这样复杂而伤痛的感情用浪漫手法加以表达。八路军战士老胡采了一束野花插在手榴弹壳里,为此与铁匠家里的两个女人有了一场美学的争论。把现实的不堪转换成一个关于美学的讨论:野花有用还是没用。把妹妹携带的关于牺牲、战争的信息转换为老胡对小梅的一番说教。如此表达感情,理解起来也就不那么容易了,感情被理性所节制,哀而不伤。

《走出以后》所反映的现实一定是落后、复杂的,王振中的婆家不那么容易对付,王振中的日子一定不好过。但在小说中,我们看到的却是一堆妇女叽叽喳喳,对八路军战士评头论足。乡村妇女会发生怎样不堪的细节通通不予叙述,留给读者自己填补。不过,仅凭王振中婆婆与我的几次对话,就可想见此人的虚伪、狡诈,也可想见王振中与这家人之间难以理断的关系。

《芦苇》的叙事似乎挺轻松,分析发现"我"的处境很狼狈,且危机重重:被敌人的飞机轰炸,从树林逃到坟地,敌人又过来搜索。这场灾难如何躲得过呢? 故事中的姑嫂在那样的环境里如何可能安全? 但现实的紧张和不堪转换成姑嫂斗嘴、姑娘对"我"调侃等场景,让人觉得十分暧昧。但读者还是从这暧昧的气氛里感到紧张和不安。如此,紧张、不安和暧昧混杂在一起,给人的感觉是忧而不惧。

这种多重转换的节制性叙述,不但未减少意义,反而增加了意味,提升了小说的审美价值。

四、建构叙事模型的深度抒情手段

孙犁的抗日小说,探求和选择叙述模式经历了三个阶段:第一阶段是"虚围困实突围";第二阶段是"实围困虚突围";第三阶段为"实围困实突围"。找到"实围困实突围"这一叙述模式之后,孙犁的抗日小说进入成熟阶段,将这一叙述模式不断翻新,形成了独特的叙述风格,达到了形式与内容的高度统一。

第一阶段是"虚围困实突围"。孙犁在第一篇抗日小说《一天的工作》中,将故事背景设置为"民族围困"。由于"围困"焦虑早已深入中国知识分子的意识深处,在小说中也就变成了叙事背景,成了"缺席"的存在。而长时间的突围期待,导致了《一天的工作》中对"群体突围"细节的张扬。过度张扬的"群体突围"使小说叙述有点虚张声势:场面宏大,但情节浮夸。小说中的"被叙"是各村青年自卫队,他们响应号召,积极参与"抗日"工作。三个少年作为主要叙述对象,暗含"崛起"之意。小说关于"围困"的叙述,通过人物对话"镶嵌"进去,构成了虚围困和实突围之间的张力。之后的《邢兰》《战士》仍保持"虚围困实突围"的叙事模式。在《邢兰》与《战士》中,"围困"逐渐"显"出来。《邢兰》中的"围困"通过邢兰深夜摸敌情和部队转移得到"落实",《战士》中的围困通过战士受伤残疾、战士指挥伏击战等细节得到补充。这三篇小说表达的是当时人们的普遍焦虑。

第二个阶段是"实围困虚突围"。《芦苇》是"实围困虚突围"的典型文本。《芦苇》讲的就是敌人的各种围困：敌机不断轰炸，炸翻了梨树林，敌人到处叫嚣，而"我"和两个女人就藏在坟地的芦苇丛中，气氛相当紧张。这一紧张的围困局势既是现实的写照，也是孙犁小说探求"围困—突围"精神结构的必然过程。之所以说这是一个探求过程，乃因孙犁在这篇小说中依然没有找到表述"围困—突围"主题的最好叙事模式。《芦苇》弥补了前三篇小说中缺席的围困，将围困局势进一步坐实，但将突围虚化了。小说中的突围依然虚张声势。当敌人的围困越来越紧急，甚至威胁到隐藏在坟地里的两名妇女时，"被叙"的战士说要出去和"他们"拼了，要保护两个妇女，却一直没有实际行动，直到天黑下来，敌人走远为止。临走前和那位十八岁的姑娘换了件衣裳，把自己的西式衬衣换成了姑娘的中式土布大褂。实际上表达了战士需要妇女来掩护这一处境。

第三阶段是"实围困实突围"。《芦苇》之后，"围困"与"突围"得到落实，孙犁的抗战小说也找到了清晰表达主题的叙事模式。《黄敏儿》是比较典型的"围困—突围"结构。《黄敏儿》中，汉奸带着侵略者包围了豹子营，村民被赶到操场，侵略者和汉奸将村民包围起来，百般羞辱。尤其是黄敏儿，一会儿让他下河游泳，一会儿要活埋他，一会儿又带回去关进笼子，之后又审讯他，读者替黄敏儿感到紧张。"围困"不但具体，而且步步紧逼，给人越来越重的压迫感。但小说却峰回路转，黄敏儿成功突围，连收养黄敏儿的老师夫妻也安全突围，没有出现死亡和流血，但也没有回避"苦难"，只是采取了"略叙"手段，将苦难和伤痛"藏"在字里行间。如敌人对百姓百般侮辱，将一中年妇女推到河里，但小说点到为止，不交代结果。这是孙犁叙事的节制。

之后的抗战小说，孙犁基本采取"围困与突围"模式展开叙事。叙事简朴、节约、创新，主题却根据形势需要不断变换，但情绪始终是正面、积极的。

第四节　孙犁抗战小说的空间元素与家国情怀

王一川在《中国形象诗学》中说："艺术不是单纯靠思想，而是靠艺术形象来说话的。在艺术中，如果离开了艺术形象，再伟大的思想也是没有生命力的。伟大的思想只有当它是在艺术形象中、并由艺术形象创造出来的时候，才具有艺术的力量。由此可以说，艺术的力量在于形象的力量。而作为一门艺术,文学的力量来自于它的特殊的语言组织,这种组织能够创造出富有特殊感染效果的形象系统"①。优秀的文艺作品没有成熟的思想不行,没有成熟的形象系统也不行。一个文艺家之所以伟大,是因为他不仅具有成熟的思想和理论体系,还创造了一个表达思想和理论体系的形象系统。孙犁的抗战小说就有表达家国情怀的"形象系统",通过这一"形象系统",他将自己的家国情怀植入其中,使小说在一种家长里短的小叙事中完成宏大主题的表达。这一形象系统包括村庄、山、水、地洞等一系列空间意象。这些空间意象是小说人物生活的家园,给人一种特别亲切的味道,也给人一种不可侵犯的尊严感,人与空间之间的和谐关系还表达了一种反战思想,形成一种多意聚合的拟象空间——既是空间,又不只是空间,还是复杂的意义载体。

一、村庄

孙犁的抗战小说中有很多村庄:口头村、大高石、鲜姜台、石桥村、南郝村、青龙桥、豹子营、五柳庄、小苇庄、闫家集、赵庄、林村、端村、蒿儿梁、采蒲台、三将台……"村庄"在孙犁的抗战小说中就像一个"丛林",掩映、护佑、养育着生活其中的村民,村民和村庄的关系就像鱼与水的关系。比如《杀楼》《村落战》中的五柳庄和柳英华率领的八路军战士。战士出生在这个村庄,返回村庄是为了反击侵略者。村民和八路军战士的合作、人与村庄的合作天然和谐,八路军战士一会儿上房顶,一会儿钻地道,一会儿村东,一会村南,人在村庄里的行动,就像老虎、豹子在森林里的行动,自由而灵活。人和村庄、土地、房屋融合,人就是村庄的灵魂,村庄成为人的身体,天人合一,中国传统的空间思维特征显现出来——上、中、下自由穿梭。

蒿儿梁是一个很小的村庄,穷、偏僻,交通不便,但那里的村民熟悉、热爱自己的村庄,为了坚守在这里的八路军战士,他们组织起来:"青年人要去放哨,坐探,小孩子要去送信砍柴,妇女们拆洗伤员的药布衣服,分班做饭。全村每个人都分担了一点儿责任,快乐并且觉得光荣。"当敌人扫荡搜捕八路军伤员时,"由蒿儿梁老少妇女组成的担架队,抬来了五个伤员。……她们把伤员抬到了杉树林的深处,安置在地窖里。她们还抬来了主任从川里弄来的粮食和菜蔬,妇女们也都带了干粮来"。没有战斗,却表现了战斗。一群妇女、儿童手无寸铁,却能保护伤员,靠的是什么? 就是空间的庇护。

① 王一川:《中国形象诗学——1985 至 1995 年文学新潮阐释》,上海三联书店,1998 年,第 1 页。

空间此时成为人的信仰。看到这样的小说,总觉得那些入侵他人家园的人,既可笑,又可悲,更可耻。孙犁的抗战小说几乎篇篇以村庄为依托,有的虽然只写一家一户,但仍能感到一家一户背后的巨大力量。比如《邢兰》《红棉袄》《丈夫》《琴和箫》《老胡的事》《第一个洞》《山里的春天》《山地回忆》等。

二、山和水

山在中国传统艺术中具有隐逸性质,是隐士、道士、禅宗之士修身养性的场所。孔子有"知者乐水,仁者乐山。知者动,仁者静。知者乐,仁者寿"①的思想,将山水与人的价值追求、生存状态联系在一起,可见山水在中国传统文化中的作用。中国文人对待山水的态度是亲切的:可游、可居。他们通过创造可游可居之山水,表达自己的追求和向往。郭熙曾说:"丘园素养,所常处也;泉石啸傲,所常乐也;渔樵隐逸,所常适也;猿鹤飞鸣,所常观也;尘嚣缰锁,此人情所常厌也;烟霞仙圣,此人情所常愿而不得见也……此世之所以贵夫画山水之本意也。"②可见,山在中国文化中有极高的审美价值和哲学价值。

抗日战争期间,因日军入侵,中国被切分成"国统区、解放区、沦陷区和所谓孤岛等几个区域"③,山河破碎,家国不稳,传统的山水意象发生质变,不再作为高逸、隐仙、禅道之人的修身养性之所,山变成了中华民族表达顽强、英勇、智慧、不屈不挠精神品格的独特词语,有了新的内涵。孙犁的抗战小说中,山的意象具有鲜明的精神象征性,通过山,他将中华民族独有的精神品格蕴含于小说叙事当中,增强了小说的艺术魅力,使小说的叙事风格有了刚性。

孙犁的抗战小说中涉及山意象的有《一天的工作》《邢兰》《战士》《红棉袄》《老胡的事》《蒿儿梁》《吴昭儿》《山地回忆》《风云初记》等。韩国哲学家朴异汶说:艺术的功能不在于再现客观世界的表象,而在于"呈现'可能世界'。提出和揭示有别于已经存在的世界、已经思考且认识到的世界的其他世界……"④孙犁的抗战小说之所以给人一种既有浪漫主义特征又有现实主义特征的混合感觉,是因为他根据自己的表意需求,对现实进行了有选择的反映,善于选择现实元素,并对其进行独特加工,使其承载他的表达目的。山,就是孙犁抗战小说中承载其民族精神意蕴的现实元素。

---

① （宋）朱熹:《四书集注·论语》,第116页。
② （宋）郭熙:《林泉高致》,山东画报出版社,2010年,第9页。
③ 周晓风、凌孟华:《新世纪以来中国大陆抗战文学研究的回顾与思考》,《华中师范大学学报(人文社会科学版)》2015年第5期。
④ 〔韩〕朴异汶:《艺术哲学》,郑姬善译,北京大学出版社,2013年,第211页。

　　从《一天的工作》开始,经过《战士》《红棉袄》《老胡的事》《蒿儿梁》《吴召儿》《山地回忆》,"山"的语义不断扩大,并经历了屏障、战斗场所、食物补给、隐蔽伤员、战胜敌人、日常生活等几个阶段。当"山"作为屏障存在时,作者渲染的是一种气氛,一种全民抗战的气氛,这种气氛充满了民族自信,给人一种安全感和必胜信念;当"山"作为屏障存在时,活跃的是孩子们和老弱病残,他们一方面积极支持抗日,一方面又因势单力薄只能做些辅助性工作。到《邢兰》时,山不再是屏障,变成了需要翻越的障碍物,因为邢兰虽然瘦弱,但已是成年男人,翻山越岭彰显着邢兰的精神气质,与《一天的工作》不一样的精神气质——勇敢、不怕牺牲。只有抗战的激情是不够的,还得有勇敢行动,与敌人展开对抗。所以,《邢兰》中"山"的意象连接着八路军、中国农民和敌人,邢兰主动翻越三座大山,接近敌人,探查虚实,所表现出来的精神气质与《一天的工作》相比又增加了新的内涵。在《战士》中,"山"的意象再次发生变化,变成了战斗的场所,战士和农民一起在山上打了一个漂亮的伏击战,彰显了中国农民的勇气以及不但能战而且必胜的信念。《战士》与《邢兰》相比,在精神气质上又增加了新的内涵——不怕牺牲,机智英勇。在《红棉袄》《老胡的事》中,"山"的意象再次发生变化,变成了与人的生活密切相关的地方——家园。因为是家园,山虽然风大,给人带来严寒,但依然是可亲的,因为那里有可依赖的人民。这两篇中出现了年轻的女性形象,她们和山一起构成了一对互补关系,山的严酷和女性的温柔、美好成为现实生活的一种写照。此后"山"具有了家园性质,为战士供给膳食,军民关系得到表现。随着战争的深入,山的意象再次发生变化,变成了伤员的藏身之地。在《蒿儿梁》中,受伤的战士因为"山"的保护而得以幸存。在《吴召儿》中,山的意象再次丰满,为八路军提供藏身之地,为他们提供食物,也同时提供了战胜敌人的场所。吴召儿在山上的灵活奔跑,向敌人发出的攻击,显示了山作为家园的气质特征。人与山越来越相互依偎,山对人所具有的支持、保护、慰藉功能越发得到凸显。到《山地回忆》时,山变成了人民的家园。

　　孙犁关于山的叙事不仅完成了中华民族精神的重塑,也突出表现了中华民族的生态宇宙观——天人合一、物我一体。因为孙犁笔下的山没有狰狞的面目,虽高大、险峻,但可亲可敬,虽风高酷寒,但也为人提供避风港和避难所。比如,邢兰盖在山上的房子,虽然冷,但仍然接纳了"我";《吴召儿》中的大黑山虽然是"阜平最高最险的山峰",却给八路军战士提供了枣子、倭瓜和保护;《蒿儿梁》中的五台山"常年积雪不化,六月走过山顶,遇见风雹,行人也会冻死",但这样的山却掩护了受伤的战士们;《红棉袄》中的滚龙沟山高风大,又要下雨、下雪,顾林还生着病,然而,两个战士还是和山和解了,在山脚找到了避难的人家……关于山的意象,实际是关于人的精神的叙事,是一种隐喻机制。

山水在中国文化中具有特别重要的意义,因为中国文化讲究阴阳互补、和谐圆融。山象征着实、稳、坚、不变,水则象征着变动、阴柔,有山有水才得中国文化之精髓。孙犁的抗战小说中有山意象,也有水意象。涉及水意象的有《黄敏儿》《荷花淀》《芦花荡》《碑》《新安游记》《光荣》《浇园》《采蒲台》《山地回忆》《风云初记》等。

孙犁笔下的水各具性格,有水池、淀、荡、河、井等。与"山"意象比,"水"意象比较复杂,它既能淹死人,也能掩护人。在《黄敏儿》中,水淹死人的细节是隐性的;在《碑》中,水淹死人的细节是显性的,悲壮的;在《荷花淀》中,水掩护了游击队员,帮助那些妇女摆脱了日军的追击,帮助游击队员消灭了敌人;在《芦花荡》中,那位老船工在水上熟练驾驭着小船,躲避敌人的监视,成功护送八路军战士出入芦花荡;在《新安游记》中,"四面被水包围"的新安并没有让其中的人获得安全感,日军入侵时被宪兵队征用,但住在里面的汉奸也没躲过"锄奸团"的惩治;"采蒲台是白洋淀中央的一个小村庄",由于敌人的封锁和破坏,百姓的生活极端困苦,每年饿死很多人,但在共产党的领导下,渔民们"袭击了敌人,夺回了一大船粮食,分散给采蒲台的人们吃"。对于渔民来讲,水是他们的衣食父母,他们驾驭小船在水上灵活出入,但敌人也可以对水域实施封锁。不过,只要渔民组织起来,敌人也难达到目的。这就是"水"不同于"山"的一面:复杂多变。

三、地洞

孙犁的抗战小说中还有一个发挥重要叙事功能的空间意象,那就是地洞。《邢兰》《丈夫》《第一个洞》《村落战》《钟》《"藏"》《小胜儿》中都有地洞意象。地洞意象显示了中国农民的生存智慧。

抗战初期,日军空前疯狂、野蛮,他们占据了冀中大部分村庄之后,手无寸铁的百姓成了待宰羔羊,百姓的焦虑可想而知。《芦苇》中,两个妇女无处躲藏;《风云初记》里,老百姓慌慌张张把女儿嫁出去,就是因为听到了日军所到之处糟蹋妇女的消息。随着抗战的深入,日军更加疯狂和残忍,他们将炮楼修在各个地方,仅在"安新、容城、赵北口、留通四大据点之间"就修建了"三十多个炮楼"[1]。敌人的炮楼"就像一个阔气的和尚坟"[2],安插在中国

---

① 董耀奎:《保定抗战史话》,新华出版社,2015 年,第 498 页。
② 孙犁:《游击区生活一星期》,载《孙犁文集 3》,第 28 页。

百姓行走的各个交通要道。人们在自己的国家行走,时刻都有牺牲"在一个炮楼附近"的可能。手无寸铁的中国百姓,暴露在敌人的炮楼下,便意味着被侮辱、被杀害的命运。《黄敏儿》中,"敌人把全村里的男女老幼全圈到街中央那个大池子边上去",对百姓百般羞辱。他们先是让老婆子们站出来,给日本鬼子"跳秧歌舞","老婆子们不站出来,也不跳","一个鬼子骂着,拉出身边的一个中年妇女推到水池里去",之后,又叫"青年妇女全体下水",《杀楼》中,五柳庄村民曾被鬼子集中到祠堂门前的广场上,"刀砍柳英华年老的父亲,枪挑死他七岁的孩子,推进那广场旁边的死水坑里";《钟》里,村子被敌人包围,慧秀和村民们被敌人从家里赶出来,集中到"大街中间那个广场"羞辱、恐吓;《"藏"》中的浅花和老百姓被敌人包围后,被驱赶到街上,敌人"要人们直直地跪起来,把能找到的东西放在人们的手里,把一张铁犁放在一个老头手里,把一块门扇放在一个老婆手里,把一个粗木棍放在一个孩子手里,命令高高举起,不准动摇","浅花托着一个石墩子直着身子跪着,肚子里已经很难过,高举着这样沉重的东西,她觉得她的肠子快断了。脊背上流着冷汗,一阵头晕,她栽倒了。敌人用皮鞋踢她,叫她再跪好,再高举起那东西来",在这种情形之下,生存成为一个巨大问题,于是地洞的重要性凸显出来。

　　《邢兰》中的地洞是百姓藏匿财物的地方。《第一个洞》《村落战》《"藏"》《小胜儿》中,地洞成为人的藏身之所,成为干部开会的地方、妇女生育孩子的地方、战士养伤的地方。《第一个洞》中,村治安主任杨开泰因敌人在村庄安插了奸细,经常到他家开会的共产党干部的人身安全受到威胁,焦虑了一段时间之后,他终于想到了一个藏身方法——挖地洞。这与卡夫卡写于1923年至1924年间的小说《地洞》不谋而合。卡夫卡《地洞》中的"我",也面临同样的生存焦虑。为了防备敌人的侵略,"我"进行了非常周密的策划、安排——掘"地洞",将"地洞"建造得像宫殿、城堡。地洞有很多出口,有中心广场,四通八达。卡夫卡的《地洞》预见即将来临的生存威胁,地洞的修建是公开的,是一种防患于未然的措施。而《第一个洞》中的地洞,是威胁已经出现,无处藏身,挖洞以掩身的仓促之举。卡夫卡《地洞》里的"我"是只老鼠,心理活动却与人类无异。或许是卡夫卡对自己想挖地洞的奇思妙想无法解释,才将"我"变成了一只鼠。卡夫卡作为犹太人在欧洲的生活情景,通过二战时期德国纳粹的行为可以推想。只是卡夫卡写《地洞》时,距二战尚有数年,不敏感的人很难理解卡夫卡的生存焦虑,更难预想犹太人将要面临的无处藏身的处境。

　　法国科学哲学家加斯东·巴什拉在《空间诗学》中,介绍了法国作家、画家、建筑师伯纳德·帕利西的建筑构想，其中也有地洞建筑，他说："伯纳德·帕利西在'战争的可怕危险'面前幻想着绘制一张'要塞城市'的图纸"①，伯纳德·帕利西希望找到"某种灵巧的动物"为自己建造的"灵巧的家宅"，在搜集了大量动物的家宅之后，他设计了自己的"要塞城市"②，而这个"要塞城市"就像"一只无比庞大的蜗牛"③。这位法国文学家兼建筑师同卡夫卡不谋而合，建造了洞穴式的居住空间，"帕利西的第四间小屋是家宅、贝壳和洞穴的综合……是一个涡旋贝壳状的洞穴……生活在地面的伟大的帕利西的真正家宅是位于地下的。他想要生活在岩洞深处，岩洞的贝壳里"④，加斯东·巴什拉赞美道："帕利西在他的梦想中是一位地下生活的英雄……洞穴—贝壳在这里成了独居者的'要塞城市'，他是一位伟大的孤独者，懂得用简单的形象来自我防卫和自我保护。不需要栅栏，不需要铁门：别人会害怕进来……"⑤

卡夫卡、帕利西和中国的农民不谋而合地想到地下洞穴，这意味着什么呢？"地洞"作为向下的延伸，是一种神秘力量的启迪。从某种意义讲，现代战争之所以邪恶是因为它的枪炮威力难以抵挡；一个手无寸铁且未经严格训练的人，无法与全副武装的现代军人对抗。古老战争中的肉搏，拼的是力量和勇气，而现代战争依赖的却是科技，现代战争对人的生存威胁是灭绝性的。对于大多数普通百姓来讲，战争一旦发生，生存便被悬置。卡夫卡幻想"地洞"生活的时候，帕利西思考"要塞城市"的时候，正说明现代战争带给人的生存焦虑所具有的普遍性。当日本侵略者用大炮、机枪甚至化学武器对付毫无准备、手无寸铁的中国农民时，而孙犁小说《第一个洞》中的杨开泰有如神助，与伟大的文学家、著名的建筑师相遇，创造了"地洞"这一躲避杀戮的异质空间。

但杨开泰挖掘地洞不为自己，他操心的是八路军干部的安全。他"一个人在这里掘洞。整整掘了五夜，才成功了"，他下去看了看，"里面可以盛四五个人"。他说："以后，我们就不必提心吊胆，可以在这里面开会了。"

《"藏"》中，新卯的妻子怀孕几个月了，她很担心自己因日本人不断扫荡而无处生产。但新卯挖洞却不是为妻子，而是"要藏别的人"，后来洞里隐藏着的人组织、领导当地农民，救回了遇到危险的浅花。地洞成为藏匿和生

---

①〔法〕加斯东·巴什拉：《空间的诗学》，张逸婧译，上海译文出版社，2013年，第163页。
②〔法〕加斯东·巴什拉：《空间的诗学》，张逸婧译，第164页。
③〔法〕加斯东·巴什拉：《空间的诗学》，张逸婧译，第164 - 165页。
④〔法〕加斯东·巴什拉：《空间的诗学》，张逸婧译，第167 - 168页。
⑤〔法〕加斯东·巴什拉：《空间的诗学》，张逸婧译，第167 - 168页。

育的重要场所。《村落战》中,五柳庄村民与炮楼里的侵略者结下冤仇,侵略者杀害村民,村里子弟归来复仇,将炮楼里的侵略者彻底消灭,敌人再派大批人马,青年和子弟兵与敌人展开激烈战斗,将老弱妇女藏进地洞。地洞成为弱者的生命空间。《小胜儿》中,小金子是八路军的骑兵,在战斗中负伤,不得不回家养伤。但敌人就住在村子里,每天查户口,小胜儿"母女两个连夜帮着小金子的爹挖洞,劝说着小金子进去养病养伤"①,"每天早晨,小胜儿把饭食送进洞里去,又把便尿端出来"②,地洞成为小金子的医院和病房。但卡夫卡《地洞》中的"我"则声嘶力竭地强调说:"这里是我的城堡,是我用手抓,用嘴啃,用脚踩,用头碰的办法战胜了坚硬的地面而得来的,它无论如何也不能归任何人所有,它是我的城堡啊……"③帕利西的"要塞城市"也同样是为自己的安全。这是完全不同的两种境界,也是完全不同的两种伦理,是中西文化最大的差异。中国文化始终强调群体利益,西方文化则多半强调个人利益。孙犁通过"地洞"意象对个人利益和群体利益的关系进行思考,并给出了答案。

　　孙犁的抗战小说通过丰富的空间意象进行叙事,具有多重功能:将虚构的话语与真实的存在相结合,使小说具有真实感;丰富的空间意象相互连接,构成一个密集的表意系统,使小说具有哲理性;空间意象作为真实的存在进入文本,使客观存在与主观意图之间具有了复杂关系,将中国传统的"拟象思维"转变成一种表达机制:提炼—概括—组织、运算—取象—表达,这一独特的表达机制,刷新了人们对根据地文学的看法。

　　①　孙犁:《小胜儿》,载《孙犁文集1》,第276页。
　　②　孙犁:《小胜儿》,载《孙犁文集1》,第277页。
　　③　〔奥〕弗朗茨·卡夫卡:《卡夫卡文集》上,木青、赤丹编,内蒙古人民出版社,1997年,第434页。

第四章　孙犁"后抗战"小说的
拟理表达机制

前面提到中国拟象表达机制的现代转型与文艺家思想观念的转变有关。孙犁小说由拟情表达机制向拟理表达机制的转变,也与现实社会发生的变化及其思考的问题有关。抗战胜利后,孙犁随部队"束装赴前方"①,路上"人欢马腾,胜利景象"②,但此时孙犁却"要求回冀中写作,获准。同行一人中途折回,遂一人行。"③如果不是有成熟而重要的思想需表达,在那样一种欢快气氛中,很难提出"回冀中写作"的要求。1946 年,孙犁在蠡县刘村一户人家完成了"《碑》《钟》《"藏"》几个短篇小说④。而三篇小说的风格与 1945 年之前的小说有大变化,"表现出了一种沉郁顿挫,凝重悲壮的艺术风格。"⑤从表达机制视角考察,三篇小说与以往小说相比不只是风格上的不同,更是表达机制上的变化,即作者开始从现实中选取灰色调元素,比如,重大牺牲、悲惨故事等,元素的种类和数量也变多了,《"藏"》与《第一个洞》相比多了"日本鬼子"、藏等人物元素。元素变了,组织元素的手法也发生了变化,小说表达机制也与抗战时期的小说不一样了。孙犁开始在小说中反思一直存在的问题。问题非常复杂,孙犁的表达也不能简单,这就形成了包含多层意思的拟理表达机制⑥。

---

① 孙犁:《善闇室纪年·摘抄(二)》,载《孙犁文集 7》,第 30 页。
② 孙犁:《善闇室纪年·摘抄(二)》,载《孙犁文集 7》,第 30 页。
③ 孙犁:《善闇室纪年·摘抄(二)》,载《孙犁文集 7》,第 30 页。
④ 孙犁:《善闇室纪年·摘抄(二)》,载《孙犁文集 7》,第 31 页。
⑤ 井春妹、叶宁:《沉郁顿挫　凝重悲壮———试谈孙犁小说〈碑〉的艺术风格》,《时代文学(理论学术版)》2007 年第 4 期。
⑥ "多意"是中国古代文人的一种追求。"夫作文章,但多立意。令左穿右穴,苦心竭智,必须忘身,不可拘束。"王昌龄因刘公幹的诗四句一个意思,就说:"此诗从首至尾,唯论一事,以此不如古人也。"

第一节　《碑》对"现实问题"表达
策略的反思机制

有研究者说:"在孙犁所创作的 40 篇短篇小说中,《碑》是非常具有艺术个性的一篇。尽管这篇小说仍然具有散文化的构思、诗化的意境等孙犁小说一般性的艺术特征;但是在抒情基调上,却改变了以《荷花淀》为代表而奠定的清新明快的审美特征,表现出了一种沉郁顿挫,凝重悲壮的艺术风格。"[1]从表达机制角度考察,《碑》与其他抗战小说之所以不同,是因为孙犁创作小说的目的发生了转变。

一、《碑》的风格转变的逻辑基础

孙犁抗战时期写过很多文艺理论方面的文章,《现实主义文学论》(1938 年),《战斗文艺的形式论》(1938 年),《论通讯员及通讯写作诸问题》(1939 年),《报告文学的感情和意志》(1941 年),《文艺学习》(1942 年),《怎样体验生活》(1942 年)……在这些文章中孙犁最关心的是文艺创作问题,并随抗战进程,不但深化自己的思考,而且对文艺创作的要求越来越高。在《论通讯员及通讯写作诸问题》(1939 年)中,他提出用通讯协助战斗[2]的观点;在《写作问题手记》(1940 年)中提出写作要"紧紧地配合政治,配合工作"[3]的观点;抗战胜利后,他对文艺创作的要求发生变化,在《谈谈写作问题》(1946 年)中他说:"从最近边区、冀中所见到的一些作品来看,需要着重写历史性、典型性的生活。"[4]同年,他在《写作指南》对文艺创作提出了更高、更复杂的要求:"要在发展的过程中,把握新人物的具体形象——今天还是新陈代谢的社会,所以新人物也是在新旧交替的过程中产生的。新的特质已经起了主导作用,然而旧的残余仍然对他们起着腐蚀影响。我们要描写他们新陈代谢的进步过程,却也应该警惕旧时代对他们的引诱。可是这种暴露,是以积极教育的态度,而不能是幸灾乐祸、吹毛求疵、借题发挥。"[5]孙犁自己的创作与他提出的要求基本同步,所以他的抗战小说基本都"协助

---

① 井春妹、叶宁:《沉郁顿挫　凝重悲壮———试谈孙犁小说〈碑〉的艺术风格》,《时代文学(理论学术版)》2007 年第 4 期。
② 孙犁:《论通讯员及通讯写作诸问题》,载《孙犁文集 5》,第 15 页。
③ 孙犁:《写作问题手记》,载《孙犁文集 5》,第 257 页。
④ 孙犁:《谈谈写作问题》,载《孙犁文集 5》,第 347 页。
⑤ 孙犁:《写作指南》,载《孙犁文集 5》,第 351 页。

战斗""配合政治,配合工作"。写于 1946 年的"后抗战"小说开始关注"历史性、典型性"的生活,并开始"在发展过程中把握新人物",并注意到社会"新陈代谢的进步过程",甚至尝试"暴露"某些问题。由于孙犁的文艺理论家立场,他的文艺创作也就多了一层意思,即对如何写,如何暴露的表达策略问题的思考和展示。《碑》就是一篇关于现实问题表达策略的文本。

从表达机制角度考察,《碑》增加了不同于抗战时期的生活元素:重大伤亡事件。这是其"沉郁顿挫,凝重悲壮"审美效果产生的原因之一。孙犁抗战时期的同题材小说中很少出现重大牺牲的细节性描写,即便有牺牲也一笔带过,比如《老胡的事》中,妹妹战友的牺牲,小说一笔带过,不进行强化。反而因老胡见到妹妹,小说增加了一种欢快基调。仔细想想,孙犁抗战期间的小说好像都有一种欢快明亮的基调:《一天的工作》中几个孩子的闹腾,《邢兰》中的口琴和邢兰的干劲儿,《战士》中"我"和战士吃肉、喝酒、聊天……虽然战争气氛很浓,但人们有一种乐观进取、无所畏惧的精神。给人的感觉是:这样的民族是打不垮的,即便发生战斗,胜利也总属于我们的游击队、我们的人民:《杀楼》《荷花淀》《芦花荡》等均发生激烈战斗,我方却极少伤亡。《碑》第一次出现大面积伤亡时,二十个战士只剩下两个。一场战争,尤其是一场民族解放战争,出现伤亡在所难免,而孙犁小说一直拒绝伤亡——《黄敏儿》中,汉奸、日本人抓住黄敏儿,一会儿让他跳进河里,一会儿又要活埋他,一会儿又将他关押起来,但黄敏儿依然完好无损地跑掉了,多么不可思议;《荷花淀》中,敌人的装备是何等现代化,几个女人被敌人发现、追赶,女人们不但没事,还与她们的丈夫团聚了,并目睹了一场游击队消灭敌人的战斗,何等英姿飒爽,长我民族志气;《杀楼》《村落战》应该是相当激烈的战斗,但我方完好无损。《碑》却一改昔日风格,让一个连队的战士集体牺牲在赵庄老百姓的眼皮子底下——前一天还是那么生龙活虎,第二天一早竟死在了冰冷的河里,不但赵老金无法接受,读者也无法接受。而这正是孙犁创作《碑》的目的。孙犁想让读者通过"牺牲"进入反思状态。不然,他会通过层层铺垫让读者认为牺牲是合情合理的,是必然的,然后进入一种崇高状态,接受牺牲,理解牺牲。《碑》没有层层铺垫,留了很多叙事缝隙,读完小说,读者不禁要问:为什么不组织群众接应? 为什么不提前了解地形? 一旦提问,读者进入反思状态,《碑》的目的就达到了。

二、《碑》反思的问题

《碑》想让读者反思什么? 根据文本提供的元素有机结合状况可挖掘出以下几个值得反思的问题:

第一,教条主义。什么是教条主义?小说与教条主义有什么关系?读《碑》时,头脑里不断出现天时地利人和这条古训。中国古代特别强调"天时不如地利,地利不如人和"的观念,认为人和大于一切。小说给我们提供的似乎就是一个关于这条古训的反思案例——天时不好,地利尚可,人和不错;按照古训,不应出现大面积伤亡,但出现了。如此看来,人和不如地利,地利不如天时——违背天时,就是违背自然规律;违背了自然规律,人与人的关系再亲密也不容易取得成功。如此,在现代战争面前,我们是否应该重新思考一下中国古训?

第二,动员、组织和安排的重要性。读《碑》时,还有一个声音,为什么不安排赵老金等乡亲接应——小说中的赵庄村民听见枪声都跑出来观战,这意味着他们不怕死;赵老金和乡亲们救出两名战士,这意味着援救是可能的。但小说为什么没有提前组织群众营救的细节?孙犁小说不是客观摹仿,而是根据自己的表意需求,选择元素,组织元素,《黄敏儿》中我们能看到组织的作用,《杀楼》中也能看到,《邢兰》《第一个洞》《山里的春天》等,都有"组织"在发挥作用,但《碑》中缺少了这个元素。我们只看到战士们与赵老金一家关系融洽,向赵老金借过河工具,却没有看到组织安排赵老金等群众的细节。部队要去完成任务,无法过河,临时找到赵老金帮忙,且没有动员赵老金接应。结果战斗失利,赵老金等群众目睹战士们被敌人追击,不得已跳进冰冷的河里,造成重大牺牲,赵老金因为不能发挥作用,特别难受。如果提前安排,赵老金一定配合。这意味着,孙犁对党在根据地的领导工作是充分肯定的,他通过这篇小说想说的是:没有党的组织和领导,热情的人民群众难以发挥作用;而不发动、组织人民群众,取得胜利是不容易的。

第三,复杂思维能力的重要性。读《碑》的时候确实有痛感,这种痛不是牺牲带来的,而是那样一种牺牲方式:"他们在炮火里出来,身子像火一样热,心和肺全要爆炸了。他们跳进结冰的河里,用枪托敲打着前面的冰,想快些扑到河中间去。但是腿上一阵麻木,心脏一收缩,他们失去了知觉,沉下去了。"战士们若死于枪炮,读者似乎可以接受,但死于冰冷的河水,读者无法接受,因为这是可以避免的。也就是说,在这样一场战斗中,如果有精密的设计和安排,死亡是不该发生的。是谁安排了这场战斗?谁在指挥?战斗的胜利不是应该有一整套部署来保证吗?而在《碑》中我们看到的是一场孤立无援的战斗。战士越是英勇,这样一种死法,越是让人痛心疾首。于是,指挥设计这场战斗的人就成为需要反思的对象:指挥者明显考虑不周;因某些人考虑不周而造成重大伤亡,责任谁负?这就涉及思维方式问题了——指挥者考虑周全,很多无谓的牺牲就避免了。避免牺牲,意味着人类智慧,这是中国古代文化留给我们的宝贵财富——《三国演义》中的诸葛亮因为考虑周全,将每一次战斗伤亡减少到最小程度,为刘备争取了最大利益;《水浒传》中的吴用号称智多星,在众多好汉面前,他是无用的书生,却也是最有用的智多星;鲁迅的《非攻》表达的也是一种"智慧"较量,两国最高智慧的代表人物墨子和鲁班,先在意念里"打"仗,分出胜负后,输了的一方就不再发动战争,百姓避免了不必要的伤害。"智慧"在中国经典中的作用与勇武在西方经典中的作用同等重要。当我们放弃了对智慧的欣赏,也就放弃了最宝贵的文化遗产。孙犁小说一直潜藏这种元素——对能力和智慧的强调。虽然,孙犁小说中的人物多是贫苦农民,没有文化,不识几个字,但他们各有才艺——邢兰不但会吹口琴,还会谱曲;孙犁笔下的最美女性都能够"自己纺织自己裁铰",甚至可以自己设计花样。孙犁最看不起的就是那些又笨又懒的人,比如《懒马》中的马兰。《碑》之所以设计了一场以"牺牲"为主题的小说,应该是在抗战期间发现了一些问题——教条主义,简单思维模式,重私人关系,不重组织、安排等。把对这些重大问题的反思放在抗战胜利后去表达,是孙犁整体文艺思想的一种策略。因为这种问题普遍存在,不是个别现象,在抗战期间反思这类问题,对读者是一种打击,会动摇抗战必胜的信念。更何况,这种普遍存在的文化问题,一时半会儿改不掉,它是一种思维方式和思维习惯,需要慢慢注意。抗战胜利后再去思考这个问题,不再影响人们对抗战必胜的信念,却可以让人在反思中不断进步。

三、《碑》表达反思的方式

《碑》发现生活中存在的问题,并在小说中予以"暴露",但他对问题的暴露不是"幸灾乐祸、吹毛求疵、借题发挥",而是让大家反思。这就需要一套表达策略,孙犁的表达策略是:

首先是增加新元素。孙犁小说采取的是"元素提取法"。这种方法,在表达新问题时,需要增加新元素。在《碑》中,作者增加了时节、河流、牺牲、打捞等诸多新元素。这些新元素就是改变《碑》的抒情基调和精神诉求的手段之一。在孙犁同题材抗战小说中,山是出现最多的元素。山既是保护,也是依靠,同时还是抒情手段——《邢兰》中有山,《红棉袄》中有山,《老胡的事》中有山……河流偶尔出现,一笔带过,在《碑》中,河流成为小说重要的"空间元素",也成为小说重要的抒情元素。与"山"相匹配的动作是采摘、耕耘这样的劳作,这种劳作带给人的总是希望、安定、牢固的情感基调,而"河"与"打捞"的动作匹配在一起,给人的感觉就不一样了,变成了一种不可把控的情感基调——冷色调、暗色调。

　　其次是塑造新拟象。除了增加新元素外,《碑》中还塑造了一个新拟象——河。之所以说河是拟象,是因为河在《碑》中具有十分重要的地位,它和时令"冬天"结合在一起,又与文化中的重要标准"和"谐音,这条"河"就不再是一条单纯的"河",它有了更多意味——河流、人和、文化的河、血脉等等。总之,《碑》中的"河"是一个文化符号,且是一个多意的文化符号,指向不同的方向,到底指向哪里,完全取决于读者的知识储备。这就是拟象的艺术效果,让读者自己揣度、想象、穷理。

　　再次是使用模糊、多意的修辞手段。碑一般指物——石碑,或其他材质的碑,不会指人,但《碑》中的碑指的是人——赵老金。碑为什么指向赵老金呢? 当碑和赵老金联系在一起时,你想到的是什么? 不是悲吗? 赵老金固执的打捞动作里潜含着巨大的"悲"——悲伤、悲痛、悲悯、悲悼……如果赵老金被作者"物化"为"碑",而又令人想到"悲",那《碑》这篇小说有几层意思?《碑》——悲? 卑? 碑? ……这与《易经·说卦传》解释卦画的思路一致:《碑》为碑,为卑,为悲……这是中国拟象表达机制的典型特征。

　　如果《碑》是孙犁有意识的一次修辞选择,那孙犁小说就不再是一种简单的记录、反映、写实行为,而成为一种深度思考的表达行为。当我们将《碑》放在抗战期间的同题材小说中时,《碑》就成为一道分水岭,它不仅是情感的分水岭——前期的小说乐观清新,后面的小说沉郁顿挫,还是孙犁小说创作的分水岭——从此,孙犁进入一种深度思考阶段,思考中国革命的新文学,以及如何将中国传统文学的精华转移到中国现代小说之中。当我们用这个视角打量孙犁小说时,一个关于文学创作的议题在小说中出现了——小说将成为孙犁思考文学、艺术等问题的平台,也成为孙犁思考中国社会诸问题的媒介和载体。因而《碑》也可以视为孙犁小说创作的界碑。如果说《碑》之前的小说是孙犁有意识地以文学为武器,为抗战服务:指出抗战期间存在的问题——《懒马》《丈夫》等;宣传抗战时期的政策——《邢兰》《山里的春天》等;为那些遇到问题的读者提供一套解决问题的方案——《黄敏儿》《走出以后》等。抗战胜利后,孙犁小说创作进入另一阶段:思考文学本身的问题;以小说为平台,思考新的文艺理论问题:如何表达,表达什么,目的是什么等。而《碑》就是第一篇提高阅读难度的小说,是第一篇将中国传统文化与抗日战争中的各种问题相联系的小说,也是第一篇运用中国修辞手段——谐音、一字多意、一音多字或多意的小说;是第一篇利用中国传统拟象表达机制"说理"的小说。

　　和《碑》同时期的小说《钟》《"藏"》与《碑》结成了一个《碑》—《钟》—《"藏"》系列,可理解为"碑中藏",也可理解为"悲、忠、藏"。三篇小说合成一个系列,旨在谈论文学与政治、文学与现实、中国现代文学与中国传统表达机制的复杂关系。如果说《碑》是对教条主义等一系列问题的反思,《钟》就是对中国社会各种矛盾的反思。

第二节　《钟》对复杂社会矛盾表达策略的反思机制

孙犁在《关于"冀中一日"写作运动》一文提到写作示范这一概念,他说:"《冀中一日》发动编辑过程中,因时间迫促及游击环境,亦有些缺点。如示范时,或未能照顾到生活工作的多样性,人民生活的实际,示范出多样的写法,适于群众日常生活表现的写法。"①作为编辑,孙犁一直有通过"写作示范"让更多群众学习文艺创作的思想观念,因为他认为:"我们需要大量能运用精小形式的散文家、诗人、画家、戏剧家,这种文化军团应该赶快调练出来,我们的一切艺术都应当是为了抗战。"②因而,我们有理由相信孙犁用自己的创作在实践自己的文艺思想,其文艺理论文章中的观点与其小说互为表里,可以相互阐释,因而,可以认为其抗战期间的小说是"协助战斗""配合政治,配合工作"的示范性文本:《碑》是关于"现实问题"表达策略的示范性文本,《钟》是关于"复杂社会关系"表达策略的示范性文本。

一、孙犁对生活复杂性与文艺作品关系的认识

表达机制批评法认为:从社会生活到文艺作品需要文艺家选取生活元素,加工、改造生活元素,组织生活元素等一系列复杂思维活动。因为生活是错综复杂的,"生活里有很多东西,像普通说的,有金有银,有碎铁也有沙土"③。文艺家的选择决定了文艺作品的立场、格调;选择之后,对元素的加工改造决定了文艺作品的面貌;组织元素则与文艺家选取元素的数量有关,元素数量多,组织元素的手段复杂,反之则简单。

文艺家选取元素的数量是与他对生活的理解以及他所表达思想的复杂度有关。一般情况下,选取的元素越多,组织元素所需的智力水平越高,文艺作品的审美价值越高。孙犁的文艺理论思想中有相似的内容,但表达不同。比如他要求文艺家"大量搜集资料"④,因为"材料一多你就可以看出原

---

①　孙犁:《关于"冀中一日"写作运动》,载《孙犁文集 5》,第 322 页。

②　孙犁:《战斗文艺的形式论》,载《孙犁文集 5》,第 256 页。

③　孙犁:《和下乡同志们的通信》,载《孙犁文集 5》,第 340 页。

④　孙犁:《连队通讯写作课本》,载《孙犁文集 5》,第 277 页。

因、经过、结果来"①,但仅仅搜索材料还不够,还要"不惮疲劳地思维……材料而外,还要高度的科学分析与组织"②。元素多对文艺家的思维水平要求高,文艺创作过程也就复杂化了。元素多不仅是数量的多,还包括种类的多,覆盖面大,这就需要文艺家"广泛地接触生活,研究不同生活间的联系,从每一个生活的表征考察其根基,而这些即有赖于高级的思维方式和精炼的组织能力"③。总之,生活本身是复杂的,文艺作品需要反映生活的本质,必须将生活的复杂性反映出来。

在理论层面这样表述是容易的,在创作中做到,却不那么容易。更多人"就只去探询一些传奇的,不平常的事件,企图借事件来耸人听闻"④。真正优秀的"作家不应该只用事件的出奇来吸引读者,也要用组织生活的才能来吸引读者"⑤。因为"组织生活的才能"是文艺家本质力量的显现。《钟》体现的就是一种"组织生活的才能"。

二、《钟》的社会关系的复杂性

与其他抗战小说比,《钟》的社会关系变复杂了:乡霸、社会经济、民族矛盾等各种关系,各种矛盾交织在一起。面对这么复杂的社会关系,如果简单判断,会造成一系列不应有的问题。《钟》的每个人物都有多重身份:慧秀身世可悲,从小被卖入尼姑庵,既是尼姑又是丫鬟;慧秀的师傅老尼姑,既是修行之人,又与乡霸勾结,欺压慧秀;林德贵虽在慧秀和大秋面前是乡霸,但在侵略者面前保持了基本的民族尊严,没有出卖大秋;大秋是林德贵的长工,又是慧秀的情人,还是林德贵的情敌;如此,大秋、慧秀和林德贵、老尼姑之间的关系变得错综复杂。

如果将慧秀视为一个受害者,强调其悲惨遭遇,强化老尼姑、林德贵对她的迫害,故事可以讲得凄凄惨惨,跌宕起伏,但这就将人与人之间的矛盾定性为阶级矛盾了,社会矛盾的复杂性被简单处理,不符合社会关系的实际状况。

孙犁既没有强化林德贵、老尼姑对慧秀的迫害,也没有回避。他将老尼姑作为一个元素提取出来,进行适当加工,使读者意识到旧时僧尼的双重面孔,揭露其伪善本质。林德贵也是一个重要元素,将他与老尼姑组合在一

①　孙犁:《连队通讯写作课本》,载《孙犁文集5》,第277页。
②　孙犁:《观察与思维》,载《孙犁文集5》,第307页。
③　孙犁:《观察与思维》,载《孙犁文集5》,第307－308页。
④　孙犁:《怎样体验生活》,载《孙犁文集5》,第331页。
⑤　孙犁:《怎样体验生活》,载《孙犁文集5》,第332页。

起,既能揭露老尼姑的伪善,也能进一步说明当时社会生活的复杂性——僧尼与乡霸形成不正常关系,对群众造成的是双重压迫。但在民族矛盾面前,作者非常理智地保留了民族尊严,没有将林德贵塑造成叛徒、汉奸,也没让慧秀成为日本侵略者的猎物,而是让大秋和同村的青年一起赶走日本人,救出慧秀。这样的安排达到多重效果:第一,告诉读者人性的复杂性,一心想霸占慧秀的林德贵,不一定出卖情敌大秋,因为他还有基本的民族立场;第二,在敌人面前软弱,不如在敌人面前勇敢一点;第三,民族利益大于一切,大于个人恩怨。这样处理元素间的关系,是作者理智思考的结果,既符合生活逻辑,又包含对读者的善意引导和提醒。

三、《钟》对复杂社会关系的表达策略

关系表达的运用。《钟》的人物并不多,只有四个主要人物:慧秀、大秋、老尼姑、林德贵。但每个人物的身份都是多重的,四个人物又组合成四种关系:老尼姑和林德贵是老情人;老尼姑和慧秀是师徒;林德贵与大秋是主雇;大秋与慧秀是情侣。这四种关系交错,林德贵觊觎慧秀,想霸占慧秀;而大秋让慧秀怀孕后又抛弃慧秀。如此,生活的复杂性就显露出来。

物表达的运用。小说一开始就提到"钟","钟"在小说中有两个重要作用。一是暗示老尼姑对信仰的不忠。小说一开始就提到"钟",交代它的位置和来历,告诉读者那是老尼姑"化"来的,高高地悬挂在庙里,提示人们记住老尼姑的功德。但小说中的老尼姑却与乡霸林德贵长期偷情,又相互勾结、欺压百姓,其实际德行与大众心目中的修行之人该有的德行完全不符,那么这个小钟也就有了讽刺味道。二是表现慧秀的忠。小说交代老尼姑死后,慧秀成为尼姑庵唯一的小尼姑,也就成了那口小铁钟的守护者。当时,日本人到处搜罗铁器,想运回日本铸造武器以侵略中国。这口钟也就成了日本人关注的焦点,慧秀不想让日本人得到这口钟,就想将钟摘下来坚壁起来。但慧秀一个人无法完成这一工作,就去找他的情人大秋。大秋是农会主席、抗日积极分子,与慧秀一起将钟藏了起来。也是在藏钟的过程中,慧秀告诉大秋他们的孩子夭折了,大秋也表达了愧意,两人和好。

"藏钟"的行为在小说中像一个"榫",将小尼姑慧秀与革命干部大秋联系在一起,又将小尼姑慧秀与抗日战争联系在一起。没有"藏钟"这个"榫",慧秀只是个小尼姑,无法融入轰轰烈烈的抗日战争。而老尼姑、林德贵也无法与大秋等革命干部组织在一篇小说中。可见,"慧秀藏钟"是小说的核心要件。作者设计这个核心要件的目的是为了将老尼姑、林德贵、大秋

等组织进抗日战争这个大的时代背景中。

将老尼姑、林德贵和大秋、慧秀组织进抗战大背景，是为了告诉读者社会关系的复杂性。孙犁之所以要专门谈论这个问题，是因为其抗战时期的小说内容相对单纯，虽然照顾了各方面的情况，但基本都是农民群众，原因是，他要创造"我们的史诗"，即农民的史诗。当"农民史诗"完成后，他要告诉大家生活的本来面目是复杂的，各种关系、各种人物都具有多重属性、多重面孔。文学应反映人性的复杂性和生活的复杂性。

行为表达的运用。"行为表达"是指赋予人物行为某种特殊意义的表达方式。《钟》有两个行为表达，一是慧秀"藏钟"，二是慧秀"生产"。"慧秀藏钟"后重获爱情，这是小说给读者的一个暗示。小说中大秋代表抗日基层领导，代表进步的意识形态，参加抗战工作前，大秋与慧秀恋爱，并使得慧秀未婚先孕，在慧秀怀孕后，大秋未再出场，让慧秀一个人承担老尼姑的打压和残害，在生产时还被林德贵骚扰。大秋之所以不再与慧秀往来，是因为他参加了抗日工作，入了党，并担任基层干部，觉悟提高，认为与慧秀来往不正当。如果慧秀没有积极抗日的行为表现，大秋有可能与慧秀彻底分手，毕竟慧秀是个尼姑，身份特殊。慧秀"藏钟"这个行为，是其积极抗日的表现，大秋自然支持，并积极配合了慧秀。在藏钟过程中，两个人有了深度交流的机会，冰释前嫌，言归于好。藏钟之后，日本侵略者在汉奸的带领下到尼姑庵搜缴铁钟，失败，将慧秀带到广场，慧秀在敌人面前表现得很勇敢，既表现了对民族的忠诚，也表现了对爱情的忠诚，得到了全村百姓的肯定，也有了成为大秋妻子的机会。"藏钟"这个行为给慧秀带来了爱情，也带来了尊敬。可见，"藏钟"对慧秀来说有多重要，对小说有多重要。"藏钟"就像是对慧秀的一次考验，把"钟"藏好，考验通过，慧秀会得"奖赏"。如果慧秀和大秋仅是情侣关系，需要通过生死考验吗？通过生死考验的慧秀才得到全村认可，与大秋结婚。这意味着，慧秀藏钟，还有其他寓意。慧秀不仅是个女人，还担任着其他表意功能。"藏钟"不是一般行为，也另有寓意。由于大秋有政治身份，慧秀最终与大秋结合，共同参加抗日工作，那么慧秀藏钟的寓意应该与政治有关，只有与政治有关，才须通过考验获得信任。"钟"谐音"忠"，"藏钟"就与文艺表达建立了关系。在现实生活中，"忠"需要表现，无需隐藏，只有在文艺表达时，"忠"不能直接表现，因为那样的文艺作品就像政治报告一样了，会缺少艺术性，不能吸引人，也就传之不远了。如果藏钟是一个与文艺创作有关的行为，那慧秀就不仅是个女性，还应该是一个与文艺创作有关的主体，即文艺家代表。若如此，慧秀"生产"也就成了第二个行为表达。

如果慧秀是文艺家的身份替代，"生产"行为也就不会是一次普通的妇女生育，而是与文艺作品生产的一次互文。慧秀的生产过程与普通女人的生产过程非常不同。其一，慧秀作为女孩未婚先孕是不合法的；其二，慧秀作为尼姑，怀孕也是不合法的。这样，慧秀的生产也就双重不合法了。在现实层面，慧秀的尼姑身份、未婚性质，与大秋关系并不稳定的情况，都会令她想办法终止怀孕。但慧秀却非常坚决地生下这个孩子。那么这个在现实层面没人期待的孩子，一定不仅仅是一个"孩子"，还应该与慧秀的文艺家身份有关，若如此，这个"孩子"也就是"文艺家"的"作品"。这样，慧秀生产也就有了另一层意思。就小说提供的细节来看，慧秀生产也更接近文艺家的生产特征，不符合女性生育的特征。因为现实中的每个女人都知道女人生孩子是在鬼门关走一遭，所以会做充分准备，还需要专业人员接生。而慧秀生产，不但遭到师傅的阻挠，还遭到觊觎她很久的老男人林德贵的干扰和破坏，最终导致生产失败，婴儿一出生便夭折。经过这次不顺利的生产之后，慧秀不但坚强地活了下来，还变得更坚强了，立场也更坚定。她藏钟、在日本侵略者面前维护大秋，不畏死亡，表现出了"积极""先进"的面貌，并因此赢得了群众的支持，获得了大秋的爱情。如果将大秋与政治联系起来思考，将慧秀与文艺家联系起来思考，大秋和慧秀最后的关系就意味深长了。如果将"钟"（忠）与"生产"再联系起来思考，一个与文学创作有关的命题也就逐步浮出水面了。这个命题涉及文学与生活的关系，文学与政治的关系，文学表达"忠"的方式等诸多问题。

四、《钟》与《"藏"》的两次生产

《钟》与《"藏"》两篇小说都涉及"生产"环节，所不同的是《钟》里慧秀的生产是双重不合法身份的生产，遭到了老尼姑代表的寺庙势力和林德贵代表的封建地主势力的双重打压，因而生产失败。但慧秀并没有因为这次生产失败而失去生命或身体虚弱，反而变得更坚强，更成熟，更有立场。学会了"藏钟（忠）"的慧秀，也学会了表达"忠"，面对敌人的刺刀，她站出来，不畏死亡威胁，这样的"慧秀"才会更有群众基础。获得了生产资格（与大秋结婚），有了群众基础，学会了该藏则藏，该表达时立场鲜明、无所畏惧的"慧秀"，符合理想文艺家的标准，因而，她最后幸福地与大秋生活在一起。

《"藏"》比《钟》具有更强的暗示性，作者直接为《"藏"》中的女性起名浅花，再一次使用谐音梗——浅化，"藏"与"浅化"构成一对反义词。"藏钟"在《钟》里只是一个行为表达，到小说《"藏"》，"藏"变成了一个醒目的

标题,还是浅花的女儿的名字,这样"藏"就具有了双重意义——浅花生产的女儿(作品)名字、小说的名字。小说是作品,女儿也是作品,两个作品都是经过艰难"生产"得到的,都是值得骄傲的"作品"。

《"藏"》与"慧秀藏钟"发生互文关系,将"生产""浅花""藏钟"关联在一起,关于文学创作的理论表达越来越清晰。

孙犁1941年参加过"冀中一日"写作运动,之后写了一本《文艺学习》,谈他编辑《冀中一日》的心得体会,谈及"对文学—生活,或者说人民—文学之间的血肉关联的认识"①时,他说:

> 人民的文学事业,需要在政治的领导下有组织地进行、完成。今天已经有了这样的经验,文学事业在进步的文艺政策的指导下,会进行得更好,更有收获。不会浪费人力物力,使作家的想象力不会分散、损失,会纠正种种不良的倾向,使创作的意志集中起来。那些没有原则地主张文学事业特殊化,企图使文学脱离社会政策独立起来的想法是错误的;那些没有原则地主张"我愿意写什么就写什么"过度的任意行为是错误的。因为文学到底不能离开现实生活,就像作家不能离开人类社会一样,是绝对的事实。如果文学事业没有个统一的方向,对于文学事业本身也是绝大的损害,那结果会使作者们萎缩了观察现实的能力,缩小了他们体验现实的范围,不去对现实作广泛的研究。兴之所至,玩起个人的小爱好,脱离现实,变成个人中心主义。
>
> 文学如果远离革命政治滋养着的人民和他们的生活,便什么也没有了。②

也就是说,孙犁对人民群众与文学创作之间的热情和能力有深刻认识,深入研究,他了解人民群众对文化的渴求,但知道他们没有认识文学规律的足够能力,他们的文学生产还需具备很多条件。作为文学编辑、教师、作家,孙犁思考文学的基本规律,以小说的形式,边示范,边表达,合情合理。

总之,孙犁通过《钟》提醒作者:生活是复杂的,不要简单化;表达政治立场也要有方法,要学习"拐弯抹角地来一下'惩恶劝善'"③的传统方法,不要过于简单化和浅化。

---

① 孙犁:《文艺学习》,载《孙犁文集5》,第81页。
② 孙犁:《文艺学习》,载《孙犁文集5》,第88页。
③ 孙犁:《连队通讯写作课本》,载《孙犁文集5》,第287页。

第三节 《“藏”》对文艺“浅”化
问题的反思机制

参加抗战工作初期,孙犁从事文学编辑和文艺理论教学工作,后从事小说创作。从事编辑工作使他对根据地文学家作品的问题看得更准,文艺理论教学又使他知道问题的根源所在。这为他以小说的方式表达理论思考提供了种种方便。但读者一直没有发现他小说中的文艺理论思想,于是晚年借给金梅的《文海求珠集》作序的机会表达了这样一种希望,他说:

> 作家的艺术观,是一个整体。它主要不是表现在理论方面,而是体现在他的作品之中。凡是大作家,都是无所保留地把他的艺术见解,或明或暗地表现在作品里面。曹雪芹、施耐庵、吴承恩、吴敬梓,无不如此。在每个人的小说中,几乎是和盘托出了他们的文艺理论。
>
> 评论家的职责在于:从作品中,无所了遗地钩索这些艺术见解,然后归纳为理论,归结为规律。这要研究很多作家,探讨很多作品。在每一个时期,发现其共同的东西,在历史长河的激荡中,记录其不同的拍节。要广读深思,要与作家的文心相通相印。
>
> 在研究作家和作品时,理论家要虚怀若谷,不存成见。要视作家如友朋,同气相求,体会其甘苦,同情其遭际,知人论世。既要看历史背景,也要看到作家的特异的性质,特殊的创造所在。
>
> “广读深思”,这四个字最重要,是刘勰成功的奥秘所在。
>
> 如果允许我谈一些过去和现在,我们的文艺理论的不足之处,我以为最主要的是:评论家的治学态度,有些肤浅,而神态高傲,对作家取居高临下之势;条文记得不少,而摸不到艺术规律;文章所引证,常常是那么几个人云亦云现成的例子,证明读书并不是那么用功;一个劲地追赶“形势”,获得“正确”,疲于奔命,前前后后的文章,都能使人感到那种气喘吁吁的紧迫样儿。而前后矛盾,一生不能自圆其说者,也并不乏人。
>
> ……文艺理论的对象,是文学家和文学作品。要阅读大量的作品,研究大量的作家。要研究成功之作,也要研究失败之作;要研究成熟的作品,也要研究初学的作品。要研究作家依存的时代、环境,要研究作家的工作、生活,研究他们的心理、病理。掌握大量材料,然后面壁加以深思,谨慎地提出论点。要取精用宏,要才识兼备。要代作家作品立

言,而不单单是代圣人立言。①

这段话说明,孙犁的小说中包含其文艺理论思想,他希望人们从其小说中"钩索"出其完整的文艺思想。如果他的"艺术观,是一个整体……体现在他的作品"中,应该是从《碑》《钟》《"藏"》开始的。

自《碑》《钟》《"藏"》之后,孙犁的写作环境变得安全了,不会被敌人的飞机大炮追赶,他也有更多精力思考文艺理论问题。他的小说开始变得不那么透明。因而,理解孙犁小说,需要阅读孙犁的文艺理论文章;理解孙犁的文艺理论思想,需要阅读孙犁的小说。还得"广读深思",深思不够,都不能明白孙犁藏在小说中的文艺理论思想。对笔者来说,真正明白孙犁,还依赖要力勇拟象油画的创作过程。

一、重复叙事对小说的提示

在《怎样阅读小说》中,孙犁说:"我们今天读小说的目的有两方面:第一是从这些作品里认识生活,学习政策,以改造我们的思想感情,这是主要的。第二是从阅读小说中,提高我们的写作能力,这是附属的。我觉得这两方面都是比较重要的。"②孙犁能从国内外优秀小说中读出以上信息;此外,孙犁小说存在以上两方面信息。

通过小说"认识生活",这是可以理解的,因为古今中外的小说中都有文艺家对生活的理解,也有当时当地的生活内容。通过小说"学习政策"应该从根据地时期小说开始,至少我们从孙犁的抗战小说中能看到"政策"所发挥的作用,《一天的工作》里自卫队队员运输铁轨,《邢兰》中的村合作社、代耕团、互助团,《懒马的故事》中村妇救会组织大家做抗日鞋,《走出以后》的抗属中学附设的卫生训练班,《山里的春天》中帮助抗属干农活等,都是抗日根据地政策在小说中的印迹。通过阅读小说提高"写作能力"是孙犁小说格外重视的一项功能。但读者不一定能够辨识。为了让读者辨识出小说中存在的关于写作方法的思考,孙犁开始进行重复叙事——通过重复讲述抗战小说中的故事,渗透文艺理论思想。

《"藏"》是一次重复叙事,是《第一个洞》的重写;《嘱咐》也是重复叙事,是对《荷花淀》的重写。通过重复叙事,孙犁陈述了自己的小说理论。只有当中国小说可以表达理论问题,言说自己的重要思想时,中国古代关于小

---

① 孙犁:《金梅〈文海求珠集〉序》,载《孙犁文集6》,第179–180页。
② 孙犁:《怎样阅读小说》,载《孙犁文集5》,第384页。

说即"小道"的观念才得以延续。什么是"小道",也就是一种别样的理论、别样的观念,而且是以"小"的、群众喜闻乐见的方式讲别样的道理。

小说不是非得讲故事,讲故事不是小说的目的,是小说的手段,当手段与目的相脱离,手段独立出来成为目的时,就是一种异化,因而以讲故事为目的的小说,是小说的异化,并非正宗。当然,这是站在中国文化立场考察中国小说的一个判断。如果站在西方文化立场,那小说就是叙事,就是讲故事。小说不讲故事才是小说的异化。中国小说自古至今都以"载道"为目的,所有的人、事都服务于"道"。

用中国小说的标准衡量孙犁小说,到孙犁小说中寻找"道",是理解孙犁小说的最好方法;用西方小说的标准去孙犁小说中寻找叙事规律,是一件很麻烦的事情。因为叙事的手段和方法完全不同——西方小说多有一条时间线,无论作者怎么玩,这条时间线都很清晰。但孙犁小说很少给我们提供一条时间的线,他提供的是一个空间,在这个空间里,人们的各种作为——通常情况下,孙犁提供的是一个村庄——林村、赵村、蒿儿梁、采蒲台等,之后就是这个村庄里人的日常生活——织布、打鱼、磨面等。因而,我们读孙犁小说就像读《清明上河图》,在一个空间移动目光,进行扫射性阅读,必须边读边想象,否则就无法完全理解——因为思维是线性的,文字组合是线性的,当线性的文字组合里出现空间,读者必须配合作者,在大脑中建构空间——村庄、河流、山、水等,然后让人物活跃在自己的脑海,只有这样才能做到与作家"同气相求",感受艺术家创作时的整体运思和组织素材的基本逻辑。

《"藏"》不仅使用重复叙事,还使用引号强化标题的双关语特征,可以说是对读者,至少是对研究型读者的一个强提示,告诉大家它是一个溢出现代小说内涵的文本,是一个将中国"小道"代入现代小说的特殊文本。如果《"藏"》对题目的处理表达了作者对文艺的理解——文艺是一种独特智慧,不是浅化的直接反映,不是再现、摹仿,那么小说中的"浅花"就成为一个特别的符号系统——在一个人物身上凝聚着一系列观念,构成一个观念系统。比如,"浅花"的语义学解释,"浅花"身怀六甲的形象学解释,"浅花"生女儿"藏"的行为学解释,"浅花"与丈夫新卯的关系的行为学解释等。小说从不同维度解释"浅花"这个人物形象,一个文艺理论问题自行显现。艺术就是"藏","藏"就是艺术。"藏"是艺术的基本品格,至少是中国艺术的基本品格——中国的山水画是藏的艺术,中国的古诗词是藏的艺术,中国的建筑也是藏的艺术。"藏"与中国传统文人的审美趣味有关,也与中国艺术家的主体性有关。

二、女性与"生产"关联的表达策略

"生产"在中国文化中有很多内涵:第一条指"人们使用工具来创造各种生产资料和生活资料"①;第二条指"生孩子"②。其实我们也经常将文艺家创作叫作"生产",为了与第一条区别,会加上精神二字,因而,将女性、文艺家与生产关联在一起,符合中国传统表达惯例。如果将《钟》里"慧秀生产"与文艺创作关联在一起还有强制阐释嫌疑的话,《"藏"》中"浅花生产"与文艺创作关联在一起则比较容易理解。"浅花"这个名字很容易让人联想到"浅化"这个词,而浅化的反义词是深化,文艺作品中的深化表达,很容易让人联想到"藏"这个小说标题,如此,也就自然而然地将"浅花生产"与文艺创作关联在一起了。当我们不自觉将"浅花生产"与文艺创作关联在一起时,再返回去思考小说《钟》里的"慧秀生产",并将二者互文思考,便会发现孙犁关于文艺创作的思想早已内蕴其中。之后,再将孙犁小说中的诸多女性慧秀、浅花、双眉、李佩钟、小满儿等一并思考,会发现这些女性均与文艺创作有千丝万缕的关联。

如果将孙犁小说中的诸女子——慧秀、浅花、双眉、李佩钟、小满儿等都视为美的生产者、体验生活并即将"生产"的文艺家,或许会理解孙犁小说中这些独特女性——聪慧、妖媚、机智、善良,都是能工巧匠,能织会纺,能唱会写。这些女性均具有孙犁心目中艺术家该有的品质:美、善、智、勤。通过这些形象,孙犁表达了艺术家与生活之间的关系。艺术家是生活里的一双慧眼,没有艺术家,生活中发生的任何天翻地覆的变化都会随时间的流逝而销声匿迹;有了艺术家,就有了思考、创作、生产,也就有了一个民族生生不息的精神储藏器——艺术品。文艺是精神文物,是可以将一个民族的高深智慧储存其间的特殊结构,在文艺中不仅有一个民族独特的宇宙观、世界观、思维方式,还有一个民族的价值观、生活习俗等。好的文艺作品必须具备体现民族精神风貌的精神结构。因而,文艺作品的表达不能浅化。

三、对浅化表达后果的预言

中国文艺家始终是主体性的,中国古代文艺家如此,鲁迅如此,孙犁亦

---

① 中国社会科学院语言研究所词典编辑室编:《现代汉语词典(第6版)》,第1160页。
② 中国社会科学院语言研究所词典编辑室编:《现代汉语词典(第6版)》,第1160页。

如此。这里的主体性是指文艺家主动从现实生活中选取元素,然后根据自己的表达意图对元素进行加工、改造与组织。对于中国文艺家来说,如果没有思想,没有理论,如何选取生活中的元素?生活中有金、银、铜、铁,还有泥沙,选什么?选多少?又如何组织它们?有思想,有文艺理论,文艺家可以信手拈来,点铁成金。孙犁的《碑》《钟》《“藏”》是点铁成金的示范性文本,《“藏”》是一个点题性的点铁成金的示范性文本,也是一个预言性文本,预言了浅化表达的后果。浅化表达的后果就是“浅花”在《“藏”》中的种种经历:老公新卯因为“浅花”嘴浅不信任她,她每天东躲西藏,被日本侵略者种种折磨,挺着大肚子被罚跪,还得用双手举着石板……

　　浅化表达为什么会遭遇折磨和羞辱?这涉及中国文艺与西方文艺之间的交互问题,涉及中国社会现实与西方文艺理论的不匹配问题,以及中国社会现实与中国文艺理论的现代转型问题等。如果大家深度思考“五四”以来的中国文艺作品,会发现“摹仿—反映—再现”者多,多重转化的作品少之又少。但因种种原因,当时对这个问题的认识尚不深入,这也是中国文艺家在中国古典文艺现代转型过程中付出的惨痛代价。孙犁能够高瞻远瞩,与他深入研究鲁迅,长期大量阅读群众的文艺作品,以及他对中国社会复杂现实的了解有很大关系。

　　孙犁是农民出身,对民间文艺、民间艺术家的思维状况、中国农民的生活模式了解更多,比知识分子出身的文艺家更接地气。因为接地气,也就更能理解鲁迅作品的深度和难度,知道鲁迅作品在当时的目标所向——封建的家族制度、封建的等级文化、封建家族制度对妇女的压制等。这些陋习在农村可谓难以根除,一旦根除,带来的将是新的风貌。然而,在根除这些陋习时,不能将中国传统文化中的精华一并根除,如农村谚语所说:不能将洗脚水和孩子一起倒掉。鲁迅倒的是洗脚水,孙犁捡回来的是孩子。当然鲁迅也没有将孩子一起倒掉,只不过有些学习鲁迅的人将孩子和洗脚水一并倒掉了。这样,孙犁就不得不认真地将孩子抱回来。什么是中国文艺中的孩子呢?就是中国独特的表达机制——复杂的、多重转换的、藏的、曲折委婉的、隐而不彰的、以和为美的拟象表达机制。

　　抗战时期,孙犁以编辑刊物为主要工作,阅读了大量来稿,发现成堆的问题,但由于主要任务是服务抗战,对当时文艺中存在的问题——教条主义、一人一事的简单判断、浅化现实,以及不理解政治与政策的区别等问题未能及时解决。抗战胜利后,孙犁做的第一件事,就是将文艺创作中普遍存在的问题表达出来,并以小说的方式作出示范。因而《碑》《钟》《“藏”》是一组思考文艺中存在问题的小说。《碑》提出问题,《钟》讲述问题存在的历史根源,《"藏"》则讲述解决问题的方法。方法是什么? 就是"深化",如何深化? 就是"藏"。如何"藏",孙犁小说是最好的示范文本。

四、孙犁小说的整体示范特征

孙犁的抗战小说是示范性的,示范小说如何协助战斗、配合工作、配合政策。后抗战小说也是示范性的,示范小说如何暴露问题,深度表达理论问题、哲学问题等。

《碑》是对中国文化中的固有观念、思维方式、组织智慧等的反思。中国文艺尤其是小说,是一种典型的"组织"艺术。因为它需要作家从现实生活中提取各种元素——人、事、物、时间、空间等,各种元素如何统一到一篇作品中? 这就需要作者对素材进行一番组织和调配,没有组织,再生动的素材都不可能发挥作用。"组织"是一种思维运作,是一种重要能力。"组织"起来,群众才能发挥作用,帮助战士取得胜利;缺乏必要的"组织",热心群众反而成了看客。在小说中道理也一样,将赵老金、小菊、小菊母亲和李连长等战士们"组织"在一个文本里,才能形成一种感人的力量;将众多信息——如小菊和母亲自己织布,自己裁铰做衣服,一对夫妇只有一个孩子,《抗日救国十大纲领》等组织进小说,现实生活的多重面貌才能保留下来,小说内容不但丰富而且具有层次感。没有组织材料的能力,就难以在小说中储存大量历史信息。

《钟》主要思考的是复杂社会关系问题,顺带将文艺家、女人与生产关联,为下一步小说做好了铺垫;《"藏"》思考的是文艺作品不能浅化表达,以及如何深化表达的问题。

1946年孙犁还写了一篇《嘱咐》,《嘱咐》思考的是中国社会的伦理问题。《嘱咐》是一篇与《荷花淀》遥相呼应的小说,创作时间仅隔一年,所表达的思想却完全不同。《荷花淀》写人民群众参战的踊跃、积极,战争中的乐观、英勇、机智,可视为一首民族赞歌。但一年后的《嘱咐》让读者看到满目疮痍的家园,天翻地覆的变化,最大变化是女性的变化。女性的变化是抗日战争的副产品——在抗日战争中,根据地政府将妇女从家庭里解放出来,从男权社会的枷锁里解放出来,并给了她们文化、知识、思想、独立意识,给了她们工作机会。但从另一角度考察,社会伦理发生了变化——旧的伦理秩序遭到破坏,新的伦理秩序需要建设。抗战返乡的水生们如何适应变化了的水生嫂,就成为一个特别重要的社会伦理问题。

如果说,《碑》《钟》《"藏"》是孙犁思考文艺问题的开端,《嘱咐》则是孙犁思考社会伦理问题的开端。此后,孙犁的小说基本以文艺问题和社会伦理问题为核心展开一系列反思。其表达机制也变化多端,不断尝试、探索。但更多的时候,是将伦理问题、文艺问题、道德建设问题放在一部作品中去考察,或者说这些问题没办法分开,它们你中有我,我中有你,这也是笔者将孙犁"后抗战"小说称为"拟理表达机制"的原因之一。

第五章　《村歌》的拟理表达机制

拟象表达机制是一种多重转换的表达机制,其变体有拟情表达机制、拟理表达机制等。拟情表达机制抒发多重情感,拟理表达机制表达多重思想和观念。多重思想和观念不一定是作者的本意,但因作者发现客观世界的复杂性和变动不居性,无法摹仿,不得不采取元素提取法、概括反映现实,这就造成了多重感情叠加多重思想观念的实际效果。孙犁虽然没有使用过"拟象""表达机制"这样的术语,但他表达的意思与"拟象""表达机制"有很多重叠之处。他借戚蓼生评曹雪芹的话,表达自己的文学观:

> 戚蓼生说,曹雪芹的写作之所以"神乎",是因为:第一,"立意遣词,无一落前人窠臼";第二,"注彼而写此,目送而手挥";第三,"似谲而正"。他这些分析,当然还不能完全概括曹雪芹在语言上的技巧,但是他所说明的这些道理,我们应该研究。
>
> 在文学上,语言、语法和语气,是有很多变化的,是有很多风格的,越是对于生活了解得多的人,了解得深刻的人,他的语言就越不会简单化。但并不是所有的评论家都能了解这一点。在有些评论家看来,一句话只有一个说法,稍微有些变化,就感觉奇怪。……我下乡的时候,一个女孩子曾经告诉我:"话有百说百解。"我觉得这句话很有道理。
>
> 明白了以上这些道理,我们才能领会所谓"似谲而正",所谓"注彼而写此"这些语言工作上的复杂情况。①

"注彼而写此""似谲而正""话有百说百解",与我们所说的多重思想、多重感情是一个意思。也就是说,《红楼梦》的"神乎"在于其表达机制的多重转化,即拟象化。《村歌》中,"注彼而写此""似谲而正""话有百说百解"的地方很多,给读者的阅读感觉是复杂、多重。比如,双眉这个人物,就很难

---

① 孙犁:《进修二题》,载《孙犁文集5》,第556-557页。

定性,她有许多"功能",因"功能"太多,变成了一个为表达复杂思想而存在的拟象化人物。

第一节　双眉的拟象化与孙犁对
文艺问题的思考

孙犁认为塑造中篇小说人物的方法是将整个阶层的共同特点不断"补充"和"加强"到一个人物身上,他说:"以一个人作为模特儿,当然并不局限在他一个人身上,还要吸取这一社会阶层的共同特点,去补充他,去加强他,这就是创造。典型之所以形成,不同照相,主要是通过了作家的创造,包含有作家的思想。"①如果作家面对的社会问题较多,思考的问题比较复杂,他会向一个人物身上"补充"很多信息,如此,这个人物就会给人一种既像 A,又像 B,又像 C、D、E 的感觉,这样的人物形象需要重新命名,以丰富文艺作品的形象库,拓宽文艺作品的审美类型。孙犁的中篇小说《村歌》中的双眉就是一个既像 A,又像 B、C、D、E 的人物,我们将这样的人物称之为拟象人物。

一、从拟象到拟象人物

从"拟象"到"拟象人物",有一个发展过程。中国古代小说中的孙悟空、猪八戒、哪吒、杨戬都是"拟象",他们都是典型的"变象",一会儿人,一会儿物,一会儿神,一会儿魔,并不确定,这种形象,不是物象,不是人象,是一种观念象、一种功能象,这样的象只能称之为"拟象",这是中国小说史的第一代拟象。

《红楼梦》中的贾宝玉、林黛玉是第二代拟象,因为他们不再一会儿神,一会儿人,一会儿物的变化,为了与第一代拟象区别,可用"拟象人物"称呼之。《红楼梦》第一回暗示读者,贾宝玉和林黛玉在前生结下情谊,之后下凡为人。贾宝玉出生时带着一块"宝玉",这块宝玉又是女娲炼过的补天石,于是贾宝玉与"宝玉"构成一个组合,贾宝玉必须戴着"宝玉",一旦将"宝玉"丢失,他会失魂落魄。这样的贾宝玉与现实生活中的人也就不同了——他是一个为作者表达服务的形象——这也是贾宝玉可在女孩堆里生活,其他男孩如贾兰、贾环则不可以的原因。曹雪芹在《红楼梦》第一回中借"石头"之口说:

---

①　孙犁:《关于中篇小说》,载《孙犁文集 5》,第 468 页。

市井俗人喜看理治之书者甚少，爱适趣闲文者特多。历来野史，或仙谤君相，或贬人妻女，奸淫凶恶，不可胜数。更有一种风月笔墨，其淫秽污臭，屠毒笔墨，坏人子弟，又不可胜数。至若佳人才子等书，则又千部共出一套，且其中终不能不涉于淫滥，以致满纸潘安、子建、西子、文君，不过作者要写出自己的那两首情诗艳赋来，故假拟出男女二人名姓，又必旁出一小人其间拨乱，亦如剧中之小丑然。且鬟婢开口即者也之乎，非文即理。故逐一看去，悉皆自相矛盾、大不近情理之话，竟不如我半世亲睹亲闻的这几个女子，虽不敢说强似前代书中所有之人，但事迹原委，亦可以消愁破闷；也有几首歪诗熟话，可以喷饭供酒。①

可见，曹雪芹想塑造一个令人耳目一新的文学世界，而贾宝玉是发挥"亲睹亲闻"之视角的一个功能性存在，是《红楼梦》叙事皆真实的一个佐证，是作者的一种艺术手法、一个表意工具，不是摹仿现实的产物。

按照中国文艺的发展规律，双眉是第三代拟象，她完全现实化了，不再具有贾宝玉、林黛玉那样的神隐性特征，是最不容易辨识的拟象。

二、第三代拟象人物双眉

《村歌》中的双眉来自现实，但经过作者的补充和强化，变成了一个拟象人物，理由有三：

其一，双眉是个"变象"。变象就是变动不居之象，这是拟象的第一个特征。第一代拟象类型有变，人—妖，人—鬼，人—猴—神……第二代拟象隐去神性，但在叙述中交代其前生，使现实中的人成为一个隐性神，这是一种不变之变，形象未变，但读者心中总是想着作者前面的交代，主动为人物增加一层身份；第三代拟象是身份发生变化，且每一重身份都转瞬即逝，这就与现实中人身份的变化区别开来。现实中人的身份也会发生变化，但每一个身份都有相对稳定性。《村歌》中的双眉就是一个身份不断变化的拟象。

在《村歌》中，双眉刚出场时是一个美丽的女孩，抱着孩子打树上的枣，有单纯明亮的一面；很快变成了"流氓"，令人十分诧异；当老邴调查双眉为什么是流氓时，香菊却告诉他，双眉是曾经的妇救队长，后被王同志撤了职。短时间内双眉的身份发生三重转换：美丽的女孩儿——流氓——前妇救队

---

① （清）曹雪芹、高鹗：《红楼梦》，第5页。

长。之后孙犁还不满意,进一步给双眉这一人物着色,使其"重叠""变形":先是让双眉组建互助组,变成互助组长,取得成功后,又让她变成模范互助组长,但在老邴开会表扬她时,双眉被人贴了"黑贴儿",暗示她与小兴儿有不正当男女关系,老邴对此大发脾气,王同志又暗示,人们议论老邴和双眉有不正常关系。这样,双眉在小说上半部分的色调变得极其复杂,既好又坏,难以定性,不像香菊、小黄梨这些人物,好坏比较容易确定。到了小说下半部分,双眉由不确定而确定,变得洒脱不羁、立场坚定、热情万丈,又是指挥农民敲鼓,展示自己的指挥才能;又是背枪巡逻、保护公共财产,表现出坚定的革命立场;还写剧本、排练节目,施展自己的艺术才华。小说结束时,双眉作为一个演员在舞台上释放艺术魅力。这样,一个双眉就有了美丽女孩、"流氓"、妇女队长、互助组组长、文艺家(指挥、编剧、演员)等几重身份。这样的双眉,与传统小说的人物大不相同。传统小说人物在出场时,性格、身份基本确定,之后,随情节发展,性格特征被不断强化,越来越成为某种典型性格。但《村歌》中的双眉却溢出正常人物的发展逻辑,身份不断变化,令人猝不及防。用我们熟悉的西方文论解读,会觉得"这个人物的形象与性格,缺乏生活与内在的真实"①,但用表达机制理论解读,会发现双眉是作者文艺思想的投射和凝聚,是作者表达复杂思想的极好工具。双眉由一个漂亮女孩子瞬间转换成"流氓",用西方文论观点考察,也有诸多不合理之处,就像小说中双眉引用报纸上对"流氓"一词的解释那样,与双眉的实际情况极不相符,但小说偏给双眉一顶不合适的"流氓"帽子,其用意也就明显了,他想让读者知道,双眉不是一个现实人物,而是作者创造的艺术形象。此外,给一个漂亮女孩儿扣一顶"流氓"帽子,也是为了通过这顶帽子的不合适,说明现实生活中的某些环境对人的压迫。这是溢出来的一层意思。

其二,双眉是个观念象。观念象是指凝聚了文艺家诸多观念的形象。第一代拟象之所以在人—神—妖—魔之间变化,与当初文艺家天人合一的宇宙观有关;第二代拟象之所以隐去人的神性,是长期受儒家思想影响的结果,即第二代拟象承载着文艺家的儒、释、道思想;第三代拟象承载着文艺家的文艺理论思想。单纯将双眉视为一个现实人物会觉得"缺乏生活与内在的真实",但将这个人物放在表达机制视域去关照,将其视为"美的形式""灵活的形式"的人格化时,这个人物就获得了新生命,变成了来自现实又超越现实的新一代形象。而孙犁也确实表达过类似观点。他说:"创造民族形

---

① 王文英:《对孙犁〈村歌〉的几点意见》,载刘金镛、房福贤编《孙犁研究专集》,第423页。

式,我以为主要是写人(从生活写人)。"①人如果可以成为民族形式,也就可以成为任何一种思想、感情的形式。双眉那么美,非常讲究形式感,作者也着力突出双眉的形式感:外貌、服饰、动作等。将双眉视为一个灵活多变的美的形式也就有了根据。作为人格化的"美的形式",双眉达到了"美的极致"——"细长的身子""明亮乌黑的头发""红线、白线、紫花线合织的方格子上身""光脚穿着薄薄的新做的红鞋""脸在太阳地里是那么白,眼睛是那么流动",她和老邴的照面好像是"准备好一个姿势,才回过脸来"……模样、身段、姿势、服装无一不美,这些都是一个人的外在形式,属于形式美。《村歌》将"人的美"与"形式的美"一并来谈,"人的美"即是"形式的美",即是艺术,二者无法分割。孙犁通过双眉与老邴关于什么是"流氓"的一番讨论,既为"女性美"正名,又为"形式美"正名。如此,双眉也就成了孙犁表达文艺理论思想的一个观念象。

其三,双眉是个功能象。功能象是指凝聚着文艺家关于文艺审美功能的特殊形象。文艺作品需有"美的形式""灵活的形式",这样的文艺作品应具有巨大审美价值,小说如何论说文艺的审美价值和审美功能? 认真考察双眉这个形象,就会发现,双眉是文艺家论说文艺审美功能的方法和手段。双眉在《村歌》中特别能干,她对老邴说:她们"一天卸一个半布","我一天卸三个布","而且一道街上,都到我这里来淘换布样子"。双眉像一个"超人"般的存在。但《村歌》证明双眉能干不是按照人物模式展开的,而是按照艺术魅力的模式展开的。小说首先将双眉作为美的形式表现给老邴,老邴被双眉吸引,跟随双眉走进她家的白梢门,故事就此展开,双眉的身份也就在此处开始转换和叠加。双眉对老邴的吸引完全依赖美的形式所独有的魅力,不掺杂一点色诱的味道,这是孙犁为作品定的基调。在证明了美的形式对"观者"的吸引力后,接下来需要证明艺术对群众所具有的提升、改造功能,即审美教育功能。小说通过两件事证明:第一件是让双眉组织落后妇女互助组,并将其变成先进互助组;第二件是让双眉将从部队逃回来的小兴儿劝回部队。由于读者无法理解双眉即是美的形式的人格化,也就无法理解双眉的能干是凸显艺术审美教育功能的手段,误以为"作者错误地强调了一个女人的政治力量而忽视了党的领导作用"②,也正是在这里,孙犁创造性地完成了对艺术功能的巧妙表达。小说不仅证明了双眉是一个"美的形式",还证明了"美的形式"不但无罪,还具有吸引读者、提升读者、改造读

① 孙犁:《接受遗产问题(提要)》,载《孙犁文集5》,第270页。
② 王文英:《对孙犁〈村歌〉的几点意见》,载刘金镛、房福贤编《孙犁研究专集》,第422页。

者、服务社会、服务意识形态的功能。

三、双眉命运所承载的文艺思想

中国文艺以表意为目的,且要达到"道"的水平。当原有形式不能完成表达目的时,艺术家必须创造新的形式服务要表达的内容——用新的形式"载"新的"道",这是艺术不断发展的基本规律。为了完成思想表达任务,小说中的双眉就得不断转换身份。当双眉的身份不断转换时,便由具象人物变成了"拟象"人物,"美的形式"也变成了"灵活的形式"。如此,孙犁通过塑造"拟象"人物双眉,或将双眉"拟象"化,完成了"复杂的内容必要灵活的形式"的思想表达。在证明了艺术的审美教育功能之后,小说还需要证明艺术为意识形态服务的立场。越是美的艺术,越能够为意识形态服务,这是孙犁根深蒂固的观念,也是孙犁无论怎么被人批判为小资产阶级趣味都不改变美学风格的原因。孙犁的这一观念,在《村歌》中通过双眉得到了很好的诠释。小说的下半部分"土地复查",基本以表现双眉的政治立场为主线:指挥复查农民敲鼓也好,抓搞破坏的地主郭老太也好,率领妇女搞秋收也好,为伤兵慰问演出也好,都是其坚定的政治立场的证明。

孙犁曾说:"我们的文学事业,也是无数先烈长期奋斗,甚至流血牺牲,创造出来的……"①"我们所追求的文学,它是给我们人民以前途、以希望的,它是要使我们的民族繁荣兴旺的,充满光明的"②。孙犁对文艺的这种认识,决定了他对文艺的严肃态度,双眉承载着孙犁关于艺术问题的诸多思考,她努力追求而不得的"演戏"梦想,不是孙犁对双眉严苛,而是孙犁对文艺的态度,他想以此告诉读者:艺术家应如何对待艺术。他说:"我们既然打下主意写东西,便要对一切东西,采取一种关心的态度,极密切的关心。大至生活种种,小至一鸟一木,风云变幻,四季风光,都要比别人多费几番眼力。"③

小说中的双眉因为喜欢演戏而演戏,这是孙犁不能允许的,他必须让双眉经历种种挫折、磨难、误解、污名化,还要让双眉明白文艺必须服务于正确的意识形态,不能随随便便,不能仅仅因为自己有才能就轻易从事文艺活动。双眉经历了种种挫折后依然充满热情,并对生活中的一切感兴趣,对一

① 孙犁:《庚午文学杂记(一)》,载《孙犁文集6》,第444页。
② 孙犁:《文学和生活的路——同〈文艺报〉记者谈话》,载《孙犁文集5》,第566页。
③ 孙犁:《文艺学习》,载《孙犁文集5》,第206页。

切都关心。这样的双眉正是李泽厚所说的那种"是 A 又不是 A"的情况,双眉在给母牛接生时,不仅是个未出阁的女孩子,还是一个需要全面留意生活方方面面细节的艺术家。

艺术家是为了深刻洞察人性,并以建设本民族文化事业为目的而从事艺术创作的。双眉作为一个年轻貌美的女孩子,因为有点小才能就成天演戏,这是对艺术的不了解和不尊重。所以孙犁一开始就判双眉"有罪",让双眉在小说中"戴罪立功",意在提醒大家:艺术不是儿戏,不是过家家,真想从事艺术活动,必须老老实实地劳动、生活,不能有非分之想。但仅此还不够,还必须去掉私心,去掉炫耀、搏名等想法。在孙犁看来:"心为大众,其语言虽拙亦美;心为私利,其语言虽巧亦恶。"①双眉虽有才能,但始终不能放弃名利思想,这也是孙犁对她严苛的原因。

双眉真正的一次演出是在野战医院住进伤兵之后,上级领导写信给张岗村,要求他们为伤员慰问演出。张岗村全力以赴支持双眉,李三还为双眉维持秩序,三里五乡的群众都慕名前来观看演出,热赞不断。小说结束在双眉站在舞台的最美瞬间,这个瞬间既是一个审美高潮,也是艺术的圆满,是双眉、台下的观众、民族、家国等种种问题的彻底解决。伤兵是为保家卫国受的伤,为他们慰问演出,自是为家国、为民族,三里五乡的乡亲也因此获得一次审美享受,而双眉终于实现了自己的梦想,张岗村则因此博取了更多美名,可谓皆大欢喜。

如此,双眉的命运构成了一个圆形结构,由最初的渴望演戏而不得,到中间的种种努力争取机会,历经各种生活考验,提高自己的思想水平,最终实现理想——演出成功。

艺术是武器,威力巨大,不理解人民生活的人不能随便运用这一武器;艺术是公器,不是私器,不能为显示自己的才华而随意动用;艺术必须为人民服务。这是孙犁关于艺术家如何对待艺术这一问题的严肃思考。而双眉的命运是孙犁表达这一思考的方式。

第二节　人物关系的拟象化和孙犁对
文艺与政治关系的思考

文艺与政治的关系问题是文艺的基本问题,这一问题非常复杂,需要认真思考。抗战之前,政治将文艺视为重要的意识形态工具,很多文艺家

———————

① 孙犁:《小说杂谈》,载《孙犁文集 6》,第 363 页。

自愿为意识形态服务,类似于"国家有难,匹夫有责",拥有文化武器的每一个人积极参与抗战,《风云初记》中的变吉哥就拿着作品找到抗日政府,希望为抗日服务。但孙犁认为艺术家为政治服务,不仅需要对政治有正确理解,还需要对艺术表达机制有正确理解。《村歌》中的双眉作为艺术家,对艺术不理解,孙犁让她吃了很多苦,受了很多委屈。但反过来,政治家应该怎样对待文艺和文艺家呢?这是文艺与政治关系的敏感问题。从理论上很难表述清楚。但思考文艺与政治的关系时不能只谈文艺家如何为政治服务,不谈政治家如何对待文艺和文艺家,不然,文艺和政治的关系永远说不透彻。《村歌》中,孙犁设计了三组关系,每一组关系代表政治对文艺的一种态度,通过生动演绎,清晰表达了他对政治家应怎样对待文艺和文艺家的观点。

一、王同志与双眉关系的拟象化

"人物关系的拟象化"与"关系表达"不是一个意思。"关系表达"中的人物关系是确定的,如《三国演义》中的刘关张、《西游记》中的取经师徒等。每个人物在"关系表达"中都有确定意义,确定的几个人物和确定的意义组合在一起,形成相对稳定的意义团块。而"人物关系的拟象化"是一种不确定的关系,是作者为表意而设计的临时关系,表达一完成,关系即解除。

《村歌》中,作者设计了三个级别的领导:老邴、王同志、李三,他们与双眉形成三种不同级别的领导关系:老邴—双眉、王同志—双眉、李三—双眉。由于双眉是"美的形式"和艺术家的化身,三个不同级别的领导对待双眉的态度也就超越了现实中领导者与被领导者的关系,成为政治与文艺关系的一种隐喻,关系也就有了拟象特征。

王同志是位女干部,最早出现在张岗村,她武断,不做调查研究,颐指气使,因而不受群众欢迎。她撤了双眉的妇女队长之职,不让她参加互助组,不让她演戏,还破坏她的声誉,骂她是"流氓"。王同志之所以这样对待双眉,是因为双眉不把她这个领导放在眼里,当面"顶嘴"。小说用"顶嘴"介绍王同志对双眉的不满,意味深长。通常情况下,家长训孩子时爱用"顶嘴"这个词,意思是孩子不能反驳,不能解释,否则就是"顶嘴"。"顶嘴"是从香菊嘴里说出来的,这是香菊对王同志对待双眉态度恶劣的一种理解。香菊与双眉的性格完全相反——老实、本分、听话,对王同志一切的安排都遵从,包括吃饭。王同志"好吃乡下的'鲜儿'",香菊就每顿饭给她准备"大青豆角、新刨的没长好的山药、嫩棒子"。王同志喜欢香菊这样的人,让香菊接替双眉当了妇女大队长。王同志向老邴介绍双眉时，用的是"双眉横着哩"。
"顶嘴"与"横着哩"也就说清了王同志撤双眉职的原因。双眉之所以"横"
是因为她能干，所以香菊说"我们都怕她"，但又说：她领着我们年年得第
一。虽然断断续续，但香菊对双眉的态度还是清晰的——佩服。王同志撤
双眉的职，也就不那么令人信服了。但王同志代表上级政府，在香菊眼中，
王同志就是上级政府，因而，香菊才将王同志的一言一行当作政府的意思，
但王同志本人却没有这样的认知，王同志还把自己当普通人，这就出现了认
知偏差：她对自己的认知和群众对她的认知不一致。

二、老邴与双眉关系的拟象化

老邴是一位老干部，资历比王同志深，权力也比王同志大，老邴代表的
是更高一级政府，老邴出场是为了解决王同志造成的不良影响。小说不能
直接让老邴出场吗？不能，那样就简单化了。只有先让王同志出场，让人认
识现实中存在的问题，再让老邴出场，解决王同志造成的负面影响，才能做
到既不回避现实问题，又给人信心和希望，这种处理方式相当老辣。孙犁对
王同志的态度是鲜明的，他反对王同志的生硬、僵化、自以为是，但孙犁不仅
不反对文艺为政治服务，还强调文艺为政治服务，为中华民族服务，为人民
群众服务。但他也希望政治对待文艺要有正确态度。什么是正确态度呢？
孙犁通过老邴对双眉的态度表达了自己的看法，那就是认真、客观、公正、有
勇气和责任感。

认真，首先要懂得美，懂得欣赏。一个不懂艺术、对艺术无动于衷的人，
无法领导文艺，也不存在认真与不认真之说。一个外行，不懂文艺，不懂欣
赏，越是认真，反而越麻烦。《村歌》中的王同志因不懂美，才对双眉采取粗
暴、武断的态度。而老邴对美有直觉力，他看到双眉，一下子就被吸引，跟着
双眉走进双眉家的"白梢门"，得以了解双眉遇到的问题，并帮助双眉解决问
题。老邴如果没有对美的直觉力，也像王同志一样害怕美，双眉的问题就永
远得不到解决。

客观、公正，需要对问题调查研究。当有人认为"美的客体"有问题时，
必须深入了解——阅读、访问、调查，再实事求是地分析、综合，才能做出正
确判断。小说中的老邴对双眉的问题进行了非常认真的调查、走访，听了双
眉的辩解，做出正确判断，给了双眉机会，双眉后来在张岗村方方面面的工
作中发挥了巨大作用。

面对美还需要勇气和责任，因为美的问题是人的问题，也是创造的问
题，对艺术进行领导若没勇气，就不敢对"新"的艺术形式进行肯定和鼓励，

甚至会阻碍艺术的发展。一个敢于鼓励艺术创新的领导,才会促进艺术的繁荣。但有时也存在风险。《村歌》中,老邴接近双眉需要勇气,肯定双眉的成绩也承担了足够的风险。比如,王同志就污蔑老邴和双眉有不正当关系,被老邴严词反驳了。

小说中,孙犁肯定老邴对双眉的态度,这也是政治与文艺之间比较理想的关系。但至此,关于文艺与政治之间的关系问题并未完成表达,还需要第三组关系进行补充。

三、李三与双眉关系的拟象化

小说上半部分主要是王同志、老邴对双眉的不同态度。老邴解决了王同志遗留下来的问题,给了双眉机会,双眉也用行动证明了自己的能力和对党的忠诚,之后,王同志和老邴返回政府部门。小说下半部分,基层领导李三发挥主要作用,直接领导张岗村的群众,也直接领导双眉。小说上半部分,在老邴的鼓励下,双眉得到了群众认可,但双眉还没有成熟起来,工作起来不考虑后果和影响,仍然需要引导和管理。李三就扮演了这个角色,对双眉进行引导和管理。比如,在"复查"期间,保管股里存着一堆东西,双眉不管不顾,每天点着油灯写剧本、排戏。李三及时阻止,并告诉双眉这很危险。双眉虽有点小情绪,但还是听了李三的劝告,停止了每晚的排练。当上级通知张岗村为伤兵慰问演出时,李三又积极热情地为双眉保驾护航,维持台下秩序,保证双眉演出的成功。李三对双眉的态度是真诚的、呵护的,一心为双眉好,希望双眉进步,但李三的政治地位有限,不能更多地保护双眉。在王同志打击双眉时,他无能为力;在老邴支持双眉时,李三进行了配合。此外,李三虽缺乏艺术细胞,但同样热爱艺术:双眉一有演出,他就帮忙维持秩序。李三和双眉的这种关系表现了一个热爱文艺的干部对艺术家的正确引导、呵护、支持和帮助,张岗村因此成为远近闻名的政治文化单位。双眉具有方方面面的艺术魅力,才使张岗村获得了较高知名度;李三对双眉的规范和引导,使张岗村的知名度变成了美誉度。这是政治与文艺应有的良好关系。

一个国家、一个民族不可能没有文艺,文艺能宣扬一个民族的精神和价值追求。但文艺宣扬什么样的民族精神,如何宣扬,需要政治引导。但在这一过程中,政治和文艺的关系颇为微妙。孙犁通过《村歌》想表达的意思是:艺术家不要将某一个干部的不当行为无限夸大,并以此为借口拒绝为政治服务,说出"文艺去政治化"那样的话。文艺和政治的关系不能因文艺家或政治家而发生变化。一些文艺家就像双眉,仅凭一腔热情去工作,造成什么样的后果难以预料,因而,文艺需要政治引导。出现了王同志那样的领导,也并不代表双眉就没问题。总之,孙犁希望的是文艺为政治服务,为民族、国家、人民服务,但落实到具体干部身上时,应让懂得美、欣赏美的领导者指导文艺,比如老邴那样的领导干部。

第三节 双眉互助组的拟象化与孙犁对现实问题的思考

一、孙犁对现实主义的理解

孙犁对自己作品的认知与批评家对其作品的认知常常充满矛盾。他说:"我所走的道路是现实主义的。有些评论家,在过去说我是小资产阶级的,现在又说我是浪漫主义的。他们的说法,不符合实际。有些评论,因为颠倒了是非,常常说不到点上。"①出现这种误差,与人们对"现实主义"这一概念的理解有关。因为"现实主义"是个外来词,中国本土没有这个概念,这样就出现了意义差。都在使用"现实主义"概念,但各有内涵,彼此也就难以对话了。孙犁有对中国传统文艺进行现代转换的意识,他在使用"现实主义"的概念时,已经对其进行了"改造",变成一个"新的现实主义"。他说:

> 现实主义的作家,应该有正确的宇宙观,因而正确地认识了世界、人类、自己。参与实际活动,丰富生活经验,把实践看得最重要最基本。现实主义的作品,对于社会,不但要指出灭亡的部分,而且要指出新生的部分,充满斗争、热望,最后胜利的前途。它的内容决定它的形式,形式适应着内容。作家为自己的用语的明确清晰有力生动而奋斗。而这样成功了他的艺术,而这种艺术最低限度可达到:
> 第一,是作品内面的真实和诚实。
> 第二,是内容的独创性和清新味以及从来不曾知道的新生活环境的再现。
> 第三,是所描写的生活环境的广大和价值②。

在孙犁的表述里,"现实主义"已经包含了三层意思:实际发生的部分、

---

① 孙犁:《自序》,载《孙犁文集1》,第2页。
② 孙犁:《现实主义文学论》,载《孙犁文集5》,第245页。

不曾发生的部分、作者的分析和判断。所以，孙犁说："一方面是表现好的，是对好的致敬，是叫好的更好；一方面是表现坏的，是叫坏的学好，向坏的斗争。"①只有"正确的宇宙观会帮助你去完善地认识现实、分析现实、把握现实而概括出现实来"②。这样的"现实主义"实际上变成了一种创作原则；这里所说的现实，是相对于中国古典作品中的神、怪、妖、魔而言的现实，这个"现实"可用"人间"代替。这样的现实主义依赖作家对现实的把握能力，所以孙犁格外强调作家的"宇宙观"和目的性，认为"作家必须具备一个崇高的目的，才能完成一部伟大的著作"③。

二、《村歌》反映现实问题的策略

孙犁的"现实主义"只有放在中国小说史的发展脉络里才能说通，说通了孙犁的"现实主义"观念之后，才能理解孙犁小说中的"现实"是怎么回事，那是"充分地内容了积极性、展发性"的"现实"，实际上就是选取现实元素表达思想，不再利用神、鬼、妖、魔表达思想。按照这个思路分析《村歌》，孙犁关于现实问题的思考和表达也就十分清楚了。首先，《村歌》没有回避问题：落后的群众，小黄梨、大顺义、郭环、大器等，都是来自"旧"社会的现实元素，这种落后元素，作者不回避，但也不渲染，一笔带过，点到为止。其次，《村歌》没有回避矛盾和斗争：双眉与王同志之间的矛盾、双眉与郭环之间的斗争。但作者巧妙地将矛盾和斗争拆开，变成小叙事，这里放一点，那里放一点，让矛盾、斗争均衡地分布于小说中。就像要力勇拟象油画对黑色的运用，这里一点，那里一点，均匀分布，画面才厚重而不压抑，如果将黑色集中，画面就会失衡，没有黑色又会失重，显得轻飘，作者对生活的理解和认识就无法传递。孙犁小说的这一表达策略在抗战小说中运用得非常普遍，将苦难、悲伤这些元素均匀分布在小说的叙事缝隙中，而不是集中叙述，但对欢乐、积极的元素集中叙述，这就做到了既表现现实又超越现实，这是艺术的最高准则。为了更好理解文学中使用"黑色"元素而不造成压抑气氛这一问题，可参照要力勇的拟象油画《玄舞》。《玄舞》中的黑色处理得非常巧妙，本来沉重、压抑的色彩，因作者笔法走动时的轻重快慢变化而形成了节奏，呈现出龙腾虎跃的感觉。加上红色、黄色、白色、蓝色的衬托，黑色也有了光感，有了亮度。其他色彩在黑色的陪衬下也增加了亮度，这就是文艺的

---

① 孙犁：《连队通讯写作课本》，载《孙犁文集5》，第279页。
② 孙犁：《现实主义文学论》，载《孙犁文集5》，第237页。
③ 孙犁：《〈红楼梦〉的现实主义成就》，载《孙犁文集6》，第201页。

辩证法。

　　孙犁反映现实的手法是元素提取法、概括现实法，与西方的现实主义有区别，其现实主义变成了时代精神的现实主义、民族精神的现实主义，而不是某个元素的现实主义。西方的现实主义应属于元素的现实主义，即人、事、物的现实主义。所以，巴尔扎克作为法国社会的书记员，想将法国社会反映出来，就得写多部小说，否则就只能是外省的现实、巴黎的现实、军旅的现实……只有将巴尔扎克的所有小说加在一起，形成的才是法国某一时代的现实。但孙犁的每一篇小说都是时代的精神现实。

　　孙犁说："在创作过程中，一个现实主义作家只能通过他肯定的人物的言行，表示他赞成的方面；通过他否定的人物的言行，表达他反对的方面。"①但如何极简地将自己肯定和反对的方面表达出来呢？这就是所谓的技巧了，但也不算是技巧，而是一种复杂的思维运作机制。孙犁说："题材的选择配置的工作，关系非常重大。题材处理好了，才保证那主题的成功。没有题材的好处理，没有好结构，简直就不会有主题的表现。"②

　　"配置题材""形成结构"是一种普遍的方法，在《村歌》中，孙犁使用了一种"组织"手段，将几个落后人物组织在一起，形成互助组，由双眉做组长。这样，落后的部分和先进的部分就组成一个结构，也就组成一个"象"，就像《易经》中的六爻组织在一起形成卦，同时也就形成了卦象。此象意义复杂，也就拟象化了。拟象化是一种"经济法则"，可以"用最少的字，使你笔下的人物和生活，情意和状态，返璞归真，给人以天然的感觉"③。

　　也就是说，孙犁不是为了拟象而拟象，也不是故弄玄虚，而是为了节约版面，让读者在较短时间内收获较多信息。《村歌》以一个中篇小说的体量表达了一套文艺理论思想，并反映了复杂的社会现实，就在于其拟象手法的灵活运用：以双眉的拟象化，表达对艺术家相关问题的思考；以围绕双眉形成的几组关系思考政治和文艺的关系；以双眉互助组的拟象化，反映当时的社会生活。几组拟象各有功能，也就达到了表达经济的目的。

三、《村歌》对现实超越性及表现方法

　　双眉互助组的成员有两部分，一部分代表当时人们的实际认识水平和道德水平，另一部分则是孙犁按照理想农民塑造出来的。这样，既准确反映

---

①　孙犁：《〈红楼梦〉的现实主义成就》，载《孙犁文集6》，第205页。
②　孙犁：《文艺学习——给〈冀中一日〉的作者们》，载《孙犁文集5》，第185页。
③　孙犁：《读〈沈下贤集〉》，载《孙犁文集7》，第311页。

了现实，又通过艺术理想，规范、提升了读者的认识水平和道德水平。当时农民的实际道德水平、认识水平主要集中在小黄梨身上——人长得丑，又不热爱劳动，还自私自利。

孙犁运用中国传统的形色表达手法，仅通过人物外貌就亮明了自己的态度。双眉自然就是孙犁最喜欢的人物，是理想中的农民形象——人长得漂亮，热爱劳动，勤快能干，聪明，顾全大局，有组织能力等。这样，双眉互助组就具有了一个内在结构：善—恶、美—丑、公—私。这一结构正是现实生活该有的样子。如果只是"反映"现实，并无多大意义，因为任何一个时代都如此，总有先进和落后，有美丑善恶。艺术的功能是引领现实，超越现实，于是，《村歌》中的小黄梨有种种"恶"德、恶行，于是双眉的组织、领导、监督她。小黄梨表现丑、恶，双眉就用自己的美、善去"抵消"，如此，小黄梨的影响也就被降到最低限度。比如，互助组第一次劳动，小黄梨不愿为别人家干活，双眉就带领大家多干点，将小黄梨那份干完，提前完成任务后，又去帮助小黄梨，小黄梨造成的"分裂"被双眉"抵消"了，互助组得以延续；小黄梨给刚生完小牛的母牛套上一辆大车，差点将母牛压死时，双眉正在精心照顾小牛，双眉再次抵消了小黄梨造成的恶劣影响；之后，双眉经常提着一根青秫秸，监督着小黄梨，小黄梨也就没有机会表现自己的恶，当然双眉的粗暴简单行为也受到李三的批评。

双眉和小黄梨作为一正一负的角色还不足以反映当时群众状态的多样性和复杂性，大顺义和李三这对关系进一步丰富了现实生活中人们的思想水平、认识水平、道德水平的多样性。小说中，大顺义代表现实中的人们那些自私、动摇、随大流、怕吃亏的思想，李三则代表较理想的农民的思想水平——立场分明，不营私舞弊，勇于牺牲小我成全大我。李三和大顺义也构成一个内在结构：自私、动摇—无私、坚定。大顺义与小黄梨都属于不好劳动的女性，但大顺义因嫁给了李三，表现比小黄梨略好一点，除了散漫、保护自己的利益外，并无太过分的举动，只在平分财物时利用与李三的关系，闯进保管财物的仓库，想拎走一串铜钱，被李三坚决、严厉地制止后也就识趣地走了，并没有像多数农村妇女那般和丈夫大闹。这是孙犁艺术加工的结果，表达了孙犁反映现实又引导现实的艺术主张——个别农民境界虽不高，但他们并非不可克制，在有效监督、管理下，他们完全可以做到节制。

通过双眉互助组成员的内在结构，孙犁既反映了现实生活中农民道德感情的实际状况，也表达了理想农民的道德感情，并用理想的农民引导现实中落后的农民。如此，《村歌》就成了孙犁创造出来的既反映现实又超越现实的文艺作品。孙犁小说中的"理想"是现实土壤里长出的理想，不令人觉得奇怪和过分，而小说中的现实是人性中不可能完全脱掉的私欲，这样的现实和这样的理想组合，恰是一部小说应提供给读者的"美的艺术"。

第六章 《风云初记》的
拟理表达机制

从《"藏"》开始,孙犁利用标题表达复杂的精神诉求。《"藏"》暗示读者——他的小说并不以讲故事为目的;《村歌》暗示读者——这是一篇与"歌"有关的小说,"歌"是一种独特的艺术形式——歌颂、歌唱、抒情等;《风云初记》与《村歌》相衔接,也是孙犁以小说的方式表达复杂问题的尝试。孙犁说:"最好的抒情的表现,是包含在叙事里,表面上没有抒情的字句,叙事里却满含着抒情的血液。像春天的小河表面上有薄薄的一层冰,显着很冷静,其实里面正奔腾着激流……"①并强调:"作品都含有人生和社会的重大命题"②,"一个人写东西的时候,他先确定要表现一个什么样的观念和思想,这便是那作品的基础和灵魂——这就是他的主题。接着在他脑筋的记忆里出现各式各样的材料,但他删除了那不必要的,采用了必要的——这就是他的题材。"③孙犁认为作家有了观念和思想之后才能有选择地叙事,因为"事理本不可分。有什么理,就会叙出什么事;叙什么事,就是为的说明什么理"。《风云初记》和《村歌》都是孙犁为说理而选择的叙事,属于拟理表达机制的小说。

第一节 《风云初记》对文艺问题的系统思考

孙犁对文艺问题的思考是一个连续动作,是一套组合拳——《碑》《钟》《"藏"》算是尝试,《村歌》开始认真以小说的方式思考文艺问题,到《风云初记》时,他运用小说进行说理的手段已相当成熟,关于文艺问题的思考也进一步深化。如果说在《碑》《钟》《"藏"》中,孙犁思考的是艺术"生产"问题;

① 孙犁:《连队通讯写作课本》,载《孙犁文集 5》,第 290 页。
② 孙犁:《关于〈聊斋志异〉》,载《孙犁文集 5》,第 218－219 页。
③ 孙犁:《文艺学习——给〈冀中一日〉的作者们》,载《孙犁文集 5》,第 183 页。

《村歌》思考的是艺术家对艺术的态度,以及艺术与政治关系的问题;到《风云初记》时,孙犁思考的则是革命文艺与古典文艺的关系、革命文艺家与旧文艺家的关系,以及文艺与生活的关系等问题。孙犁在少年时期就已明白,小说是思考和解决社会问题的一种方式。他曾说:"《子夜》的作者,是要以艺术的手腕,来解答这个社会科学上的问题的。"①他提醒读者:"如果我们不是为消遣而读这部小说,如果我们不是为了'时髦'而鉴赏这部文学作品,只要潜心地去研究,我们很容易地便找到《子夜》的作者所暗示给我们的关于中国经济问题的几条解答。"②这是孙犁读小说的一种态度,也是孙犁写小说的一种态度。也就是说,写小说的目的不在于讲述故事,不在于塑造人物,而在于思考社会问题、探究解决问题的方案。故事、人物形象都应服务于作者对社会问题的思考。这是孙犁读别人小说时的态度,也应是我们读孙犁小说的态度。孙犁在思考什么样的社会问题? 提供了怎样的解决方案? 孙犁抗战时期的小说树立了抗战必胜的文化自信,让每一个中国农民都表现出一种伟大牺牲精神、合作精神、爱国精神;抗战胜利后他的小说要解决的问题是中国文艺理论问题——中国现代文艺应怎样继承中国文艺传统,怎样处理古代文艺传统与西方文艺关系。中国现代文学从鲁迅一代开始,到孙犁一代,基本完成了古典文学的现代转型,但中国文艺理论尚需一场现代转型,因为文学和文学理论是一个问题的两面,只解决一个问题还不算完成任务。因而,孙犁从《碑》《钟》《"藏"》开始,以小说的方式思考中国现代文艺理论问题。在长篇小说《风云初记》中,孙犁思考了文艺的功能、民族形式、文艺与生活的关系等一系列问题。

一、文艺功能问题

孙犁参加抗战工作伊始,就一直从事文艺工作:编辑副刊、教学、进行文学创作等。他坚信:一个热爱艺术的民族是不可能被征服的。所以他在抗战小说中播下文艺的种子。《邢兰》中,邢兰穷得不能为孩子做一条裤子,竟为自己买来一只口琴,在修理榆树枝杈时,拿出心爱的口琴吹上一曲自谱的曲调。《风云初记》中,春儿家的墙上"有四张旧日买的木刻涂色的年画儿,是全本《薛仁贵征东》"③,芒种不识字,但与春儿告别时,他望着别窑那一节。这意味着:中国艺术在民间发挥着教育芒种的作用。孙犁一方面在

---

① 孙犁:《〈子夜〉中所表现中国现阶段的经济性质》,载《孙犁文集 8》,第 360 页。
② 孙犁:《〈子夜〉中所表现中国现阶段的经济性质》,载《孙犁文集 8》,第 361 页。
③ 孙犁:《风云初记》,载《孙犁文集 2》,第 64 页。

小说中谈论文艺的教育功能,一方面通过小说对读者进行审美教育。在《老胡的事》中,老胡从山沟里摘回几朵开着的花,插在一个破手榴弹铁筒里,摆在桌上。

> 小梅问:
> "你摘那花回来干什么?"
> 老胡忙说:
> "看哪,摆在桌子上不好看?"
> 小梅笑笑:
> "那好看什么,有什么用呢?"
> "好看就是她的用处啊!"①

　　这是典型的审美教育手法,好像是在教育小梅,实际是在教育读者。同时也传递了一个道理:一个爱美的民族是无法战胜的。

　　文艺问题是 20 世纪中国知识分子用来解决中国社会问题的重要手段:梁启超一代赋予小说诸多社会功能,鲁迅一代赋予新文艺诸多社会功能,蔡元培等强调文艺的化育功能……中国知识分子将国家、民族兴旺的希望寄托给文艺,这里包含着十分复杂的原理;中国共产党的抗战策略也包含着对文艺的改造和普及,冀中根据地曾搞过全民文艺运动。从某种意义讲,中国抗日战争的胜利、中国革命的胜利、中国共产党的胜利,都与当时的文艺政策有千丝万缕的联系。孙犁继承了中国前代知识分子对文艺功能的认识,在战争期间,以文艺服务抗战。抗战胜利后,他又以小说的方式思考中国现代文艺理论、美学等深层问题。《风云初记》就包含着一整套系统的文艺思想,从人物设计,到小说结构、主要事件,都突出了文艺问题。变吉哥、张教官、李佩钟、春儿都在小说中与文艺工作密切相关;抽去了文艺问题,《风云初记》就失去了半壁江山。《风云初记》中,孙犁充分表达了文艺的重要作用:动员人民、识别丑恶、普及科学知识、凝聚民心等。

　　动员人民。表达机制批评法通过梳理文艺作品中的元素考察文艺家的表达意图。《风云初记》有很多以文艺方式动员群众的元素。小说第三十节,吕正操的队伍进驻子午镇,吕正操告诉春儿:"我们政治部成立了一个剧团,你要是喜欢演戏唱歌,可以去报名。"②当天晚上,"在村西大场院里,开

---

① 孙犁:《老胡的事》,载《孙犁文集 1》,第 61 页。
② 孙犁:《风云初记》,载《孙犁文集 2》,第 143 页。

了一个军民联欢晚会,五龙堂的老百姓也赶来了。吕司令、高翔在会上讲话,动员人民,政治部的火线剧团演出了节目。春儿和秋分,坐在一条长板凳上看,高庆山和芒种也从城里赶来了,拉着马站在群众的后面。戏出都很简单,春儿第一次看到日本鬼子的形状。子午镇的鼓乐,也搬到台上响动了一阵,又把军属高四海大伯拉上去,请他演奏大管。老人望着台下这些军队和群众,高兴极了,他吹起大管来,天空薄云消失,星月更光明,草木抽枝发芽,滹沱河的流水安静,吹完了,人人叫好。他接着做了一番抗日的宣传,最后大声说:'这就是我们的天下!'春儿和秋分也觉到:今天这才是自己的大会,身边站着自己的人,听的看的也都是自己心爱的戏文"①。这是抗战刚开始的场面,一场文艺演出让春儿、秋分、高四海这些普通农民体会到当家作主的感觉,这就是文艺的宣传功能。

识别丑恶、普及科学知识。除了以文艺方式动员群众外,《风云初记》还有以文艺方式教育群众识别丑恶,向群众普及科学知识的元素。小说第五十节,芒种受伤,住在春儿家养伤,俗儿和田大瞎子的老婆想破坏抗战,就利用寡妇的私生子陷害春儿。春儿就让变吉哥用图画的方式给农村妇女上了一堂生动的卫生课:"变吉哥按照乡村的实情"画了两套画,"关于婚姻自主的"和"关于生小孩子"的,"画儿贴在识字班讲堂的两面土墙上,妇女们看过婚姻自主的画儿,埋怨着包办婚姻大事的顽固爹娘,咒骂着胡说八道的媒人,绕到南边去看怎样生小孩的画儿。……红着脸看完了这套画儿,可真长了不少的知识。他们明白,只有积极参加抗日工作,参加村里的民主建设,参加劳动和生产,学习文化,求得知识,才是妇女们争取解放的道路"②。两套画发挥的作用可谓不小,让妇女们了解了婚姻自主和生育的基本知识,还明白了参与抗日工作的重要性。这种叙事方式简洁、省力,然一事多意:讲述了共产党发动群众参与抗战的具体方法;讲述了艺术对农民的独特作用;讲述了中国农村的丰富艺术资源由老百姓创造,在老百姓之间流通。民间艺术家证明中国农村是积蓄文化力量的肥沃土壤。邢兰、变吉哥、高四海等角色都是民间艺术家,有原创能力,为中国艺术的传承默默奉献。

凝聚民心。《风云初记》还提供了众多以文艺形式凝聚民心的元素。小说第五十四节写农民的文艺生活及其收获:"五龙堂村边平整光亮的打麦场,是农民们夏季夜晚休息的场所,一吃过晚饭,人们就提着小木凳,或是用新麦秸编制的小蒲墩来了。……从这里听到了多少古往今来的战争,知道

① 孙犁:《风云初记》,载《孙犁文集2》,第143-144页。
② 孙犁:《风云初记》,载《孙犁文集2》,第228页。

了多少攻防斗智的故事？为那些悲欢离合的情景，多灾多难的人物，先苦后甜的结局，她们流过多少次眼泪和轻声地欢笑过啊！"①这是农民通过民间艺术家自发接受教育的另一种形式。小说第六十八节，春儿、变吉哥、张教官来到张教官家，由于日寇对中国的图书、读书人进行围剿，张教官的妻子不得不把张教官的藏书一张一张撕着烧火做饭，边烧边流眼泪，这个女人后来参加工作，当了一名油印员："到那时她才看到，在战争里，文化也和别的事物一样，有一些被毁灭了。但是，抗日战争创造了更新鲜活泼、更有力量的文化。这就是那些用粗糙的纸张印成的书报。这些文化产生在钢板上、石块上；它和从来没读过书的人们结合，深入人心，和战争一同胜利了。"②这既是叙事者的声音，也是作者的心里话，讲述了文化对一个民族的重要性。

孙犁的抗日小说始终有一个文化视角，表达深层次的文化自信和民族自信：他将中国农民塑造得多才多艺，就是要告诉读者：中国农民是赶不尽杀不绝的，只要中国农民保留着文化原创力，中华民族就不会灭亡。只有当一个民族的文化彻底消亡后，这个民族才算是彻底消亡了。而中国偏远、穷困的地方还有邢兰那样热爱艺术且拥有艺术才华的人。所以，《风云初记》第七十节有一段很抒情的段落："家乡啊！你的曲调是多么丰富，为什么一支横笛，竟能吹出这样繁复变化的心情？原来只是嫁娶时的喜歌和别离时的哀调，现在被保卫祖国的情感充实激发，都变得多么急促和高亢了啊！"③这是赞美中华民族的伟大艺术和中华民族的文化精神，是一种对本民族文化的热爱和自信。

二、新的"民族形式"问题

文艺形式问题也是抗日根据地时期的重要理论问题，它涉及民间文艺形式、中国传统文艺形式、"五四"之后的新文艺形式、西方文艺形式等。孙犁在《接受遗产问题（提要）》中简要表述了自己的主张，他说："接受遗产不只是接受中国遗产，也要接受外国文学遗产。不只是接受昨天的遗产，也要接受明天的遗产。"④这段话最有意思的地方是"明天的遗产"。什么是"明天的遗产"？遗产总是前人留下来的，属于历史的一部分，明天怎么样不得而知，"现在"如何继承"明天"的遗产？这与孙犁在谈通讯写作时要求报道

① 孙犁：《风云初记》，载《孙犁文集2》，第245页。
② 孙犁：《风云初记》，载《孙犁文集2》，第299页。
③ 孙犁：《风云初记》，载《孙犁文集2》，第307页。
④ 孙犁：《接受遗产问题（提要）》，载《孙犁文集5》，第267页。

一个地方的"未来"是一个逻辑,他说:"对于一个地方,一件事情,要报告出它目前的动态特点,而同时也必要叙述它的历史方面,过去和未来。"①"建立民族形式的目的,是要达到高度的现实主义,能高度真实地反映我们民族今天的生活和明天的路程。因此,接受遗产问题应依附民族今天的生活。"②辩证理解"今天""明天""现在""未来"之间的关系,是理解孙犁文艺思想的关键。今天要想着明天,这是文艺创作的基本原理,因为文艺作品通过反映当下,服务未来,文艺家在反映当下现实时,应具备透过当下预测未来的能力。这种能力不仅涉及艺术创新与继承,还涉及艺术形式与内容,以及艺术表达机制等诸多问题。文艺家在文艺创作过程中,需要兼顾继承和创新两个方面,因为没有创新的继承是沿袭,不反映新内容、新思想的形式是"披外套"③。可见,民族文艺形式问题是一个复杂问题。《风云初记》中,孙犁通过不同人物表现不同侧面,将复杂的文艺形式问题形象生动地传达了出来。

传统文艺形式已不适合新的、复杂的生活内容。形式要为内容服务,当生活内容发生变化时,原来的形式已不相适应。《风云初记》第十五节涉及传统文艺形式与新生活内容不适应的细节。春儿和变吉哥到县城找高庆山准备参加抗日工作,春儿问芒种:"你认识不?他是五龙堂的,又会吹笛儿,又会画画儿,来找俺姐夫谋事的!"④变吉哥和芒种不熟悉,为了向芒种证明自己"有些专长,埋没了可惜"⑤,就掏出自己带来的四张水墨画,"请芒种指导",芒种看了一遍说:"这画儿很好,画得很细致,再有点颜色就更好了。可是,这个玩意儿也能抗日吗?"⑥变吉哥被芒种这句话气坏了,说:"怎么不能抗日,这是宣传工作!"之后高庆山进来,看过变吉哥的画后说:"你的画儿比从前更进步了,抗日工作需要美术人才。你以后不要再画这些虫儿鸟儿,要画些抗日故事。"变吉哥回答:"那是自然,我是先叫你看看,我能画这个,也就能画别的,比如漫画,我正在研究漫画。"⑦他说着从怀里又掏出一个小画卷,上面画着一个瞎了一只眼的大胖子,撅着屁股,另有一个瘦小的老头儿,仰着脖子,蹲在下面。芒种一见就拍着手跳起来,说:"这张好,这张像,这画

---

① 孙犁:《论通讯员及通讯写作诸问题》,载《孙犁文集5》,第11页。
② 孙犁:《接受遗产问题(提要)》,载《孙犁文集5》,第268页。
③ 孙犁:《接受遗产问题(提要)》,载《孙犁文集5》,第269页。
④ 孙犁:《风云初记》,载《孙犁文集2》,第73页。
⑤ 孙犁:《风云初记》,载《孙犁文集2》,第73页。
⑥ 孙犁:《风云初记》,载《孙犁文集2》,第74页。
⑦ 孙犁:《风云初记》,载《孙犁文集2》,第74页。

的是田大瞎子和老蒋。这不是今年热天子午镇街上的黑贴儿？敢情是你画的!"①这是农民艺术家和农民接受者之间的一场对话，将农民对传统的山水画和讽刺漫画在抗战时期的不同功能表达得既清晰又生动。这也是孙犁对艺术形式问题的思考：艺术应贴近人民群众的生活，艺术形式应随着生活内容的变化而变化。

农民艺术家不喜欢矫揉造作的文艺形式。中国有很多农民艺术家，他们有自己的审美标准，在创作中也有自己对形式的追求。小说第三十五节，春儿也谈了艺术形式的问题，她当时向一群女孩子讲起塑圣姑像的师傅选择原型的门道，其中就包含一个形式原则，她说这是变吉哥告诉她的，而变吉哥是个艺术家，从小跟着师傅学艺，因而是可靠的。塑像师傅选择原型的原则是:"对于那些穿绸挂缎的，对于那些擦胭脂抹粉的，对于那些走动起来拿拿捏捏的，对于那些说起话来蚊声细气的，这个师傅都看不上眼。他等着，田里的庄稼都熟了。有一天早晨，一个女孩子从地里背了一大捆红高粱穗子回来，她力气很小，叫高粱压得低着头，她走到高台底下，放下休息休息，擦了擦脸上的汗，抬头向上面一看。那个师傅说：行了，圣姑显灵了。就照着这个女孩子的相貌捏成了。"②这个情节强调了农民艺术家的审美趣味和价值观，他们不喜欢浮夸的形式，不喜欢矫揉造作。按照这个观点，李佩钟吃饭、做事的一些习惯让高庆山、变吉哥看不惯也就可以理解了。从这一点也可以看出，李佩钟是一个古典形式的代表人物——矫揉造作，拿拿捏捏，蚊声细气，吃饭一小口一小口的，很不符合农民的审美标准。

传统文艺形式的阶层性。传统是复杂的，有各种各样的传统，传统文艺形式也是复杂的，因而，谈传统文艺形式需要慎重，也需要辩证。小说第五十四节，叙事者谈起了"形式"所具有的阶级性，他说:"乡村的文化生活，很早就有了明显的阶级界限。田大瞎子，在酒足饭饱以后，好在他家的场院上，讲说《三国》。他说这真是一部才子书，他的全部学问，就是从这一部'圣叹外书'得来。可是去听他讲演的，只是村中那些新旧富户，在外面发财的商人，年老退休的教员。"③农民们则聚在"五龙堂的打麦场上"听变吉哥的"梨花调"，内容则是"抗战小段"。这里潜藏着对通俗的、民间的艺术形式与高雅的文人化的艺术形式的比较思考，有很多言外之意。比如，地主阶级喜欢听的与农民喜欢听的，不仅形式不同，内容也不同。

① 孙犁:《风云初记》,载《孙犁文集 2》,第 75 页。
② 孙犁:《风云初记》,载《孙犁文集 2》,第 167 页。
③ 孙犁:《风云初记》,载《孙犁文集 2》,第 245 - 246 页。

总之,孙犁以小说的方式思考文艺的形式问题,是一种"革命"性创造,是"未来"的、"明天"的,因而是陌生的、难以辨识的,需要我们反复细致地研读,还需要我们使用表达机制批评法,细辨作者所用元素的性质、数量,推敲其用意,否则难以理解。

三、文艺与生活的关系问题

孙犁在《风云初记》中将文艺进行了阶级划分,他认为,地主、官僚喜欢繁复的、浮夸的、矫揉造作的、拿拿捏捏的文艺形式;农民喜欢简洁、直接、明快的文艺形式。在内容上,地主阶级喜欢钩心斗角、明争暗斗、尔虞我诈的生活内容,而农民阶级更喜欢发生在他们身边的平民故事。抗日战争是农民战争,抗日文艺的形式自然要简洁、明快,内容是农民喜欢的日常生活故事。但农民的日常生活内容很多,很琐碎,哪些可以进入文艺领域呢? 孙犁在《风云初记》中进行了演示。

新旧两种势力的冲突。小说第十五节提及变吉哥所画的黑贴,是关于田大瞎子和老蒋的;小说第三十五节提及"政治部剧团","把昨天晚上捉汉奸的故事,编成一个剧本,真人上台,在大会上表演"①,还说塑造圣姑像时,师傅从现实生活中选择劳动妇女做原型的故事;小说第五十节,变吉哥根据俗儿陷害春儿和芒种的事情,创作了两套绘画作品,向妇女们宣传婚姻自由的观念;小说第五十四节提及变吉哥"新编的抗日小段",形式是"梨花调",内容是"把这次五龙堂人们的护麦斗争,稍加编排,添些枝节,大致上是按实情实事说唱一番罢了"②。

正在发生的新事物的萌芽。小说第六十五节写变吉哥"坐在老乡家的炕头上,编写明天演出的新词",而就在这时院里有两个妇女为了碾米争吵。小说记录了两个妇女的争吵及最终和解的过程,吵架结束后,变吉哥说:"我可以给你们编写一个剧本。"实际上剧本已经在小说里写出来了,这既是一个叙事,又是一个理论陈述,还是一堂写作课。小说第六十六节开头说:"变吉哥也常常编写一些小剧本",题材"不外是青年参军,妇女支前,拥军优抗,送交公粮",交代了变吉哥以文艺创作服务抗战的情况。

具有民族精神代表性的人物。小说第八十七节写了变吉哥为铁匠的女儿画像。他问:"我给你画的像,你觉得怎样?"姑娘认为"画得很像",但"还有点不喜欢",因为"我的头发,你画得乱了些,你应当等我梳洗一下再画,最

---

① 孙犁:《风云初记》,载《孙犁文集2》,第163页。
② 孙犁:《风云初记》,载《孙犁文集2》,第246页。

好是等我把衣服也换一下"①。

文艺的目的是推动生活向前发展,是教育人民做正确的事情。孙犁虽也发现了农民的偏见:他们一方面喜欢艺术,在劳动之后跑到野外听变吉哥的梨花调,但他们对艺术家的创作活动不能理解。芒种看到变吉哥拿着自己的画参加抗日工作,觉得诧异:"这个也能抗日?"铁匠的女儿觉得变吉哥画得好,自己很喜欢,但觉得不如干活实在,她说:"你们这些同志整天写的写,画的画,占着那么多的人,又都是年轻力壮的,究竟有多大的用处呢?我看现在上级这个决定最好,叫你们帮老乡种地,多打些粮食,比什么都好,你说对吗?"②孙犁小说对这一表达是"淡"的,没有强化,也没有回避,这就是艺术手段。但这样的艺术手段需要的是正确的世界观、历史观。没有正确的世界观、价值观、历史观,可能会突出农民和知识分子的矛盾,淡化农民的艺术才华和对艺术的热爱。革命文艺所面临的问题,一方面是文艺的缺乏,反映劳动人民生活的文艺少之又少;另一方面则是劳动人民瞧不起艺术家的劳动,认为艺术创作不如种地实在。但孙犁坚信农民具有创造艺术的能力和热情,与有钱的贵族艺术家相比,农民艺术家具有更强的创造能力,因为他们除了热爱、有天赋外,还有丰富的生活。中国农民艺术家是中国丰富的民间文化滋养出来的,也是大地哺育出来的。他们才是真正热爱艺术、懂艺术、能鉴赏艺术的人。中华人民共和国成立之后,农民翻身解放,农民艺术家有了更广阔的艺术空间,中国的现代艺术、民族艺术是否有一个更大的发展空间了呢?"文化大革命"期间,新长出的中国现代文艺理论的幼芽被弃之一边不再浇灌。改革开放后一段时间,又大量引进西方的文艺作品和文艺理论,使新的、发源于新文化运动、成长于抗日革命根据地的中国现代文艺理论被"埋"在了历史尘埃里。

第二节　李佩钟的拟象化与孙犁对
古典文艺形式的思考

孙犁说:"创造民族形式,我以为主要是写人(从生活写人)、民族精神和风貌。"③这句话有几层意思:人是形式之一种,创造一个新的人物形象,就是创造一种新的民族形式。邢兰、双眉、红棉袄、变吉哥等都是新的民族

---

① 孙犁:《风云初记》,载《孙犁文集2》,第377页。
② 孙犁:《风云初记》,载《孙犁文集2》,第377页。
③ 孙犁:《接受遗产问题(提要)》,载《孙犁文集5》,第270页。

形式、新的生活方式和伦理方式的拟象化表达。这种"人物"化的"民族形式",必须拥有一个新的名称,否则无法区别普通人物形象,故称之为"拟象"。理解了孙犁所说的"新的民族形式",就能理解孙犁小说人物与西方小说人物的区别,他们很多都是观念集合,李佩钟、双眉、小满儿等都是典型的观念集合,是"新的民族形式"。双眉是"美的形式"的观念集合,李佩钟是"古典形式"的观念集合,小满儿是通俗形式的观念集合。所以《村歌》中的双眉经历种种挫折,依然风生水起;《风云初记》的李佩钟经过各种努力,仍然成为唯一牺牲的人物,且死得不明不白,死后还遭人误解,被误认为投敌叛变;小满儿无论如何都不去开会,且在小说结尾悄悄"溜"走了。

将李佩钟理解为中国古典形式的拟象化,有七大理由。

其一,李佩钟拆城。《风云初记》的农民参与了两大抗战任务:破路和拆城。破路是为了阻止敌人的机动车辆进入村庄,这个容易理解;拆城的思维模式稍微费解一点,但小说对拆城这一工作进行了非常细致的交代:方方面面的争议、组织拆城的过程、拆城的场面、拆完之后的效果等。小说中的领导人物有高翔、高庆山,高翔偶尔出场,但高庆山一直和李佩钟在一起,小说为什么让李佩钟组织拆城?这颇令人费解。比如,高庆山是男同志,身边还有芒种做警卫,但李佩钟是女同志,也没有警卫保护。如果将李佩钟当作一个现实人物,这种安排很不通情理。但将李佩钟视为古典形式的拟象化,这样的安排就讲通了,拆城这个任务,也只能由李佩钟完成。小说也确实如此,拆城任务完成后,李佩钟就遭到了反动势力,即李佩钟的丈夫田耀武的报复——用机枪扫射,李佩钟受伤,销声匿迹很长一段时间。可见,"拆城"在小说中具有隐喻作用——"城墙"是城市的外在形式,且有千年历史,高、厚、坚固,加上阴森的树木,给人一种"厚重"的形式感,这种形式感对人颇有迷惑力,使人对它产生依赖。因而,城墙不仅是古代城市的形式,也是古代文化的形式,就像中国古代的家具、器物一样,有繁复、精美、厚重、复杂的形式感,有一种贵族格调,是地位的象征。所以,古代百姓进城、出城是一件很麻烦的事情,总受盘查。城也就具有了两面性:作为文化的象征,它属于贵族文化,给贵族以安全感和自豪感;但对农民来说,有一种压迫感、距离感。《风云初记》将"拆城"作为一件大事来写,其用意是思考中国传统文化的形式感。如果"城墙"是古代城市的形式,是旧文化的形式,由李佩钟负责"拆"也就有了特别的意义——旧形式不合时宜,已跟不上历史发展的节奏。李佩钟"拆城",有一种特殊的"痛感"——痛惜、伤感、内疚——因为李佩钟在那里出生、成长,对县城的生活气氛熟悉、留恋,对文物的历史价值有深刻认识,"拆城"就具有了特别复杂的内涵:令人心痛不已,又必须执行。这是中国文化在现代转型中的真实处境。鲁迅一代在进行新文学革命时，心中也格外疼痛。这在他的《墓碣文》中可看出来。

其二，李佩钟与变吉哥的冲突。李佩钟拆城后受伤，销声匿迹很长一段时间，人们似乎忘记了李佩钟。但当变吉哥和张教官要过"路西"执行任务时，李佩钟再次出现，且一闪而过。李佩钟这次出场的身份似乎就是为了和变吉哥闹一场小矛盾，之后再次消失。变吉哥和李佩钟本是旧相识，他们在拆城时认识，再次相见，李佩钟负责为变吉哥开一封介绍信。但她不合时宜地对变吉哥进行身份审查，令饥肠辘辘的变吉哥很不开心。因为不开心，对李佩钟好心为他写的介绍信也产生不满，认为形式浮夸，内容夸张，就给撕掉了。李佩钟完成这个任务后再次销声匿迹，这次是真的销声匿迹，再也没有出来过。安排李佩钟"拆城"是因她熟悉县城，好做工作，还有些客观理由；安排李佩钟接待、审查变吉哥，与负责"拆城"的女县长身份并不协调。按照事理逻辑，作者可以安排一副陌生面孔，让小秘书或小文员来做。但当作者将李佩钟视为传统文化的古典形式时，让李佩钟拆城，再让李佩钟与变吉哥产生冲突，一个关于"传统形式"问题的思考才能完成。因为变吉哥是新的民族形式的代表，是农民艺术家，在小说中不断创造新形式，恰与李佩钟所代表的古典形式形成一对矛盾，让他撕掉李佩钟的介绍信，也就有了新形式战胜旧形式的象征意义。如果说"拆城"是古典形式的一次自我变革，李佩钟与变吉哥的冲突则是古典形式与新形式之间的冲突。当变吉哥对李佩钟表示不满时，作为古典形式的李佩钟也就该退出历史舞台了。

其三，李佩钟的出身。小说中的李佩钟与"旧"关系十分密切：娘家是旧式的戏剧班子出身，婆家是旧式地主，李佩钟当县长之后，住在旧衙门里，主要工作是拆旧城墙，受伤之后，负责为干部开介绍信，变吉哥不满意的也是其旧式文风。李佩钟在生活方式上，也显得很"旧"派，她作为县长，搬到这个大空院里之后，把自己住的房子，上上下下扫了又扫。县政府有一个老差人，看见她亲自动手，赶紧跑了来，说：

> "快放下笤帚，让我来扫。你这样做叫老百姓看见，有失官体！"
>
> 李佩钟笑了笑，她在院里转了转，看见门台上有一盆冬天结红果的花，日久没人照顾，干冻得半死。她捧了进来，放在向阳的窗台上，叫老差人弄些水来浇了浇。老差人说：
>
> "看你这样雅静，就是大家主出身。你当家的，原先不过是一个区长，现在你倒当了县长，真是妇女提高！"
>
> 李佩钟皱了皱眉说：

"你去找一张大红纸,再拿笔墨来。"

老差人说:

"我一看你就是个文墨人,听说咱们的支队长,也不过是个拿锄把的出身,全县的干部,就数你程度高!"

"快去拿吧!"李佩钟说。①

在审理"田大瞎子"之前,李佩钟用毛笔写上"'人民政府'四个楷体大字",新的县政府有了形式感,审理工作才能开始。李佩钟的审理也很讲究形式感,被"田大瞎子"一阵数落,李佩钟强调:"这是政府,我在执行工作。""田大瞎子"讽刺道:"这个地方,我来过不知道有多少次,道儿也磨明了,从没见过像你们这破庙一样的政府。"可见"田大瞎子"对"政府"的形式有要求,实际上李佩钟对政府形式也有要求,只是没条件、没时间而已。在这方面,李佩钟和"田大瞎子"都是懂传统的人。可见,李佩钟恰是旧的文艺培养起来且充满形式感的代表人物。

其四,人们对李佩钟的态度。如果注意人们对李佩钟的态度,也会发现,人们的关注点不是其品德和能力如何,而是其拥有的形式感。小说第三十三节中,李佩钟在拆城现场和春儿比赛,"李佩钟的头发乱了,嘴唇有点儿发白,头重眼黑,脊梁上的汗珠发凉。两条腿不听使唤,摇摆得像拌豆腐的筷子",对于这样的李佩钟,老蒋评论:

"你们看看,哪像个县长的来头儿? 拿着一个大学毕业的学生,城里李家的闺女,子午镇田家的媳妇,一点儿沉稳劲儿也没有! 整天和那拾柴挑菜的毛丫头,在一块儿瞎掺和!"

"这样的县长还不好?"和他一块担砖的民工说,"非得把板子敲着你屁股,你才磕头叫大老爷呀?"

"干什么,就得有个干什么的派头,"老蒋说,"这么没大没小的,谁还尊敬,谁还惧怕! 这不成了混账一起吗?"

"什么叫新社会哩?"那个民工说,"这就是八路派。越这样,才越叫人们佩服。过去别说县长,科长肯来到这里,和我们一块儿土里滚、泥里爬吗? 顶多,派个巡警来,拿根棍子站在你屁股后头,就算把公事儿交代了! 现在处处是说服动员,把人们说通了说乐了,再领着头儿干,这样你倒不喜欢?"

① 孙犁:《风云初记》,载《孙犁文集2》,第106-107页。

"我不喜欢，"老蒋一摇头，"总觉着没有过去的势派带劲，咱们拿看戏做比：戏台上出来一个大官，蟒袍玉带，前呼后拥，威风杀气，坐堂有堂威，出行有执事，那够多么热闹好看？要是出来一个像她这样的光屁股眼官儿，还有什么瞧头？戏台底下也得走光了！"①

老蒋的观点代表当时旧派思想对旧派形式的态度。老蒋这么批评李佩钟，也意味着李佩钟是一个形式焦点。

李佩钟是一个想为抗日战争做贡献的人物，对拥有革命资历的高庆山十分佩服，也很想靠近。但高庆山看不上李佩钟，李佩钟也知道。然而高庆山看不上的并不是李佩钟的人品或能力，而是形式。李佩钟请高庆山吃饭，吃的是"十字街路北的羊肉饺子"，还说："我叫老头儿买去。"吃的时候也很讲究，"那样小的饺子，要咬好几口，嘴张得比饺子尖儿还小一些。高庆山是一口一个，顿时吃了一头大汗。李佩钟把自己的干净毛巾递过去，带着一股香味，高庆山不好意思大擦，抹抹嘴就放下了"②。当李佩钟问高庆山："是你们老干部讨厌知识分子吗？"高庆山说："哪里的话！文化是个宝贝，一个文化人，就是有了很好的革命工作的条件……遇到知识分子，我从心里尊敬他们，觉得只有他们才是幸福，哪里谈得上讨厌呢？自然知识分子也有些缺点，为了使自己的文化真正有用，应该注意克服。"③可见，李佩钟身上的问题与其知识分子的身份无关，而是她身上过多的旧派作风，以及不自觉地对旧形式的偏好，使得来自民间的高庆山感到不舒服。这恰好说明，李佩钟不仅是个女人，还代表一种形式——古典文艺形式的拟象化。只有这样看待李佩钟时，李佩钟和高庆山之间的暧昧关系才能得到合理解释——新的积极的内容与旧的传统的高雅形式难以调和。

其五，李佩钟离婚。孙犁小说中有两次涉及离婚，一次是李佩钟，另一次是《走出之后》的王振中，王振中的离婚获得很多人的帮助，所以她成功了。但李佩钟要离婚时，却没人帮助。她对高庆山说自己想离婚，高庆山说那是你自己的事，李佩钟又给春儿说，让她捎信给田家，说要离婚，春儿觉得不好问，也不好管，就没多说什么。李佩钟这么说，是想得到支持和帮助，但没人帮忙。孤立无援的李佩钟，遭到了田耀武的疯狂报复，她被机枪扫射，身负重伤。如果李佩钟是一个真实、客观存在，高庆山、春儿帮她摆脱田家

---

① 孙犁：《风云初记》，载《孙犁文集2》，第154页。
② 孙犁：《风云初记》，载《孙犁文集2》，第116页。
③ 孙犁：《风云初记》，载《孙犁文集2》，第116页。

的报复是完全可以的。只有当李佩钟是一个古典形式的化身时，与田家离婚，才成了对旧形式与旧内容的告别，而这样的告别，不是高庆山和春儿所能理解的，也不是他们能够帮助的。除了他们不懂"旧形式"外，最重要的是旧形式与时代内容完全脱节，不进行改造无法与新内容结合，而摆脱了旧内容，旧的形式也很难发挥作用。这样的"李佩钟"无论如何努力都免不了被时代所遗弃。

其六，李佩钟的牺牲。孙犁写了很多抗日小说，很少让人牺牲，甚至舍不得让人受伤。但李佩钟却牺牲了，且不壮烈，不明不白，死后很长一段时间无人知晓，人们甚至怀疑她的下落。这一点也说明，李佩钟并非一个单纯的女性形象，她肩负着"旧形式"的人格化使命。只有这样才能解释李佩钟的结局如此安排的原因。李佩钟的消失，是中国知识分子最难面对的结局，因为这是一个关于传统文化的古典形式的命运。中国旧的文化形式有太多令人沉醉的地方，就像李佩钟，优雅、精致、知性、通情达理，但抗日战争时期需要的是春儿、秋分那样不讲形式感的女性，是二梅、小梅那样穿一件破棉袄可以出门的女性。但抗战胜利后，人们爱的还是李佩钟。所以，孙犁进城之后开始大量购买古典书籍，并在改革开放之后完成了复古色彩的《芸斋小说》。有研究者认为李佩钟身上"凝聚着孙犁对知识分子认同的深切焦虑"[1]，另有研究者认为李佩钟与"孙犁'女性情结'的理想形态有关"[2]，这样说，虽不无道理，但有很多问题得不到解释。比如，高翔也是知识分子，与李佩钟都是地主出身，仅通过李佩钟表达对知识分子身份认同焦虑的说法有些勉强；将李佩钟视为孙犁心目中的理想女性更显荒唐，忽略了小说与现实之间的距离。因为孙犁说过，他小说中的人物"不是代表了一个农夫，工人，学生，兵士……乃是代表某时代的某个地理环境内全体农人，工人，学生，兵士等的关系，而正因为典型人物的完善，一本作品，才能生动，才能普遍，才能垂久，被广大读者群众拥护起来"[3]。即便李佩钟符合孙犁的女性审美理念，也是概括出来的——能够代表当时根据地所有知识女性的完美形象，而非具体的某人。但研究者都注意了孙犁对李佩钟这一人物形象的偏爱，甚至在多年之后还为李佩钟的结局加上一笔，似在为李佩钟"翻案"。如果李佩钟不是知识分子的代言人，不是孙犁女性情结的理想形态，孙犁对

① 周黎燕：《裂隙中的个人话语——〈风云初记〉尾声重写缘由》，《信阳师范学院学报（哲学社会科学版）》2007 年第 1 期。
② 李展：《李佩钟论：被折断的女性命运：重释孙犁〈风云初记〉文学意蕴》，《名作欣赏》2012 年第 12 期。
③ 孙犁：《现实主义文学论》，载《孙犁文集5》，第 237 页。

李佩钟这一形象的偏爱是否与文学的古典形式有关？孙犁一生，忠贞不渝的是文学，用毕生精力思考的也是文学。只有将李佩钟与"孙犁对于'清丽雅致'的美学理想"①联系在一起，似乎才能解释圆通。也有研究者注意李佩钟与文学的关系，李展认为李佩钟是"学文学的"，是"用传统诗词""武装出来的女性"②；而周黎燕认为李佩钟参加革命的动机与文学有关。如此，我们便可以认为李佩钟是"旧"文化的古典形式的人格化代表，她的牺牲也便是抗战时期中国古典形式的无可挽回的命运。

其七，孙犁对李佩钟的态度。孙犁为什么对李佩钟念念不忘，为李佩钟的死进行各种解释，并赋予其政治意义呢？小说结尾对李佩钟的牺牲做了这样的补叙：

> 李佩钟自从那年受伤之后，身体一直衰弱，同年冬季，敌人对冀中区的"扫荡"非常残酷，一天夜里，地委机关人员被敌人冲散，李佩钟从此失踪，很长时间，杳无消息。后来就有些传言，说她被敌人俘至保定，后来又说她投降了敌人。第二年春天，铁路附近一个小村庄，在远离村庄的一眼井里淘水的时候，打捞出一个女人的尸体。尸体已经模糊，但在水皮上面一尺多高的地方，有用手扒掘的一个小洞，小洞保存了一包文件。这是一包机密文件，并从中证实了死者是李佩钟。③

这也同样可以用传统形式的人格化观点解释。因为在这个补充的结尾中，既有人们对李佩钟的冷漠、误解，又有李佩钟对革命工作的热情。如果李佩钟是知识分子的代表，这样的结局确实令人不解。比如，蒋俗儿在小说中作恶多端，绑架、带领汉奸炸毁堤坝，淹没村庄，村民恨不得"啖其肉"，但在老常的劝说下，大家保留了她的性命，将她交给抗日政府去审判。而李佩钟却死得如此孤独且憋屈，死后还被误解，实在过于残忍。这极不符合孙犁一向温情脉脉的叙事风格。但若李佩钟是旧文化、旧形式的人格化，则这样的结局就成为孙犁对中国传统文化问题的一次深刻反思了。中国传统文化、古雅的传统形式在抗日战争中遭到了毁灭性打击，确实是悄无声息消失的，不知不觉，不引人注意地远去了。如果将中国古典文化、古典形式的远

---

① 李展：《李佩钟论：被折断的女性命运：重释孙犁〈风云初记〉文学意蕴》，《名作欣赏》2012年第12期。

② 李展：《李佩钟论：被折断的女性命运：重释孙犁〈风云初记〉文学意蕴》，《名作欣赏》2012年第12期。

③ 孙犁：《风云初记》，载《孙犁文集2》，第390页。

去视为中国古典文化本身的问题，那是孙犁所不能认同的。若没有抗日战争爆发，中国文化也会进行现代转型，但不会这么疾风骤雨，可能会像鲁迅所说的那样，经历反复，与新的形式和内容羼杂在一起。由于抗日战争具有农民战争的性质，而农民的文化素养与传统文艺的高雅形式产生冲突，便不自觉将社会问题归结为传统文艺形式的问题。这才是孙犁一定要为李佩钟辩解几句的合理解释，联系孙犁晚年的《芸斋小说》，就更理解孙犁对李佩钟命运的安排里所包含的多层思考或追问：中国古典文化或许有些问题，但那问题是古典形式本身的问题吗？

第三节　三人组合的拟象化与孙犁
对文艺家素质的思考

文艺是文化的精髓，一个民族的文艺代表本民族的精神品格，因而无论哪个民族都将文艺视为精神旗帜。但文艺是文艺家创作的，没有优秀的文艺家就没有优秀的文艺，培养优秀文艺家才是文艺建设的核心。这是孙犁思考最多的问题：在《碑》《钟》《"藏"》中，他思考了优秀文艺家的思维水平、对生活的处理方法等问题；在《村歌》中，他思考了文艺家与政治的关系。但由于文艺的复杂性，以及中国文化现代化进程所涉问题的复杂性，中国新时代文艺家的素质也不可能一蹴而就地解决。于是在《风云初记》中，孙犁继续思考文艺家应具备的素质。其思考方式是创立一个新的拟象——由春儿、变吉哥、张教官三人组合，构成一个叠加式拟象。三人组合的叠加式拟象，是孙犁对优秀文艺家应具备素质的高度抽象和概括的结果。

用西方叙事学理论思考春儿、变吉哥和张教官这个三人组合在小说中的作用，令人感到困惑：在那样的战争气氛里，三人一无所有，却要前去"慰问"，但并不着急到达目的地，而是不断拐弯，去做一些与目的无关，却能将更多信息带入小说的事情。在这一过程中，二人组合的所作所为时不时将读者从小说中带出，让读者一边阅读一边反问自己：这三个人怎么都像孙犁呢？张教官的经历中有与孙犁阅历重合的部分，变吉哥的经历也有与孙犁重合的部分，春儿没有与孙犁重合的经历，但其鲜明的政治立场和爱国激情让人时不时想到孙犁。看来，这三人分担了孙犁的不同侧面：变吉哥分担了孙犁农民出身的艺术家身份，张教官分担了孙犁的家庭背景、婚姻背景和学术背景，而春儿分担了孙犁的政治立场、意识形态选择、积极的抗日态度等。

用西方叙事学的逻辑，很难理解孙犁这么处理小说人物的用意。但用表达机制分析法,会思考孙犁如此设计人物的目的。在探究目的过程中,联想到孙犁《村歌》中的双眉、《风云初记》中的李佩钟具有的文艺思想表达功能。三人组合的拟象,也必然服务于孙犁文艺思想的表达。一旦这样致思,三人一起行走的故事情节变得清晰,孙犁在运用中国历史上的"关系表达法",就像《三国演义》中的刘关张组合、《西游记》中的师徒组合、《红楼梦》中的宝黛钗组合,向上推,就像《周易》卦画中的天地人组合一样。这种"关系表达法"具有数学中的排列组合效果,会将意义的复杂形态呈现出来。比如,《周易》卦画中的天地人结构中,六爻可以排列组合,启发读者无限思考,并最终构成全维度思考模型,对问题的理解接近全面透彻。

三人组合模式由于加入孙犁的个人经历,必然将我们引向关于艺术家基本素质的思考,将变吉哥所代表的意义与春儿代表的意义组合,再将变吉哥代表的意义与张教官代表的意义组合,在不断组合中,一个文艺家应具备的基本素质也就得到了充分思考,最终的结论接近全面、完整。在《碑》《钟》《"藏"》《村歌》中,孙犁也思考了文艺家应具备的素质问题,但由于维度较少,侧重的总是一个方面,得到的结论也不够全面,比如,《"藏"》强调的是艺术家不要"浅花(化)"反映现实这一问题;《村歌》强调了政治对艺术家的影响和艺术家必须为政治服务,但未涉及理论素养对艺术家的影响。《风云初记》中,孙犁增加了这一维度,张教官代表的就是理论维度;变吉哥代表的是生活经历和艺术才能的维度;春儿代表的是艺术家应有的政治立场和生活激情。与《村歌》比,变吉哥+春儿≈双眉,《风云初记》中,变吉哥+春儿+张教官=双眉+李佩钟≈理想的文艺形式了。相对于《碑》《钟》《"藏"》《村歌》,在《风云初记》中,孙犁对文艺家应具备的素质的思考更加完善。孙犁本人就是一个这样的文艺家,一个真正的革命的文艺家——继承了中国古典文艺传统、中国民间文艺传统、"五四"新文艺传统和西方优秀文艺传统,并大胆创新,用新生活表达新思想的中国现代文艺家。这样定位后,再看孙犁小说,才能读懂孙犁小说中所包含的文艺理论思想。

中国传统文化是拟象文化,中国传统文艺也是拟象文艺:在小说中有诗、史、哲学、伦理学、文艺学、美学等。中国的文学家常常既是思想家,又是哲学家、文艺理论家、美学家等。或可以这样说,在中国文艺史上,真正的文艺家必须具备思想家、哲学家、文艺理论家的素质,不然他们的小说就会显得寡淡少味。中国美学讲究"味",而味的最高标准是"和","和"需要杂多统一;这就需要艺术家具有概括、综合现实的能力;而综合、概括现实又需要明确的目标,即服务国家、民族的伟大目标,否则就看不到复杂现实中对国家、民族有利的元素,更不会费尽脑力去提炼、概括和综合。孙犁深知做一个真正的文艺家是极难的事情,因而才一而再再而三地在自己的小说中思考这一问题。到了《风云初记》,关于文艺家素质的思考才算成熟,三人组合的叠加式拟象便是表达这一观念的最佳形式。

《风云初记》中的三人组合表达了如下几方面的思想:第一,文艺家需要最朴素、最坚定的对本民族的热爱。三人组合中,春儿代表这层意思。春儿出场最早,在三人组合中发挥领导作用。春儿是女性,却是三人组合中唯一会打枪的人,遇到鬼子时,春儿用枪杀死鬼子,保护了大家。这一安排意味深长。非常像中国神话中女娲代表的女性作用——"补天"。在中国神话中,女性承担着创造、缝补、修复世界的重要作用。第二,文艺家需要一定的理论素养。三人组合中,张教官代表这层意思。张教官是春儿和变吉哥的老师,从伦理角度讲,他应该在三人组合中发挥核心作用或领导作用,但小说中的他反而显得很弱,想回家还得请教变吉哥,而变吉哥则让春儿做决定。就因为他想回家看望父亲和妻子,给三人组合带来一场冒险——敌人半夜入村抓人绑票。张教官家有不少书,但在战争中不得不将书当柴火,令人十分痛心。这也是一个意味深长的细节——战争毁灭的是文化,但文化在文化人的心里,在人民的血液里。只要文化人在,文化就在;只要文化在,文化人就在。因而,张教官的父亲虽然烧书,但也想办法保护书。张教官是接受了新文学的知识分子,又受过古典传统的影响,且生活在民间,是多维度的文化凝聚。他虽然缺点明显——重情,讲究形式感,多愁善感,不能吃苦,但他在小说中扮演着教育春儿和影响变吉哥的作用。变吉哥从他那里学会了抒情和传统礼节。第三,文艺家需要大量、长期的实践和多方技能,这层意思由变吉哥这一形象代表。变吉哥的艺术才能是综合的,会画画,会写诗,会创作剧本,会说梨花调,他在参加抗日工作之前已经从事了很长时间的文艺创作,从没有脱离过生活实践。他还有很强的创造能力,无论是剧本、梨花调、绘画都是即时创作,从现实生活中取材,目的也十分明确——为抗战服务。因而,变吉哥是三人组合的中坚,是本体。

正因为春儿发挥着政治倾向作用,在三人组合中才第一个退出。因为经历过战争洗礼之后,变吉哥和张教官都受到了考验和洗礼,坚定了民族自信心,张教官改变了自己身上的小资产阶级软弱的一面,变吉哥则学会了用更宽阔的视角观察生活,思考问题,春儿的使命也就完成了。三人组合中的张教官和变吉哥始终伴随,意味着在为民族服务的政治立场坚定后,文艺家需要用一生去学习和实践,不断提高自己的理论素养,不断从生活中汲取营养。文艺家不是一劳永逸的职业,不是"会"写就可以的,是要不断思考,不断学习的。

　　三人组合是孙犁创造的一种新的拟象形式,是由三个虚影叠加在一起形成的拟象,其结构与要力勇的拟象油画《旅》相似。

　　《旅》有若干虚像,这些虚像似乎在瞩望远方,似乎在行走,似乎刚刚完成一项重大活动,有人目送他们远去,向他们深深鞠躬。但因为是虚像,有点像一个人身上分出来的三个层次,正一层一层剥离。《风云初记》中三人组合的叠加式拟象恰是《旅》的反向表达:三个人物有孙犁的不同侧面,分别是从孙犁多维度主体身上分离出来的一个维度,其分离过程可参照《旅》以图画形式表达出来的可视化效果,但《风云初记》中的三个虚像是经历了分离后的合并,只有合并成一个整体才能表达孙犁的观念。小说没有显示出分离的过程,但它是艺术思维必不可少的一步,这也是我们需借助要力勇的拟象油画去理解的原因。

　　这就是中国的艺术思维,它不是对客体的摹仿,而是对生活深度加工后的表达。

第四节　《风云初记》对中国社会现代进程的思考

　　清末以来,中国知识分子的使命是:推动中国社会的现代转型。中国社会的现代转型应以文化现代化为基础,文化现代化又以文艺现代化为基础。文艺现代化也就成了知识分子的武器。

一、中国社会现代化与文艺现代化的关系

　　观念的现代化进程。生活上的现代化很容易实现,比如无轨电车、地铁、咖啡、西洋舞、酒吧等,西式生活方式引进后,人们很容易接受,但观念上的现代化却是一个漫长而复杂的过程。鲁迅小说《伤逝》中的子君接受了未婚同居的西式生活方式,但在观念上还是传统小女人,没有西方女子的独立个性,反而将自己逼上了绝路;《示众》中,洋伞进入人们的生活,但观念没有改变的群众依然是看客……可见,中国社会的现代化,不只是生活方式的现代化,更主要是观念的现代化,而观念的现代化需要文艺的现代化来完成。这是鲁迅一代知识分子引进西方文艺的深刻根源。

　　文艺现代化的条件。但文艺的现代化是一个极其复杂的过程。因为文艺是一个民族的精神密码,其中包含着本民族的思维方式、宇宙观、价值观、伦理观、语言文字等众多深刻而潜藏的信息,当不能理解文艺中包含的诸多信息时,也就不能理解文艺现代转型需要的条件,也就无法完成这一历史任

务。"五四"时期之所以引进西方文艺,是因为西方文艺与中国文艺呈现出完全不同的两种形态,对中国知识分子来说异常新鲜,尤其是西方小说中的人物和他们的生活,与中国小说中的人物和生活完全两样。比如,西方小说中的爱情,人与人之间的关系等,都对中国读者产生了巨大诱惑。所以,中国"五四"时期的小说中出现了一大批恋爱小说,之后也就出现了《伤逝》中子君和涓生那样的年轻人——完全不考虑中国社会的现实和伦理约束,未婚同居,后果自然也就像子君那样了。西方小说改变了新一代中国人的伦理观、价值观,甚至也改变了他们的思维方式。但那仅限于年轻知识分子,比如《孤独者》中的魏连殳、《长明灯》中的那个疯子……而绝大多数中国人,比如闰土、鲁四老爷、七斤、九斤等,依然故我。如此,中国社会就出现了新的分裂——被西方生活方式、价值观、伦理观重塑的知识分子和停留在过去的中国农民和老一代知识分子,他们彼此难以沟通,互不理解,就像《药》中的夏瑜和华老栓们,或者就像魏连殳和他的本家以及房东那样。可见,引进西方文艺并不意味着中国文艺的现代化。

中国文艺的现代化需要中国知识分子创造出一种新的、现代的中国文艺。这就涉及中国传统文艺、西方文艺、中国民间文艺之间的关系。抗日根据地时期,人民政府发起过一场关于民族形式的大讨论,在这场讨论中,孙犁的观点是:"接受遗产不只是接受中国遗产,也要接受外国文学遗产。不只是接受昨天的遗产,也要接受明天的遗产。不只是接受'文学遗产',也要接受中国、外国整个历史生活的遗产。"[1]这是孙犁关于文化遗产的开放态度。"接受的方法——接受者要先准备自己的创造能力,要确认民族形式是新的东西。对遗产是吸收消化,作为创造的营养,要能取精用宏,大胆扬弃。"[2]只有接受的态度还不够,还需有具体可行的方法,而这方法是先准备"自己的创造力",没有自己的创作力,很可能将接受当作"化装""披外套",但"接受,不是化装,不是披外套(最糟糕的是笨拙的模仿),因为我们是从生活走向表现生活的文学形式。因此,学习施耐庵、曹雪芹,一定要在工作过程中去学习,学习他们小说中特别能感动中国群众的'秘诀'(那从生活上了解其所以然的原因)"[3]。"从生活走向表现生活的文学形式",不那么简单,它十分复杂,需要我们高度智慧。孙犁"接受明天的遗产""准备好自己的创造力"的提法,在今天看来相当有创意,也非常符合文艺的基本规律,

---

① 孙犁:《接受遗产问题(提要)》,载《孙犁文集5》,第267页。
② 孙犁:《接受遗产问题(提要)》,载《孙犁文集5》,第270页。
③ 孙犁:《接受遗产问题(提要)》,载《孙犁文集5》,第269页。

但在当时没有引起人们的重视。

　　孙犁对中国文艺现代转型的基本看法是：必须准备好自己的创造力。因为没有创造力，要么永远停留在过去，要么引进外来文化，两种情况都无法将本民族文化现代化。准备好创造力的文艺家，在继承遗产时，无论中国古典文化遗产、西方文化遗产、"五四"文化遗产，还是民间文化遗产，都会化为营养，变成创新的基础和条件。孙犁对"遗产"的开放态度和对文艺家的极高要求，预示着中国文艺现代化过程的艰难和复杂。《风云初记》中，孙犁不但思考了中国文艺的现代转型问题，还以小说的方式示范了中国现代小说的创作思路。所以《风云初记》是小说，又是关于小说的理论著作。在这一理论著作中，他除了思考我们在前两节中提到的几个问题：中国古典文艺形式的命运问题，中国现代文艺家应具备的基本素质问题外，还思考了中国社会及中国文艺的现代转型问题。

　　农民语言的现代化。抗战时期，孙犁曾思考过农民语言的现代化问题，他当时对"现代"的理解有两层意思：一是大众化，他曾说："近几年来，特别是在边区，我们的作家是都在向中国现代话努力了。"①什么是"现代话"呢，"它包括这些成分：现代流行的、民间的、大众的、口头的"②。二是进步，"我们要用中国现代话写文章，要注意'现代'这两个字，这就是说要进步的意思"③。孙犁的说法虽然朴素，但分析一下就会发现这朴素的话中所包含的深意：第一层，强调"活"的语言，而"活"的语言是与中国古代的文言相区别的；第二层，强调农民语言，这与古典文艺的贵族化、文人化有区别；第三层，强调流行的，实际上是当时根据地政府提倡的，比如，互助组、妇女解放、男女平等，这些词在孙犁的小说和散文中经常出现；第四层，强调进步，也是当时根据地政府提倡的，超越个人狭隘生活范围的、服务抗战等宏大主题的超越意识。孙犁非常善于将深刻主旨转化为农民可以理解的话语去表达，因为他为文的目的有普及文化的一面，有提高文化水平和理解力的一面，在这基础上建立中国人民的新文艺。没有文化普及和理解力水平的提高，就不可能有人民的新文艺。这就是孙犁借"现代话"概念表达出来的对中国文艺现代转型的理解。用孙犁的"现代"标准衡量，"五四"新文学不够现代，因为"五四"新文学"采取了欧化的形式，而广大人民还没熟悉这种形式，因此一时也联系不起来"④，但"五四"新文学是中国文学走向"现代"的中继

---

① 孙犁：《连队通讯写作课本》，载《孙犁文集 5》，第 273 页。
② 孙犁：《连队通讯写作课本》，载《孙犁文集 5》，第 272 页。
③ 孙犁：《连队通讯写作课本》，载《孙犁文集 5》，第 273 页。
④ 孙犁：《"五四"运动与中国文学遗产》，载《孙犁文集 5》，第 400 页。

站,它"使中国的新文学与国际无产阶级革命的文学结合起来,使中国的新文学开始与新民主主义革命和民族斗争结合起来,它开始转向劳动人民,反映他们的生活、情绪和要求"①。

二、中国文艺的现代化进程

生活的复杂化与文艺的现代转型。关于中国文艺的现代转型,孙犁曾说过这样的话:今天"人民在政治上取得胜利,政治觉悟提高,以及社会斗争生活的丰富,扫除文盲,都是文学胜利前进的基础。在这一基础上,我们才有了产生自劳动人民,产生自革命斗争的作家和作品,知识分子经过斗争的锻炼,实际和劳动人民以及他们的斗争结合起来了。这样就结束了鲁迅先生所惋叹的'一条腿走不成路'的时代,文学展开了空前丰美的远景,接受中国古典的民间的文学遗产,才具备了完整的可能性和新的意义"②(着重号为作者所加)。

这里所包含的逻辑关系是这样的:第一,中国古典文艺的问题是贵族和文人化,中华人民共和国成立初期,百分之八九十的农民基本处于无文化状态,因而,中国文艺的现代转型实际上是由上而下,由贵族文化而转变成农民可以看懂的文化的过程;第二,农民的文化素质成为中国文艺现代转型的关键因素,因而,必须在农民中进行文化普及,提高他们的整体文化水平;第三,农民是中国社会的骨干力量,是中华民族的庞大基础,中国的新文艺必然以他们的生活为主要内容,也必然以他们的语言为主要形式;第四,文艺必定不同于生活,它源于生活,又高于生活,因而,中国的现代新文艺在考虑到农民这一庞大基础上还要高于农民的审美趣味,才能成为中国的现代新文艺,因而,接受古典文化遗产,接受民间文化遗产,是中国文艺现代转型的应有之意。这样,中国的现代文艺应该是:古典文化遗产,民间文化遗产,农民形象,农民的生活,流行的、进步的思想和语言等的叠加。中国现代新小说应该多于以上维度,不应少于以上维度,而当多于以上维度时,就需要一种复杂的表达机制了。

拟象表达机制的现代转型。西方的摹仿表达机制不能适应中国社会及中国文化的复杂情形,因此,我们才在孙犁小说中发现了中国传统的拟象表达机制。也就是说,中国的拟象表达机制与中国社会、中国文化的实际情况是互为表里的。尽管孙犁不一定有中国拟象表达机制这一概念,但只要他

---

① 孙犁:《"五四"运动与中国文学遗产》,载《孙犁文集5》,第401页。
② 孙犁:《"五四"运动与中国文学遗产》,载《孙犁文集5》,第401页。

意识到中国社会和中国文化的多元组合,且有将多元文化融入作品的意识,他就得寻找与之相适应的表达机制——拟象表达机制。有的时候,他还会创造一种新的表达机制,比如,《风云初记》中三人组合的虚像叠加式拟象就是孙犁独创的一种表达方式,这种三人组合的叠加式拟象与他要表达的中国现代文艺家需要具备多种素质这一观点是相互匹配的。孙犁就是自己主张的那样一种文艺家——准备好了自己的创造能力,热爱自己的民族,有坚定的民族文化自信,有深厚的理论素养(古典理论、西方理论),有多方面的艺术才能,有丰厚的生活阅历和基础,有复杂的思维能力……只有他本人具备了以上种种素质后,他才会说出那样一种观点;只有他能够创造出那样一种小说,他才能提出那样一种主张。没有那样的文艺,他是无法凭空想象的,没有那样一种文艺家,他也无法凭空提出那样的要求。因而,《风云初记》就是一种落实文艺现代化思想的示范文本。在《风云初记》中,他在创作方法、表达方式两方面完成了中国传统文艺的现代转型。

创作方法上的现代转型。在创作方法上,孙犁主张借鉴古人的现实主义。孙犁认为中国古典艺术的创作方法都是现实主义的,"像《庄子》这样的书,我以为也是现实主义的"①;即便如《聊斋》那样的小说,他也说:"《聊斋》很多篇写了狐鬼,现实主义力量,使这些怪异,成了美人的面纱,铜像的遮布,伟大戏剧的前幕"②。孙犁对现实主义的理解是:"真实地反映历史""有高度的创作典型的能力""具备高尚的思想感情"并"能提高读者"③。他之所以看重作品的现实主义,是因为"现实主义的最大功能,是能在深刻广阔地反映社会现实之外,常常透露一种明智的政治预见"④。但孙犁的现实主义是中国的、概括的现实主义,他说:"我们应该锻炼艺术的概括的能力。……我们多去观察,练习概括,还会克服简单记录现实,不能选择材料,不能找出生活的意义的种种缺点。这些缺点习惯上可以叫作'自然主义',也就是最陈腐、最笨拙的一种'写实'手法"⑤。孙犁的"现实主义"概念与西方文艺理论汇总的现实主义概念不同,这需要我们特别注意。在孙犁那里,现实主义是艺术家从生活中概括、综合、提炼出来的一种观念和思想,是一种精神的现实主义,即在精神上具有时代性和现实性。这与西方的摹仿现实主义完全不同。西方摹仿的现实主义是一人一事的现实主义,是客观

①　孙犁:《耕堂读书记(一)·〈庄子〉》,载《孙犁文集7》,第 238 - 239 页。
②　孙犁:《关于〈聊斋志异〉》,载《孙犁文集6》,第 220 - 221 页。
③　孙犁:《在一次〈红楼梦〉座谈会上的发言》,载《孙犁文集5》,第 213 页。
④　孙犁:《和郭志刚的一次谈话》,载《孙犁文集8》,第 290 页。
⑤　孙犁:《文艺学习——给〈冀中一日〉的作者们》,载《孙犁文集5》,第 173 页。

真实,也是局部真实。而孙犁所说的现实主义则需要达到时代真实、精神真实。做到这一点需要艺术家从生活的方方面面提取元素,用自己的脑力进行加工。没有正确的宇宙观、价值观、伦理观,这一工作很难完成。所以,孙犁在谈写作的时候,特别强调文艺家的思想境界、格调等。《风云初记》中最早出现的人物是春儿、秋分姐妹俩,她们都是坚定的爱国主义者,也是坚定的毫不动摇的先进意识形态的支持者。在三人组合中,春儿的存在也是发挥政治领导作用的,变吉哥和张教官的政治立场坚定之后,春儿的任务也就完成了。因而,创作方法上的现实主义,在孙犁的文艺理论中是特别需要解释的一个概念,也是特别难以掌握的一种创作方法。孙犁的继承人当中,能明白这一点的人特别少,这也是孙犁不承认有荷花淀派的原因。因为他不认为有人理解了他的主张,也不认为有人能做到这一点。做到一两点可以,全部做到不易。

表达方式上的现代转型。在表达方式上,孙犁主张:"写的是真人真事,为各个阶层、各种职业的平凡人物作传""作品都含有人生和社会的重大命题""重视语言的艺术效果……叙事对话,简洁漂亮,哲理与形象交织,光彩照人"①等。《风云初记》就是一部以真人真事为基础、含有人生和社会的重大命题、叙事对话简洁漂亮、哲理与形象交织的优秀作品。所以,钟本康说:孙犁将"散文的章法、诗的意境巧妙地运用到小说中去"②。黄秋耘说:孙犁的小说"有故事情节,有人物形象,有细节描写,这一切都符合长篇小说的条件。但是它同时又具有诗的意境,诗的气氛,诗的情调,诗的韵味。把浓郁的、令人神往的诗情和真实的人物性格的刻画结合起来,把诗歌和小说结合起来"③。冯健男说:他"用压缩的方法和短小的章节来反映重大的政治斗争和军事斗争生活"④。徐光耀说:孙犁小说存在"微言大义",但由于其文风"懦弱","不能激发更大反响"⑤。文体散文化、诗化、绘画化,目的说理化。表达方式上,用新人新事表达新思想、新观念,思考重大社会命题,是孙犁小说产生微言大义的根源所在,这些综合在一起,就是我们所说的"拟理"表达机制。李佩钟是一个生动、鲜明的人物形象,但李佩钟又是古典文艺形式的化身,在小说中时时处于两个阶级(农民阶级和地主阶级)和两种审美趣味(农民的审美趣味和地主的审美趣味)的争论焦点,这就是典型的"哲

---

① 孙犁:《关于〈聊斋志异〉》,载《孙犁文集5》,第218－219页。
② 钟本康:《风格独特的〈风云初记〉》,载刘金镛、房福贤编《孙犁研究专集》,第501页。
③ 黄秋耘:《一部诗的小说》,载刘金镛、房福贤编《孙犁研究专集》,第488页。
④ 冯健男:《孙犁的艺术(下)》,载刘金镛、房福贤编《孙犁研究专集》,第483页。
⑤ 徐光耀:《纯粹的人,纯粹的作家》,载《百年孙犁》,百花文艺出版社,2013年,第46页。

理与形象交织"的表达方式;变吉哥也是"哲理与形象交织"的表达方式——他是农民,从小喜欢文艺,自学各种文艺形式,又具备创造能力,能根据群众需要选择合适的艺术形式为群众服务,这样的人为抗战做出巨大贡献——编写剧本、作画、写诗,同时也能参加劳动,熟悉农民的感情,又非常尊重有理论素养的张教官,这是孙犁塑造的中国现代文艺家的典型——具备了中国现代文艺家该有的基本素质。在孙犁小说中,人物就是形式,人物就是哲理,新的人物既意味着新的思想,又意味着新的形式。这是孙犁完成的中国文艺的现代转型——用新人新事说新理的现代拟理表达机制。

三、中国社会的现代化进程

在思考文艺现代化问题时,孙犁也思考了中国社会的现代进程问题。中国社会的现代进程和中国文学现代化是一个问题的两面。如果不是为了完成中国社会的现代化,中国文学家也不会在意中国文学的现代化。反过来,正是为了推动中国社会的现代化进程,才开启了中国文学的现代化进程。考察中国文学时,用社会学的维度就能理解从 19 世纪末由梁启超开启的中国文学的一系列"革命"——小说界革命、白话文革命等。孙犁的小说接续了中国现代文学的传统,因而他一边思考中国文学的现代化问题,一边思考中国社会的现代进程问题。

中国社会现代化的基础。中国社会的现代进程,在孙犁那里表现为中国农民、中国女性的成长和进步,尤其农村女性的进步和成长。因为在"五四"时期的小说中,小说家在反思中国文化存在的各种问题时,主要指向中国农民和中国妇女的愚昧落后问题,比如《故乡》《祝福》《为奴隶的母亲》《伤逝》等。农村是中国社会的基础,农民问题和妇女问题是中国社会最基本的问题,农民的素质和妇女的素质决定了中国社会的整体状态。如果说,"五四"时期的小说中,农民的低素质留给读者特别深刻的印象,并让读者对中国社会充满担忧,那正是"五四"时期小说家想要达到的目的——看到问题,解决问题。但"五四"时期的小说仅仅提出了问题,并没有给出解决问题的方法。因而,抗日战争爆发后,农民素质、妇女素质就成为决定战争胜败的关键因素。孙犁小说有一个重要使命,就是重塑中国农民形象和中国妇女形象——邢兰、红棉袄、水生、柳英华、杨卯儿、高四海、变吉哥、芒种、春儿等,个个都是生机勃勃的新农民。这些新农民形象给读者希望,使读者相信抗日战争一定能取得胜利。

《风云初记》中,孙犁通过农民、妇女的进步和成长,思考了中国社会的现代化进程问题。

农民的成长和进步。《风云初记》中,芒种、高庆山、变吉哥、高四海、老温等都是农民出身,在小说中都有一个成长变化的过程。芒种给田大瞎子做长工时,经历了由拼命为田大瞎子干活到明白田大瞎子对他的压榨后的敷衍的转变;抗日战争爆发后,他想参军,经历了由随便哪个军队都行到专门等待八路军队伍的转变;参军之后又经历了从对生活条件艰苦感到不满到变成一个真正的共产党员,出生入死转战南北的转变。这就是典型的成长过程。变吉哥的成长也是明显的,由从事传统的旧式文艺到使用新形式表达新内容的转变过程。老温作为长工,经历了闷头干活,同寡妇私下恋爱,到主动参加八路军的转变……孙犁有意识地塑造普通农民的转变过程,表现的是中国社会的整体现代化进程。但这些成长了的农民最后会怎样呢?小说没有给出答案,孙犁其实没有答案,所以,芒种和变吉哥一直在路上,虽然战争的气息越来越淡,但农民的行走没有结束,孙犁并未安置他们。小说结尾时,芒种、变吉哥既没有返回家乡,也没有进城,而是在距离家乡不远的地方思念家乡……留给读者的是未完待续的状态。孙犁没有续下去,因为这是一个高难度动作。

妇女的成长和进步。《风云初记》中,孙犁对妇女问题进行了全面思考。他将妇女分几种情况:一是落后兼反动的妇女,如蒋俗儿。这种妇女好吃懒做,廉寡鲜耻,在农村,这种妇女人数不多,危害极大;二是普通女性,如寡妇,她们没有文化,思想落后,胆子小,是农村中的大多数;三是性格开明、有能力、胆子大的女性,如春儿和秋分姐妹,她们在农村人数不多,但威信高,有影响力;四是有文化,出身地主家庭的女性——李佩钟,她们的出身成为最大的负担。这几种女性在《风云初记》中都经历了变化。第一种女性先是想参加革命,一旦发现捞不到好处就退出了,并与反动势力相勾结,很快成为女汉奸;第二种女性在小说中不但敢于追求自己的幸福,大胆恋爱,还支持丈夫抗日;第三种女性自不必说,她们从一开始就表现出勇敢的态度,在小说中不但参与了抗战工作,还参加了文化学习班,提高自己各方面的技能,成为重要的基层领导,在抗战中发挥着重要作用;第四种女性的代表就是李佩钟,她的出身成为巨大的负担,但她积极寻求方法,摆脱出身带给自己的负担——离婚、拆城,向革命干部靠近,向群众靠近。《风云初记》中的女性,都不再是旧中国类似于祥林嫂那样的人物——被动、无助,任人宰割地活着,而是在不同层面积极行动,谋求自己的幸福,也谋求为国家和民族奉献力量的机会。当妇女成长为独立个体时,中国农民的基本素质也就大幅提高了。中国社会的现代化进程又向前跨越了一大步。

《风云初记》中女性的成长和进步是明显的。小说结尾时,女性各有结局：蒋俗儿被抓，寡妇和老温结婚，还有了自己的孩子，春儿回到家乡继续做基层工作，李佩钟牺牲了。但已经成长起来的男性农民，在小说结尾时没有着落，成为我们继续思考的一个开放性结局：芒种、变吉哥、老温，还能回到家乡吗？成长后的他们会有怎样的新生活？

《风云初记》作为孙犁唯一一部长篇小说，要表达的思想丰富而复杂，与之相适应，小说的拟理表达机制也有若干创新，其中三重虚像的拟象乃孙犁之独创。

第七章　《铁木前传》的
拟理表达机制

　　成熟的思想是一切作品的条件,这也是表达机制批评法遵循的原则。孙犁曾说:"哲学思想是一切著作的基础,史学、文学均同。"①孙犁的作品的基础同样是其哲学思想。他说:"作家必有一种思想,思想之形成,有时为继承传统,有时因生活际遇。际遇形成思想,思想又作用于生活,形成创作。此即所谓天人之际。人心不同,即思想各异,文人、文章遂有各式各样。然具备自身的思想,为创作的起码条件,具备自身的生活经历,则为另一个基本条件。两相融合、激发,才能成为作品。"②孙犁的哲学来源于他的生活经历——所见、所闻、所听;来源于他对传统的继承;来源于他对文学的热爱和对生活的深度观察和思索。他的作品不仅给我们一种"活"的感觉,一种有机性,还给我们一种不断成长的感觉,由《一天的工作》《邢兰》时的少年活泼,到《荷花淀》《芦花荡》时的年轻热情,到《碑》《钟》《"藏"》时的中年大气,到《村歌》《风云初记》《铁木前传》时的壮年自信,到《芸斋小说》时的老年智慧。思想一步步成熟,小说的审美价值一步步提高。作为壮年时期的作品,《铁木前传》内容复杂,元素关系复杂,但孙犁却将它们和谐统一在一起,完成了对一系列复杂问题的思考和表达。

第一节　关系表达与孙犁对新旧
伦理问题的思考

　　孙犁抗战小说的目的是塑造新的中国农民的形象,弘扬伟大民族精神,为抗战胜利奠定意识形态基础;抗战胜利后,孙犁思考的主要问题是文艺的基本问题,以及中国社会的基本问题。中国社会的基本问题和中国文艺的

---

①　孙犁:《读〈后汉书卷七十・班固传〉》,载《孙犁文集8》,第27页。
②　孙犁:《读〈史记〉记(上)》,载《孙犁文集7》,第394页。

基本问题是一体两面,他们相互关联。因为文艺是社会的精神旗帜,有什么样的社会就有什么样的文艺;要解决文艺的问题,先得了解社会的基本问题。所以,从《碑》《钟》《"藏"》开始,中国社会的复杂性显现出来,文艺的复杂性同时显现出来;《村歌》中,干部的教条作风露出苗头,文艺和政治的关系问题也进入作者的思考范围;《风云初记》中,农民在战争中得到锻炼,有了进步和成长,农民文艺家在小说中成长为革命文艺家,如此,新文艺与旧文艺之间的关系成为一个需要慎重思考的问题;《铁木前传》中,人们热情地建设新生活,但旧的生活秩序与新的生活模式之间发生冲突,如何解决新旧生活模式之间的冲突成为重要课题,而与之相适应的是旧的、庸俗的文艺形式和新的生活内容之间的矛盾。因而,《铁木前传》涉及的问题有新旧伦理、新旧生活方式、旧的庸俗的文艺形式与新的生活内容的冲突等诸多问题……

一、孙犁对新旧伦理问题的思考

孙犁很重视民族传统伦理,他希望文学作品能反映本民族的伦理变化,他说:"新现实里第四引人注目的是社会风俗习惯的改变,伦理道德观念的改变。"[①]在他看来"写中国式的散文,主要是指它反映的民族习惯和道德伦理的传统"[②]。因为中国的文艺家应热爱家乡的人民和家乡的"伦理道德,风俗习惯,甚至一草一木"[③]。

从伦理维度考察孙犁抗战时期的小说,发现有意建设一种新伦理——新的朋友关系、新的家庭关系、新的上下级关系、新的军民关系等,通过建设新伦理,推广新的道德规范——互助、节俭、勤劳、勇敢、自主、自立……我们之所以使用"建设"一词,是因为当时的现实中有各种情况,而孙犁有意提取符合他理想的现实元素,组织在一起形成意义单元,以发挥"塑造""引领""宣传"作用。面对同样的现实生活,其他文艺家会看到不同的内容,提取不同的元素,形成不同的意义单元,文艺的效果也就不一样了,突出现实中的消极因素,对读者产生的也是消极影响;突出"恐怖"气息,对读者产生"恐吓"。孙犁曾说"文学上的人道主义……指的是作家深刻、广泛地观察了现实,思考了人类生活的现存状态,比如社会关系、社会意识,希望有所扬弃"[④],孙犁"扬"新的伦理、新的道德,"弃"旧的伦理、旧的道德,因而,有建

---

① 孙犁:《文艺学习——给〈冀中一日〉的作者们》,载《孙犁文集5》,第194页。
② 孙犁:《关于散文创作的答问》,载《孙犁文集6》,第276页。
③ 孙犁:《为外文本〈风云初记〉写的序言》,载《孙犁文集8》,第197页。
④ 孙犁:《文学和生活的路》,载《孙犁文集5》,第574-575页。

设的意图。

在孙犁的"后抗战小说"中,我们发现了传统伦理的悄然消解。《嘱咐》中的水生回到了离开数年的家,看到的是在战争中锻炼得泼辣,还掌握了一整套"时兴"语言,变得特别能干,思想水平大幅提高的水生嫂,这个新的水生嫂"嘱咐"水生好好打仗,不要想家,与《荷花淀》中的水生嫂判若两人。水生难以适应,在自己的家里显得很木讷。这意味着旧的生活再也回不去了,人们必须面对新的生活、新的自己、新的社会关系,并要思考新的问题。

二、"关系表达"与传统社会伦理的消解

"关系表达"法与中国传统伦理思想构成一组意义模块,成为极简叙事的典范。中国传统的关系表达与中国传统的忠义思想构成意义模块,出现在很多传统文艺作品中,如《三国演义》中的刘关张;《西游记》中的唐僧师徒等。

孙犁思考旧式伦理在新的社会环境中如何维系的问题时,也运用了关系表达法,但与《三国演义》《西游记》不同的是,孙犁思考选择的不是传统的兄弟关系或师徒关系,而是一组劳动关系:铁匠和木匠。在传统社会中,铁匠和木匠是较为稳定的组合关系,他们需要合作才能制作出日常生活用品。孙犁使用铁木关系反映农民的劳动与生活,既显示了中国文艺的新内容,又将劳动伦理代入小说,提升了小说的审美价值和思想价值。通过铁木关系思考中国社会的基本伦理问题,是孙犁"深刻、广泛观察了现实,思考了人类生活的现存状态"的结果。因为,铁匠和木匠是传统社会生活中难舍难分的关系,木匠负责大型木工活的结构框架,按农民的说法就是"下料",铁匠既需要为木工提供铆钉等铁质材料,又需要为木工修理刨子、斧子、锯子之类的工具。只要社会生活不发生重大变故,铁木关系就是稳定的。此外,铁匠和木匠在传统社会里做技术活,只有地主家才请得起。而《铁木前传》中的木匠黎老东,居然请铁匠为自己加工了一辆大牛,这意味着旧的生产关系发生了质变,木匠黎老东"翻身解放"了。再者,铁匠和木匠是相互依赖的技术工,小说中的铁匠和木匠不但建立了友谊,成为知己,而且想通过结成儿女亲家的方式加固彼此的关系,这反映了二者之间的依赖除了工作关系,还有精神上的相互依托和生活上的彼此关照。这样的关系一旦解体,意味着曾经稳定的社会结构发生动摇。孙犁说:"事理本不可分。有什么理,就会叙出什么事;叙什么事,就是为的说明什么理。"①《铁木前传》选择铁匠和

---

① 孙犁:《读〈史记〉记(上)》,载《孙犁文集7》,第392页。

木匠为儿女亲家的牢固关系来叙事,说明孙犁要讲的"理"与牢固的社会关系有关。一种最为稳定的社会关系,没有在不断强化中变牢固,反而走向解体,不但铁木关系解体了,儿女亲家关系也未如愿,这意味着什么? 传统的社会伦理与新的社会环境不相适应了。社会发展了,生活变化了,传统的伦理关系也需要重建。但《铁木前传》中我们只看到了各种伦理关系的解体,没有看到新的伦理关系的建立。如果说铁木关系兼儿女亲家是传统伦理关系,这种关系的解体意味着旧的伦理秩序与新的社会生活不相适应,那抗日根据地时期建立起来的新的革命的伦理关系的解体意味着什么?

抗战时期建立起来的革命伦理在孙犁小说中是以"拟家结构"的方式表达的,这种新伦理关系的解体在《铁木前传》通过两组关系进行了表达:第一组是"省里来的干部"和光棍杨卯儿之间的关系。这种由革命干部与农民家庭建立起来的关系,在孙犁的抗战小说中十分普遍,如《邢兰》《老胡的事》等,抗战时期,这种关系让人感到温馨、安全。但《铁木前传》中,省里来的干部开开心心地来到杨卯儿家,还没喝上一口水,两人的关系就土崩瓦解了,杨卯儿将干部撵走了。

第二组是"省里来的干部"与小满儿姐姐家的关系。省里来的干部来到小满儿姐姐家,得到了小满儿的热烈欢迎和热情关照,但引来小满儿姐姐的不满,此外,干部对小满儿也表示了不理解。这组关系虽未迅速解体,但也表现出不和谐。这说明抗日根据地时期的革命伦理与新的社会环境也不相适应了。

当传统社会伦理与抗战时期建立起来的新的革命伦理,都不能与新的社会环境相适应时,意味着我们来到了一个从未经历过的新社会,它急需一种与之相适应的新的社会伦理。但新的社会伦理长什么样,小说结束时没有找到答案。

三、"关系表达"的哲学意味

"关系表达"是一种"意义团块",使用"关系表达"具有事半功倍的效果,这是中国文艺文短意深的原因之一。《铁木前传》中,孙犁也使用了中国传统的"关系表达"——铁木关系、九儿与六儿的关系、六儿与小满儿的关系等。

《铁木前传》中的关系表达比《风云初记》的关系表达有所创新。作者先将铁匠和木匠结成一组关系,又将九儿和六儿结成一组关系,由于六儿和四儿是亲兄弟,又与小满儿产生一种暧昧关系。《铁木前传》的关系表达比《风云初记》中的关系表达更复杂。

《风云初记》的三人组合,结构相对稳定,意义也就相对明确,而《铁木前传》中的关系表达,是一种由一组关系不断衍生出新关系,类似于编织过程中的续接,不断向旧关系续接新材料,使旧的结构保持着,但因增加新材料,旧结构不断发展,新旧之间成为一种生长关系——辫子越编越长。

这样,一种结构模式也具有了表意功能,将"传统"的作用和意义带入文本,表达了"传统"的强大生命力。但历史的发展不以人的意志为转移,当生活环境发生变化时,再强大的"传统"也抵不住新生活的变化。于是,作者精心设计的几组关系一一解体:铁木关系解体,儿女亲家关系解体,兄弟关系解体,只有一组不合法的关系即六儿与小满儿的关系保持到最后。这意味着社会的发展变化不以人的意志为转移。你愿意或不愿意,喜欢或不喜欢,变化都在发生。这就是《易经》告诉我们的真理——世界是变化的,没有永恒不变,不增不减的真理①;如果有,那就是"变化"。人只能认识变化,了解变化,掌握变化的规律,并利用规律使生活向着更好的方向发展。

第二节 数表达与孙犁对新旧生活模式的思考

孙犁在《铁木前传》中,第一次使用了"数表达",用数字给人物命名九儿、六儿、四儿。"数表达"作为中国表达的传统形式之一,带有中国哲学的拟象特征。"数表达"在《易经》中,以某种程式化模式储存了大量历史信息和哲学信息,是一种高度简洁的拟象化表达方式。《易经》中高度抽象的两个符号是阴爻和阳爻,阴爻称六,阳爻称九,在中国传统文化中,九和六既是数字,又代表事物的性质。中国文化中的"数表达"十分普遍,按照等级秩序规定,事物的数目和尺寸都可算作"数表达",小说中也经常运用"数表达"。孙犁的小说《铁木前传》也用了"数表达",通过数表达,中国传统文化、传统哲学植入小说,增加了小说的美学意蕴。

一、九儿、六儿与四儿的复杂关系

《铁木前传》中的"数表达"主要体现在人物的名字中:四儿、六儿、九儿。四儿和六儿是亲兄弟,九儿是铁匠的独生女。站在现实层面,两兄弟完全可以是老五、老三和老六,铁匠的独生女也可以有非数字化的名字。但从

---

① 西方哲学家苏格拉底则认为真正的知识是关于永恒不变的存在的知识,变动不居的不是知识,无法认识。真理应该是永恒不变的、不增不减的。

"数表达"的角度分析,四儿、六儿应该代表与九儿完全不同的意涵,四儿和六儿则代表相似却又不同的意涵。按日常生活逻辑讲,四儿是兄长,父亲黎老东应该先给四儿定亲,但小说却将九儿定给了小儿子六儿。九在《易经》中是阳爻,代表阳刚的男性特征,六在《易经》中是阴爻,代表阴柔的女性特征,但《铁木前传》却给女孩子起名九儿,男孩子起名六儿,还让他们结为一对娃娃亲,从小一起玩耍。这种与《易经》相反的数表达,意味着一个新的、不同于以往的时代的来临。但作者仍将九儿和六儿组成一对儿,没让九儿和四儿组成一对儿,则意味着新生活内容中仍有传统因素,并未与传统完全割裂。小说中的四儿和六儿,不仅是亲兄弟,还是新旧两种生活方式的代名词。四儿代表新的集体化的生活方式:每天组织群众开会,打铁,挖井抗旱;六儿代表传统的小农经济的生活方式:不喜欢开会,不喜欢集体生活,不喜欢重体力劳动。这样,四儿和六儿虽然是亲兄弟,却彼此看不上对方,四儿瞧不起六儿,六儿就躲着四儿,为了不与四儿打照面,干脆住进小满儿的姐姐家。这样,木匠黎老东家出现了分裂,四儿、六儿两兄弟成为新旧两种生活模式的代言,而木匠黎老东与六儿站在一条战线,他们喜欢传统的小农经济式的生活方式,不喜欢集体主义的生活方式。

九儿作为铁匠唯一的女儿,从小和木匠黎老东一家关系密切,因与六儿有婚约,长大后的九儿身份尴尬。她从小与六儿相互照顾,形影不离,形同一对小情侣。长大后却与四儿经常一起开会,一起劳动。小满儿出现后,九儿与六儿的关系紧张起来,经过一番努力,九儿仍无法争取到六儿。这样,六儿和小满儿越来越近,与九儿越来越远。九儿与四儿不尴不尬地一起开会、学习。六儿作为传统小农经济生活模式的代言选择了小满儿,而四儿作为新的集体主义生活模式的代表与九儿不尴不尬地一起,前者不光明正大,偷偷摸摸,后者又不知道如何发展,无限惆怅。这样的组合安排意味着什么?

二、九儿作为不完美的形式因

九儿与四儿的政治立场、价值观十分接近,让他们谈个恋爱不好吗?如果这是一部爱情小说,如此安排似无不可,但孙犁创作小说的目的是表达思想,不是为了浪漫,因而,他没有让九儿和四儿恋爱,却让小满儿和六儿结成一对野鸳鸯,悄悄离开了村庄。

从思想表达的角度考察,四儿和六儿是新旧两种生活模式的代言,他将六儿与九儿安排在一起,是希望九儿能带动六儿,改造六儿,但成熟了的六儿自觉选择了小满儿,因为小满儿漂亮、吸引人,而九儿除了劳动积极,能干外,缺少小满儿的女人味,灰头土脸,破衣烂衫。

六儿表扬九儿"生产很好",但小满儿说:"生产好,那是女人的什么法宝?""六儿望着她那在月光下显得更加明丽媚人的脸,很快就"明白小满儿所说的"法宝"什么意思。这似乎是小满儿在给六儿进行形式美的启蒙。六儿明白了小满儿的美,也就明白了九儿的欠缺。作为传统小农经济生活模式的代言,六儿主动选择了小满儿,二人构成了一对在当时不合时宜的组合。虽然不合时宜,但他们二人相处和谐。这意味着传统小农经济的生活内容与小满儿这种传统、通俗的形式相互适应。孙犁试图让九儿改造六儿,但以失败告终,因为形式①是为内容服务的,形式很难改造内容,内容总是寻找与之相适应的形式。

九儿与四儿相处和谐,但尚未走到一起,与作为形式的九儿的不完美有很大关系。这是孙犁慎重思考的结果。四儿是新生活的代表,积极肯干、不自私,热爱集体,代表先进的社会内容,让九儿和四儿结合,意味着将不完美的形式许给积极先进的生活内容,这不符合孙犁的美学观念。孙犁认为:"文艺的内容推动文艺的形式,而文艺的形式应该适应其内容。"②如果新的集体主义的生活内容是先进的,就需要更先进的形式与之相适应。当九儿被小满儿比下去的时候,意味着九儿作为形式因还不够完美,不能够匹配新的先进的生活内容。

只要九儿是个形式因,就既不可能与六儿走到一起,又不会与四儿走在一起。这样,小说结尾时,九儿表现得怅然若失、闷闷不乐,也就合乎小说自设的逻辑了。

三、六儿作为传统生活内容的无奈选择

六儿非常注重旧"礼儿",很温和,但不喜欢干粗话,被父亲娇生惯养,喜欢做小生意,喜欢养鸽子、遛鸟的闲散生活方式,这些都是远离火热的、建设的、出大力流大汗的劳动现场的生活方式。对六儿喜欢的旧生活模式,孙犁态度暧昧,他一方面想否定六儿的生活方式和生活态度,使用了"鬼混"这样的贬义词,另一方面又很包容,在具体细节中,六儿仍然是一个可爱的形象:女孩子托他买东西,他常不好意思收钱;卖花生仁,也随便让人尝;卖豆腐脑,会剩下两碗给父亲和四儿吃。这在传统社会中符合兄友弟恭的伦理观

---

① "形式是指一件作品中所有的视觉因素的组合,包括材质、颜色、形状、线条和设计等要素。内容指艺术作品的信息和意义,也就是艺术家想对观众表达或传达的东西。"〔美〕帕特里克·弗兰克:《艺术形式》,俞鹰、张妗娣译,第19页。

② 孙犁:《战斗文艺的形式论》,载《孙犁文集5》,第246页。

念。但已经接受新的集体主义生活观念的四儿特别看不上六儿,他吃着豆腐脑还骂六儿不会过日子。这让六儿很为难,只好躲着四儿。小说后半部分,四儿与六儿几乎见不到面。

在对待九儿的态度上,六儿最初挺上心,很佩服九儿的积极能干。九儿也利用和六儿从小建立的友情,想拉六儿参加集体生活,一起开会学习,但小满儿从另一角度,四两拨千斤,将六儿和九儿彻底分开了。因为小满儿告诉六儿,九儿与他不合适,自己和六儿合适。这里的"合适"并非指现实生活中的恋爱关系,因为小满儿已婚,六儿还是个大小伙,又是黎老东的心肝宝贝,家庭刚刚富裕起来,断不会与小满儿缔结婚姻。小满儿尚未离婚,主动说与六儿"合适",显然指的是另外一层意思,即通俗的文艺形式与旧的生活内容"门当户对",互不嫌弃。只有在这层关系上,六儿与小满儿才是"合适"的。

四、九儿、六儿、四儿、小满儿所暗示的社会矛盾

小说中的小满儿始终与六儿、黎大傻夫妻、杨卯儿等"混"在一起,但也无非是卖个包子、打个兔子,做些小生意。他们都不喜欢开会,不喜欢集体生活,不喜欢火热的劳动生活。而九儿则始终与四儿、锅灶和铁匠在一起,成为新生活的倡导者,响应号召:打铁、抗旱、开会、学习,过集体生活。两种生活内容,两种文艺形式,就像两个阵营,在小说中分庭抗礼。

孙犁曾说:"现实主义的最大功能,是能在深刻广阔地反映社会现实之外,常常透露一种明智的政治预见。《红楼梦》创作于乾隆年代,并非创作于同光时期。但它预示了清朝统治的败亡前景。'好了'这一主题,出现于清朝盛世,而不是清朝末世,这就是曹雪芹的现实主义。"[①]《铁木前传》写于中华人民共和国成立之初,那段时间,整个社会呈现出一种轰轰烈烈的建设激情,但《铁木前传》却预见了社会不和谐因素的存在——新旧两种伦理、两种生活模式、两种文艺形式的对抗,这种对抗终究会导致一种乱象。因为,社会是由人组成的,人与人之间的稳定关系是社会稳定的基础,传统伦理和传统生活模式在人与人之间起稳定作用。传统伦理关系遭到破坏,新的伦理关系又无法确定;传统生活模式遭到批判,新的生活模式又缺乏足够的吸引力;新的文艺形式出现却不完美,旧的文艺形式吸引人却又与旧的内容纠缠。这种内在的不和谐对人的影响是深远而复杂的,如不及时解决,终会导致一场混乱。

---

① 孙犁:《和郭志刚的一次谈话》,载《孙犁文集 8》,第 289 - 291 页。

　　《铁木前传》结束时,孙犁没找到解决问题的方法,只是让旧的形式和旧的内容暂时离开。它们会到哪里? 什么时候回来? 之后又将如何? 我们不得而知。但我们知道,他们早晚要回来,因为四儿和六儿是兄弟。也就是说,新旧问题是一个必须面对和解决的问题,不能逃避。

　　站在文艺角度思考,《芸斋小说》很好地解决了新旧两种文艺形式之间的关系问题,解决了旧形式与新内容之间的关系问题。因而,可以将《芸斋小说》视为对《铁木前传》遗留问题的一个回应或解答。也就是说,孙犁用了二十年①时间思考这一问题。

第三节　小满儿的拟象化与孙犁对
"通俗文艺形式"的思考

　　抗战胜利后,孙犁一头闯进了"文艺理论的文艺化表述"这块荒原,不断开垦、播种,可谓鲜花满园。在《村歌》中,孙犁借双眉这一人物,表达了对"美的形式"的礼赞;在《风云初记》中,孙犁借李佩钟这一人物,思考了古典艺术形式不能适应新内容并显出浮夸一面的问题;在《铁木前传》中,孙犁借小满儿这一人物,开始思考民间的、通俗的文艺形式问题。小满儿这个人物也由一般形象升格为拟象人物。

一、通俗文艺形式的化身性存在

　　《铁木前传》中的小满儿与双眉、李佩钟在身份和品格上都大不相同。双眉、李佩钟都表现出欢迎新生活,想融入新生活的热情,甚至不惜牺牲自己,去适应先进意识形态的要求。小满儿却相反,她对先进的生活内容不理不睬,拒绝接受新生活的改造和帮助,逃避开会,逃避火热的、出大力流大汗的劳动生活,并牢牢掌控着旧生活的代表人物六儿。小满儿对群众颇有吸引力,只要她出场,少有人不被吸引。也就是说旧的、民间的、通俗的文艺形式,在农村地区广泛流行,这些艺术形式满足了老百姓的审美需求,对广大农民具有极大的诱惑力。

　　孙犁了解民间通俗文艺形式的魅力,明白群众对文艺的需要,希望将广大农民喜欢的艺术形式继承下来。他说:"建立民族形式的过程,也就是彻底大众化的过程。"②但大众化不等于庸俗化、落后化,写作不能由"形式走

---

① 　孙犁写完《铁木前传》后,二十年未写小说,二十年后创作了《芸斋小说》。
② 　孙犁:《接受遗产问题(提要)》,载《孙犁文集5》,第270页。

向内容,而要由内容走向形式。有了革命的有价值的内容,你要为怎样的形式才能完善地表达出来而深思研求……"①这样,在农民群众中人见人爱的"小满儿"就成了一个难题。因小满儿牢牢抓着六儿、黎大傻两口子、杨卯儿这些旧生活内容的代表不放,拒绝接受新生活,让孙犁感到十分棘手。

孙犁分析了"小满儿"在农民中牢固地位形成的根源,他说:"'五四'的新文学,因为采取了欧化的形式,而广大人民还没熟悉这种形式……"②所以,"'五四'以后,在民间流传的还是那些旧小说和近人写作的旧小说……"③主要因为在那个时候"人民在政治上还没有取得胜利,政治觉悟没有普遍提高,斗争经验还不丰富,形式和语言的作用就显得大了"④。

虽然中国在"五四"之后已有了新文学,但新文学并没有在农民中发挥作用,乃至于在广大农村,旧的形式根深蒂固。当广大农村发生了翻天覆地的大变化时,不能用旧形式表现新生活。"用旧式陈腐的形式来表达新的进步的内容,那结果必是形式与内容的分离,必定在新的内容里参加了有害的旧观念,旧瓶子是可以腐毒新装的流汁的……"⑤如此,就需要对旧形式进行一番改造,如果旧形式接受改造,能够与新的火热的战斗生活相适应,那不是能够再度得到广大农民的喜爱,且能表现新思想、新观念?

二、拒绝改造并反噬干部

如果小满儿是民间通俗文艺形式的化身,在农村有广泛的群众基础,当新时代来临,若能使其为新生活服务,就解决了新文艺形式的大众化问题。孙犁在《铁木前传》中,试图调和新旧形式及新旧内容之间的关系。

先调节新旧生活内容之间的关系。省里来的干部是新生活内容的代表,杨卯儿是旧生活内容的代表,将二人组合在一起,希望省里来的干部能同化杨卯儿。"这位干部,从各方面看,都像一个高级干部",但这位干部要求"看看村里落后的部分",结果就被安排到了杨卯儿家。杨卯儿是个光棍,是一个靠着"卖针头线脑"养活自己的旧式小商贩。两人住在一起,算是一种调和的尝试,但刚两分钟就不对付。原因是干部要求杨卯儿"借把铁壶来,弄点开水喝",杨卯儿说:"不用去借,咱家里就有。"结果拿出来的是一把瓷壶。两人就因为这把壶吵起来。瓷壶能否烧水?瓷壶是否漏水?这本

---

① 孙犁:《现实主义文学论》,载《孙犁文集 5》,第 242 页。
② 孙犁:《"五四"运动与中国文学遗产》,载《孙犁文集 5》,第 400 页。
③ 孙犁:《"五四"运动与中国文学遗产》,载《孙犁文集 5》,第 400 页。
④ 孙犁:《"五四"运动与中国文学遗产》,载《孙犁文集 5》,第 400 页。
⑤ 孙犁:《现实主义文学论》,载《孙犁文集 5》,第 242 页。

是个不需争论的问题,因为事实就明摆着,瓷壶"嘶,嘶,嘶嘶"地往外冒水,但杨卯儿就是不承认眼前的事实。"干部大惑不解",只好卷起铺盖找村长去了。旧生活内容拒绝新生活内容的改造。

再调节新生活内容与通俗文艺形式之间的关系。省里来的干部是新生活的代表,小满儿是通俗文艺形式的代表。省里来的干部与杨卯儿产生矛盾之后,住进了小满儿的姐姐家。小满儿看见干部住进来,表现得主动、热情:给干部收拾房间——烧炕,擦桌子,捻小了灯头……这与杨卯儿对干部的态度有天壤之别。小满儿似乎在等着干部,在沟通上也很主动,她问干部:"你是做什么工作的? 是领导生产的吗?"干部说:"我是来了解人的。"小满说:"你来了解人,怎么不到那些积极分子和模范们的家里,反倒来这样一个混乱地方?"她告诉干部:"你了解人不能像看画儿一样,只是坐在这里。短时间是不行的。有些人,他们可以装扮起来,可以在你的面前说得很好听;有些人,他就什么也可以不讲,听候你来主观地判断。"小满儿的话很知心,也颇有生活阅历,但干部却不懂小满儿,不知道"这位女人是像村里人所说的那样,随随便便,不顾羞耻,用一种手段在他面前讨好,避免批评呢? 还是出于幼年好奇和乐于帮助别人的无私的心"。如此,小满儿和干部之间的沟通也未取得理想效果。

干部和杨卯儿之间的争执是因为杨卯儿太固执,小满儿和干部之间的障碍是因为小满儿太复杂。小满儿代表的是民间流行的通俗文艺形式,不能简单地否定其价值,毕竟它曾发挥过文化普及的作用。

小满儿对干部的不配合。小满儿作为民间通俗的文艺形式,对新生活内容表现出积极热情、主动迎合的一面。这一点与《风云初记》中的李佩钟有点相似,李佩钟也积极热情主动地投身革命,希望能为新的火热的斗争生活服务,但因其风格的不合时宜,终究被淘汰了。小满儿更顽强,鬼点子也更多。她主动靠近干部没有取得成效,干部继续拉她去开会,要对她进行改造,怕她溜走,还紧紧地盯着她。"他希望小满儿能在他的帮助下,有所改变。""只有在学习和工作里,小满儿才能改变。这当然是困难的,因为他明白,他还没有真正了解她。"干部将改变小满儿作为工作目标,意味着小满儿的重要性。小满儿何其聪明,多次躲开,干部只能"押"小满儿去开会。小满儿若能轻易被改造,也就失去"魔力"了。民间的通俗艺术形式,生命力十分顽强,对她的改造不是一朝一夕的事情,仅通过开会更不可能完成这一任务。小满儿与干部之间的关系恰好表现出这种特点。在干部"押着"小满儿去开会的路上,小满儿用其独特的魅力对干部进行鼓动。她居然有干部没有的"小手电",并用这个小手电,既给干部引路,又扰乱干部的视线,让干部

"深一脚,浅一脚,跌跌撞撞"。干部还开玩笑说:"你带的这是什么路?这不是正路。"小满说:"什么是正路?只要抄近儿就好。小心,这里有一眼井,你可千万别掉进去。"

联想中国古典文艺中的各种复杂情况,这句"小心,这里有一眼井,你可千万别掉进去"就该是小满儿说的。因为中国古典文艺的继承问题是一个很复杂、很深奥的问题,形式问题一堆,内容问题一堆,如果理不清,稍有偏重,就特别容易掉进去,出不来。孙犁从中国古典、中国民间、中国新文化运动、西方文化传统等四个维度思考问题是非常有道理的,只有全面思考才不会出现"掉进去"的危险。很多研究中国古典文化的人给人一种"掉进去"的感觉,只有一口井,深是很深,但毕竟直径有限。而真正的生活、真正的文化如此博大精深,掉到一口井里,怎么说也是不对的。站在 21 世纪的语境里,思考这个问题,越觉得小满儿这句话意味深长。

当小满儿和干部难以沟通时,小满儿开始给干部讲故事,讲的是一个恐怖、色情的故事。但在这里,孙犁通过小满儿之口要说的就是:小满儿是一种古典、民间的文艺形式,一种对人具有极大诱惑力的艺术形式。想改造这种形式可真不容易。至少《铁木前传》中的干部没有完成任务,还差一点给自己惹出大麻烦。因为小满儿突然大叫,扑向干部怀里,若让人看见,一百张嘴也说不清。但六儿看到了,也没什么反应。他只是将躺在干部怀里的小满儿背走了。六儿背走小满儿,仍然具有隐喻性质。小满儿和六儿是一种结实又牢固的关系——旧的生活内容和传统的、通俗的文艺形式。

最后一次调和尝试,干部不仅没成功,还差点将自己"掉井里"。小满儿也终于知道她无法为新的生活内容提供服务,因为新的生活内容不受她诱惑,新的人一个个立场坚定、目标明确,就是要改造她。这次事件后,六儿和小满儿准备离开了,其工具就是黎老东打的那辆大车——一辆旧式交通工具。

三、通俗文艺形式的顽强生命力

如果说《风云初记》中的李佩钟是古典文艺形式的人格化,有典雅的一面,小满儿就是中国通俗文艺形式的人格化,有诱惑的一面——也正因其诱惑,其生命力更长久。通俗化的文艺形式与新时代的生活内容并不匹配,与旧的生活内容是一对鸳鸯。省里来的干部对其"改造"意图未能实现,差一点惹上麻烦,这是孙犁对中国通俗文艺形式所具有的巨大威力的一种善意提醒。

比较孙犁对《风云初记》中李佩钟的态度和对《铁木前传》中小满儿的

态度,可看出孙犁的文艺观是比较清晰的——他对李佩钟念念不忘,充满了一种伤感的凭吊;对小满儿略有怨言,想对其进行改造却未能成功。但李佩钟成为《风云初记》中唯一牺牲的人物,而小满儿却终于"风光"地坐着六儿的新马车扬长而去。这就是通俗文艺形式在民间的强大基础。相比李佩钟的结局,我们知道小满儿迟早是要回来的。

改革开放后,中国的通俗文艺在各大报刊频频亮相。这是孙犁晚年的惆怅。孙犁呼唤李佩钟,同时感慨于小满儿的生命力。孙犁晚年的《芸斋小说》是对中国古典高雅文艺形式的一次"救赎",也算是为李佩钟"招魂"。

《铁木前传》是一个极其复杂的文本,是对多种主题的深度思考和表达,这样复杂的表达机制耗尽了作者的精力。《铁木前传》完成后,孙犁大病一场,之后二十年没有进行小说创作。不一定是不想,而是在思考中国文艺的古典形式如何与中国当代生活相结合的理论问题。这个问题一旦思考清楚,他会再次拿起笔创作。果不其然,"文化大革命"一结束,《芸斋小说》就闪亮登场。《芸斋小说》与《铁木前传》之间的承接关系,从表达机制的角度来看非常亲密:一个是"传记"笔法,一个是"芸斋主人曰",都体现了作者对中国传统文化的一腔热情。

第八章 《芸斋小说》的
拟理表达机制

　　如果按照形式/内容的二分模式思考,《芸斋小说》发生了重大变化:相较于《荷花淀》的清晰明快的风格,《芸斋小说》变得顿挫沉郁;但从表达机制的角度考察,《芸斋小说》与孙犁一直以来的小说是一致的,是沿着孙犁一贯的道路前行的。孙犁一贯的道路是什么? 就是以文艺的方式思考中国社会的基本问题,探究解决问题的方案。抗战时期的小说思考的是民族解放战争取得胜利的必要条件和充分条件:党的领导和组织、农民的崇高精神;抗战胜利之后,一个新的中国诞生,国家面临的问题复杂了,但归纳起来是建设新的道德标准、伦理标准、生活方式等,这一切应通过新文艺进行宣传和普及,但新文艺长什么样,新文艺与旧文艺的关系如何,新文艺家应具备什么素质,这些问题属于文艺理论范畴,于是,文艺作品和文艺理论也就变成了一个问题的两面,孙犁在小说中思考文艺理论问题,以小说方式表达思考结果,两个问题也就一并解决了。而《芸斋小说》是他一生所思所想的结果,是他探究中国文艺问题所找到的完美解决方案——用中国传统拟象表达机制思考并解决中国社会各方面的问题,这样,中国的"小说"被孙犁变成了"大道"。所以,闫庆生才说孙犁是个"哲人"、思想家①。

第一节 《忆梅读〈易〉》的哲学暗示

　　孙犁阅读他人作品都是从思想角度入手,看对方在思考什么问题,解决了什么问题。他对鲁迅作品的阅读如此,对茅盾作品的阅读亦如此。孙犁

---

① 闫庆生:《晚年孙犁研究——美学与心理学的阐释》,中国社会科学出版社,2004 年,第 86、103 页。

的阅读方法是中国式的"穷理"法,所以,他才说:"哲学思想是一切著作的基础。"①孙犁的作品自然也有其哲学思想,"惜乎他的微言大义"始终没人发现,于是,他晚年写了一篇意味深长的小说《忆梅读〈易〉》。似乎在给大家讲一个关于"小说"的理论问题,即小说不再是小道,小说包含《易》,包含"大道"。孙犁讲的"大道"是新的,就像他的小说是新的一样,没人能及时"辨识"也不奇怪。在《忆梅读〈易〉》中,包含小说与哲学、现实与历史、《易》与变、时间与空间等几方面的哲学暗示。

一、小说与哲学互释

互释即相互阐释,通过中国小说理解中国哲学,通过中国哲学理解中国小说。这是《忆梅读〈易〉》的第一层内涵。

《忆梅读〈易〉》中,"我"对棚长老李说:"我要写一篇小说,第一句是:梅,对我是无缘的。"②之后有人批判他说:"这样开头的小说太多了,有什么新鲜!"③这篇小说也就流产了,但作者说"那时,我怎么能够写小说?脑子里想的是生死大关,家破人亡的问题……"④对话包含两层意思,一是"我"始终思考小说的创作问题;二是"我"一直在思考生死问题和现实遭遇问题。作者同时思考生死、家破人亡的现实遭遇、小说创作三大问题,小说在"我"那里也就变成了哲学载体。

小说何以成为哲学载体呢? 小说第十四段对此进行强化:"我一生中,做过很多错事,鲁莽事,荒唐事。特别是轻举妄动的事,删不胜删。中国有一部经书——《易》。我晚年想读一下,但终于不能读懂。我只能如此解释它:易,就是变易之易,就是轻易之易。再说得浅近一些:易,既然是卦,就是世事和人事,都容易变卦之意。"⑤

这段话将人生的特点、中国人的人生观、《易》的哲学思想融合在一起,同时也内蕴着中国小说的独特表达方式。因为小说既然要反映现实人生,现实人生充满变化,小说必然充满变化。这样我们就能理解"梅"和"易"之间的关系了。"梅"在小说中有两层含义,一是梅园的梅,梅花的梅;二是一个叫梅的女人。既然梅有两层含义,那么"梅,对我是无缘的"⑥指一层现

① 孙犁:《读〈后汉书卷七十·班固传〉》,载《孙犁文集8》,第27页。
② 孙犁:《忆梅读〈易〉》,载《孙犁文集1》,第451页。
③ 孙犁:《忆梅读〈易〉》,载《孙犁文集1》,第451页。
④ 孙犁:《忆梅读〈易〉》,载《孙犁文集1》,第452页。
⑤ 孙犁:《忆梅读〈易〉》,载《孙犁文集1》,第453页。
⑥ 孙犁:《忆梅读〈易〉》,载《孙犁文集1》,第451页。

实,"梅对我是有缘的"①指另一层现实。一个"梅"字内涵两层现实,一篇以"梅"命名的小说也就不那么简单了。而当"梅"与"易"关联在一起时,这篇小说会有几层内涵呢? 用数学中的排列组合思维思考,至少得有八层意思。就像中国古人用阴爻、阳爻组合成八卦,"梅"有两层意思,"易"有两层意思,两两组合出八层意思。

如此,《忆梅读〈易〉》也就将小说与哲学的复杂关系,尤其是中国小说与中国哲学的复杂关系内蕴其中了。

二、现实与历史的互渗

互渗是一种你中有我、我中有你的关系。现实中有历史的渗透,历史中如何渗透现实? 但这就是孙犁的哲学。他说:"接受遗产问题应依附民族今天的生活。"②这是一种打通古今,以今择古,古今同源的长时段历史思维。用这种长时段历史思维思考问题,可超越古今,实现现实与历史的互渗。在叙述现实问题时,有历史考量和判断,在反观历史时,以现实为标准去拣择。如此便会使小说具有一种穿透力,小说就像一个第三空间,将历史和现实收纳在一起(见图 8 - 1)。

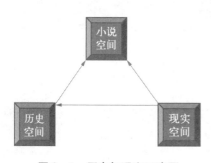

图 8 - 1　历史与现实互渗图

也就是说,历史与现实互渗是孙犁创作小说的原则,也是孙犁思考重大问题的思维方式。在《忆梅读〈易〉》中,从《易》开始,到去年结束,中间有"我"的各种经历,而"我"的经历又与历史事件纠缠在一起。作者之所以选择《易》,是因为"我一生中,做过很多错事,鲁莽事,荒唐事。特别是轻举妄动的事……""我"深切体验了"易",体验了"世事和人事,都容易变卦",才会从历史的众多素材里选择《易》进入我的文本,这是现实对历史的渗透,让历史元素沾染上现实的味道,为历史元素增加一种新的内涵。我与"梅"的过往,那么深入地影响着"我"的生活。这是历史对现实的渗透。与"梅"的那段经历,不仅出现在此文中,还出现在《善闇室纪年》中,甚至梅弟、梅妹、梅夫都与"我"的生活产生交集。"历史"对"现实"的渗透无处不在。虽然我曾对梅"伤害太大",但"当时,她虽恨我多变,但不会怀疑

---

① 孙犁:《忆梅读〈易〉》,载《孙犁文集 1》,第 452 页。
② 孙犁:《接受遗产问题(摘要)》,载《孙犁文集 5》,第 268 页。

我是成心戏弄她"①,也就原谅了"我"。所以,"梅对我是有缘的"。但终究又是无缘的。有缘或无缘其实也不重要,重要的是"我"与"梅"之间难以割舍的、复杂而纠结的过往与现在。

小说在"忆梅",但有三分之一篇幅在说"我"与"老李"和一个"进城时唯一留用的人员"在牛棚里发生的事,以及"进城唯一留用人员""搞艺术"的往事。如此,所谓的"忆梅"也不过是个由头而已,"读《易》"或许才是重点。"忆梅"和"读《易》"之间羼杂着历史事件,小说也就不止于叙事了。

三、时间与空间互文

时间与空间互文是指将时间与空间紧紧地黏合在一起,既可以通过空间把握时间,又可以通过时间把握空间。时间不以绵延的方式存在,而以空间板块化的方式存在,空间也不是独立的客体,而是与具体历史事件相关联的存在,这样,空间和时间就具有了相互阐释的可能,看见时间想到某一历史事件,看到空间也会想到某一历史事件。如,"牛棚"是个空间词,令人想到特定的时间段和政治事件,1958 年是个时间词,但也让人联想到特定的政治事件。

在中国传统文化中,有以空间绵延表达时间②,或以空间转换表达时间③的传统,直到"五四"以后,中国文艺家受西方文化的影响,开始关注时间概念。但在中国传统表达机制小说中,时间观念仍与西方传统表达机制小说的时间概念明显不同。比如,鲁迅《故事新编》中的时间概念,就不是以年月日为单位表示的时间概念。其讲述的故事时长跨越万年,从远古到鲁迅所处时代,某些特定的文化符号就是时间,比如,女娲、汉武帝、秦始皇、大禹、古貌林等,他们不是时间,却在文本中承担着表示时间的功能。

在孙犁的《忆梅读〈易〉》中,时间与空间构成了互文关系,既有以时间概念表达空间和重大历史事件的部分,亦有以空间概念表达时间和重大历史事件的部分,大大缩短了小说篇幅,增加了小说的信息含量,使文本变得极其厚重。

为了解《忆梅读〈易〉》的巨大信息量,我们可将其元素列表呈现(见表

---

① 孙犁:《忆梅读〈易〉》,载《孙犁文集 1》,第 453 页。
② 中国神话《山海经》没有明显表示时间的词,特别重视空间顺序,用方位词加数量词的方式,准确描述空间顺序,给人一种绵延无绝的感觉。按照西方思维模式,时间是绵延的,时、分、秒呈现一种连续成长的状态。而中国神话《山海经》用方位词加"又多少里"的方式,呈现出空间的绵延,与西方时间的绵延产生对应,给我们一种以空间表时间的感觉。
③ 很多明清长篇小说是通过空间转换表达时间观念的。如《西游记》《三国演义》等。

8-1)。通过表中的时间元素,可以了解小说的故事时间是从 1945 年到 1990 年,在这四十多年里,作者的经历和国家民族的经历紧紧黏连在一起,作者坎坷的命运和家国之思内蕴其中。

表 8-1 《忆梅读〈易〉》元素表

元素类型	元素名称
人	我、老李(棚长)、他(进城留用人员)、梅、梅弟、梅妹、梅夫、老伴儿、《江城月刊》女编辑
事	住牛棚与写小说;三访梅园;与梅相恋分手;与梅相见;晚年梅对我的关心
物	梅、《易》、棒子面粥、棒子面饼子、小船儿、一幅国画、《江城月刊》
时间	住牛棚时、"文化大革命"开始时、1982 年、1958 年、进城以后、在延安时(1945 年)、去年(1990 年)
空间	延河、梅园、牛棚、我住的小院

小说提供的空间元素有:延河、梅园、牛棚、我住的小院。"延河"令人想到延安,想到抗日根据地那段历史;"牛棚"让人想到"文化大革命"那段历史。这两段历史都与国家、民族有关,属于历史事件。而"梅园"和"小院"是个人经历。个人经历带点浪漫色彩,是小说中的"小"字包含的内容,而历史事件则是小说中的"说"字包含的内容。将个人经历与国家、民族的重大历史事件完美融合在一个文本中,便是将重要的思想内容融入喜闻乐见的形式。这样,小说也就成了可以讲述大道理的现代文艺媒介。

总之,作为孙犁结束其小说生涯的末二篇小说①,《忆梅读〈易〉》是一篇极其特殊的文本,它向读者暗示了小说与哲学的关系。

第二节 《芸斋小说》中的多种拟象

拟象在孙犁小说中始终存在,但复杂度不同。抗战时期的小说中,一些人物具有拟象性,属于观念人物,但携带的观念较少,比如邢兰,作为观念人物,凝聚了中华民族所经历的苦难、受过的委屈,以及在抗战中形成的新的精神面貌。抗战胜利后,孙犁小说中的拟象人物开始复杂化,成为文艺形式

———————

① 末一篇是《无题》。之后孙犁不再写小说。

的理论概括——既是人物，又是文艺形式的凝聚。双眉、李佩钟、小满儿等都如此，双眉是"美的形式"的凝聚，李佩钟是古典形式的凝聚，小满儿是通俗形式的凝聚。到《芸斋小说》，因要完成一个结论性表达，将自己的观点完整呈现出来，拟象也就更复杂。《芸斋小说》中的拟象有如下几种情况：古典形式复活的拟象性表达——《鸡缸》，民间艺术形式消亡的拟象性表达——《高跷能手》，中国文艺现代形式复活的拟象性表达——《言戒》和《杨墨续篇》。

一、古典形式复活的拟象表达

中国文艺的古典形式极其复杂，《周易》的哲学表达形式、《诗经》的情感表达形式、《春秋》的历史记录形式等都极简、极深奥、极复杂，理解难度高，传播费心费力。新文化运动试图解决中国传统文艺的复杂、深奥问题，倡导白话文，从此出现了中国新文学。抗战时期的革命根据地，提倡问题的大众化、平民化，开始向广大农村地区进行文化普及。但文艺问题十分复杂，它是一个"民族的礼服"，是民族精神的载体，是一个民族特有的图腾，需要代代传承。如此，在完成对广大农村进行文化普及的任务之后，如何实现中国传统文艺形式与现实生活、现代化思想观念的结合，就成为一个特别重要的理论问题和创作实践问题。

孙犁对这个问题的思考，在《风云初记》通过拟象人物李佩钟进行。李佩钟的典雅、清秀、仪式化等种种特征都符合中国传统美学观念，但由于所处时代是抗日战争时期，典雅的形式在变吉哥看来显得浮夸，在芒种看来显得无用（不能用来直接抗日），在高庆山看来则有点不合时宜。当古典形式（李佩钟）表现出强烈想与新的意识形态结合的愿望时，一方面被新的意识形态代表（高庆山）的拒绝，另一方面遭到旧的意识形态代表（田耀武）的疯狂报复。李佩钟身受重伤，却活了过来，继续为抗日战争服务，负责为八路军战士开介绍信。但最后李佩钟悄无声息地掉入一口枯井，寂寞地死去。

通过李佩钟这一拟象人物，孙犁思考了中国古典形式的问题：内容远离现实，过度仪式化，但其典雅、清秀、简洁、古朴、复杂等诸多品质并非缺陷，是值得继承和发扬的优秀传统。只要解决了中国古典形式与现实生活、现代思想之间的关系问题，继承中国古典文艺形式是可能的。孙犁在抗战时期就思考过这一问题，当时他说：

现在流行在我们连队里的故事，或者是流行在民间的故事，已经没有那些荒诞的成分了。那些旧的故事为什么要弄些神话、狐鬼进行呢，为的是要使那故事动人、动听。还有,在那古时候(现在中国有一些地方,还是这个作风),"官家"不准人民谈现实、谈人的故事,人民不得已,只好退一步来谈鬼神。其实人民也很巧,把鬼神、狐狸,代替了社会上的人,在这些神鬼狐狸里面,也分出好人歹人,这就是"寓言"……我们现在的故事,没有这些别扭了,因为战士同志们,用力量扫除了种种别扭事,在晋察冀边区,开创了新生活。

我们,人民爱这新生活,开创一种新生活,战士流过血汗,人民纪念这血汗,要编出血汗的故事,这就是新故事,人民爱这新故事。

这些新故事,不用加什么"荒诞"的花样,本身就是美丽的故事,有着大价值。"小故事"不怕小,拼凑起来,就是战士同志们血汗的历史,新生活的"备忘录"。这些故事因为和人民的生活连在一起,所以它本身就是最动人、最动听的。①

《铁木前传》是孙犁不加"荒诞"成分,不用狐鬼元素,讲述现代故事和现代思想。但小满儿这个人物多少还带点"狐魅气儿",虽没有像古代小说中的狐女那样变身,但其性格中有超现实的"媚"。

也就是说《铁木前传》并未实现典雅、古朴、极简之传统形式与现实生活和现代思想的结合,还需要继续思考这一问题。在《忆梅读〈易〉》中,孙犁在牛棚里还想着小说创作问题,说明《铁木前传》之后,二十年不写小说,不是不能,而是在思考如何将传统古朴典雅、极简、极复杂之古典形式与现实生活、现代思想结合。这些问题思考清楚后,小说创作才会重启。《芸斋小说》首篇《鸡缸》,解决的就是中国古典文艺形式与现代生活接轨的问题,衔接了《铁木前传》的思想内容和理论思考。

《鸡缸》是一篇非常复杂的小说,篇幅短,但意蕴丰厚。《鸡缸》不是古代笔记小说的复活②,而是中国传统拟象表达机制现代转型的典范之作。理由如下:

其一,鸡缸是一种瓷器,而"瓷器"的英文单词与"中国"的英文单词相同,中国瓷器在世界上享有盛名。《芸斋小说》首篇以《鸡缸》为题,就像他以《"藏"》为题重复讲述《第一个洞》一样,是为了提醒读者注意此文本的特殊意味。

---

① 孙犁:《连队通讯写作课本》,载《孙犁文集5》,第286-287页。
② 笔记小说与《芸斋小说》相比,味淡,意浅,难以承载复杂的哲学思考,《芸斋小说》篇篇都是哲理性表达,是孙犁关于中国社会各种问题的结论性表达。

其二,"文化大革命"期间孙犁被查抄的东西不少,尤其是图书,都是非常名贵的"国家二等",但他没有以书为题记录"文化大革命"。因为图书与瓷器的最大不同在于:图书是内部文物,还需要翻译;瓷器是视觉艺术,直观,便于代表中国文化与世界交流。这也表达了孙犁的雄心——中国文艺的世界化。中国文艺的世界化不仅是孙犁的雄心,也是中国知识分子一直以来的梦想,其实也是中国对世界的一份责任。毕竟,中国文艺源远流长,其复杂表达机制极具审美价值,世界有了中国文艺,才会更加繁荣。

其三,孙犁购买鸡缸,除了便宜外,还喜欢鸡缸上的图案——"五彩人物、花卉""几只雄鸡,釉色非常鲜艳"。孙犁用元素提取法,在《鸡缸》中,他从瓷器上提取了瓷器、五彩人物、花卉、几只雄鸡,几个元素组合在一起,构成了中国传统文化的意义单元。之后瓷器的各种经历——先是装绿豆、小米,后被抄走,后被发还,放在厨房角落腌鸡蛋,后被当作"文化"置于几案,可谓跌宕起伏,很像《村歌》中双眉的经历——先是妇女队长,后被撤职并被视为"流氓",后来又组织互助组,变成秋收队长……将变化纳入思考范围,而只要变化,被表达的对象就变成复杂的、难以捉摸的拟象了。

其四,鸡缸在小说中是孙犁的私有物品,他拥有管理权和使用权,鸡缸的各种状态都与他本人有关——除了被抄走的那段时间。如此,鸡缸被当成古董,被清洗干净,被陈于几案,也就成了一种表达策略。

因此,我们可以肯定《鸡缸》是孙犁表达中国文艺走向世界的一个想法——中国传统文艺经过种种磨难之后,依然可以容光焕发,青春不老,成为令世界瞩目的文艺形式。当然,《鸡缸》除了凝聚古典文艺形式的意义外,还将作者的身世、经历附加其上,使《鸡缸》成为继《村歌》《风云初记》《铁木前传》之后的另外一种拟象形式——物化的拟象。

二、民间艺术形式消亡的拟象表达

孙犁小说涉及民间艺术家和民间艺术的地方很多,邢兰的口琴,高四海的大管,变吉哥的画帖、梨花调,都是民间艺术,而邢兰、高四海、变吉哥也都称得上民间艺术家。他们在抗日战争时期发挥了重要作用,为抗战胜利做出巨大贡献,他们自己也在抗战中得到成长。但民间还存在另一类"高跷能手"似的人物,他们只有"艺"和利益的想法,至于为谁表演,为谁服务,他们满不在乎。这样的艺人和他们掌握的艺术形式,会随着社会发展而逐步消亡,这是历史必然。这一观点,孙犁通过《高跷能手》表达了出来。

《高跷能手》将艺术的民间形式与内容上的思想混乱结成意义单元,对

"使用"民间形式的李槐降格以待,将他设计成一个没文化却有才华,且极热爱艺术的人,"及其重病垂危之时,偶一念及艺事,竟如此奋发蹈厉,至不顾身命,岂其好艺之心至死未衰耶"①。李槐所好之艺是踩高跷,这种艺,指向民间艺术形式。

李槐前期是个刻字工,后来变成了"资本家"——"开了一年作坊,雇了一个徒弟,赚了三百元钱",这是李槐挂在嘴边的一句话。这句话说明李槐是个有经济头脑的民间艺人。但李槐虽有经济头脑却无政治头脑,对国家、民族一无所知,在"文化大革命"期间,居然炫耀自己为日本天皇表演的经历。由此可知,《高跷能手》是孙犁思考中国民间艺人存在种种问题的方式:民间艺人掌握高超的艺术形式,但政治立场糊里糊涂,甚至完全没有立场。结合《村歌》思考这一问题,孙犁的观点会更清晰。《村歌》中的双眉也是一个极爱艺术之人,又有天分,但她不懂艺术与政治之间的复杂关系,只是因为个人偏好才从事艺术工作。孙犁给她设计了种种磨难,让她去领会生活、艺术、政治之间错综复杂的关系,等她明白了之后,也就被群众接受了,此后,孙犁才给她设计了一场精彩的演出。《高跷能手》中的李槐和双眉不同,他代表的是旧艺人,习惯旧的生活方式,在新的社会体制下想改造他是不容易的。所以李槐不断被批判,但每次他都重复一句话,充满了不理解和抱怨命运不公的意思,即便快死了,说起为日本天皇表演踩高跷那件事,还那么兴奋。这样糊涂的艺人,在新的社会体制下是很难存在的,这样的民间艺术形式也会随这一辈民间艺人的消亡而慢慢消亡,因为它们是一种难以为意识形态服务的落后艺术形式。

高跷能手李槐是一个与双眉、李佩钟、小满儿一样的拟象人物,他既是民间艺术的观念化,又是民间艺人的代表,还是孙犁表达这种民间艺术形式存在诸多问题的观念凝聚。

三、"我"的三重身份与中国文艺形式现代化的拟象表达

《芸斋小说》的文体形式、史传笔法是我们熟悉的,文言也是我们熟悉的,所叙历史事件是我们熟悉的,但这种表达方式所生成的复杂意义却是我们不熟悉的。比如,关于死亡的大范围思考,是崇尚活命哲学的中国人不熟悉的;对传统伦理和生活方式的肯定,是"五四"之后的中国人所不熟悉的……我们熟悉的语言、熟悉的文体和熟悉的历史资料,经文艺家加工处理后,衍生出诸多新思想,而这些新思想的生成机制与"我"身份的三重化有一

① 孙犁:《高跷能手》,载《孙犁文集 1》,第 325 页。

定关系。

多数小说中，"我"最多有两种身份：第一人称叙事者、故事主人公。但《芸斋小说》中，"我"多了一种身份：隐含作者。"我"既是叙述者，又是被叙人物，还是隐含作者。当三重身份叠合的时候，一个问题出现了：《芸斋小说》所叙内容是真实的还是虚构的？多数情况下我们认为文学是话语的虚构，真实发生的便成了历史。但《芸斋小说》中的"我"既是叙事者，又是主人公，还是隐含作者，如此，《芸斋小说》也就具有了多重性质，既是历史的，又是文学的，还是哲学的……它是作者从自己的经历中提取元素加工组织而形成的思想表达机制。

《芸斋小说》中，"我"所叙事件，经过高度概括，是当时所有人的现实，如此，"我"作为叙述者，叙述的是整个时代的知识分子经历的那段历史，其客观性和真实性具有史学价值，因而是提炼概括出来的现实，不是摹仿的现实，叙事也就具有了文学价值。孙犁曾说：

> 伟大的作家，在创造着完善的典型，但这些人物是靠着劳动经验，再用想象、分析比较诸技术的运用，才得以创造出来的。一个主人公，有时候被作者夸大到可笑的地步，这不能说是艺术的欺骗，或减少了艺术的真实性。因为典型人物并不是代表了一个农夫，工人，学生，兵士……乃是代表某时代的某个地理环境内全体农人，工人，学生，兵士等的关系，而正因为典型人物的完善，一本作品，才能生动，才能普遍，才能垂久，被广大读者群众拥护起来。①

《芸斋小说》是具有史学价值的小说，手法是"概括"现实，提取元素，追求的是精神真实。精神真实是孙犁创造现代拟象表达机制形成的拟象化效果，选用众多现实元素，累积形成特定且多重的时代风貌。西方现实主义小说追求元素的真，强调人、事、物、时间、空间的具体、客观、因果等，想用这种手法表达时代精神的真实性时，需要像巴尔扎克那样通过一套作品才能完成。孙犁创造的这种手法，做到了元素真，时代精神也真，解决了中国传统小说中存在的元素虚构、玄幻的问题，做到了真正的现实主义——元素的现实化和时代精神的现实化。

当提取元素少，叙事以某一元素为主，会形成核心叙事，容易造成局部真实的现象，而局部真实无法替代时代精神的真实。这是孙犁在《芸斋小

---

① 孙犁：《现实主义文学论》，载《孙犁文集 5》，第 237 页。

说》中将时间、空间切段、切片，提取再组合的原因。

《芸斋小说》的叙事者是个叙事高手，他将三十多篇文本贯通起来，叙述有节奏，有起伏，有波澜，有韵律，考虑了读者的感受，也考虑了与现实的联系，还考虑了小说的整体布局，以哲思始，以哲思终，同时照顾了自己抗战小说的构思，堪称完美。

《芸斋小说》开篇是"愉快"叙事，讲述一些"有趣的"往事——《鸡缸》《女相士》《高跷能手》，这三个故事虽然离现实很近，但为了不吓着读者，"我"的讲述尽量轻松，带点"魔幻"色彩，"鸡缸""女相士""高跷能手"对 20 世纪 80 年代的读者来说，陌生而又遥远，听着不那么真实；紧接着"我"讲起了亲身经历——《言戒》《三马》《亡人逸事》，这三篇故事充满死亡气息，让 20 世纪 80 年代的读者感觉悲惨、悲壮；之后，"我"讲述了一篇带有魔幻色彩的故事《幻觉》，让人刚刚感到的悲惨、悲壮被稀释，当我讲《地震》《还乡》时，认真阅读的读者会不会想起点刚刚发生过的事情？善忘的人们能否回忆起昨天的故事？《修房》则又让读者回到现实，体验发生在身边的不愉快，如果有人联系往事一并思考，或许会觉出些什么。《玉华婶》《葛覃》似乎与《修房》关系不大，但前者是现实中人的精神状态，后者是曾经的社会伦理，对比一下，令人感慨万千。《春天的风》《一九七六年》中，两个主人公都患上了不同程度的精神疾病，一个好人开始堕落。虽然未堕落下去，但一个深刻的追问孕育其中。《小 D》《王婉》告诉读者：《芸斋小说》不是简单的宣泄，而是思考，因为两个罪人的荒谬结局，都带有一点"现代主义"的荒诞味道，让读者体会个体无可选择的命运。之后，似乎是人间百态，各色人等，重友情的，不重友情的，关心他人的，陷害他人的……篇尾是《无题》。为什么用《无题》作为收束？一旦追问，那正是作者想要的结果，但想搞懂作者为什么以《无题》作结，需要一个复杂的运思过程，如无言、无定论、杂多难以统一等。

《芸斋小说》的叙事者讲了整整十年才完成一套复杂故事的讲述，这是一个太难讲述的故事。到最后，叙事者似乎是讲给自己听，或讲给身边的无花果听，这样的听众不需要速度。至此，叙事者与隐含作者合体了，与其说是叙述者在讲述，不如说是隐含作者在反思、咀嚼，在立遗嘱，而且是一份伟大的文学遗嘱。于是，《芸斋小说》的哲理性"溢"出文本。这样，《芸斋小说》以《无题》作结，也就十分扣题了。因为这是一部难以定性的著作——哲学、文学、史学合一的著作。这不正是孙犁一生想达到的效果吗？让中国传统文艺形式与现代生活和现代思想完美结合。"我"的拟象化是完成这种思考的最佳形式。

第三节　《芸斋小说》的拟象化叙事（一）

按中国古代分类方式,《芸斋小说》不再是"小""说",而已升至"大""道"。孙犁谈"道"的手段是艺术化的,思维方式是拟象的,即先思考,形成"道"——就政治、人性、伦理、文艺等诸多问题形成自己的观念,再根据观念复杂度在生活中寻找元素——人、事、物、时间、空间,然后将众多元素组织在一起,形成文本。《芸斋小说》的元素数量众多,组织元素的手段十分复杂。

一、多故事聚合的方式

由于孙犁所处时代是中国社会的大变革时期,前有新文化运动,后又经历了抗日战争、土地革命、中华人民共和国成立、"文化大革命",很快又面临改革开放。这其中包含人性的、政治的、伦理的、生活方式的、文艺的等各方面问题,小说必须反映这些问题,但如何反映,则成为一个艺术难题。《芸斋小说》采取了多故事聚合的方式,讲述历史变迁和人性变迁,将复杂哲思压缩在一篇篇小型文本中。

《芸斋小说》的故事至少有四种情况:"我"经历的事情、别人经历的事情、"物"经历的事情、国家经历的事情。四种故事在一篇文本中相互掺杂,就像编发辫,左一下右一下,想捋出一条线索挺困难,它们纠缠在一起,可又各有来路,读者阅读时只能慢慢来;读完之后想转述很不容易,只能慢慢品味、咂摸、反复思考。比如《鸡缸》,叙事者"我"讲述的是"我"买鸡缸的故事,但之后鸡缸成为主角,开始跌宕起伏:被没收—归还—腌鸡蛋—成文物—被置于庙堂之上;但鸡缸毕竟是"我"买回来的,所以,"鸡缸"的经历总还与"我"有关,所以,它怎么也独立不出去;除了"我"、鸡缸这两条故事线索,还有一条是"钱某某"的故事:当收发—造反—劝业场的古董商,这个故事挺有料,想捋出一条线索,又与"我"、鸡缸有千丝万缕的联系;"我""鸡缸""钱某某"各有故事,料够足了吧? 但还有国家的故事:中华人民共和国成立前—中华人民共和国成立后—"文化大革命"—改革开放……这样,一篇《鸡缸》有"我"、鸡缸、钱某某、"国家"四条故事线索,还有我的"棚友"的故事,互文阅读,故事十分丰富。为什么用这种讲法? 这与孙犁的文艺思想有关。孙犁说:

　　读者买文学书,都是希望能从生活上,多得到一些知识;从人生旅途上，多得到一些经验。既是文学，就又想从文字中得到一些享受和教益。如果你的作品，在这三方面，都没有什么可取，甚至连朴素的爱国之情、民族自尊都没有，人家花钱买你的书，又作何用？①

"知识""经验""教益"与"爱国之情""民族自尊"相结合的小说怎么讲？也就是说《芸斋小说》不是小说，是哲学，是艺术化的哲学，作者一方面将历史信息如实记录，另一方面分析人性，提供认识人的经验。一旦读懂了，也就产生"教益"了。但"文化大革命"那段历史怎么如实记录而又保留"民族自尊"，这是孙犁以鸡缸代人经历"文化大革命"的原因。以鸡缸代人，既如实记录了那段历史，又保留了"民族自尊"，在记录自己的经历时，只取一点点，再用别人的经历代替，如此，一个人的伤痛被分散在几个人物身上，小说中的"怨"被化解，做到了"哀而不伤""怨而不怒"。这是古代经典《诗经》留下的美学范式。孙犁用《葛覃》提醒读者读解《芸斋小说》的方法，又用《忆梅读〈易〉》提醒一次。哲学与艺术的结合臻于化境。

二、复合表达方式

人们通常使用的表达方式有：叙述、描写、抒情、议论、说明。不同的作者偏好不同的表达方式，有的人喜欢抒情，有的人善于描写，但很少有人像孙犁一样善于将三种表达方式叠合使用。孙犁在《连队通讯写作课本》中说：

> 最好的抒情的表现，是包含在叙事里，表面上没有抒情的字句，叙事里却满含着抒情的血液。像春天的小河表面上有薄薄的一层冰，显着很冷静，其实里面正奔腾着激流……②

孙犁抗战小说的特征是叙事与抒情叠合。《邢兰》中没有抒情的字句，《红棉袄》中没有抒情的字句，《荷花淀》中没有抒情的字句，但饱满的感情已经被读者接收了。在《芸斋小说》中，孙犁的表达再次升级，将叙事、抒情、议论叠合，每一个叙事里既有浓郁的感情，又有满腹的议论，表面上作者什么也没说，读者却替作者满腹牢骚，满肚子意见：《鸡缸》从中华人民共和国成立初期讲起，一直讲到"国家实行开放政策"，中间经历一场"文化大革

① 孙犁：《我观文学奖》，载《孙犁文集8》，第319-320页。
② 孙犁：《连队通讯写作课本》，载《孙犁文集5》，第290页。

命"，鸡缸被没收—发放，叙事者的叙事克制、冷静，但到第十二段时，读到"时间过得真快，又过了几年。国家实行开放政策，与外国通商来往，旧瓷器旧文物，都大涨其价，尤其是日本人敢掏大价钱"，心里已经是翻江倒海，从中华人民共和国成立，到"文化大革命"，到改革开放，读者替"我"感到委屈，感到愤怒，感到五味杂陈。这里没有抒情的字句，没有议论的字句，不过是非常冷静的叙述而已。但这样的叙事，这样的拣选、编织，已经包含着丰富的感情和经过分析推理的议论了。对材料的拣选和组织本身就包含了抒情和议论。文本中不必再出现抒情和议论的字句。这就是密集的信息、交错的故事相互纠缠、烘托所达到的艺术效果。

《高跷能手》中，李槐说："开了一年作坊，雇了一个徒弟，赚了三百元钱，就解放了。这就是罪，这就是罪……"这里面包含着多么复杂的信息呢？是叙事、抒情、议论，还是说明？似乎都是，叙述中有说明，说明中包含感情，放在上下文中又形成了议论，因为包含一种事理逻辑，也内蕴着作者的态度。

《言戒》中，中年男人陷害、折磨"我"，我自杀未遂进了干校，当读到"干校结束，我也就临近'解放'了。回到机关，参加了接收新党员的大会。会场就在批斗我们的那个礼堂。这个人也是这次突击入党的，他站在台上，表情好像有点忸怩。听说，他是一个农民。原在农村入过党，后来犯了什么错误，被开除了，才跟着哥哥进城来，找了个职业。现在因为造反有功，重新入党。这天他没有穿那件崭新的皮大衣，听说那是经济主义的产物，不好再穿了"①。这段信息太过复杂，作者的情绪蕴含在冷静的叙事中。小人的得意、狡猾，以及最后的"成功"令读者无法平静。设身处地想一下：曾经伤害过"我"的人在伤害"我"的地方获得褒奖……"我"在下面睹物思人，情何以堪？

叙述中有抒情、议论，叙述是高度概括模式，不铺陈事件的细枝末节，这是孙犁一贯的主张，他认为："正确的宇宙观会帮助你去完善地认识现实、分析现实，把握现实而概括出现实来。"②"概括"以"认识""分析"为基础，是主体系列思维活动的结果，因而，孙犁强调"正确的宇宙观"，他说："辩证唯物论是人类哲学上的最宝贵辉煌的收获，是一切宇宙观中最正确最先进的一种宇宙观"③，因为"辩证唯物主义的特征就在于它具有革命批判的性质"④，

---

① 孙犁：《言戒》，载《孙犁文集1》，第328页。
② 孙犁：《现实主义文学论》，载《孙犁文集5》，第237页。
③ 孙犁：《论通讯员及通讯写作诸问题》，载《孙犁文集5》，第22页。
④ 〔苏〕罗森塔尔、尤金编：《简明哲学辞典》，中共中央马克思恩格斯列宁斯大林著作编译局译，生活·读书·新知三联书店，1973年，第743页。

它教导我们"正确地对待自然界和社会的现象和过程,就是要从它们的联系和相互制约中去把握它们;就是要从发展和变化中去观察它们;就是不要把发展看成是简单的量的增长,而要看成是量变在一定阶段上合乎规律地转变为根本质变的过程;就是要抱这样的出发点,即对立面的斗争、新旧之间的斗争等是发展和从旧质向新质转化的实在内容"①。正是这种用变化的、联系的、批判的、全面的观点看问题的宇宙观和方法论成为孙犁小说的基础,才使孙犁小说具有虽简洁却真实、准确、动人的艺术效果。他说:

> 好的文章只有一个标准,就是感动人,也就是起作用。要使文章大大感动人……
>
> 大量搜集资料,比方你要写一个学习的模范,就不只找有关他学习的材料(当然这是基本的材料),他的各种生活的材料,你都要注意,有的材料,你可以不写到文章里去,可是你一定要知道……材料一多你就可以看出原因、经过和结果来,就成了有头有尾的文章,你就可以选择那顶有用的,这样写出来,它就是顶感动人的。②

在正确的宇宙观指导下,对大量的生活材料深入研究,准确把握事物发展的基本规律,准确提炼和概括,之后,叙事、抒情、议论的叠合就成为自然而然的事情。因为"能看出一个事物的最重要的部分,最特殊的部分和整个故事内容故事发展最有关的部分","强调这些部分,突出它,反复提示它,用重笔调写它,于是使这些部分,从那个事物上鲜明起来,凸显出来,发亮射光,照人眼目。于是,如同机器上最先发动的轮盘,这些部分动起来,整个事物就动了,这些部分静下来,整个事物就静了。在人的印象里,这些部分成了事物的关节、主要代表,只要它们一出现,我们就看见整个的事物了。并且给人的感觉是有力的,丝毫也不累赘"③。《芸斋小说》中对"大杂院门口收发室老头"的多次提说,以及对"大杂院"的多次提说,将政治叙事变成了具体的人间叙事,变成了人与人关系的叙事,大叙事变成了小叙事,众多小叙事又烘托起大叙事。这种复杂的叙事方式,得益于辩证唯物主义的宇宙观和方法论;也得益于他将表达方式叠合使用的拟象思维。

---

① 〔苏〕罗森塔尔、尤金编:《简明哲学辞典》,第742页。
② 孙犁:《连队通讯写作课本》,载《孙犁文集5》,第277页。
③ 孙犁:《文艺学习》,载《孙犁文集5》,第106页。

三、时间"切段"的处理方式

《芸斋小说》写于"文化大革命"之后,对抗战以来中国发生的一系列变化进行思考。孙犁需要反思自己要建设的新道德、新伦理与中国传统道德、传统伦理之间的关系;中国传统生活方式哪些可以继承,哪些必须扬弃。这是复杂问题,是困扰中国知识分子乃至整个社会的哲学命题。中国新文化吸收了大量西方文化,比如二元对立思想、阶级斗争思想、人与环境的敌对关系等,都具有西方文化基因,与中国传统文化存在很多矛盾。一个曾经为新文化唱赞歌的知识分子,在经历了"文化大革命"等一系列重大政治事件后,不可能不思考新旧文化、道德、伦理之间的优劣和承继问题。而要思考这个问题,使用哪一段历史进行叙事都无法说清,必须从抗战说起,甚至从抗战之前的那段生活说起。这么漫长的故事时间如何叙述?唯一的方法就是选择众多生活元素,然后将不同元素进行"叠加",形成层叠效果。这样,篇幅变短小了,内容增加了,思考的问题复杂化了。

《鸡缸》的故事时间从中华人民共和国成立初期到改革开放之后,跨度三十年,篇幅不到两千字。中华人民共和国成立初期的宽松、自由,"文化大革命"期间的反常,"文化大革命"之后的拨乱反正,改革开放后的经济恢复,都包含在文本之中。小说中有四个形象鲜明的人物:"我""姓钱的老头儿"、棚友、"帮我做饭的妇女"。"我"的本分,钱老头的虚伪、狡诈、霸道,棚友的勇敢,帮我做饭妇女的朴实、憨厚,都容纳在这篇小文中,那么多信息,全依赖读者对现实元素的提取和归纳——四个人物与四段时间有关——"我"与中华人民共和国成立初期那段历史有关;"姓钱的老头"与中华人民共和国成立前和"文化大革命"那段历史有关;棚友与"文化大革命"那段历史有关;"帮我做饭的妇女"则与改革开放有关。但作者没有将人物与时间联系在一起,而是单独将时间剪切成"段":第一自然段,时间是中华人民共和国成立初期,第三自然段,时间是"文化大革命"期间,叙述"文化大革命"结束仅仅一句"过了几年,书籍和瓷器都发还了"轻轻带过,又通过"干校"和"棚友"间接叙述。"文化大革命"结束到改革开放这么重大的历史事件,在小说中仅仅是"时间过得真快,又过了几年"就过渡到了"国家实行开放政策,与外国通商来往"。三十年被叙事者"滑"过去了。中华人民共和国成立初期、"文化大革命"期间、"文化大革命"结束、改革开放,四个板块的时间顺时针排列,线索是"鸡缸"旅行一趟返回家中,四个人物则在不同时间板块里出场。"时间"就像舞台一样,产生了空间效应,让四个人物站在不同时间"段",像是"时间"的代言人,讲述那段时间里发生的故事。

《葛覃》的叙事,时跨抗日战争至改革开放,篇幅不到 4 000 字。在 4 000 字的篇幅里还"荡"到了古代,将《诗经》中的社会伦理纳入叙事。也就是说作者用 4 000 字容纳了一个宏大的历史叙事:先由葛覃的名字说起,又谈及《诗经·葛覃》,并附录了那首"古代民歌",之后就说到抗日战争时期的延安,"一九四二年开始整风",之后就到了"日本投降以后",接着是"进城以后","文化大革命"来了,再往后就是"文化大革命"快结束那段时期的生活,通过"正赶上我已经被解放"表达出来,再就是"去年"(1983 年)。时间在《芸斋小说》中就像一个可以组合的积木,叙事者信手拈来,收放自如。像画中国画,面前宣纸一张,笔墨一副,手随心动,这里一点,那里一点,一会儿就完成了,空白很多,但观者不会介意,自会补充完整。因为,作者所选取的时间元素具有公共性、典型性、普遍性。《葛覃》是在讲述葛覃的故事吗?是,又不仅仅是,而是思考与葛覃有关的中国文化与中国历史,甚至在演绎中国表达机制将漫长的历史容纳在一个小小文本中的方法。

《小混儿》的故事时间涉及作者的幼年生活,直到改革开放,大约六十多年,这六十多年的风风雨雨有"抗日战争""解放战争""土地改革""合作化""文化大革命"、改革开放、"今国家照顾孤寡"等极复杂的历史内容。且有两种人生:"我"的革命的人生、动荡不安的人生、奉献的人生;"小混儿"的无为人生、"混的"人生、平平安安的人生。

《芸斋小说》的最后一篇《无题》几乎涵盖了孙犁的一生,大约七十多年的生活经历,甚至更长,时间的触角都伸到死后的世界里了,但篇幅不到两千字。他对时间的安排是:"逝世了"—"近年来"—"壮年远行"—"去年"—"二十年前"—"当时民族处于危亡,非抗日不足以图存"—"当今,处开放之时"。

如果没有对时间的"切段"处理,当涉及时间概念时,就得从具体的时间、空间、人物、事件说起,那样的叙述方式所能涵盖的内容会大幅缩减,当作者要表达复杂思想时,就需更多篇幅。如果用更多篇幅表达,思想密度就可能降低,作品的审美价值也可能递减。文艺作为精神产品,其思想价值正是作品中的黄金。

第四节 《芸斋小说》的拟象化叙事(二)

《芸斋小说》的故事时间漫长,思想内容十分复杂,叙事手段也都创新,除了上节提到的三种方式,还有以下几种。

一、空间的切分处理方式

在《芸斋小说》中,孙犁不仅对"时间"元素进行加工,对"空间"元素也进行了"改造"。通常情况下,空间是小说人物的居所或生存环境,但在《芸斋小说》中,"空间"作为具有特殊含义的意义单元被"组织"在一起,给人一种非常"陌生化"的阅读体验。比如,干校、牛棚、大杂院、收发室等。对空间的这种处理方式,为叙事带来了极大方便。比如《鸡缸》,在不到两千字的篇幅中容纳那么大信息量,除了对时间"切段"外,还对空间进行了"分割",比如,市场、大杂院、干校、牛棚、家宅。开头两段叙述的是市场里的活动,对应的是中华人民共和国成立初期这个时间点;第三、四段叙述的是大杂院里的生活,对应的是"文化大革命"期间;第五、六、七、八段叙述的是干校生活,对应的是"文化大革命"期间;第九、十、十一段叙述的是家宅生活,对应的是"文化大革命"后期;第十二段之后叙述的是改革开放后的那段生活。特定的时间元素和特定的空间元素黏合在一起,形成了牢固的意义链,它们相互作用,激发出无限新意,有点像考古,一小块历史遗迹就可说明很多问题。

《一九七六年》中,似乎在叙述发生在某一年的故事,但因对空间的剪切处理,增加了小说的信息量和思想厚度,大杂院、家宅、帐篷、灵堂、机关大院这些不同空间,上演着人间喜剧、闹剧、悲剧。小说中老赵的境况通过"空间"转换表现出来:他从"屋里走了出来",封闭空间转换到开放空间,"他自己在院里小山坡上,搭了一个像看禾场的窝棚,那么小的塑料薄膜的帐篷,算是安营扎寨"[①]。这个开放空间如此逼仄,本身就具有了故事性,携带了一堆信息和意义等待读者"挖掘";另外一个与老赵有关的空间是"老赵呆呆地坐在小帐篷口的一堆山石上,望着院里的大动乱中的小动乱场景",公共空间混乱、嘈杂,像老赵搭建的窝棚一样,具有强大的叙事功能,将一个混乱的人间闹剧呈现出来。至此,一个大杂院被划分为:老赵的小窝棚、窝棚口的山石及其周围、小院等,想象一下, 定还有其他住户搭建的窝棚,因为小说有这样一句:"在这一年的七月,又发生了地震,房倒屋塌,他孤身一人,又抢不到地盘,搭不起帐篷,没有地方做饭,同院的人都在看他的笑话。"[②]由此可知,院子里其他人家早就搭建好了生活空间。小说空间很多,但又层次分明,大小空间、对立空间都存在。在叙述了日常生活空间里的故事之后,又开始叙述政治空间的故事:"政工组来通知他,到灵堂去行礼。他一路

---

① 孙犁:《一九七六年》,载《孙犁文集 1》,第 381 页。
② 孙犁:《一九七六年》,载《孙犁文集 1》,第 381 页。

踩着瓦砾,到机关大院,在政工组的监视下,对着领袖的遗像行礼如仪。"①字句不多,但清晰如画,一个政治空间里的场景得到刻画。除此之外,还有心理空间。小说第六段:"他是从青年时就参加革命的,他的家庭,虽说不上万贯家财,也可以说是一个小康之家,有不少房产,他都置之不顾,抛妻撇子,奔赴前线。虽说经过长期战乱,老家已经荒芜,他却一向是以四海为家的。"②这段叙述,既属于心理空间,又属于"四海"内的故事。"大杂院"里的故事与"四海"里的故事形成对比,"大杂院"里的日常故事又与"机关"里的故事形成对比。不同空间负载着不同的精神内容,拓宽、加深了小说的意义层。

二、"折叠"政治事件的方式

"折叠"是小心翼翼处理信息的方式。任何艺术形式都服务于思想表达,但让活生生的现实服务于思想表达并不那么容易。当一个有趣,甚至很刺激的事件与自己要表达的思想不吻合,甚至相违背时,与其讲述,不如沉默。因为事件的传播不是艺术家的职责,思想传播才是艺术家的使命。事件无论多么曲折离奇,都只能成为作者手中的素材,是作者表达思想可以凭借的资料。但如何使用,取决于作者的目的。毕竟思想是对现实生活思考的结果,表达思想,离不开具体的社会内容。《芸斋小说》是典型的关于现实生活的思考,它在形式上属于小说范畴,在内涵上却是超小说的,因为它包含了太多太复杂的内容,是关于中国新旧文化、新旧道德、新旧伦理等诸多问题的全面梳理和反思。如果《芸斋小说》是一幅画,它绝不是具象的,因为孙犁不想将事件原封不动地、完整地"影写"出来,而是对原事件、原人物进行不断的修改着色,乃至于色彩过于复杂,使原来的形象变得重重叠叠,变成了既是 A,又是 B、C、D 的拟象。作者之所以这样处理元素(人、事),是因为他有始终如一的创作原则:"作为一个作家,每时每刻,都和国家的命运联系在一起,不管任何处境,他不能不和广大人民,休戚相关。国家、人民的命运,就是作家的命运。"③

孙犁经历的很多事件都极具可读性,比如《琴和箫》中钱智修一家的故事,《宴会》中刘大、刘二的故事。但这样的故事铺排开来,所产生的精神导向与孙犁的文学理想并不相符,所以,他必须小心翼翼地处理这些事件。《芸斋小说》中有一批"老友"的故事,每一个故事展开叙述都跌宕起伏,但当一个跌宕起伏的故事不能服务于思想表达时,宁可不叙。一个作家,如果

① 孙犁:《一九七六年》,载《孙犁文集 1》,第 382 页。
② 孙犁:《一九七六年》,载《孙犁文集 1》,第 381 页。
③ 孙犁:《谈文学与理想》,载《孙犁文集 7》,第 169 页。

每一个故事都不叙,也就不称其为作家了。怎么办呢? 求实、求是、求真、求美、求善。所谓善,就是给伟大的中华民族一个美好形象,不自揭其短。但也不能弄虚作假,扑粉戴花。孙犁的处理方式,很像我们对父辈遗物的处理方式——小心翼翼"折叠",以保存。

《宴会》隐藏着一个比较伤感的故事,但孙犁将这个故事掩映在若干个"花边"故事中。第一个花边故事是:"市里的宣传部长,要宴请一位戏剧家,派车到家里来接我,来的人除了部长的夫人,还有一位名声鼎沸的女演员。"①第二个花边故事是:"市委文教书记,宴请一位画家,派车并派了一位好贩卖字画的朋友来接我。"②第三个花边故事是刘二请"我"吃饭那天,"有一位山东来的姑娘找我。我和她到附近景山去玩,然后又到北海。心里虽然惦记着刘二请我吃饭的事,但还是陪那位姑娘,在一处小馆儿吃了晚饭"③。三个故事都和女性有关,有花边新闻的阅读效应。有了三个花边故事作陪衬,刘二和刘大的悲惨经历被"淡化"了。尽管如此,刘二和刘大的故事还是如实表达了出来,只因作者小心翼翼的处理方式,故事的色调没那么"灰",没那么悲惨,这就是艺术。

《颐和园》中,H 和 G 一个"死于湖北干校的繁重劳动",一个"在流亡时,于河南旅社自焚",其悲惨程度可想而知。若细细展开来叙,其色调势必呈阴暗、悲凉的黑灰色,这样的色调不符合孙犁的审美趣味,他小心翼翼处理两个悲惨故事:用山东厨师和老婆孩子在颐和园为大家做饭的故事和"游人"在"'宿舍'旁边另题'狗窝'二字",以及"一男一女""在山洞里苟合,被人发觉"的故事,还有"我"和"一位护士"来往、划船、吃糖葫芦等"桃色"故事冲淡了原故事的黑和灰。这些"桃色"故事,给悲凉、灰暗的故事增加了一些暖色和亮色,故事既令人深思,又不至于让人产生仇恨情绪。这么复杂的处理方式,转换成绘画就是各种色彩叠加,彼此冲淡又彼此衬托,彼此交错又彼此说明,如此,就变成了一幅拟象油画,可参见要力勇拟象油画《易》④来理解多

---

① 孙犁:《宴会》,载《孙犁文集 1》,第 418 页。
② 孙犁:《宴会》,载《孙犁文集 1》,第 418 页。
③ 孙犁:《宴会》,载《孙犁文集 1》,第 420 页。
④ 《易》是一幅将黑白两色处理得恰到好处的画。在绘画中黑白两色最难处理,它们意蕴复杂,处理好了能提高绘画作品的哲学含量,处理不好会显得压抑、沉重。这幅《易》以黑白两色为主要元素,但红、黄、蓝、绿也没放弃,放弃了,就违背了生活逻辑,黑、白两色所能表达的哲学意蕴会减少,这就是艺术的辩证法。世界是纷繁复杂的,能将纷繁复杂提炼出来进行表达才是艺术的本质。但纷繁复杂中充满各种变化,绘画表达这种纷繁复杂时,就表现在使用各种色彩、配比,以及走笔,其轻重、快慢、薄厚有其内在规律,这规律是艺术家从纷繁复杂的世界中抽象出来的。孙犁讲故事运用的就是这种基本原理,讲悲伤的故事时并不忘记生活中的趣闻,有了趣闻,悲伤似乎被冲淡了,但其实赋予了悲伤以更深的内涵。

色叠加的艺术效果。

《一个朋友》里,老张的经历和结局令人唏嘘,其色调着实不好把握,作者更加小心翼翼。老张做地下党员的经历是通过一幅画间接叙述的,"那是一幅山水,只是在山顶的崎岖小道上,画着一个一寸多高的人,身上好像还背着一个筐篓",老张说:"那是我贩卖文具时的写照,当然是为了掩护,我是给党做地下工作。"①只一句话,就将早期共产党员工作的艰难不易描摹出来。老张和我在鲁艺时的交往,以及老张后来的曲折经历等,这些叙述没有一个是完整的,都是碎片化的,但读者可以将碎片整合成一个关于老张的故事,然而,无论怎样整合,故事的色调总还是被冲淡了不少,不是黑灰的,而是带点土黄色。

当我们细读孙犁关于诸多老友的叙事时,常常会思考一个问题,这些老友每个人都不是完美无缺的,他们有自己的缺点,显得真实可爱,但他们确实都在民族危难之际做出了巨大牺牲。这样的"杂色"令我们无法快速阅读和理解,只能慢慢思考。

艺术的终极目的不就是让人思考么?无论历史上发生过什么,历史自会记录,而文学不是历史,文学以其独特方式引人思考。因而,小心翼翼地处理历史事件,是负责任的、人民的文学家的职责。

三、组织元素时的反复"归置"

在《芸斋小说》中,孙犁要解决的问题很复杂,涉及新文化走过的道路、新旧两种文化各自的问题、人性问题、民族形式建设问题等。他想用活生生的形象告诉读者,新旧文化必须握手言和,中国需要回归传统。然而,这个回归不能是简单倒退,应是一个慎重选择的过程。由于,孙犁一生经历的事件太多,若站在个人角度,小说不但伤感,还可能出现抱怨、不满等消极情绪,这与孙犁的文学观念不符。这样,《芸斋小说》的叙事就要十分慎重,既要抚慰受过伤的人,又不能太过迁就,这个尺度极难把握。孙犁只能在组织元素时反复"归置",让读者感觉到他的小心翼翼、"轻拿轻放"。这既是对深受创伤的人们的一种尊重,又是对历史的尊重,对自己的尊重。

作者既没有单纯讲述自己的故事,又没有单纯讲述别人的故事,而是将自己的故事和别人的故事放在一起,搭配着讲述,并根据故事的复杂度和痛度,时不时增加点料,给读者一些意外"奖励"。

譬如,按照约定,他应讲述甲故事,但在讲述甲故事之前,会先讲乙事

---

① 孙犁:《一个朋友》,载《孙犁文集 1》,第 396 页。

件,或先讲自己的经历,以铺垫出一条理解的路径,之后再讲甲故事。听故事的人最初迷惑,以为讲述者讲的是自己的经历,是回忆。但讲完之后,听者还是会停留在一段故事上,并对讲述者的那段经历唏嘘感慨。稍作停留,听者就会欣喜发现,讲述者不仅完成了对自己的允诺,给了自己一个不错的故事,还超额完成了任务,讲述的故事比允诺给自己的故事更多。多出来的部分像饰物,使约定讲述的"本故事"变得厚重起来。

以《还乡》为例。"还乡"两字是一个基本的故事限定,是讲述者对听者的一个允诺。但故事一开始,讲述的是个人经历——到第四段,出现了一个"三岔路口"——三个故事头绪:第一,关于老伴去世的故事头绪,甩出来,但没有讲述,因为在其他故事里讲述过,可以互文阅读;第二,关于老友们热心帮"我"的故事,也是一个甩出来不再往下讲述的头绪,可以互文其他篇章阅读;第三,是"本故事"——"还乡者"——讲述"我"的"一个对象","姓李"。第五段开始,"还乡"的故事得到叙述。到第三十段时,插进来一个新的故事头绪:"没东没西,没头没脑地转了一遍,才看出: 现在的县城,实际是过去的北关。抗日时拆毁了城墙,还留下个遗址,现在就在这个遗址上修成了环城马路……"①这段话头,又是一个大故事的头绪,也可以互文其他故事阅读,此处作者不详细讲述,继续讲述"还乡"故事。第三十五段:"过去,这个县城里,不用说集市之日,人山人海,货物压颤街,就是平常,也有几个饭店,能办大酒席,有几家小吃铺,便宜又实惠。"②这又是一段插进来的故事的头绪,可以互文其他小说阅读,此处未展开讲述。第四十二段,关于烈士纪念碑的叙述,也是一个可以展开但没有展开的叙述,因为可以在其他篇章里读到。第四十五段,"青年时,在这条路上,在战争的炮火里,我奋身跳过多少壕堑呀,现在有些壕沟,依然存在可以辨认……"③又是一个故事的头绪,但没有详细讲述,可以互文其他故事了解……关于"还乡"的故事里插入很多小故事,就像现代服饰中的缀饰,衣服结构没变,但增加了缀饰,衣服变漂亮了,也"贵重"了,就小说来讲,这种不断增加信息量的方式,使小说故事的时间延长了,小说篇幅没有增加,思想含量不断增加,并可勾起读者的万千思绪:作者所还之"乡"已今非昔比,年轻时保卫过这个"乡",如今还乡,少了亲切感,多了疏离感,为什么? 读者可自己思考,寻找答案。

再以《小混儿》为例。"小混儿"的故事,是从讲述者自己的阅历开始

---

① 孙犁:《还乡》,载《孙犁文集1》,第353页。
② 孙犁:《还乡》,载《孙犁文集1》,第354页。
③ 孙犁:《还乡》,载《孙犁文集1》,第355页。

的,讲到第八段,小混儿的故事才得到叙述。整篇故事被分为两大部分,就像一件衣服在中间偏上部分做了一个"掐腰",有了腰身。"掐腰"的上半部分和下半部分,又分别增加了装饰物。上半部分:第一段中,"侄子住的房屋,是我结婚后住过多年的老屋"①,关于"老屋"的故事在别的小说中讲述过,此处不必讲述;"庭院邻舍依然,我的父母早已长眠丘陇"②,关于父母的故事,其他小说中有过讲述,此处不必展开;"老伴前几年也丧身异域"③,关于老伴的故事,也已讲述过,此处不需展开。以上,三个小故事可互文作者的其他故事阅读。这三个小故事是小混儿这篇故事的背景,将小混儿数年不变的生活,与我跌宕起伏的生活形成对比,对比中饱含深意。第二、三、四段讲了一个村庄的故事,其中有滹沱河的故事,可互文《风云初记》阅读。这是上半部分的"饰物"。

下半部分,小混儿说的"你从小念书,干这个是外行"④是一个小故事,互文在作者的散文里;第二十段,"他没有提'文化大革命'的事,甚至没有谈土地改革、合作化、抗日战争和解放战争的事。他好像是不谈政治的。好像这些历史事件,对他都丝毫无影响"⑤,这一段包含很多故事的头绪,把作者所有的故事都互文了,是一个大"饰物",读者了解这段历史的话,就会产生很多感慨。《小混儿》是在说小混儿吗?是,又不是,小说中互文的那些故事信息,使《小混儿》的思想含量远超一篇小说的载意能力,具有历史价值和思想价值。

《修房》也从自身经历讲起。这个故事的讲述者一上来就兑现了允诺,讲述自己"修房"的经历:"有一次,雨过天晴,我正在屋里,整理被漏雨弄湿了的旧书,房管站登记漏房的人闯进来,还是那个高个、有明显的流氓习气的中年人。"⑥读者以为这就是讲述者允诺的故事。但此故事讲完,讲述者接着讲"王兴"的故事。讲起王兴的故事,讲述者有点兴奋,由原来的"冷""不耐烦"变得热情起来:"王兴,山东人。中等个儿,长得白净秀气。贫农出身,从小聪明,小学、中学都没有念完,就三级跳远似的,考进了北京大学中文系。贫农大学生,大家都很羡慕,没毕业,就和一个漂亮的女同学结了婚……"⑦和上一个故事相比,王兴得到了更充分的介绍,读者会认为这该

---

①　孙犁:《小混儿》,载《孙犁文集 1》,第 357 页。
②　孙犁:《小混儿》,载《孙犁文集 1》,第 357 页。
③　孙犁:《小混儿》,载《孙犁文集 1》,第 357 页。
④　孙犁:《小混儿》,载《孙犁文集 1》,第 358 页。
⑤　孙犁:《小混儿》,载《孙犁文集 1》,第 359 页。
⑥　孙犁:《修房》,载《孙犁文集 1》,第 362 页。
⑦　孙犁:《修房》,载《孙犁文集 1》,第 363 页。

是本故事的主干了吧。但王兴的故事讲完，讲述者接着讲"另一位帮我干活的干部，叫李深。高个子，大嗓门儿，天津人……"①李深的故事讲完，读者才明白，这是三个平行故事，虽然王兴的故事占比大，但不过是"修房"故事结构中起平衡作用的"顶梁"，将他之前的人物和他之后的人物组合在一起构成一篇小说的完整结构。在每一条故事的主线上，又分别增加"饰物"：第一条主线上，讲述者因请不动房管站的人，就认为："房管站可能是突出政治，不愿意给'走资派'修房，正如医院不愿给'走资派'看病一样。"②这里的"走资派"以及医院不给走资派看病可以互文《心脏病》阅读；第九段，那个具有流氓习气的工人，进到屋里翻书时，问："听说你的书都很贵重"也是一段故事，可以互文《鸡缸》阅读；"《湘绮楼日记》"则可以互文作者的读书记。在第二条主线上，"饰物"也不少，第二十三段，"一九六六年三月，上级布置'突出政治大讨论'，号召说真话，说心里话"③。这是一段与历史互文的故事，这段历史并不遥远，讲述者没有详细讲述；第二十六段，"我们是集中在五楼顶上学习、劳动的"，可与《女相士》互文阅读。在第三条主线上，"'文化大革命'一开始，他就作为中层领导干部，被集中了起来"，可与《小D》互文阅读。一篇《修房》既讲述了"文化大革命"那段历史，又讲述了"文化大革命"期间人与人之间的关系，既有历史价值，又有伦理学价值。

　　总之，《芸斋小说》组织元素的方式是谨慎的、小心翼翼的。这种做法不是"文风懦弱"，而是一种独特的艺术思维——既要尊重人民群众的情感，又要尊重历史事实，还要考虑艺术的魅力及其所带来的长久影响。它体现了孙犁作为人民文艺家的理论修养和道德修养，体现了孙犁对自己艺术理论的始终如一的践行。

　　文艺家面对的现实是复杂的，甚至是不如人意的，将不如己意的现实加工成艺术品，需耗费一番脑力。孙犁之所以能将自己写"病"，是因为他要加工的现实有太多不如己意之处。他必须呕心沥血加工那些不如意的材料，使之成为真正的艺术品。实际上真正的艺术品都来自主体对令人不满意之材料的加工处理：中国陶瓷将泥土加工成艺术品，雕塑将顽石加工成艺术品……

---

① 孙犁：《修房》，载《孙犁文集1》，第364页。
② 孙犁：《修房》，载《孙犁文集1》，第361页。
③ 孙犁：《修房》，载《孙犁文集1》，第363页。

余论：不能"转述"的小说

闫庆生说，孙犁是哲学家，但苦于没法证明，希望后来的学人能够论证。这是因为孙犁的哲学思想是"藏"的，不浮在小说表面。小说如何将哲学思想"藏"起来？研究者如何寻找？从小说中寻找哲学思想，需将小说"解剖"，而"解剖"需要理论工具，用什么样的理论工具？我第一次读孙犁小说时感动得落泪，想复述给朋友时，发现无法转述。阅读时，内容很多；转述时，内容变简单了。孙犁的短篇小说无法转述，中篇小说无法转述，长篇小说《风云初记》也无法转述。无法转述成为孙犁小说的一大特征。

一、"转述"与小说表达机制

西方大多数小说是可以转述的，中国很多现代小说也是可以转述的。比如《基督山伯爵》《黛丝姑娘》《雾都孤儿》《红字》《红与黑》《安娜卡列尼娜》《复仇》……甚至西方现代小说也可以转述，如卡夫卡的《变形记》《饥饿艺术家》……这是因为西方小说均有核心人物、核心事件，并按照现实人物和事件的关系摹仿而来。现实中的事件有因果链条[1]，西方小说也重视因果链条，为保证因果链条不出问题，在创作之前"许多作家用几周或几个月的功夫小心翼翼地为小说打基础，他们制作图表，为书中人物编写简历，什么背景呀，紧张场面呀，笑料呀等等，把一本笔记本写得满满的，这些东西在写作过程中随时都用得着"[2]。小说有核心人物，事件有因果链条，读者阅读后也就容易转述了。

---

[1] 小说概念翻译成英文有三个词"novel""fiction""story"三个单词都包含"事"，新鲜的事，虚构的事，讲述的事，所以，"story"（故事）是西方小说的核心要旨，在《叙述学词典》中，对"story"的第三条解释是这样的："强调时序的事件叙述，与情节相对。情节是强调因果关系的事件叙述……"（〔美〕杰拉德·普林斯：《叙述学词典》，乔国强、李孝弟译，上海译文出版社，2011年，第215页）无论时序还是因果，强调的都是事件之间的关联性，因而我们用"链条"表达，将时序也包含在内。

[2] 〔美〕戴·洛奇：《小说的艺术》，载〔英〕乔·艾略特等《小说的艺术》，张玲等译，社会科学文献出版社，1999年，第1页。

　　中国传统小说与西方小说不同，从字义上说，"小"指"物之微"①，"说"有"开解""谈说"②两层意思。"小"和"说"组合在一起也就具有了"微小"、"开解"人、"谈说"道的三大特征。用微小的篇幅谈说"道"，开解人，常用的方法是选取生活中的小细节。比如，《世说新语·德行第一》由四十七个小故事构成，且由不同人物不同时期的小故事构成，三言两语，有的只记录人物的言语，有的记录人物的行为。这样的"小""说"有表达宗旨，有"道"，但没有故事链条，因而不容易转述。孙犁小说继承了中国小说的精神内核，重"道"，不重故事链条，因而也不容易转述。如《荷花淀》虽有主要人物水生、水生嫂，但小说并没有将叙事焦点聚焦于水生和水生嫂，而是由远及近地叙述，先叙事大的时代背景和传统生活方式，再叙述抗日战争的爆发，之后叙述水生和水生嫂，很快又引入一群妇女为寻找丈夫开始行动的故事，叙事进入高潮，女人们和男人们在荷花淀相遇，与侵略者展开激战，并取得胜利。背景的交代在小说中非常重要，水生嫂在月亮下的小院里织席，等待水生归来的描写也很重要，水生父亲支持水生参加游击队的细节也很重要，战斗结束后妇女们返家路上的对话也很重要。这些发挥重要作用的描写、对话不是故事链条，却是故事链条的润滑剂或链条周围的空气。故事链条可以转述，但附着其上的润滑剂和存在其周围的空气无法转述。

　　可见，文学家族至少有两种小说：可转述的小说和不可转述的小说。两种小说有两种不同表达机制；两种小说有两种不同审美趣味。对此加以区别十分必要。

二、"转述"与小说中的哲学

　　小说的可转述与不可转述，与表达机制有关；而表达机制与小说家的哲学思想有关。西方传统小说多可转述，其表达机制多摹仿表达机制，中国传统小说多不可转述，其表达机制多拟象表达机制。

　　无论在中国还是在西方，小说与哲学的关系十分紧密。米兰·昆德拉曾说："我太害怕那些认为艺术只是哲学和理论思潮衍生物的教授了。小说在弗洛伊德之前就知道了无意识，在马克思之前就知道了阶级斗争，它在现象学之前就实践了现象学（对人类本质的探寻）。在不认识任何现象学家的普鲁斯特那里，有着多么美妙的'现象学描写'！"③米兰·昆德拉的意思是：

①　（汉）许慎撰，（清）段玉裁注：《说文解字》，第48页。
②　（汉）许慎撰，（清）段玉裁注：《说文解字》，第93页。
③　〔法〕米兰·昆德拉：《小说的艺术》，董强译，上海译文出版社，2012年，第35页。

小说家比哲学家更早思考哲学问题和理论的问题，只是小说家没有使用哲学家和理论家的抽象概念而已。

西方小说中的哲学是什么？米兰·昆德拉这样说："任何时代的所有小说都关注自我之谜。"①小说家关注自我之谜的方式是"通过行动，人与他人区分开来，成为个体。"②"行动"自然指人物的行动，主人公的行动。主人公的行动是连续的，主人公与他人的关系是有因果的。这种围绕一个或若干主要人物行动展开的叙事，是容易转述的。

中国传统小说中的哲学是中国知识分子信奉的儒家哲学，而儒家哲学的核心是"修齐治平"，所以，中国传统小说的哲学多与伦理有关。家国伦理、家族伦理是复杂的关系，讲述复杂的关系与讲述人物的行动、命运是不一样的。围绕一个主要人物出现的关系是相对简单明了的，家族关系、家国关系相当复杂，层次众多，千丝万缕。所以中国传统小说比较难以转述。如果转述，会丢失大量信息，其哲学意蕴会在转述中被消解。比如《红楼梦》在转换成电视剧的过程中，无可避免地要丢掉大量信息，损失小说中的哲学意蕴。《红楼梦》的哲学通过第一回打下基础，忽略第一回很难理解《红楼梦》的哲学意蕴。但第一回很难转述，因为第一回拐了很多弯儿，涉及的几个人物在之后的讲述中都不是核心人物，很容易被人忽略，但这几个人物又是小说的"药引子"，具有非常重要的价值。

孙犁小说的思维方式和生活内容都是现代的，但仍然延续了传统儒家的哲学传统，有"修齐治平"的思想底蕴。他的小说重视时代气氛和家国之思，重视民族感情，重视伦理关系，但这层思想不是通过主要人物表达的，而是通过营造气氛，通过环境的层层铺垫渲染的。只转述故事，无法表达小说的意蕴。

研究小说若无法区分不同小说中的不同哲学底蕴，很难解释小说不同审美价值的来源，也就无法做出准确的审美判断和价值判断。

三、"转述"与"在场"

西方传统小说是人物的世界，人物的经历、命运、遭际在小说中是主体，它遵循客观世界的发展规律，形成因果链条，一旦阅读，就被人物的一切占领，人物的性格、目的、目标，为实现目标所做的努力，会形成一个整体。所以，比较容易转述。

---

① 〔法〕米兰·昆德拉：《小说的艺术》，董强译，第 23 页。
② 〔法〕米兰·昆德拉：《小说的艺术》，董强译，第 24 页。

但孙犁小说与之不同，小说中有人物，人物也有自己的经历，但作者没有退出小说，始终"在场"。作者在小说中"安排"人物做一些超出自己能力范围的事情，比如《邢兰》半夜爬三座大山摸敌情、上山扛一棵与自己身材不匹配的大树、爬到树上吹自己买不起的口琴。这些行为之所以说是作者的安排，是因为这些事件间没有必然逻辑，不符合实际生活中的人物行动规律。但作者的这种"在场"，让人感到踏实、接地气，接的还是本土的地气，不是西方某个国家的地气。这种小说让读者感到某种"气"在贯穿、萦绕，感到自己被滋养、灌溉。这就是作者"在场"的小说带给读者的福利。"在场"是生命的灌注，是作者饱蘸心血的表达。如果西方传统小说是叙事艺术，孙犁"在场"的小说，是一种"超叙事"艺术。

为了验证叙事艺术与"超叙事"艺术的区别，可通过元素表比较。仅以左拉的短篇小说《铁匠》和孙犁的短篇小说《邢兰》为例。（见表余-1、表余-2）

表余-1 《铁匠》元素表

元素类型	元素名称	备注
人	我、铁匠、铁匠儿子	
事	"我四处奔走寻找自我"；铁匠每天5点起床和儿子一起加工犁铧；我住在铁匠家观察他们的生活；	"我"盯着铁匠日常
物	"小姐"（铁锤）、犁铧、铁砧、风箱	工具
时间	这个秋天的一个晚上；我在铁匠家生活过一年	
空间	铁匠家	

左拉的《铁匠》讲述的是"我"因"心力交瘁，头脑混乱，于是四处奔走，找一个可以工作的安宁的角落，来恢复我的男子汉气概。一天傍晚，走过一个村庄以后，我在大路上瞥见了孤零零的、炉火熊熊的铁匠铺……我停了下来……那天晚上我睡在铁匠家里，而且不再离开……"①小说内容以铁匠的日常生活为主：50岁的铁匠和20岁的儿子，每天5点起床，抢着25公斤的"小姐"，锻打犁铧等农具，一天工作14小时，因而身体"健美"，"肌肉坚实饱满，犹如米开朗琪罗笔下的高大形象"②。小说的逻辑性很强，虽然文本

① 〔法〕左拉：《铁匠》，载《左拉短篇小说选》，刘自强、吴岳添、严胜男译，湖南文艺出版社，1993年，第296－297页。

② 〔法〕左拉：《铁匠》，载《左拉短篇小说选》，刘自强、吴岳添、严胜男译，第299页。

充满抒情味道,但没有超出客观世界中铁匠能力所及的范围。小说叙述者
"我"和铁匠之间是一种观察和被观察的关系,"我"住在铁匠家里,想感受
一种阳刚之气,以"恢复我的男子汉气概",目的达到,小说完成。故事非常
简单,叙述比较集中,没有越出客观世界中铁匠日常生活的规律。转述时不
会丢失信息。

表余-2 《邢兰》元素表

元素类型	元素名称	备注
人	我、邢兰、(邢兰)老婆、(邢兰)女儿	作者隐匿 在场
事	我随机关住在鲜姜台邢兰家山上的房子里;邢兰看我冷 抱了五六块劈柴和一捆茅草;我去邢兰家,发现他女儿 三岁了还没有裤子穿;邢兰发动组织了合作社、代耕团 和互助团;去年冬天敌人扫荡时,邢兰夜里穿着单衫,爬 过三座山,探到平阳街口去;邢兰夜里侦查汉奸的活动; 有一天邢兰从山上扛着一个大树干,想给农具合作社做 几架木犁;还有一天,邢兰赤着背在山坡下打坯;而竟有 一天,邢兰爬上高大的榆树修理枝丫,还从怀里掏出一 只耀眼的口琴,吹着自成的曲调	事件超出 邢兰的能 力范围
物	劈柴、口琴、树干	超日常
时间	去年冬天;终于有一天;现在是春天;还是去年冬天;近 几天;有一天;还有一天;而竟有一天	一个时间 一个事件
空间	鲜姜台;高坡上一间向西开的房子;邢兰家	由大到小 由远及近

　　《邢兰》中的"我"也是个观察者,虽然没有和邢兰住在一个空间,但我
去邢兰家坐过,了解邢兰家的生活状况。小说提供了"我"看到的邢兰的生
活,但也有一些不是"我"看到的,比如邢兰发动组织合作社、代耕团、互助团
等事情。邢兰翻越三座大山,也不是"我"能看到的。"我"无法看到的事情
进入小说,显然是"作者"有意组织的,其目的是表达所处时代的民族精神、
邢兰身上携带的中国农民的英武之气。可见,《邢兰》的作者是"在场"的。

　　比较左拉的《铁匠》和孙犁的《邢兰》,《铁匠》中的"我"与铁匠居住在
一个空间,但"我"始终是个观察者,不但观察铁匠的工作过程,也观察铁匠
的健美身材,"我"欣赏的就是铁匠这份工作,以及铁匠本身所具有的阳刚之
气,歌颂的也是铁匠的阳刚之气和对劳动的热爱。

《邢兰》中的"我"虽然住在邢兰家的房子，但与邢兰一家不在一个空间，对邢兰的观察是远距离的，不似《铁匠》中的"我"对铁匠的近距离观察，因而，《铁匠》中，"我"的叙述更客观，更真实。但因距离太近，所观察到的东西也是有限的，仅限于铁匠打铁的生活日常，以及铁匠裸露的肌肉和身材。

所以两篇小说的叙述方式差别很大，《铁匠》像近距离的写生，注重细节的描画；而《邢兰》的叙述是由远及近，又由近及远。先从鲜姜台说起，之后说到高坡上的房子，再说到房子的主人邢兰，这是由远及近的叙述；接触邢兰之后，开始叙述邢兰的所作所为，这是由近及远的叙述。因为有很多事情不是作者观察到的，而是邢兰已经完成的动作，比如组织合作社、代耕团、互助团等。在这种叙述方式中，作者始终附着在叙述者"我"之上，保持着"在场"状态，让作者的目的、"我"的目的、邢兰的目的合三为一，都是为了取得抗战胜利，让本民族过上更好的生活。这样的目的不是具体而微的、个人化的，而是宏大的，具有家国、民族情结的，有一种浩然之气和崇高之感。因而这样的小说是"超叙事"的。

《铁匠》容易转述，故事集中，叙述单纯，转述时不容易丢失信息；《邢兰》不容易转述是因为事件众多，叙述中有抒情成分，甚至隐含着议论成分。比如，在叙述邢兰的样貌时，潜含着对三座大山对农民压迫的议论。《铁匠》与《邢兰》样貌很像，梳理事件元素，会发现两篇小说的巨大差别。《铁匠》是摹仿的、写生的，《邢兰》是超模仿的、主体化的，是作者围绕一定目的选择元素组织而成的，是拟象化的。

总之，无论中国传统小说与西方传统小说，还是中国现当代小说与西方现当代小说，都存在巨大差别，只是这种差别需使用表达机制分析法，通过梳理小说元素，比较小说元素，才能发现。使用叙事学方法、心理分析方法、文化批评方法，生态批评方法、结构主义、解构主义、意识形态批评等等方法，都很难发现这一点。

主要参考书目

1. 龚鹏程、张火庆：《中国小说史论丛》，台湾学生书局，1984 年。
2. 严家炎：《中国现代小说流派史》，人民文学出版社，1989 年。
3. 白海珍、汪帆：《文化精神与小说观念：中西小说观念的比较》，河北人民出版社，1989 年。
4. 〔美〕韩南：《中国白话小说史》，尹慧珉译，浙江古籍出版社，1989 年。
5. 〔美〕伊恩·P·瓦特：《小说的兴起——笛福、理查逊、菲尔丁研究》，高原、董红钧译，生活·读书·新知三联书店，1992 年。
6. 傅腾霄：《小说技巧》，中国青年出版社，1992 年。
7. 叶名：《中国神话传说》，新华出版社，1993 年。
8. 陈平原：《小说史：理论与实践》，北京大学出版社，1993 年。
9. 吴志达：《中国文言小说史》，齐鲁书社，1994 年。
10. 江伙生、肖厚德：《法国小说论》，武汉大学出版社，1994 年。
11. 〔法〕米歇尔·莱蒙：《法国现代小说史》，徐知免、杨剑译，上海译文出版社，1995 年。
12. 冯友兰：《中国哲学简史》，涂又光译，北京大学出版社，1996 年。
13. 〔美〕浦安迪：《中国叙事学》，北京大学出版社，1996 年。
14. 龚翰熊主编：《欧洲小说史》，四川大学出版社，1997 年。
15. 王安忆：《心灵世界：王安忆小说讲稿》，复旦大学出版社，1997 年。
16. 陈平原、夏晓红编：《二十世纪中国小说理论资料》，北京大学出版社，1997 年。
17. 王一川：《中国形象诗学——1985 至 1995 年文学新潮阐释》，上海三联书店，1998 年。
18. 胡从经：《中国小说史学史长编》，上海文艺出版社，1998 年。
19. 〔英〕乔·艾略特等：《小说的艺术》，张玲等译，社会科学文献出版社，1999 年。
20. 马云：《中国现代小说的叙事个性》，中央广播电视大学出版社，1999 年。

21. 于平：《明清小说外围论》，中国青年出版社，1999年。

22. 袁良骏：《香港小说史》，海天出版社，1999年。

23. 张永泉主编：《河北解放区作家论》，花山文艺出版社，2000年。

24. 郑铁生：《三国演义的叙事艺术》，新华出版社，2000年。

25. 王钦峰：《后现代主义小说论略》，中国社会科学出版社，2001年。

26. 王汝梅、张羽：《中国小说理论史》，浙江古籍出版社，2001年。

27. 杨义：《中国现代小说史》，人民文学出版社，2001年。

28. 张大春：《小说稗类》，广西师范大学出版社，2004年。

29. 蹇昌槐：《西方小说与文化帝国》，武汉大学出版社，2004年。

30. 夏志清：《中国现代小说史》，复旦大学出版社，2005年。

31. 杨星映：《中西小说文体形态》，中国社会科学出版社，2005年。

32. 〔意〕安贝托·艾柯：《悠游小说林》，俞冰夏译，生活·读书·新知三联书店，2005年。

33. 吴士余：《中国小说美学论稿》，复旦大学出版社，2006年。

34. 郭昭第：《文学元素学：文学理论的超学科视域》，中国社会科学出版社，2006年。

35. 何永康主编：《二十世纪中西比较小说学》，江苏教育出版社，2006年。

36. 鲁枢元：《生态批评的空间》，华东师范大学出版社，2006年。

37. 〔俄〕弗·雅·普罗普：《神奇故事的历史根源》，贾放译，中华书局，2006年。

38. 丁帆：《中国乡土小说史》，北京大学出版社，2007年。

39. 刘勇强：《中国古代小说史叙论》，北京大学出版社，2007年。

40. 鲁迅：《中国小说史略（修订本）》，人民文学出版社，2007年。

41. 马云：《中国现当代作家作品研究》，人民文学出版社，2007年。

42. 郭宝亮：《文化诗学视野中的新时期小说》，河北人民出版社，2007年。

43. 郭冰茹：《十七年（1949—1966）小说的叙事张力》，岳麓书社，2007年。

44. 钱振纲：《清末民国小说史论》，河北人民出版社，2008年。

45. 齐裕焜主编：《中国古代小说演变史》，人民文学出版社，2015年。

46. 龚鹏程：《中国小说史论》，北京大学出版社，2008年。

47. 李桂奎：《中国小说写人学》，新华出版社，2008年。

48. 楚爱华：《明清至现代家族小说流变研究》，齐鲁书社，2008年。

49. 钱雯：《小说文化学理论与实践》，安徽教育出版社，2008年。

50. 计红芳编：《中国现代小说理论经典》，苏州大学出版社，2008年。

51. 崔志远等：《中国当代小说流变史》，中国社会科学出版社，2009年。

52. 赵园：《想象与叙述》，人民文学出版社，2009年。

53. 谭长流：《空间哲学》，九州出版社，2009 年。

54. 谢昭新：《中国现代小说理论发展史》，人民出版社，2009 年。

55. 黄永林：《中西通俗小说叙事：比较与阐释》，华中师范大学出版社，2009 年。

56. 吴福辉：《中国现代文学发展史》，北京大学出版社，2010 年。

57. 石麟：《闲书谜趣：另类中国古代小说史》，河南人民出版社，2010 年。

58. 杨联芬：《中国现代小说导论》，北京师范大学出版社，2010 年。

59. 郭箴一：《中国小说史》，中国社会科学出版社，2010 年。

60. 陈平原：《小说史：理论与实践》，北京大学出版社，2010 年。

61. 〔美〕杰里·克利弗：《小说写作教程——虚构文学速成全攻略》，王著定译，中国人民大学出版社，2011 年。

62. 严家炎：《论鲁迅的复调小说》，北京大学出版社，2011 年。

63. 郑铁生：《红楼梦的叙事艺术》，新华出版社，2011 年。

64. 赵园：《论小说十家》，生活·读书·新知三联书店，2011 年。

65. 李剑国：《唐前志怪小说史》，人民文学出版社，2011 年。

66. 李剑国：《唐前志怪小说辑释》（修订本），上海古籍出版社，2011 年。

67. 谭正璧：《中国小说发达史》，上海古籍出版社，2012 年。

68. 胡益民：《清代小说史》，合肥工业大学出版社，2012 年。

69. 〔法〕让·贝西埃：《当代小说或世界的问题性》，史忠义译，北京大学出版社，2012 年。

70. 〔美〕瑾·克兰迪宁主编：《叙事探究：原理、技术与实例》，鞠玉翠等译，北京师范大学出版社，2012 年。

71. 许道军：《千秋家国梦——中国现代历史小说类型研究》，上海大学出版社，2012 年。

72. 周先慎：《明清小说》，北京大学出版社，2013 年。

73. 刘勇：《中国现代文学的多维阐释》，安徽大学出版社，2013 年。

74. 邓玉环：《中国当代文学中的"屋"与"人"》，商务印书馆，2014 年。

75. 张谦芬：《上海与延安——异质空间下的小说民族化》，人民出版社，2014 年。

76. 吴泽泉：《中国近代小说观念研究》，中国社会科学出版社，2014 年。

77. 刘树元：《小说的审美本质与历史重构：新时期以来小说的整体主义关照》，浙江大学出版社，2014 年。

78. 马云、胡景敏：《20 世纪中国文学与西方现代艺术论稿》，中国社会科学出版社，2015 年。

79. 傅修延:《中国叙事学》,北京大学出版社,2015 年。

80. 林薇:《中国近代小说研究》,天津古籍出版社,2015 年。

81. 侯桂运:《中国文言小说诗化特征史叙论》,中国社会科学出版社,2015 年。

82. 〔美〕浦安迪:《明代小说四大奇书》,沈亨寿译,生活·读书·新知三联书店,2015 年。

83. 〔英〕詹姆斯·伍德:《小说机杼》,黄远帆译,河南大学出版社,2015 年。

84. 龙迪勇:《空间叙事学》,生活·读书·新知三联书店,2015 年。

85. 王德威:《想象中国的方法:历史·小说·叙事》,百花文艺出版社,2016 年。

86. 孟昭连:《白话小说生成史》,南开大学出版社,2016 年。

87. 石麟:《中国古代小说批评史的多角度观照:关于它的潜逻辑过程与逻辑结构》,光明日报出版社,2016 年。

88. 毕飞宇:《小说课》,人民文学出版社,2017 年。

89. 〔匈〕卢卡奇:《小说理论:试从历史哲学论伟大史诗的诸形式》,燕宏远、李怀涛译,商务印书馆,2017 年。

90. 陈大康:《中国近代小说史论》,人民文学出版社,2018 年。

91. 马云:《中国近现代人文幻想小说研究》,中国社会科学出版社,2018 年。

92. 〔德〕埃里希·奥尔巴赫:《摹仿论:西方文学中现实的再现》,吴麟绶、周新建、高艳婷译,商务印书馆,2018 年。

93. 熊明:《中国古代小说史论》,中国文联出版社,2018 年。

94. 程光炜:《当代中国小说批评史》,中国社会科学出版社,2019 年。

95. 陈洪:《中国早期小说生成史论》,中华书局,2019 年。

96. 〔日〕胜又浩:《日本私小说千年史》,唐先容、杨伟译,西南师范大学出版社,2019 年。

97. (汉)刘向:《说苑》,王天海、杨秀岚译注,中华书局,2019 年。

98. 谭帆:《中国小说史研究之检讨》,上海古籍出版社,2020 年。

99. 〔法〕莫娜·奥祖夫:《小说鉴史:旧制度与大革命的百年战争》,周立红、焦静姝译,商务印书馆,2020 年。

100. 谭帆:《中国小说史研究之检讨》,上海古籍出版社,2020 年。

101. 陈大康:《中国明清小说史》,人民文学出版社,2020 年。

术语索引

后　记

　　走进孙犁是一件很难的事,我用了两年时间,之后用一年时间完成博士论文《从群体突围到个体救赎:时空转换与孙犁小说叙事的嬗变》,但不尽兴,总感觉有些东西需要接着说,《孙犁小说表达机制研究》就是接着说的一个结果。

　　我教写作二十多年,对一篇文章的生成过程比较了解,基本能还原一个作家从立意到选材到成文的运思模式,孙犁小说的运思模式与多数作家不一样,我感觉孙犁小说的秘密在"表达机制"。但要给"表达机制"下定义却不那么容易,我用了两年多时间分析各类文艺作品,反复提炼总结,才完成了下定义的任务。

　　写博士论文的时候我说过,孙犁改变了我。这次对孙犁小说的深化研究,对我的影响乃是重塑。他让我习惯于看事物的本质,而不是表面。我偶尔这样想:早一点研究孙犁就好了,但又想,早一点,我可能不具备走进孙犁的能力。因孙犁小说是一个用生活阅历、知识、经验、理论素养搭建的特殊精神世界,没做好充分准备,进来也没用,什么也看不见。就像我做博士论文的前两年,感觉到了,说不出来,也说不清楚。后来说出来了,总感觉没说透。这次我觉得说透了,我甚至觉得孙犁看到也会认为我说透了,他或许就不再惆怅了。

　　我能走进孙犁,看到孙犁小说搭建的奇妙艺术世界,还得感谢我先生——要力勇。最初读孙犁,所有的激动都与他分享,每天喋喋不休,到最后成了习惯。当我说孙犁小说有一套独特表达机制时,他尝试用这套表达机制用于绘画创作。当他创作出一种独特油画时,我联想到孙犁小说中的人物,比如,一幅油画让我联想到孙犁作品中的女性——菱姑,另一幅让我想到白洋淀,想到《芦花荡》《荷花淀》《采蒲台》。再之后,我意识到一种与我二十多年来特别熟悉的写作方式不一样的存在,我开始思考这种我不熟悉的写作方式。为了搞清一种独特的写作方式,得先知道我熟悉的写作方式是什么。在这一过程中,原来的理论储备开始汇集:反映、再现、具象、抽象——摹仿,逐步意识到我们熟悉的写作方式属于摹仿论范畴。讲了多年写作,讲得最多的是人物塑造、环境描写,训练学生细致观察生活的能力,现在发现,这属于摹仿论,与孙犁小说的表达方式不太一样。摹仿论的生成方式,在小说和绘画中叫法不同,但原理差不多,基本都有所本,并尊重所本对象。但孙犁的小说似乎也有所本,但为什么不一样?我先生思考具象画的意义和价值、抽象画存在的问题,我们一起思考艺术的目的以及标准等。后来我俩出去写生——观察、思考,用手机拍照,按着照片作画,一段时间后,发现摹仿是不可能的,因为对象不可能一动不动,总处于变化之中。关于艺术创作的讨论逐步上升到理论思考:客观世界走向艺术世界,必然要经过艺术家的中介,艺术家须知道自己做什么,否则,无法使用客观世界中的客观事物。你画什么?画山,哪一部分的山?画树,哪一棵树?为什么是这一棵?客观世界、艺术家、艺术作品之间的关系逐步清晰起来。也就是说,艺术家有选择权,但艺术家的选择一定围绕目的进行,当艺术家没有目的时,丰富杂多的客观世界不可能成为艺术的内容,当艺术家有想法要表达时,客观事物不可能以原来的样子出现在作品中,艺术家需要改造它们。

有了结论后,他需要实验来证明:艺术家能否根据自己的表达意图灵活使用客观世界的客观事物?这一过程很复杂,很难,但成功了。成功之后,第二个问题来了,一个艺术家在艺术品中表达一个情绪、一个念头的意义是什么?价值多大?能向社会提供什么?实验继续进行,一幅很好的画被毁掉了,因为不够复杂,信息量不大,表意太清晰,太直白。当信息量饱和,作品变得复杂,阅读开始困难,却充满乐趣。我意识到"复杂"和审美价值之间的关系。对于绘画来说,简单是漂亮,复杂是美。因为在复杂的作品里,需要读者参与创作,观看变成了思考,解读变成了一次精神旅行。实验进行到这里,我意识到孙犁小说的特点就是复杂,之所以复杂,是因为信息量太大,想表达的东西太多。

接下来思考的一个问题是,那么多信息放在一个作品里,是如何做到的?孙犁的小说越写越短,信息量越来越大,这是一个非常令人困惑的问题。这时候的拟象油画创作也出现了越画信息量越大的问题。要力勇不再满足清晰和明了,开始追逐复杂。这些画挂在我的书房、卧室、客厅、饭厅,天天看,时时看,突然有一天我明白了,并返回孙犁小说求证,得到了肯定的结果。要力勇拟象油画的信息量越来越大,画幅并没有变大,这与孙犁的小说信息量大而篇幅没有增加是一个道理。为什么信息量会变大,在要力勇这里,他完成了过滤、组织、整合等一整套动作。根据这一过程,我到孙犁的作品去求证,发现孙犁小说也存在过滤、组织和整合。我将这一过程总结为三个步骤:元素提取—元素加工—元素组织。

关于这个课题还得感谢一个人,那就是河北师范大学文学院原院长胡景敏(成书时,他已调到学校规划办)。记得我脑子里出现"表达机制""拟象表达机制"这些概念时很想和人交流,在家里讨论完又想和同事讨论,为什么一定要讨论,我也说不清,可能没信心吧。当和胡院长谈我的想法时,他说:你可以先写,然后申请后期资助。他说得轻描淡写。但因为轻描淡写,我知道其中有几层意思:挺新鲜,但你得说清楚才行。《孙犁小说表达机制》的初稿,给胡院长看时,担心他不支持,没想到,他肯定了"表达机制"和"拟象表达机制"这两个概念。之后,我开始落实具体细节,完善其中的资料和表述过程,才有了今天这本书。

拟象油画和这一课题的关系千丝万缕,2019 年,我办了要力勇拟象油画展。不做艺术不知道"凶险",一旦开始才知道艺术是一件需要太多付出才能成就的事,且付出了也不一定能成就。这是考察了很多艺术家的艺术创作和艺术行为之后得出的结论。做艺术应什么也不想,做到极致,做得问心无愧,那个时候,艺术会自行显现。

艺术不是绘画,不是小说,不是电影……而是艺术家本质力量的对象化;画家、小说家、导演不一定都可称为艺术家,他们创作作品,但不一定创作艺术,作品和艺术之间的区别在于精神力量,精神力量达到极致,一件作品就发生了质变,成了艺术。艺术和作品的关系很微妙,是一个量变到质变的过程。

最后,衷心感谢课题审稿专家,他们的肯定让我感到一种隐形的力量,他们的批评让我有机会完善我的思想!感谢上海交通大学出版社!感谢本书责编宋丽军女士!感谢二审、三审、外审老师的尽心付出!书稿提交时错漏之处甚多,心甚惶恐,他们提出的宝贵意见让我在一遍遍修改中获得安慰!

2021 年 8 月 16 日改